编译文库

文学

杨晓霞 等著

西声梵响
——20世纪印度英语小说研究

Western Language, Indian Echo:
A Study of Indian English Novels in the 20th Century

图书在版编目（CIP）数据

西声梵响：20世纪印度英语小说研究/杨晓霞等著．—北京：中央编译出版社，2024.9
ISBN 978-7-5117-4376-3

Ⅰ.①西… Ⅱ.①杨… Ⅲ.①英语文学-小说研究-印度-20世纪 Ⅳ.①I351.074

中国国家版本馆CIP数据核字（2023）第188182号

西声梵响：20世纪印度英语小说研究

责任编辑	郑永杰
责任印制	李　颖
出版发行	中央编译出版社
网　　址	www.cctpcm.com
地　　址	北京市海淀区北四环西路69号（100080）
电　　话	（010）55627391（总编室）　（010）55627312（编辑室）
	（010）55627320（发行部）　（010）55627377（新技术部）
经　　销	全国新华书店
印　　刷	北京文昌阁彩色印刷有限责任公司
开　　本	710毫米×1000毫米　1/16
字　　数	298千字
印　　张	20.75
版　　次	2024年9月第1版
印　　次	2024年9月第1次印刷
定　　价	98.00元

新浪微博：@中央编译出版社　　微　信：中央编译出版社（ID：cctphome）
淘宝店铺：中央编译出版社直销店（http://shop108367160.taobao.com）　（010）55627331

本社常年法律顾问：北京市吴栾赵阎律师事务所律师　闫军　梁勤
凡有印装质量问题，本社负责调换。电话：（010）55627320

本书为教育部人文社会科学研究青年基金项目"民族与文化认同——印度英语小说研究（1947—2010）"（批准号：13YJC752029）最终成果；深圳大学人文社会科学高层次团队项目"女性文学的东方传统研究（24LJXZ01）前期研究成果；获得深圳大学社科出版基金项目资助。

序

　　印度英语文学如今在印度已经占有一席之地,而且优秀作品不少,著名作家在印度当代文学家,尤其是优秀小说家中所占比重较大。本人近日在360搜索中搜索印度著名作家,在下面出现的几个条目中看到了泰戈尔(1861—1941)、萨拉特·钱德拉·查特吉(1876—1938)、普列姆昌德(1880—1936)、黛薇妈妈(1926—)、阿兰达蒂·洛伊(1961—)和基兰·德赛(1976—)等作家。在百度中的"文常盘点系列——除了泰戈尔还有哪些知名作家?"条目下列出了阿兰达蒂·洛伊、基兰·德赛、普列姆昌德和耶谢巴尔。从这两个网站搜索到的印度作家只有用3个语种创作的6位作家,应该说很不全面,因此有必要再看一个较全面的统计。几年前,笔者在谷歌搜索网站搜索过印度著名作家。在此条目下搜索到用8种印度语言创作的56位印度作家(见下表)。

语言	作家总人数(人)	健在作家人数(人)
印地语	21	0
英语	18	16
孟加拉语	11	1
泰米尔语	1	0
泰卢古语	1	0
古吉拉蒂语	1	0
旁遮普语	1	0
乌尔都语	2	0

在上述56位作家中，当时还健在的用印度本土语言创作的作家只有1位，用英语创作的有16位。英语作家中较早成名的巴巴尼·巴达查里雅于1988年去世，不知在上表中健在的16位作家中是否将其包括在内；另外，印度独立前就已成名的3位小说家——拉西普拉姆·克里希那斯瓦米·纳拉扬、穆尔克·拉吉·安纳德、拉贾·拉奥，分别于2001、2004和2006年去世，可能包括在上表中的16位健在作家中，但不敢确定，因为该条目未注明统计时间。除了印度独立前已发表英语作品成名的4位作家，其他健在的12位应该都是较晚才成名的作家。如果说此表中说明的情况不一定很全面，但是至少比较全面地列出了8种语言的作家，而且多数已经去世。我们再结合360搜索和百度搜索的情况看，上表中的统计可以说有较大的科学性。因为从360搜索和百度搜索到的著名作家中健在的只有黛薇妈妈是用印度本土语言创作的，其他几位用印度本土语言创作的作家都早已去世。综上所述不难看出，在近几十年，印度英语文学与印度他语的文学相比要发展蓬勃得多。从360搜索查到的6位作家中有两位是用英语创作的；用印度本土语言创作的4位作家中的前三位早已去世，另外一位黛薇妈妈是否还健在，本人尚不知晓；从百度搜索查到的6位著名作家中，泰戈尔、普列姆昌德和耶谢巴尔早已去世，其他两位都是用英语创作，另有用英语创作的一位——萨尔曼·路西迪现在想必应不算印度作家，但此条目中却没有用本土语言创作的黛薇妈妈。总之，从上面3个搜索引擎查到的情况看，印度的英语文学现在有独占鳌头之势。当然，本人还不能下这样的结论，因为印度语种较多，用于创作文学作品的语言也较多，仅印度文学院就向20多种语言创作的文学作品发奖。本人没有精力和能力对印度文学进行全面的研究，而且国内现在尚未有人对印度文学进行全面的研究，只是对少数几种比较重要的语言文学有所研究。但是，把从上面3个搜索引擎搜索到的印度著名作家和国内翻译与研究印度文学的情况结合来看，本人认为印度英语文学的确取得了非常可喜的成就，而从20世纪80年代以后蓬勃发展。在这样的情况下，对印度英语文学进行全面的研究就非常必要了。

我们对印度英语文学的研究还很不够。虽然我们看到一些研究印度文学的著作中有对印度英语文学简要的论述，近几年也看到对两位作家单独研究的专著，却没有看到对印度英语文学进行全面或较为全面研究的专著，是一件憾事。因此，当我收到杨晓霞博士等人的这部书稿，看了甚喜，于是想写几句话。

这部著作虽然没有单列章节研究印度英语诗歌，而对印度英语小说进行了较为系统全面的研究，但是，应该说已经是对印度英语文学较为系统全面的研究了，因为印度英语诗歌很少。所以，可以说这部著作填补了我国全面研究印度英语文学的空白，是很可贵的。

这部书除绪论外，分为上、下两编。上编对印度英语文学的发生、发展、流变进行了系统梳理，对发展期做出较大贡献的巴巴尼·巴达查里雅的小说创作进行了较全面的研究，并且对英国籍印裔作家拉什迪《魔鬼诗篇》中的叙事策略进行了较深入的研究。可以说在这一部分，作者既注重了系统性，又突出了研究重点。在下编中，作者研究了几位重量级作家：前3位常被称为"三大家"或"印度英语小说三大家"，以一人一章的篇幅，对他们的创作进行了系统全面深入的研究；后3位都是女性，以3位一人一节的篇幅展开论述。她们3位都是当代作家，可以说都是印度英语文学的后起之秀，最早发表的作品大多集中于20世纪70年代。本书作者对她们3位中的第一位，也就是最早发表作品的作家，作了较为全面的研究；对另外两位20世纪80年代以后成名的女作家的作品没有全面研究，而是在简略介绍她们后重点研究了她们各一部代表作。作者之所以未对她们的创作进行全面的深入研究，可能是考虑到她们都还在创作，甚至处于创作高峰期，应该说这样做是很有道理的。

还有一点值得注意的是，作者在上编中用一节的篇幅对流散文学进行了全面的介绍分析，对已入英国籍的拉什地迪用一节对他的《魔鬼诗篇》中的叙事策略进行深入的分析；在下编中用一节对裘帕·拉希莉简要全面介绍后深入地研究了她的《同名人》。作者之所以这样做，想必是注意到他们虽然是外国籍作家，但他们的创作中有不少印度因素。因此，作者把他们算作流散作家写入书中，也有一定的道理。

另外，从全书看，作者在以下几方面都做得相当不错：一、作者注重文本分析和理论阐释相结合，注重文本和理论互相回证或印证。这一点在全书很多章节都可以看出来。二、考察印度英语文学的产生、发展和流变。这在上编中集中体现出来了，而且脉络很清晰。三、把历史分析和共时归纳相统一，对20世纪印度英语小说的创作进行了全面的梳理和考察，寻找其在不同阶段的特点，同时也注意了同时期不同作家及其作品特点的异同，如纳拉扬和安纳德及其作品。四、注重宏观把握和微观分析相互补充，既全方位考察印度英语小说的整体创作，又重点解读研究代表作家或其代表作。总体上，上编是宏观把握、全方位考察印度英语小说的整体创作、流变和发展，而在二、三、四章除了全方位考察外，还研究解读了代表作家及其代表作；下编是微观分析，是对代表作家或代表作家的代表作的研究解读，而且突出了以往作家及其作品。

简言之，该书是我国对印度英语文学进行全面研究的一部佳作。故此极简略地谈了对印度英语文学发展的看法和对该书的意见，是为序。

唐仁虎

2021.4.25

目　录 Contents

绪　论 …………………………………………………………… 1

上编　印度英语小说创作概论

第一章　印度英语小说的产生（1800—1900） …………… 13
　　第一节　印度英语小说产生的历史文化背景 …………… 13
　　第二节　印度英语小说初期创作概况 …………………… 18

第二章　印度英语小说的发展（1900—1920） …………… 26
　　第一节　印度英语小说发展的历史文化背景 …………… 26
　　第二节　印度英语小说创作概况 ………………………… 28

第三章　印度英语小说的活跃（1920—1947） …………… 32
　　第一节　印度英语小说活跃的历史文化背景 …………… 32
　　第二节　印度英语小说家的自我阐释 …………………… 37
　　第三节　巴巴尼·巴达查里雅的小说创作 ……………… 44

第四章　印度英语小说的繁荣（1947—）……56
　　第一节　印度妇女地位的变化及女性作家创作……56
　　第二节　当代印度流散英语小说写作……67
　　第三节　拉什迪《魔鬼诗篇》中的叙事策略……79

下编　作家作品论

第一章　"印度英语小说之父"——安纳德……93
　　第一节　安纳德的生平与创作……94
　　第二节　自我——民族文化身份的追寻……111
　　第三节　个人命运与家国变迁……138
　　第四节　安纳德小说中的印度文学传统……146

第二章　摩尔古迪的"创建者"——纳拉扬……155
　　第一节　纳拉扬的生平与创作……155
　　第二节　纳拉扬笔下的"摩尔古迪王国"……176
　　第二节　纳拉扬占印度史诗重述的文化意蕴……188
　　第四节　纳拉扬古印度史诗重述的跨文化传播……205

第三章　追求解脱的修行者——拉贾·拉奥……218
　　第一节　拉贾·拉奥的生平与创作……219
　　第二节　《棋王奇着》：人生如棋……238
　　第三节　拉贾·拉奥小说的语言风格……248

第四章　当代女性作家与印度流散小说创作……260
　　第一节　芭拉蒂·穆克吉对印度文化的书写……260
　　第二节　阿兰达蒂·洛伊《微物之神》中的女性形象……269

第三节　裘帕·拉希莉《同名人》中的身份与文化认同 ……… 287

结束语 ………………………………………………………… 297

后　记 ………………………………………………………… 301

参考文献 ……………………………………………………… 304

附　录 ………………………………………………………… 314

绪　论

一、关于"印度英语文学"的界定

在研究"印度英语文学"之前，我们必须先明确界定"印度英语文学"的范畴及本质。

1908年，英国人 E. F. 奥腾写了一篇关于英印文学（Anglo-Indian Literature）的文章，文中定义的"英印文学"是指在印度的英国人创作的与印度有关的作品。后来，P. 赛沙特利教授在印度欧斯马尼亚大学作关于英印诗歌（Anglo-Indian Poetry）的演讲中，将英国人创作的与印度有关的诗歌和印度人用英语写的诗歌都归入英印诗歌。1934年，印度学者胡帕尔·辛格博士的《英印小说概览》把英国人创作的与印度有关的小说和印度人用英语写的小说都归入英印小说。[①] 第二次世界大战期间，英国学者乔治·桑普森在《简明剑桥英语文学史》中的英印文学部分，也提到了用英语写作的印度作家。[②] 以上学者将英国人创作的与印度相关的作品及印度人用英语写作的作品都归为印度英语文学。

---

① K. R. Sriaivasa Iyengar, *Indian Writing in English*, New Delhi: Sterling Publishers Pvt. Ltd., 1985, p. 2.

② K. R. Sriaivasa Iyengar, *Indian Writing in English*, New Delhi: Sterling Publishers Pvt. Ltd., 1985, p. 2.

印度独立后，印度学者 K. R. 希利尼瓦萨·艾衍加尔在《印度英语文学创作》（1962）中谈到印度人用英语写作的历史时，把泰戈尔的小说和戏剧的英译本都囊括在内。他认为："印度英语文学既是印度文学，也是英语文学的变种。它不但吸引印度人，也会让英国人感到有趣。"① 1964 年 V. K. 库科克在《印度英语的现状和未来》一书中，将"印英文学"（Indo-Anglian Literature）定义为"印度作家用英语创作的作品"，而将"印度英语文学"（Indo-English Literature）定义为除"印度作家用英语创作的作品"之外，还包括"印度人翻译成英语的印度文学作品"。② 到 20 世纪 70 年代，印度人 B. 约翰和埃尔巴呼苏·嘎尔伽拉的《19 世纪印度英语文学》（*Indo-English Literature in the Nineteenth Century*，1970）中明确采用"Indo-English Literature"来指称"由印度人用英语创作的文学作品"。③ 后来印度学者钱德拉总结了"印度英语文学"这一术语的演变，并总结道："艾衍加尔使用的 Indo-Anglian Literature 一词已经得到大家的一致认可。因此，我们可以将 Indo-Anglian Literature 视为印度作家用英语创作的、以印度为主题和背景的文学。"④

目前，学界普遍认可印度英语文学应该是指生于印度、祖籍印度或国籍是印度的印度作家用英语创作的作品。英国人用英语进行的创作或一些原著并非英语后来译为英语的作品不包含在印度英语文学的范畴之内。

至于印度英语文学的称谓，印度文学院认为"Indian Writing in English"最为合适。M. K. 奈克认为，这一术语强调了印度英语文学属于印度文学的一支，同时，"印度英语文学又是英语本地化来表达印度人情

---

① K. R. Sriaivasa Iyengar, *Indian Writing in English*, New Delhi: Sterling Publishers, 1985, p. 5.
② M. K. Naik, *A History of Indian English Literature*, Delhi: Sahitya Akademi, 1982, p. 2.
③ M. K. Naik, *A History of Indian English Literature*, Delhi: Sahitya Akademi, 1982, p. 2.
④ 3N. D. R. Chandra, ed, *Modern Indian Writing in English: Critical Perceptions*, Vol. 1, Delhi: Sarup & Sons, 2004, p. 3.

感意识的必然产物"。①

为了研究的方便，本书采用目前学界常见的印度英语文学来指称国籍是印度的、印度本土英语作家用英语创作的作品，用印度流散文学指称生于印度的印度裔作家或祖籍印度的海外作家用英语创作的作品。

二、研究的意义和价值

印度英语文学是随着英国殖民势力进入印度产生的。在印度本土，欧式教育逐渐得到普及，早期的启蒙文学家大都精通英语或具有英国教育背景。大诗人泰戈尔曾在英国受过教育，他将自己的部分孟加拉语诗歌翻译或改写为英语散文诗，编辑成《吉檀迦利》在英国出版，从而在世界上产生了影响，并于1913年获得诺贝尔文学奖。20世纪初期印度英语文学的重要作家奥罗宾多·高士、曼莫汉·高士、萨罗季妮·奈都等大都受到英国19世纪浪漫主义文学的影响。20世纪三四十年代，随着印度现实主义文学的成熟，印度英语文学中也出现了几位杰出的现实主义小说家，其中最有代表性的是穆尔克·拉吉·安纳德。他1925年去英国留学，1929年在伦敦大学获得博士学位。在英国留学期间，安纳德受到马克思主义思想的影响，参加世界反法西斯运动，其成名作《不可接触的贱民》（1935）便是由英国著名作家E. M. 福斯特作序，并在福斯特的帮助下于英国出版。

印度独立后，英语被确定为官方语言，英语文学发展迅速。近年来，萨尔曼·拉什迪的《午夜的孩子》、V. S. 奈保尔的"印度三部曲"、维克拉姆·赛特的《如意郎君》、阿兰达蒂·洛伊的《微物之神》、阿拉文德·阿迪加的《白老虎》等作品在世界文坛引起了轰动。他们或是印度裔，或是印度人。他们的作品总是与印度、印度人和印度文化息息相关，印度似乎总是能够为世界文学提供一些新内容。

---

① M. K. Naik, *A History of Indian English Literature*, Delhi: Sahitya Akademi, 1982, p. 3.

文学是人类相互交流的一种形式。孙绍振先生指出："对话是相对于独白而言的，应该是双向的、互补的、互动的，对双方都意味着一种发展的动力。这不仅是指双方吸收富有生命力的思想资源，而且是指更加深刻地认识、理解自身的文化、文学传统。"① 当前，世界正处于政治多极化、经济全球化、文化多元化的历史时期，我们需要有"全球化"和"多元化"的双重眼光，充分了解其他国家的文学和文化，从而有利于确立多维批评视角，确立中外文化交流和对话的平台以及沟通的视域。自古以来，我们就和印度文化有着密切的交流和联系，但国内目前对印度文学研究不多，对印度英语文学的研究更是有限。

印度英语小说是印度文学的重要组成部分。近年来，印度英语小说对世界文学的影响日益扩大，不断有作家斩获各项文学大奖。在世界文化及文学交流日益广泛和深入的今天，对印度英语小说进行专门系统的研究，具有重要的理论和实际应用价值。

1. 文艺思想史的认识

全面梳理、分析和展现印度英语小说的全貌，将印度近现代社会思潮运动、文学思潮的发展和印度英语小说的产生发展及其经典英语小说创作联系起来考察，有利于我们从根本上认识印度英语小说发展的全貌，认识印度英语小说与近现代印度历史发展、文艺运动、文艺思潮更替之间的内在关系。

2. 研究模式的拓展与创新

以研究印度英语小说为契机，深入体会近现代西方文明及文化对东方文化（印度）的改造和影响，理解近现代西方政治、文化对印度英语小说的影响和启示。这不仅是印度英语小说研究深度的突破，更是对我国印度英语小说研究模式及论点高度上的创新。

---

① 孙绍振：《从西方文论的独白到中西文论的对话》，载《文学评论》，2001年第1期。

3. 与当代中国外国文艺研究及批评的发展息息相关

通过对印度英语小说的理论意义和创作特征的分析，不仅有助于丰富我国的印度英语小说研究，加深对印度文学及文化的了解，进而增进对印度民族文化的了解，促进中印文化交流，而且有助于从一种新角度考察近现代中国文学理论批评和创作的发展。观照他者同时也是审视自身，如近现代中国文学理论批评和创作实践之流变与印度文学的发展有何异同，中国英语小说发生发展的理论背景与思想源起如何等，研究成果直接作用于近现代中国文学理论和批评创作，体现出理论研究的现实导向功能。

三、国内外研究现状

印度英语文学产生于19世纪，在印度文学史上是一个年轻的种类。目前，我国对印度英语文学的研究尚处于发展阶段，尤其是对早期印度英语小说的研究不够深入，仅有少数研究性专著问世，对作家作品的译介数量也不是很多。其中，译介较多的是安纳德的作品，有《不可接触的贱民》《苦力》《两叶一芽》《安纳德短篇小说选》《理发师工会》《印度童话选》《村庄》《黑水洋彼岸》《剑与镰》，以及《印度童话集》《印度民间故事集》等。纳拉扬英语小说的中文译本有《男向导的奇遇》（原名《向导》）和《卖甜点的人》，此外还有3篇短篇小说《一匹马和两头山羊》《星象家的一天》和《瞎子的狗》。近年来，学界对印度流散作家的翻译和研究日渐重视，特别是20世纪80年代以来迅速发展，其中V. S. 奈保尔、拉什迪、基兰·德赛、阿拉文德·阿迪加、阿兰达蒂·洛伊、裘帕·拉希莉等人的许多作品都已有中文译本。但是，仍然有很多作家的代表性作品尚未译成中文。

截至目前，我国对早期印度英语小说进行研究的博士论文主要有《独立前的印度英语小说研究》（2005）、《纳拉扬长篇小说研究》（2006）、《拉贾·拉奥小说研究》（2007）、《M. R. 安纳德长篇小说研究》（2008）和《安妮塔·德赛的女性小说研究》（2009）、《维克拉姆·赛特长篇小说代表作〈如意郎君〉研究》（2010）等。这些论文有的是对印度独立前的印度英语小说进行历时性的梳理，并对代表性作家作品进行研究；有的是对某位作家作品的研究。其中有些博士论文的部分章节已在期刊上发表，有些博士论文已经修改后出版，如《R. K. 纳拉扬小说与印度社会》（2010）、《M. R. 安纳德长篇小说类型研究》（2016）。

对印度英语流散文学进行研究的博士论文则数量众多，尤其是对奈保尔和拉什迪的研究。如《奈保尔小说的后殖民解读》（2004）、《政治的奈保尔》（2004）、《V. S. 奈保尔的空间书写》（2006，2007 年出版）、《越界的缪斯：萨尔曼·拉什迪小说研究》（2008）、《萨尔曼·拉什迪小说中的非自然叙事研究》（2017）等。这些论文分别从后殖民理论、空间理论、叙事理论等不同角度对作家的小说创作进行了深入细致的分析。

早期研究性著述有石海峻的《20 世纪印度文学史》、季羡林主编的《东方现代文学史（下）》及颜治强的《东方英语小说引论》等书中的部分章节。这些论著仅对印度英语小说进行了概括性的介绍和评价，对当代印度英语小说创作情况研究较少。《后殖民：印英文学之间》（石海军著）将后殖民文化理论与文学思潮以及文学作品的分析融为一体，研究了 20 世纪印度文学与印度流散文学的现代性与传统问题，是一部比较有深度和广度的专著，而对印度英语小说的整体发展面貌则没有进行细致勾勒。印度流散英语小说的研究性著述也主要集中在对奈保尔的研究，如王伟均的《当代印度庶民社会的想象与再现：阿拉文德·阿迪加小说研究》（2023）对阿迪加的 4 部印度题材英语小说《两次暗杀之间》《白老虎》《塔楼最后一人》和《选拔日》为研究对象，通过分析小说中对印度庶民生活冷峻客观的书写，来考察作者对当代印度社会的发展进程、社会的堕落与黑暗的表现及思考。是目前国内第一部阿拉文德·

阿迪加研究专著。梅晓云的《文化无根：以 V. S. 奈保尔为个案的移民文化研究》(2003)、《V. S. 奈保尔小说研究》(2007)、《流散叙事与身份追寻：奈保尔研究》(2001)、《宗主国倾向和本土意识：以维·苏·奈保尔及其作品分析为例》(2010)、《多元文化语境下的虚构与纪实：V. S. 奈保尔作品研究》(2013)、《英国跨文化小说中的身份错乱：奈保尔、拉什迪、毛翔青小说研究》(2015) 等。尹锡南的《"在印度之外"：印度海外作家研究》(2012) 也是一部对多位印度海外作家或曰流散作家进行研究的专著。书中包括对奈保尔、拉什迪的印度书写进行探讨，将泰戈尔与奈保尔进行比较。此外，还对尼拉德·乔杜里、芭拉蒂·穆克吉、贾布瓦拉、玛康达雅、安妮塔·德赛、维克拉姆·赛特等人的创作从不同角度进行了比较细致的分析。

综上所述，我国对 20 世纪印度英语小说的研究正处于一个勃兴的发展阶段，研究重点或是概论性的介绍文本内容，或是对代表性作家的个案研究。因此，无论是对 20 世纪印度英语小说的发展史，还是对印度英语小说丰富性的宏观把握，都远远不够。

国外对印度英语文学的研究开始较早，其中最有名的是 K. R. 希利尼瓦萨·艾衍加尔的《印度英语文学》(1973，多次再版)。这部著作梳理了印度英语文学的产生和发展，介绍了印度英语散文、诗歌、小说等的创作情况，但研究还比较粗疏，只是将印度英语文学创作的概貌呈现出来。印度国内学者的研究著作有《印度英语小说的主题和技巧》《代表性印度英语小说家研究》等。这些著作有的从艺术手法方面分析印度英语小说的写作技巧；有的从比较文学的角度对印度英语小说进行分析。但整体而言，对印度英语小说的综合性研究有所欠缺，个案研究相对普遍。

据有关学者考证，国外对印度流散文学的研究专著出现于 20 世纪 80 年代初，雅思明·古勒内特的《沉默、流亡、精明——贾布瓦拉小说研究》(1983)，"作品以后现代叙事学为理论工具，讨论贾布瓦拉的小说对于移民夹缝生存状态与身份认同撕裂痛苦经验的再现,其叙事方式与西方文学传统以及印度传统文学之间千丝万缕的联系。在2000年之前,学者对于印度海外文学的研究一般立足于个案研究,鲜有对于印度海外作家群的综合研究,甚至几乎没有'印度离散文学''印度海外文学'等概念"①。

20世纪80年代到21世纪初,奈保尔和拉什迪则是最受关注的作家,相关研究专著有数十部。其中比较有代表性的是查德逊·科里、布鲁斯·金、鸠什等三人的同名学术专著《V. S. 奈保尔》(1989、1993、1994),以及提摩西·布雷南的《拉什迪与第三世界:民族的迷思》(1989)和凯萨琳·克雷的《拉什迪研究》(1996)。2000年前后,印度海外文学出现了以单个作品为研究对象的专著,大量以印度海外作家群为研究对象的综合研究专著,理论批评与方法更加多元化。"2000年之后出版的有关印度海外文学研究的学术著作中最具权威的是维杰·米喜拉的《印度离散文学:给离散的想象以理论化》。这部著作被霍米·巴巴(Homi K. Bhabha, 1949—)以及布鲁斯·金等西方权威文学批评家认为代表了20世纪印度海外文学研究的最高成就。"

总体而言,国内外学界对印度英语小说的研究日益关注,并呈现以下特点。

第一,研究人数渐多,相关的专著及论文均有出现,大体涵盖了印度英语小说的整体概貌,为后来研究者提供了丰富的文献资料。

第二,印度英语小说研究大致呈现两种理路:一种理路是对印度英语小说单篇作品的细读研究或是对某位英语小说家的集中而深入的探讨;另一种理路是将印度英语小说与印度文学传统、印度文学史和殖民文学联系起来进行综合宏观的考察和介绍。

---

① 陈义华、王伟均:《印度海外文学的发展与研究》,载《外国文学研究》,2014年第2期。

具体到20世纪印度英语小说研究而言，专门就20世纪印度英语小说展开全面、精细的研究和阐述的著述很少。无论是对20世纪印度英语小说的发展史，还是对印度英语小说丰富性的具体把握，都有待进一步研究和深入。

四、研究方法

本书坚持实事求是分析解决问题，综合运用思想史、文化批评、文献学、文学社会学、比较文学等理论方法，加以文本细读，对研究对象进行客观分析。

1. 文本分析和理论阐释相结合

印度英语小说代表性文本众多，我们考察其产生、发展、流变，应强调文本和理论相互回证或印证。

2. 历时分析和共时归纳相统一

既要对20世纪印度英语小说的创作做一番梳理和考察，寻找其在不同阶段的特点，也要看到同时期不同作家、作品创作特点的异同，如纳拉扬和安纳德。

3. 宏观把握和微观分析相补充的原则

既要全方位地考察印度英语小说的整体创作，又要重点解读代表作家的作品。

4. 综合运用叙事学、社会学、文化学和比较文学的研究方法

从理论和创作入手，对印度英语小说进行全方位、跨学科的综合研究。

上编

印度英语小说创作概论

第一章　印度英语小说的产生（1800—1900）

　　政治上，英语发展和加强了印度人民的民族一体化意识，其效果和深刻影响迄今为止在印度历史上是仅见的。它还将这一意识同在民主自由情况下实现民族命运的抱负联系在一起。思想上，它使知识分子摆脱使一切首创精神与探索精神瘫痪的精神麻木。英语所展示的科学知识和技术在这片神奇的土地，给新制度培育下的知识分子以深刻印象，那截然不同于他们自己的、更具激发力的文学则使他们陶醉，他们欣然地投身英语学习。随着时间的推移，所有这一切无论如何都会发生，正如它发生在其他民族中的一样。但是，历史环境使英语成为印度这次革命动摇的力量，并赋予它在现代印度及其文学发展中以独特的历史作用。否认这一功绩，如果不是低贱的话，也是不够礼貌的。①

——克利希那·克利帕拉尼

第一节　印度英语小说产生的历史文化背景

　　莫卧儿帝国由阿克巴大帝开创了兴盛局面，经过贾汉吉尔、沙·贾

---

① A. L. 巴沙姆主编：《印度文化史》，北京：商务印书馆1999年版，第602页。

汉时期，到奥朗则布统治时期已由盛转衰。奥朗则布在位时，帝国版图达到最大规模，他去世后不久，帝国便走向解体，形成了分裂割据的局面。这种形势为英国人入侵印度提供了便利，诚如马克思所描绘的："大莫卧儿的无限权力被他的总督们打倒，总督们的权力被马拉特人打倒，马拉特人的权力被阿富汗人打倒，而在大家这样混战的时候，不列颠人闯了进来，把所有人都征服了。"①

  近代西方殖民主义活动开始于地理大发现。1492年哥伦布发现新大陆，不仅提供了大量地理学、海洋学的原始资料，而且对解放思想、开拓视野、激发冒险精神都起到了不可估量的作用。继哥伦布之后，西班牙、葡萄牙、英国、法国、德国、荷兰等国的探险家纷纷外出探险，掀起了"地理大发现"的高潮。1498年，葡萄牙航海家达·伽马到达印度的卡利库特，这是西方殖民主义进入印度的开始。印度逐渐被卷入西方国家之间的斗争。葡萄牙海军从此取得了对印度洋的霸占权，独占海上贸易达150年。17世纪初，荷兰人、英国人、法国人纷至沓来，展开了在印度的利益争夺战。在这场争战中，英国、法国逐渐占据优势，但两国的矛盾也日益尖锐，最终英国取得了对印度的独占权。

  1600年东印度公司成立，英国殖民主义者以商品贸易为借口，开始入侵印度。后来东印度公司逐渐成为英国对印度实行殖民统治的工具。1757年的普拉西战役标志着英国全面征服印度的开始，而莫卧儿帝国的统治者对东印度公司的侵略本质却毫无认识，对其采取阿谀奉承的态度和放任政策，对东印度公司的要求一味退让，允许其通过"双重管理制度"直接统治帝国最富庶的地区——孟加拉。"双重管理制度"规定莫卧儿政府管理民事，而东印度公司拥有财政管理权。东印度公司的这一特权后来又扩展到其他地区。莫卧儿帝国还允许东印度公司在

---

① 马克思、恩格斯：《马克思恩格斯选集》第2卷，北京：人民出版社1972年版，第69页。

第一章 印度英语小说的产生（1800—1900）

印度建立永久性商埠。东印度公司仅在孟加拉省就有 150 个贸易站和 50 个大商馆①，并拥有驻兵权等权利。莫卧儿帝国的一系列妥协政策给印度带来了无法挽救的危害。

东印度公司作为英国在印度的统治机构，为了满足经济掠夺和殖民扩张等需求，迫切需要更多熟悉了解印度具体情况的管理人员。为了对英国的文职人员进行印度的语言、文化、法律和风俗习惯等方面的教育，1784 年威廉姆·琼斯爵士建立"孟加拉亚洲学会"，极大地鼓舞了西方人学习印度法律和印度文化的热情。1800 年东印度公司在加尔各答建立了威廉堡学院。

1813 年英国议会通过了东印度公司特许状法。该法案规定每年至少拨款 10 万卢比复兴文化教育，这是英国当局在印度官方办教育的开始。起初，英国统治者对这笔资金应该如何使用、应该办什么样的教育存在着分歧。一部分人主张资助旧式的印度教育，另一部分人则主张资助以英语为媒介的欧式教育。主张欧式教育一派的代表是印度总督威廉·班汀克和总督立法会议成员麦考莱，他们认为巩固殖民统治最根本的办法是通过灌输西方思想和文化，摧毁印度传统的文化和价值观念。麦考莱公开宣称：实行欧式教育就是要"在英国人和被他们统治的亿万印度人中间造就一个中间阶层，这些人从血统和肤色说是印度人，但其趣味、观点和智能是英国式的"②，使他们成为效忠英王的精英分子。麦考莱等人的观点在英国上层中得到多数人的支持，因此，1835 年总督参事会决定教育拨款只用来推广欧式教育。同年，麦考莱的《印度教育备忘录》发表，殖民政府采纳了以英语作为通用语言的现代教育规划，开始有意识地推动英语在印度的传播。

1835 年，威廉·班汀克颁布的《英语教育法令》使"英国文学"作

---

① 《世界通史》，http：//www.shsz.jsol.net/yifan/downld/BOOK/10/gljx/ts010027.pdf 12/03/2005.

② 林承节：《殖民统治时期的印度史》，北京：北京大学出版社 2004 年版，第 61 页。

为一门独立的世俗学科正式进入殖民政府开办的学校课堂，成为印度学生的必修科目。在这之前，有些英国文学作品，如班扬的《天路历程》，只是作为圣经文学的一部分来介绍的。英国殖民政府在印度进行世俗文学教育，不是为了让印度人与印度宗教分道扬镳，而是希望用潜移默化的方式，疏离印度的文化精英与他们本国的文学传统、梵文经典，以及印度教的联系。有些印度知识分子的确被改造了，他们对英国文化顶礼膜拜，对本民族文化嗤之以鼻。但还有一些人，他们通过学习开拓了视野，认识到自己民族文化中某些愚昧落后的东西，致力于学习外国科学文化知识，希望可以唤醒民众、促进社会进步。

1837年殖民当局以英语取代波斯语作为官方语言。1844年又采取优先录用会英语者为公职人员的政策。在此之前，已经有些私人开始办欧式学校，传教士也以英语为教学语言办学。更重要的是，印度本土的有识之士也致力于兴办学校。1817年早期印度民族主义活动家在商人的资助下于加尔各答创办了具有西方现代特点的印度学院。1828年在孟买成立了同样类型的爱尔芬斯顿学院。两所学院将西方教育与印度教育相结合，开设自然科学和人文社会科学课程，授课时，英语和印度地方语言并用。在政府和个人的努力推动下，近代类型的学校数量增长迅速。1854年的《伍德教育文件》更促进了近代教育的迅速发展。据资料统计，"1843年，教育委员会控制的学校有28所，到1855年增加到151所"①。总而言之，"英国的统治为幅员辽阔的印度带来了英语这个无价之宝，它将成为印度各族人民联系的纽带，在他们中间传播革命的愿望"②。

英文报刊的创办与发行也促进了英语的传播，对印度英语小说的产生起到了一定的推动作用。1780年第一家英文报纸《孟加拉新闻》创办。到19世纪初，加尔各答管区、孟买管区和马德拉斯管区出现了好

---

① 林承节：《殖民统治时期的印度史》，北京：北京大学出版社2004年版，第61页。
② 多米尼克·拉皮埃尔、拉里·柯林斯：《圣雄甘地》，周万秀、吴葆璋译，北京：新华出版社1986年版，第6页。

第一章　印度英语小说的产生（1800—1900）

几种英文报纸，主要供印度的英国人阅读。1813 年允许传教后，大批英国传教士来到印度，他们为宣传基督教教义出版英文报刊。1818 年殖民当局取消了出版预审制度，对出版的管制相对宽松，于是英文和印度地方语言报纸和书籍日益增加，但出版的英文书籍增长的速度远大于印度地方语言书籍出版的增长速度，仅在 1834—1835 年间售出的英文书籍就达 32000 本，而印地语、印度斯坦语、孟加拉语、梵语、波斯语、阿拉伯语书籍总共才 14500 本。① 英文书籍大幅增长的原因是印度本地读者增加，而不是印度的英国人购买量增加。大量英文报纸和书籍的发行与出版对传播西方思想起到了重要作用，正如马克思所说："出版自由，第一次介绍到亚洲社会里来并且主要由印度人和欧洲人的共同子孙来指导，乃是印度重建的新的强有力的要素。"②

无论殖民当局和传教士们的初衷如何，他们的措施和活动给印度带来了重大的影响，主要表现在两个方面：一方面，排斥、鄙视印度文明，把民族虚无主义、自卑感和崇洋媚外心理灌输给印度人，对他们产生了严重的毒害作用；另一方面，批判印度宗教文化，传播西方思想。西方的先进思想文化和科学技术与印度的落后、僵化形成了鲜明的对比，这促使一些具有较强民族意识和爱国精神的知识分子认识到印度传统宗教和社会生活的弊病，开始思考寻找使印度摆脱贫穷落后的方法。他们呼吁社会改革，促成了印度宗教改革和近代思想启蒙运动的兴起，正如奥罗宾多·高士所说，英国的影响给印度带来了必要的冲击，"它复活了沉睡中的智力和批评的冲动；它复活了生命，唤醒了新的创造欲望；它让复活的印度精神面对新的环境和理想，迫切地需要理解、消化和征服它们"③。

---

① K. R. Srinivasa Iyengar, *Indian Writting in English*, New Delhi: Sterling Publishers Private Ltd., 1985, p. 28.
② 马克思、恩格斯：《论殖民主义》，北京：人民出版社 1962 年版，第 76 页。
③ 黄宝生等译：《印度现代文学》，北京：外国文学出版社 1981 年版，第 43 页。

印度启蒙运动的先驱和杰出代表罗姆·摩罕·罗易（1772—1833）是"近代民族复兴的先知"。他希望吸收西方的长处，革除印度各方面弊端。罗易从宗教改革开始，提出"梵是唯一的神"。同时，他还大力提倡创办学校和报刊，对人们进行政治启蒙教育，使他们了解西方的先进思想，掌握科学技术。印度学院就是他在英国朋友维达·海尔资助下，与布迪那特·穆克尔吉等人一起创办的。这是第一所印度人自己创办的欧式教育和印度式教育相结合的近代学院。他在分析了欧洲人居留印度的影响之后得出结论："欧洲人在印度的居留至少可以是实验性的，至于其作用在通过一定范围的仔细观察后才能看出。因此，在经过深思熟虑后，我认为：政府不仅应当允许受过良好教育的欧洲人在印度居留，而且应当鼓励他们在印度居留，并且不应限制地点或设置任何阻碍。同时，政府也应当允许欧洲人组织在印度的存在。"[①] 罗易本人不仅用孟加拉语写作、翻译宗教典籍，还用英语著书立说。他的英语著作有《耶稣的箴言——和平与幸福的指南》《一神论者的赏赐》等。他是印度第一位英语散文大师，他的著作和大量短论显示出明快流畅的文风。

罗姆·摩罕·罗易死后，他倡导的印度教改革运动继续发展。梵社、圣社等组织的活动，在一定程度上起到了革除印度教某些弊端的作用，使资产阶级平等、博爱思想开始在印度传播。印度教改革运动对启发民族主义觉悟起到了重要作用，并为后来的民族独立运动培养了一批领导人和骨干。

第二节　印度英语小说初期创作概况

"套话"一词是英文"stereotype"的汉译，原意是"铅版"，即印

[①] K. R. Srinivasa Iyengar, *Indian Writting in English*, New Delhi: Sterling Publishers Private Ltd., 1985, p.27.

第一章 印度英语小说的产生（1800—1900）

刷中使用的用纸型浇铸的铅合金复制版，后来被转借到思想领域，喻指一成不变的旧框框、老俗套。到了19世纪，人们开始使用"stereotype"的转义用法，首次用于社会科学领域内的是美国学者瓦尔特·利普曼，他在1922年出版的《公众舆论》一书中把"套话"描述为"我们头脑中现存的形象"。由此可见套话与形象的关系。

印度学者保罗·韦尔盖塞博士认为，"除了文学之外，没有更好的尺度来衡量一个国家的文化了，文学是'社会的反映'。在现代印度，不论是用英语还是用方言创作，小说家们都是他自己文化形式的一部分，他们的创作都反映了国家的形象"①。文学形象的塑造和表现涉及的最直接要素是形象的来源和形象的塑造者或表现者。就印度在文学作品中的形象来说，其来源是印度，而英国人则以注视者的身份出现，是形象的塑造者，即"我注视他者，而他者形象同时也传递给了'我'这个注视者、言说者、书写者的某种形象"②。在这种关系中，注视者始终占据优势地位，决定了如何去看被注视者。

进入印度的英国人，他们有的以惊叹的眼光看待印度丰富的文化，如威廉·琼斯，他赞美梵语"具有奇妙的结构，比希腊语更完美，比拉丁语更词汇丰富，比这两者更优美得多"③；有的则对印度的落后和保守不屑一顾，麦考莱就是这样的代表性人物，他曾狂妄地说："一架优秀的欧洲文学书籍抵得上整个印度和阿拉伯的文学作品。"④ 持不同观点的英国人常在报刊上发表自己在印度的游记、见闻，有的还加上自己的一些发挥和想象。这些文章引起了英国国内读者的浓厚兴趣。在他们眼里，印度是一个神秘莫测、充满幻想的国度——那里有大如鸽卵的红宝

---

① Dorothy M. Spencer, *Indian Fiction in English*, Philadelahia: University of Pennsylvania Press, 1960, p. 35.
② 童庆炳主编：《文学理论要略》，北京：人民文学出版社1998年版，第157页。
③ 转引自斯塔夫里阿诺斯：《全球通史——1500年以后的世界》，吴象婴、梁赤民译，上海：上海社会科学院出版社1999年版，第590页。
④ 林承节：《殖民统治时期的印度史》，北京：北京大学出版社2004年版，第61页。

石，取之不尽的胡椒、生姜、靛青，还有可永葆青春的灵丹妙药。这种认识几乎成了"套话"，一种"单一形态和单一语义的具象"，"这个具象传播了一个基本的、第一和最后的、原初的'形象'"①。

　　在英国人写的小说中，印度的服饰、食品等多有出现，不仅如此，很多时候它们还是奢华和异国情调的同义词。如盖斯凯尔夫人（1810—1865）在她的《南方与北方》（1855）中提到印度披巾。萨克雷的《名利场》（1847—1848）中，开司米围巾、绿松石手镯、象牙棋子等产自印度的物品随处可见。虽然这些描写在小说中都是次要的、装饰性的，但它们会产生极大的魅力，让读者体验到浓浓的异国情调。同时，读者对"异国情调"的追寻和渴望，以及英国与印度之间巨大的时空距离，便产生了建立在相互区分、差异确定基础上的"他者"。"在用高等级文明的古老传统来理解不同民族的印度教世界中，存在着不仅是社会意义上而且在一定程度上是种族意义上的社会等级化……这个社会既包括婆罗门主义又有伊斯兰教存在。两种或更多以不同的宗教为基础的重要文化共存。正当这个世界处于一片混乱之中时，英国人来了，带着他们那世界上最优秀的文化给予他们的自信……"② 英国人，包括英国作家，多站在俯视的角度，居高临下地对待印度，他们用轻视，甚至鄙视的眼光看印度。在他们笔下，印度是愚昧、贫穷、野蛮、落后的代名词，印度的一切对那里的英国人来说只是幕布，只是陪衬，印度人与白人之间是无法真正沟通和理解的，特别是在1857年大起义之后，印度人和英国人之间的隔阂和仇视更深了，在吉卜林和E. M. 福斯特等人的小说中就不难看到这一点。如E. M. 福斯特的《印度之行》（1924）中一位曾当过护士、经常与印度人打交道的英国妇女这样看待印度人，"对本地

---

① 乐黛云、张辉主编：《文化传递与文学形象》，北京：北京大学出版社1999年版，第198页。

② 陶家俊：《文化身份的嬗变——E. M. 福斯特小说和思想研究》，北京：中国社会科学出版社2003年版，第35页。

第一章 印度英语小说的产生(1800—1900)

人,我们最仁慈的做法是让他们死亡"①。

到了19世纪末期,"一个想象中的印度被制造出来了。它既不包含任何社会改变的因素,也不含有政治威胁的因素。东方化是这种把印度社会设想成为没有敌视英国渗透的结果。因为,东方化的执行者是在这个设想中的印度的基础上建立永久统治的"②。古老、神秘的印度在英国人的视野里显得光怪陆离、异彩纷呈,英国作家虚构而成的文本化的印度被确定下来之后,又反过来影响了印度作家和那些试图了解印度的其他西方人。西方有这样一句谚语:"如果在路上碰见一条毒蛇和一个印度人的时候,要活命的话则要先把印度人打死,再回头来对付那一条毒蛇。"③ 也许,这句话最初只是某个西方人在受到某个印度人严重伤害后怒不可遏而做出的评价,但在这里,一个印度人就有了象征所有印度人的功能,人们从中接受到了印度人比毒蛇还要恶毒、更具危害性的信息。一旦人们认同这种说法,在与印度人打交道的时候,这种认识便会潜藏在心中,挥之不去。

文学是语言的艺术,它的传播、出版与语言有着非常密切的关系。"挟殖民强势而入的英语,利用各种行政法令的形式,牢固地奠定了自己在这个语言繁多的国度(即印度——引者注)的统治语言的地位。1817年英语被确定为法律用语,1837年被确定为官方语言;在R. M. 罗易的倡导下,英语进入学校,成为教育语言;而英文报刊的创立④、英语出版物的大量涌现,更使英语的影响力大大加强。"⑤ 英文报刊和书籍

---

① E. M. 福斯特:《印度之行》,杨自俭、邵翠英译,合肥:安徽文艺出版社1990年版,第26页。
② 爱德华·W. 萨义德:《文化与帝国主义》,李琨译,上海:三联书店2003年版,第212页。
③ http://www.eximbank.com.tw/eximbank/eximdocs/news 10/12/2004
④ "创立",原引文如此,在这里用"创办"更恰当些。
⑤ 梅晓云:《印刷资本主义的兴起与英—印文学交往关系》,载《外国文学研究》,2002年第2期。

中登载的英国诗歌、小说等文学作品也引起了印度读者，尤其是精英知识分子的兴趣，有些人便开始尝试用英语来写作诗歌和小说。

第一个用英语写小说的印度人是般吉姆·钱德拉·查特吉。1864年他的第一部英语小说《拉贾莫汉之妻》在《印度园地》周刊连载，讲述了一位妻子受到丈夫不公正对待的故事。但这部小说并不算成功，此后，般吉姆改用孟加拉语创作小说。他的长篇小说《阿难陀寺院》和《毒树》都有中文译本。他还创办了杂志《孟加拉观察》。他的孟加拉语长篇小说常在此杂志连载，深受孟加拉人民的喜爱。泰戈尔小时候就喜欢读他的小说，并深受影响。

从19世纪60年代到19世纪末，印度英语小说不断出现，作者大多是孟加拉人和马德拉斯人，因为这两个地方最早受到英国殖民的影响。大部分小说是社会小说，还有少量历史小说。这些小说的作者主要是模仿18、19世纪的英国小说，尤其是笛福、菲尔丁和司各特等人的小说，没有什么独创性。

18世纪的英国已经历了资产阶级革命，工业革命促进了社会生产力迅速提高，导致了资产阶级和无产阶级的形成，并使各种社会矛盾日趋复杂。这一时期，古典主义文学、现实主义小说和感伤主义文学更替兴衰，但总的看来，现实主义小说成就最为突出。

笛福（1660—1731）是英国现实主义小说的奠基人。他的《鲁滨孙漂流记》（1719）是英国文学史上第一部现实主义小说，以第一人称的形式叙述了一个水手的冒险经历。菲尔丁（1707—1754）是18世纪英国最优秀的现实主义小说家，他的《弃儿汤姆·琼斯的历史》（1749）通过私生子汤姆的经历，反映了18世纪英国社会生活的各个方面，乡村、城市、旅店、戏院、监狱、杂货店等场景栩栩如生，其中也包括社会各个阶层的人物。司各特（1771—1832）则是欧洲历史小说的开创者。他于1819年出版的《艾凡赫》最为有名。小说以12世纪英国皇室内部统一与分裂两大势力的冲突为背景，真实再现了历史斗争的面貌，

第一章 印度英语小说的产生（1800—1900）

歌颂了国家统一，反对分裂，反对民族压迫，赞美了劳动人民的勇敢战斗精神，在现实主义的描绘中浸透着浪漫主义的激情。司各特的历史小说丰富和发展了英国和欧洲文学，对后世作家产生了广泛的影响。

以笛福和菲尔丁为代表的现实主义小说创作，以及以司各特为代表的历史小说创作引起了印度人的极大兴趣，他们学习模仿英国小说的创作风格。不过，他们将小说的背景和故事发生的地点安置在印度，为迎合西方读者的阅读好奇心以及他们对印度形象的认识，印度英语小说家们在充满异域风情的氛围中描写印度奇特的风情和趣闻。

这一时期出现的小说家中有几位女性，她们是朵露·德特、格露帕伊·萨迪娜帕恩特和 S. M. 妮格姆蓓等。

加尔各答人朵露·德特（1856—1877）创作的《妙龄西班牙少女》，曾在《孟加拉》杂志（加尔各答，1878 年 1—4 月）上连载。这部小说讲述了一位西班牙少女（实际上她的言谈举止更像一名印度少女）的浪漫爱情故事。她和父母一起到英国，在那里她爱上了父母为她挑选的丈夫亨利。小说中的少女与朵露本人在英国生活的经历有关。格露帕伊·萨迪娜帕恩特写的两部小说《格玛拉——印度生活故事》（1895）和《萨库娜——本土的基督教徒生活的故事》，也都带有自传性。小说中也包含了许多浪漫主义因素，带有浓厚的感伤主义色彩的描写。S. M. 妮格姆蓓创作了一部小说，名为《拉坦芭伊——一位孟买高级种姓的年轻妻子的画像》（1895）。

与女作家相比，男性作家更多一些，他们创作的英语小说也更多。从 1864 年到 1900 年共出版了 14 部英语长篇小说，它们是克里希那·普恩的《孟加拉男孩》（1866）、特拉昌·穆克杰的《蝎子或东方思想》（1868）、拉尔·柏赫利·戴的《一位孟加拉农民的故事》（1874）、《格沃莉——一个印度农女》（1876）、安那特·布卢萨·杜德的《懒惰》（1878）、S. 淳特尔·杜德的《年轻的地主》（1883）、T. N. 达斯的《赫利姆帕的婚礼》（1884）、M. M. 阿里·贝格的《拉伦——被拉库恩或班尼巴德的战争》（1884）、萨吉诃·穆尔的《布鲁恩王子的趣事》（德里，1886）、M. 杜德的《柏利乔·昌德——一个印度传奇》（1888）、《格莫鲁巴和格莫拉德》（1889）和《匹斯瓦思的生活和历险》（1900）、Y. 查都巴特亚的《女孩和她的家庭教师》（1891）和 B. R. 拉贾姆·艾耶尔的《真正的成就或瓦苏特瓦·萨思德利》（最初在《普拉布达·巴拉达》杂志连载，1925 年在伦敦汇编成书出版）等。①

最早的印度英语短篇小说集是 1885 年才出现的。这一年出版了两部英语短篇小说集，它们是 S. C. 杜德的《印度的现实生活：来自印度刑事案件报道中的故事》（1885）和他与 S. M. 塔古尔共同创作的《往昔岁月：印度历史故事集》（1885）。1886 年到 1900 年前出版的短篇小说集有 P. V. R. 拉朱的《六十名马德拉斯人的故事》（1886）和《印度寓言故事》（1887）、S. C. 杜德的《一盘咖喱米饭与其他难以消化的成分》（1892）、K. 查格拉瓦勒迪的《瑟勒拉和亨克那——印度生活故事》（1895）、萨梅尔和玛拉·萨德哈那特的《印度基督教徒的生活故事》（1898）和 B. R. 拉贾姆·阿依亚尔的《故事荟萃》（1896—1898）等。

上面列出了我们知道的 1900 年以前出版的全部长篇小说和短篇小说集，共有 20 多部，数量还不算太少。但遗憾的是，这些小说出于年代久远、保存不善等原因已经失传，它们的具体内容我们无从知晓。不过根据现有资料和这些小说的标题以及当时的历史文化条件来看，这些小说大多无法跳出当时英国小说的模式，如朵露·德特的《妙龄西班牙少女》带有传记性，就像笛福的《鲁滨孙漂流记》一样，也用第一人称叙述，小说情节真实，带有浓厚的现实主义色彩。同时，为了追求经济利益，印度英语小说家为满足读者的好奇心理，尤其是英国读者（许多小说都在伦敦出版）的阅读需要，在创作中不免会落入"套话"的窠

---

① 参见 M. K. Naik, *A History of Indian English Literature*, Delhi: Sahitya Akademi, 1982, p. 107。

第一章 印度英语小说的产生（1800—1900）

曰，描写一些发生在印度的充满异域风情的故事和人物的传奇经历。

印度的高文盲率、多种语言并存、现代意义上小说创作传统的缺失，以及民众缺乏阅读的习惯等都使印度英语作家在自己的国家中处于比较孤立的境地。这一时期的印度英语作家利用殖民者的语言——英语，将印度本土的历史、神话、传说、民间故事、现实生活作为素材来创作文学作品。与同期的印度英语诗歌、散文等创作相比，英语小说的创作还处于比较幼稚的阶段。这个时期的印度英语小说家还只会鹦鹉学舌，因袭模仿欧洲小说，尤其是英国小说。他们希望得到国外读者的认同，就像一个离开襁褓的婴儿，刚能蹒跚学步，只会亦步亦趋地跟在大人的后面，有时还需要大人的牵领，唯恐走错了路，迷失方向。婴儿会做出一些滑稽、可笑的姿势，"手之舞之，足之蹈之"，以博得大人们的掌声和宠爱。可他们总要慢慢长大，终将摆脱大人的束缚，说出自己的心声。

第二章　印度英语小说的发展（1900—1920）

英国的教育制度把西方的文学和政治思想的部分引入印度，也促进了印度民族主义的发展。自由主义和民族主义的原则、个人自由和民族自决的原则，不可避免地变得对外来的英国统治不利起来。印度的领袖们不仅运用西方的政治原则，而且运用西方的政治技术。报纸、讲台上演说、编写小册子、群众集会、规模巨大的夙愿——所有这些都被用作适合于民族主义磨坊的制粉用谷物。①

——斯塔夫里阿诺斯

第一节　印度英语小说发展的历史文化背景

19世纪七八十年代，印度资产阶级改良运动在深度和广度上都取得了很大的发展。1885年12月28日，印度国民大会党在孟买举行成立大会，宣告了印度国大党的诞生。印度国大党的成立不仅为印度资产阶级

---

① 斯塔夫里阿诺斯：《全球通史——1500年以后的世界》，吴象婴、梁赤民译，上海：上海社会科学院出版社1999年版，第454页。

第二章 印度英语小说的发展（1900—1920）

民族解放运动提供了新的强有力的领导，而且加强了民族团结，如马德拉斯著名活动家维腊腊加瓦·恰里阿尔说："我们现在开始认识到，尽管在语言、社会习俗上存在着差别，我们具有了各种因素，使我们真正形成一个民族。"① 国大党成立后的前20年，在传播民族主义思想、推进民族意识、促进民族团结等方面做了许多工作。

1914年8月，第一次世界大战爆发，印度作为英国殖民地被拖入战争，成为英国的兵源地和物资供应地。为了争取印度独立，1916年12月，国大党和穆斯林联盟同时在勒克瑙举行年会，它们批准了一个改革方案，即《勒克瑙协定》。这个方案重申印度人民的斗争目标是实现自治，并提出了一系列具体的改革要求。实际上，《勒克瑙协定》成了两个组织的共同行动纲领，印度在实现民族团结的道路上前进了一大步。

在这一时期，许多政治家会用英语来发表政见、鼓舞人民，与殖民统治进行斗争，如提拉克就用英语写了许多政论性的文章。政治运动的风起云涌不可能不影响到文学创作，印度文学家不是两耳不闻世事的书呆子，他们创作的一些文学作品忠实地反映了印度民族独立斗争的发展。印度英语诗歌和散文发展非常迅猛：大诗人泰戈尔除了将自己的诗歌和戏剧翻译成英语外，还用英语创作了《人格》《人的宗教》等散文作品。曼莫汉·高士（1867—1924）和奥罗宾多·高士（1872—1950）创作了许多优秀的诗歌作品，如《情歌和挽歌》《爱情和死亡之歌》等。奥罗宾多同时也是伟大的散文大师和思想家，他的《神圣生活》《瑜珈综观》等鸿篇巨著，文风淳朴优美，思想博大精深。此外，还有一位著名的女诗人萨罗季妮·奈都（1879—1949），她的诗集有《金色的门槛》（1905）、《时间之鸟》（1912）和《折断了的翅膀》（1917），诗歌中充满了炽热的爱国主义激情，散发出清新活泼的气息。

---

① 转引自林承节：《殖民统治时期的印度史》，北京：北京大学出版社2004年版，第167页。

穆斯林启蒙运动开始得较晚。最主要的穆斯林活动家是北印度的赛义德·阿赫默德汗和孟加拉的阿布杜尔·拉蒂夫、赛义德·阿米尔·阿里。他们都认为改变穆斯林落后地位的关键是传播西方教育，为此必须与殖民当局合作、取得支持。1864年，赛义德·阿赫默德汗成立科学社，主要工作是将西方著名哲学、史学和经济学著作翻译成乌尔都语，以便穆斯林阅读。他创办了《社会改革家报》，大力提倡学习西方先进的思想和科学技术，同时号召穆斯林用乌尔都语代替只有上层少数人掌握的波斯语和阿拉伯语作为文学语言。赛义德·阿赫默德汗自己还身体力行，用乌尔都语写了许多著作。1877年，赛义德·阿赫默德汗在阿里建立阿里加学院，培养既掌握东方知识又掌握西方科学文化的穆斯林。阿布杜尔·拉蒂夫1863年在加尔各答建立文学社，明确规定文学社的宗旨就是关心当代政治和了解现代思想知识，提倡学习英语，研究西方文学和思想。它是穆斯林第一个启蒙团体。他们的这些努力扩展了穆斯林的思想文化视野，提高了他们的知识水平，培养了大批穆斯林人才，为促进穆斯林的政治觉醒和印度民族运动的发展都起到了有益的作用。

第二节　印度英语小说创作概况

这一时期的印度英语小说创作逐渐摆脱了模仿英国小说创作模式的局限，开始涉及印度社会现实状况。相对于诗歌和散文创作的丰富和成熟，小说创作仍略显稚嫩。印度学者罗梅什·金德拉·杜德在《孟加拉文学》（1877，第1版）中认为："英国人征服孟加拉（印度第一位现代历史学家写道）不仅是一场政治变革，而且引起思想和观念、宗教和社会方面更大的变革。……因此，对自由、力量和宗法制度，我们的文学在习惯、爱好和情感方面都经历了相应的改变。对古典梵语的爱好让位于对欧洲的爱好。从男女诸神、国王皇后、王子公主的故事，我们懂得了屈尊于低层各界去同情普通市民乃至普通农民；从赞美匀称的一致，我们屈尊去欣赏个性的力量和自由；从赞美伟人的显赫与荣耀，我们现在转而甘心情愿地欣赏卑贱者的自由与反抗。"① 这种说法在1877年对加尔各答的个别知识分子是适用的，但在孟加拉和印度其他地方并非如此。正如我们前面所讨论的，前一阶段的印度英语文学创作还很幼稚，迎合、模仿的痕迹很明显，因此作者1895年再版此书时删掉了这段话。可是用这段话来概括这一阶段的小说创作却很合适。

有些印度英语小说家看到了社会的变革，意识到自己应当担负起唤醒民众的重任，于是在他们的小说中除了达官贵人、王子公主之外，也出现了一些平民和小人物形象，记述印度的一些风俗和普通人日常生活中的一些琐事。他们力图在东西方之间充当桥梁，将一个真实的印度介绍给西方读者。

这种情况的出现与西方小说观念，尤其是英国对小说的批评认识有很大的关系。虽然英国早在18世纪就出现了笛福、菲尔丁等伟大的小说家，可是到了19世纪，英国小说家和批评家仍然面临着正统文人的攻击，他们把小说家称为"最低档的文学技匠"，把小说贬成"低级体裁"。② 为了确立小说的地位，支持小说创作的批评家和小说家都把小说的实用功能作为挡箭牌，强调小说的教化功用。19世纪中叶盛行的功用主义哲学思潮也为强调小说各种实用功能的观点提供了养料。从19世纪初到下半叶，英国的《北不列颠评论》《爱丁堡评论》等一些著名刊物经常刊登有关小说道德功能的文章，对小说功用的探讨逐步深入。最初评论家把小说视为一种工具，后来把追求高尚的道德目标看作小说家的神圣使命，之后，再深入探索小说的叙事角度等艺术层面。当时的主要小说家也倡导过小说的道德教诲功能，最有代表性的是乔治·艾略

---

① A. L. 巴沙姆主编：《印度文化史》，北京：商务印书馆1999年版，第612页。
② 转引自殷企平等：《英国小说批评史》，上海：上海教育出版社2001年版，第66页。

特。她力求通过小说培养"道德情感","如果（小说）艺术没有增强人们的同情心，那么它就没有起到任何道德作用……我对我的小说所能产生的效果只有一个热切的希望，即人们读了它们之后能想象并感受他们的痛苦和欢乐"①。狄更斯则主张小说不仅要唤醒人们对贫苦大众的同情，而且要激起人们对他们的崇敬，从他们身上发现和学习美德。小说的社会功能、认知功能和愉悦功能等也是这一时期的热门话题。

印度英语小说家受到这些认识的影响，尝试让小说承担起社会道德的作用，在小说中描写印度普通人民的生活和他们的高尚道德情操。他们对英国文学和哲学，如浪漫主义田园诗、哲学论文、唯心主义理论等非常热衷，对司各特、狄更斯、华兹华斯、罗斯金等很感兴趣。

在长篇小说的创作中，孟加拉的摩特威赫和 T. 拉摩克里希那·比莱是当时比较有名的小说家。摩特威赫的《提莱·戈文德》（1916）是一部带有自传色彩的小说，讲述了一名印度婆罗门青年的精神发展历程。在西方教育的影响下，他起初抛弃了自己的信仰，迷失了方向，失去精神的依托。可到最后，他重新发现只有印度的神祇黑天能带给自己真正的平和，唯有本民族的信仰才可能拯救自己干涸荒芜的心灵。小说中对南印度农村和城市生活的描述真实细腻。他的另一部小说《柯勒林达》（1915）是一部历史传奇，讲述了一位基督教妇女的经历。此外，他还创作了《南达：反抗种姓制的贱民》（1923）和《勒德·班纠——一名现代印度人》（1924）等。T. 拉摩克里希那·比莱创作了两部历史传奇小说：《莲花女》（1903）和《致命一跳》（1911），我们将在下节进行分析，此处就不详述了。

旁遮普作家 S. J. 辛格创作了 4 部小说：《奴尔·杰汗——一位印度王后的传奇故事》（1909）、《纳斯琳——一首印度杂曲》（1911）、《格姆拉》（1925）和《格姆尼》（1931），前三部在伦敦出版，第四部在拉

---

① 殷企平等：《英国小说批评史》，上海：上海教育出版社2001年版，第61页。

合尔出版。

除上述英语小说作家外,还有孟买和印度北部等地的英语小说家,他们的创作包括 S. T. 拉姆的《全世界的印度人》(1902)、M. V. 奈都的《卡玛拉王子或模范妻子》(马德拉斯,1904)、L. B. 帕尔的《孟加拉闺房一瞥》(1904)等14部长篇小说。

与长篇小说的创作相比,短篇小说创作的成就要小得多,但也取得了一些成就,最重要的短篇小说作家当推科尼利雅·索拉布吉。他出版的短篇小说集有《帷幕后的爱与生活》(1901)、《阳光儿童——对印度儿童生活状况的研究》(1904)、《生活在黄昏——印度妇女个案研究》(1908)和《印度的伟大人物传说》(1916)等4部。这些小说大多记述了印度人日常生活和一些发生在平民身上的趣闻、故事。后来,科尼利雅·索拉布吉还写了回忆录《印度往事》(1934)和《印度追思》(1936)。此外,还有 S. S. 波士的《幽默故事集》(1903)、S. M. 纳特萨·萨斯德利的《印度民间故事》(1908)等诸如此类的民间传说和故事汇编。

从上面提到的这些作品看,这个时期的印度英语小说创作总的说来还比较稚嫩,他们在创作上或多或少地受到了英国小说创作模式的影响,但是也有些作家热衷于将印度民族的历史、神话、传说、民间故事和人们的现实生活作为素材进行创作。在他们的小说创作中,有的小说家(如 T. 拉摩克里希那·比莱)将小说故事发生的地点设置在印度,开始有意识地在老套的故事情节中增加一些新内容,进行新的尝试,将新的时代思想渗入其中,把印度的一些习俗介绍给外国读者。虽然小说的表现方法并不十分高明,但他们的不断努力实践为后来印度英语小说水平的进一步提高打下了基础。

第三章　印度英语小说的活跃（1920—1947）

"印英文学"与印度文学在类别上没有本质不同。前者是后者的一部分，是它的光荣的现代表现。印度文学开始于吠陀，一直散发出绚丽的光辉。随着时代和历史的不可抗拒的兴亡盛衰，它的光辉时而较强，时而稍弱，一直发展到目前泰戈尔、伊克巴尔和奥罗宾多·高士的时代，并大有发展前途，随着我们和人类将来的发展而发展。①

——C. R. 雷迪

第一节　印度英语小说活跃的历史文化背景

印度民族资产阶级政党在第一次世界大战期间提出了自治要求，并利用战争之机推动自治运动。在这一过程中，民族资产阶级政党之间也加紧了团结合作。1916年12月，国大党温和派和激进派实现了统一，确立了激进派代表提拉克的领导地位。同年，国大党与穆斯林联盟也第

---

① 黄宝生等译：《印度现代文学》，北京：外国文学出版社1981年版，第41页。

第三章 印度英语小说的活跃（1920—1947）

一次实现了合作，象征着"团结的印度"的诞生，这为后来甘地支持哈里真运动、穆斯林积极参加不合作运动奠定了基础。

1915年初，甘地从南非回到印度。在体察民情，熟悉印度的情况后，甘地开始活跃在印度的政治舞台上。甘地提出"神即真理""真理即神"的论断，提出为实现真理要采用非暴力的方法，倡导爱一切人，包括爱英国统治者，坚决反对武装斗争。甘地赞成司瓦拉吉纲领，但他所争取的司瓦拉吉不仅是政治自主或独立，而且包括人的精神完善和社会协调。甘地主张实现印度各阶层、各宗教的大团结，呼吁群众参加坚持真理运动，以壮大民族运动的力量，并使所有人在斗争中逐步提高精神境界，增强自治、自助、自救能力，达到精神完善。第一次世界大战后期，甘地领导的一系列非暴力斗争，如昌帕兰地区蓝靛农民反对种植园主压迫的斗争、阿赫米达巴德工人争取提高工资的斗争和凯拉地区农民要求荒年减税的斗争，都取得了一定成果。甘地的活动使国大党的影响第一次扩及偏远落后地区和下层人民之中。

第一次世界大战期间，大多数民族主义者幻想同英国合作以换取战后印度的自治。提拉克放弃了反英立场，转而支持英印政权。甘地则积极为英国募兵。但战争结束后，英国政府背信弃义，仍无意让印度实行自治，这使得印度人民的反英情绪高涨。面对觉醒的人民，1919年3月英国殖民当局通过了野蛮的"罗拉特法案"，授予英印总督宣布戒严令、设立特别法庭和随意逮捕判决人民的特权。这不仅使民族主义者大失所望，更激起了印度人民的强烈反抗。甘地及其领导下的国大党改变了与英国殖民当局合作的立场，为抗议"罗拉特法案"号召印度人民在4月6日举行总罢业、绝食，但不准人民群众以暴力手段反对英国殖民统治。可印度人民冲破了国大党的限制和约束，一些地区爆发了骚乱事件。1919年4月13日，阿姆利则城数千名居民在贾利安瓦拉巴格广场举行和平游行，抗议英国人对该城采取的报复措施。该城军区司令戴尔将军大怒，亲自指挥士兵向集会群众开枪，以示惩戒。结果，1000多人被打死打伤。这就是英国殖民当局一手制造的耸人听闻的"阿姆利则惨案"。这一事件激起了印度人民更大的愤怒，全国各地相继爆发起义。甘地认为群众的行动有违非暴力原则，于是宣布停止非暴力抵抗运动。

1920年8月1日，为了抗议英国等战胜国强加给土耳其的《色佛尔条约》，甘地发动第二次非暴力不合作运动。这次运动发展迅速，抵制英货的浪潮席卷全国。许多政府机关停止办公，手工纺织运动遍及城乡，这次运动的情况在一些印度英语小说家的小说中有所反映，如在拉贾·拉奥的《根特浦尔》中，根特浦尔的村民响应穆勒蒂的号召进行手工纺纱。1922年2月4日，联合省乔里乔拉村农民火烧警察局，21名警察被烧死。甘地认为这破坏了非暴力原则。2月12日，在巴多利国大党工作委员会上，他主持通过了停止非暴力不合作运动的决定。虽然这次运动很快就结束了，但促成了人民前所未有的觉醒，使人民有信心通过自己的力量来取得民族自由。

1930年，甘地又发动了"不服从运动"。甘地选定反对食盐专卖法作为这次抗争的突破口，3月12日他与78名追随者开始了"食盐长征"。4月8日，甘地又号召组织妇女志愿服务队担任抵制的纠察工作，焚毁洋布，家家户户纺纱，取消不可接触制度，实行教派团结，抵制法庭和学校，放弃公职。此后几个月，除了城市里声势浩大的不服从运动之外，农村的非暴力抗缴田赋运动也深入发展。英印当局发布镇压令，尼赫鲁和甘地先后被捕入狱。1931年3月初，印度总督欧文同甘地谈判，签订《德里协定》。协定宣布：国大党停止文明不服从运动；英国废除一切戒严令，释放政治犯，实行保护关税。

在印度民族运动中，许多政治家采用母语和英语来发表文章或办报刊，力图唤醒人民的政治觉悟，如提拉克曾编辑出版马拉提语的《猛狮报》和英语的《马拉地人》。甘地创办英语报纸《青年印度》和《哈里真》来传播自己的观点、纲领和自由的呼声。在他的影响下，印度英语写作的作用也得到了印度政治家和读者的普遍承认。

第三章　印度英语小说的活跃（1920—1947）

甘地领导发动的这些运动给印度人民的现实生活带来了重大影响，对他们的思想也形成很大冲击。甘地得到人民的爱戴，被尊称为"圣雄"。在民族运动的游行中，人们高呼着"圣雄万岁""印度母亲万岁"的口号勇敢前进。甘地的形象作为小说中的人物多次出现在印度英语作家的笔下，如安纳德的《不可接触的贱民》（1935）和《剑与镰》（1942）中都有对甘地演讲的描写。在印度英语小说主题的选择和人物的刻画上，甘地思想的影响更是随处可见。"如果在这一时期没有甘地的出现，K. S. 文格德拉默尼、穆尔克·拉吉·安纳德和拉贾·拉奥也许无法创作出那么好的作品。"[1]

1917 年俄国十月革命的胜利使印度资产阶级革命者深受鼓舞。其中有些人接触到马克思主义后，世界观和立场发生了重大变化，成为印度最早的马克思主义者，他们开始把马克思主义运用于印度，争取民族解放。他们深入工人之中，把马克思主义与工人运动相结合。他们向工人群众灌输马克思主义思想，使之提高政治觉悟，认识到自己的阶级地位和历史使命。1921 年印度国内出现了共产主义小组。1921—1922 年，加尔各答、孟买等 5 个城市先后建立了共产主义小组，领导工人斗争。1925 年，各共产主义小组在康浦尔举行会议，成立了印度共产党。印度共产党深入工人群众当中，对他们进行民族主义和阶级教育，共产党领导下的革命工会也发挥着越来越大的作用。

马克思主义的传播使先进的印度知识分子开始学习或运用辩证唯物主义和历史唯物主义的观点，他们借此来分析印度的政治、经济、社会和文化问题，批判各种愚昧的宗教观念和唯心主义、封建主义思想。印度的进步作家于 1936 年召开印度第一次全国进步作家代表大会，成立印度进步作家协会，促进了进步文学的发展。20 世纪 40 年代的进步主义文学运动就是建立在马克思主义美学思想基础上的一个文学

---

[1] M. K. Naik, *A History of Indian English Literature*, Delhi: Sahitya Akademi, 1982, p. 118.

流派。

　　经过印度人民不懈的斗争和努力，1947年7月18日，英国议会通过了《印度独立法》。同年8月14日，巴基斯坦自治领宣布成立，15日，印度自治领宣布独立。巴基斯坦和印度仍留在英联邦内，作为主权国家与英国及联邦其他成员国完全平等。印度取得了民族独立斗争的最后胜利。

　　印度英语文学不可避免地受到以上社会政治文化因素的影响，印度英语小说中出现了许多描写社会现实问题的作品，如反映甘地领导的民族运动、贱民的苦难、农民的悲惨生活等内容的小说。从印度英语小说家的总体创作来看，他们完全摆脱了他者"套话"的束缚，立足于印度民族的立场，收回了自我阐释权，用自己的声音来描述本民族生活，记录本民族历史。

　　印度英语小说自诞生之日起就不断受到西方文学文化的影响，这一阶段也不例外。印度英语作家在学校教育中接受了不少西方思想。弗洛伊德和尼采等人的理论给他们以启发，乔伊斯、伍尔夫、艾略特等作家超现实主义的写作手法为他们提供了新的阐释印度现实的方法。著名的印度英语小说家安纳德"用乔伊斯式的语言描述自己的工作，说他得助于现代主义技巧，锻造了'他的民族未被创造的良知'。他和那些'拆墙'的英国作家认同，如批评英国社会的福斯特，善于'炮制新词'的乔伊斯，返祖的劳伦斯，迷恋语言神秘性的伍尔夫"。[①] 另一位小说家拉贾·拉奥也承认自己的作品受到了欧洲影响，像叶芝、纪德等人以及法国象征主义诗歌等。他们在学习和接受中不断进步，他们的小说创作也逐渐成熟。

　　[①] 艾勒克·博埃默：《殖民与后殖民文学》，盛宁、韩敏中译，沈阳：辽宁教育出版社1998年版，第149页。

第二节　印度英语小说家的自我阐释

20世纪30年代，印度的政治运动影响到印度英语文学的创作，从此印度英语小说创作空前繁荣起来。"文章憎命达""诗穷而后工"，动荡不安的社会环境和深重的民族苦难为小说家提供了肥沃的创作土壤。印度英语小说出现了新的主题，例如甘地在人民中的影响，贱民问题，农民所受的剥削、压榨，工人们的罢工等。此外，还有一些真实客观地反映印度人民的家庭、婚姻等问题的小说。

在殖民者的小说和评论中，"印度人，尤其是孟加拉人，一般都被刻画成被动、软弱、诱人堕落、无精打采的形象，而且和殖民者那刚健的男子气概相比，他们普遍显得女里女气。如莫德·戴弗所说，印度是个'女人国'。詹姆斯·穆勒在《英属印度史》中，他之后的约翰·罗斯金在讲演稿《两条道路》中，都将印度文化描写为患热病似的、装饰性的、纤细的，认为它过于女性化"[①]。但在这一时期的小说中，印度人的形象较以往有了很大的突破，王公贵族逐渐退隐，普通中下层民众开始登上舞台并大放异彩，成为小说描写的对象，他们身上人性的光辉和道德的崇高得到赞美。印度英语小说家努力为印度人正名，讴歌印度本民族的优秀文化。

可以说，在这个时期，印度英语小说家用自己的话语，将"印度形象"阐释得更加全面和深入。下面我们就分别从长篇小说创作和短篇小说创作两方面简略介绍这一时期的印度英语小说。

[①] 艾勒克·博埃默：《殖民与后殖民文学》，盛宁、韩敏中译，沈阳：辽宁教育出版社1998年版，第98页。

一、长篇小说创作

在长篇小说的创作中，K. S. 文格德拉默尼是这一时期描写农村题材较有名的作家。他的第一部小说《农夫穆鲁甘》（1927）讲述了两个南印度青年的经历。克德利是一个庸俗的物质主义者，最后被自己设的圈套毁掉；而他的朋友拉姆性格内向，具有为公众服务的崇高精神，在经历种种挫折后获得了丰厚的回报。在小说的结尾，拉姆建立了一个以甘地思想为指导的小村子，与幡然悔悟的克德利在那里隐居。小说反映了印度的土地问题和贱民境遇。贱民不能拥有自己的土地，当拉姆将土地留给穆鲁甘耕种时，村子里的人，尤其是高等种姓的妇女议论纷纷，非常不满拉姆的行为，说他这样做对婆罗门来说是不幸的。贱民穆鲁甘对自己的妻子也表达了相同的感受，他说以前从来没有一个贱民拥有过哪怕一丁点的土地。《农夫穆鲁甘》"生动的农村生活画面，它讽刺地呈现城市生活特有的那种火热的行动和观点，它对人物性格的深刻揭示，它的诗意和幽默，它的现实主义和理想主义的结合，这一切使它成为印度过渡时期的第一流小说"①。

甘地主义的影响在文格德拉默尼的第二部小说《爱国者甘丹》（1932）中也可以看到。小说以20世纪30年代初印度国内的不合作运动为背景，讲述了主人公甘丹的经历。甘丹是一位在牛津大学读过书的年轻人，他放弃了印度政府部门的文职工作，投入为争取印度自由的斗争中，最后被警察枪杀。这个故事的时代性很强，反映了工人所受的剥削压迫，"'大量的工人在印度辽阔的土地上竟没有立足之地，他们以前在狭窄的犁沟上大汗淋漓地劳作，现在又陷入现代经济压迫的泥沼。''我们的工资养肥了那些富裕的有闲人……我们辛辛苦苦地工作获得了

---

① 黄宝生等译：《印度现代文学》，北京：外国文学出版社1981年版，第51页。

第三章 印度英语小说的活跃（1920—1947）

丰收却不能分享它'"①。小说中出现了对农民和工人生活境况的描写，对他们的悲惨生活也有所反映，这是一个很大的进步。

A. S. P. 阿亚虽然是政府公务员，但也创作英语小说。他的第一部作品《巴拉迪特亚》（1930）是部历史小说，描写了16世纪两位印度国王打败入侵的匈奴人的故事。小说表现了阿亚的爱国主义思想，同时还揭露了种姓制度的罪恶和祭司的伪虔诚。他的另一篇小说《天命三人行》（1939）也采用相同的模式。故事背景是公元前4世纪亚历山大入侵印度。三个人是指亚历山大一世、印度国王查德古博特·莫里亚和婆罗门首相查那格亚。作者巧妙地借古人的酒杯装自己酿造的新酒，将时代思想隐藏在历史的盔甲之下，让聪明的读者穿越历史的重重烟幕，看到新时代的黎明。

克里希纳斯瓦米·那喀扬创作了两部小说，其中一部是印度独立后创作的。他的小说可与文格德拉默尼和阿亚的小说相媲美。他的第一部小说名为《鄂德沃房屋》（1937），讲述了古老的格尔斯沃迪安家族与一个世代定居马哈拉施特拉省的毗湿奴派婆罗门家族之间的争斗，展示了两个家族的经济境况的变化、甘地时代的动乱、各个家族内部复杂紧张的关系以及正统的信仰和新观念之间的冲突，在读者面前铺开了一幅宏大的印度社会生活的真实画卷。这部小说被认为是印度英语小说同类题材中最好的作品之一。那喀扬在印度独立后创作的小说是《查德罗姆的动乱》（1961），描绘的是20世纪30年代科罗曼德尔海岸一个小镇中人们的生活场景。作者不愧是一位将自己的丰富知识与外界客观事实和想象虚构相调和的丹青妙手。小镇人们的生活方式、道德规范、宗教冲突（其中有一次由甘地亲自调解）、甘地思想在小镇引起的反响以及因对传统进行改革而产生的动荡在小说中都刻画的

---

① 转引自 S. Xavier Alphonse, S. J. *Kanthapura to Malgudi*, New Delhi: Prestige Books, 1997, p. 112。

栩栩如生。①

与前两个阶段相比，这一时期涌现了不少穆斯林英语小说家，他们从穆斯林的视角描写穆斯林的家庭生活和印度政治风云的变幻。

阿赫迈德·阿里的小说——《德里的黄昏》（1940）详细地刻画了20世纪早期德里一个穆斯林中产阶级的家庭生活以及与其他穆斯林家庭关系的变化。作者的创作目的是描述"我们国家生活中整个文化的衰落局面，在我们面前，一种特有的思想和生活方式现在已经死亡和逝去了"②。阿里在印度独立后也写了一部小说——《夜之海》（1964），讲述了两次世界大战期间一个勒克瑙穆斯林贵族家庭的衰落。

胡马雍·格比尔（Humayun Kabir）在自己的小说《人与河流》（1945）中，真实地描写了巴拿马运河的开凿通航对渔民生活的影响，但美中不足的是小说戏剧色彩过于浓厚，雕琢的痕迹太明显。如爱情的三角关系使亲密的朋友变成了不共戴天的仇人、相爱的恋人突然发现他们原来是同父异母的兄妹，等等。③

另外两位穆斯林英语小说家阿米尔·阿里和K. A. 阿巴斯的作品中的人物既有穆斯林也有印度教徒。阿米尔的小说《冲突》（1947），整个情节围绕着一个印度教家庭展开。小说的主人公——农村男孩善格勒到孟买去上学，却参加了1942年的"退出印度"运动。可作者对农村生活的描绘，对主人公为适应城市生活而做的转变的展示，以及对他为独立而斗争的动机的描写都很肤浅。印度独立后阿米尔还写了两部英语小说：《日内瓦大道》（1967）和《在克什米尔的任务》（1973）。这两部小说的背景转向了国际大环境。这也许与他曾当过外交官的经历有关。

---

① 参见 M. K. Naik, *A History of Indian English Literature*, Delhi：Sahitya Akademi, 1982, p. 154。

② M. K. Naik, *A History of Indian English Literature*, Delhi：Sahitya Akademi, 1982, p. 174。

③ 参见 M. K. Naik, *A History of Indian English Literature*, Delhi：Sahitya Akademi, 1982, p. 174. 以下简单介绍作家及小说的部分内容均参见此书的第175—186页。

第三章 印度英语小说的活跃（1920—1947）

K. A. 阿巴斯主要是乌尔都语小说家，但他也用英语写作。最初他从事电影编剧，写了大量电影剧本。在中国曾轰动一时的电影《流浪者》就是由他编剧的。他在英语长篇小说《明天属于我们：一部关于今天的印度的小说》（1943）里描述了许多政治事件，如印度民族运动、左翼运动、贱民运动和反法西斯运动等。他的作品中文译本有《阿巴斯短篇小说集》（1957）、《三海旅行记》（1958）、《小麦与玫瑰》（1959）等。

在这一阶段的印度英语小说家中，值得提及的还有 D. G. 穆克吉。他描写印度丛林和农村生活的小说曾在西方很流行，多次再版，如《大象卡里》（1922）、《森林小子哈里》（1924）、《鸽子盖·奈科的故事》（1927）、《百兽之王》（1929）和《猎人格宏特》（1929）。在这些小说中，穆克吉将印度描绘成一个充满刺激和惊险的地方，显然是为了迎合当时的西方读者。

其他英语长篇小说还有 C. S. 拉奥的《一名伪爱国者的忏悔》（1923），J. 季那图莱的《苏克德》（1929），拉穆·纳恩的《哈雷姆的母老虎》（1930），H. 格沃利帕伊的《美纳什的回忆——一部关于南印度基督教徒生活的小说》（1937），V. V. 季恩特默尼的《吠檀多或传统的冲击》（1938），巽格拉·拉姆的《尘土之爱》（1938），D. F. 格拉卡的《只有肉》（1941）、《那里的城市》（1942）、《我们永远不死》（1944），C. N. 祖德士的《祖国》（1944），P. 德利库姆特斯的《活面具》（1947）等。

上面讲到了不少印度英语小说家及其作品，但是他们的名气都不算大，他们的作品也不太成熟。本书之所以在这里把它们列出来，是想让读者对这个时期的英语长篇小说创作有个大体了解。当然，我们也要看到，也许是因为有了这些不太成熟的作家及其作品作为借鉴，所以到20世纪30年代，印度出现了几位杰出的小说家，他们就是"印度英语小说三大家"——穆尔克·拉吉·安纳德、拉·克·纳拉扬和拉贾·拉奥。他们的第一部小说分别出版于 1935 年、1935 年和 1938 年。他们的生平创作我们将分专章进行论述，在此就不赘言了。除了他们三位之外，巴达查理雅虽然没有安纳德等有名，他的第一部长篇小说《饥饿》虽然出版在印度独立之后几个月，却是他在独立前创作的，而且这部小说使他获得了不小的名声。

二、短篇小说创作

与长篇小说一样，印度英语短篇小说的创作在这一阶段也取得了一定的成就，许多长篇小说家大多也创作短篇小说。巽格拉·拉姆的作品收录在《格维利的孩子们》（1926）和《万物》（1933）中，这些作品大都描写了泰米尔纳杜邦的乡村生活，其中大多数故事缺乏艺术性，只是沿袭印度一些传统的主题，如爱人吵架又和好如初等；描写动物的故事多数也很老套，而且标题比较粗俗。但是他自觉地在印度英语小说中再现了乡村生活的场景，带有浓郁的乡土气息，作品中人物的绰号，像"大鼻子甘格特巴"和"蜘蛛腿"等，形象生动，让人忍俊不禁。

A. S. P. 阿亚创作了三部短篇小说：《茶余饭后》（1927）、《感官世界》（1929）和《命运》（1932）。除短篇小说外，他还以印度古代传说故事为题材，在印度独立前后出版了一些故事集，如《印度故事集》（1944）和《印度著名故事集》（1954）等。A. S. P. 阿亚的短篇小说比较关注社会变革问题，尤其注意到了印度传统社会中妇女的困境。他笔下的女性形象很丰富，有冲破重重阻碍再婚的年轻寡妇，有因为父母贪财而嫁给老头子的女孩，有被抛弃或受虐待的妻子，还有嫁妆制度和无节制生育的受害者，等等。

S. K. 杰杜勒在印度独立前创作的短篇小说集有《模糊的鼓声》（1917）、《特玛沙威的眼镜蛇》（1937）等。印度独立后，他继续短篇小说的创作，结集出版的小说集有《阿芙洛狄特的咒语》（1957）和《杧果种子》（1974）等。他的小说主要取材于印度村庄里的世仇、谋杀和当地有关的蛇、鬼、预言等传说。小说的叙述技巧非常熟练，采用多

第三章 印度英语小说的活跃（1920—1947）

样化的叙事方法，如自传体、书信体等。

印度英语短篇小说家中，被认为最高产的是摩恩杰利·伊斯沃恩，可遗憾的是他的作品大部分已佚失，他的地位因此没有得到人们的普遍承认。挂在他名下的短篇小说集有9部，分别是：《裸露的屋顶》（1941）、《湿婆之夜》（1943）、《愤怒的尘土》（1944）、《里克沙瓦》（1946）、《不寻常的传说》（1947）、《她没有脚镯》（1949）、《沉没》（1951）、《画的老虎》（1956）和《一位马德拉斯元帅》（1959）。摩恩杰利·伊斯沃恩在《一位马德拉斯元帅》的序言中写道："一篇短篇小说可以是传说，也可以是寓言；可以是真实的，也可以是虚构的；它的风格可以是感伤的，也可以是讽刺的；可以有严肃的目的，也可以是轻松的调侃，它可以是任何一种形式。但是必须谨记的是它必须把握偶然中永恒的东西，赋予某个时刻以重大的意义。"① 摩恩杰利·伊斯沃恩同 S. K. 查杜勒一样，采用多样化的叙述，包括第三人称叙事、运用日记体、书信体等。他的缺点是叙述过于随意，有时小说的主旨已经很明确了，但他还是继续滔滔不绝、长篇大论。

K. A. 阿巴斯出版了4部英语短篇小说集，它们是《大米》（1947）、《自由的鸟笼》（1952）、《石床上的一千个夜晚》（1957）和《黑太阳》（1962）。

除了上面几位比较重要的短篇小说家外，还有些名气不大的短篇小说作家，他们也为繁荣印度的英语文学做出了贡献。如珊德和悉达·查特利吉合著的《孟加拉故事》（1922）、M. V. 文格德斯瓦米的《印度民间传说》（1923）、萨耶穆·巽格尔《印度的智慧——民间故事荟萃》（1924）、P. P. 艾耶尔的《印度传说》（1924）、穆罕默德·哈比博的《被亵渎的骨头》（1924）、G. 希沃·拉奥的《乐观主义者》（1925）、

---

① 转引自 M. K. Naik, *A History of Indian English Literature*, Delhi: Sahitya Akademi, 1982, p. 179。

M. P. 沙勒姆的《觉醒》(1932) 等。

总体而言,这一时期的印度英语小说家的叙述技巧比以前的作家成熟了许多,他们从印度"局内人"的眼光来审视印度,将一个真实的印度展现在读者面前。印度国内的政治风云变幻、人民的现实生活景象等都成为他们小说中描写的对象,作品中的主人公也不再仅仅是王子、公主、达官贵人,而是知识分子、农民、工人、贱民等普通人。这些小说清楚地表明印度并不是像吉卜林和福斯特以"局外人"的身份来描述得那样光怪陆离、令人费解。英国作家格雷厄姆·格林在为纳拉扬的《文学士》写的前言中说:"吉卜林歪曲了印度人和帝国的管理者,E. M. 福斯特对他的朋友德瓦斯邦的摩诃罗阇的态度幽默、温和,对在印度的英国人则是讽刺的,但印度却远离了他。E. M. 福斯特在《印度之行》中说:'我试图表明印度是一种无法解释的混乱。'在吉卜林和福斯特小说中出现的印度只是一个无法解释的混乱,而不是他们的第二故乡。"[1] 印度英语小说家想通过他们的作品为读者指明通往印度的"灵魂"之路,使印度形象真正还原其本来真实的面目,他们当中的一些优秀作家的确做到了这一点。

第三节 巴巴尼·巴达查里雅的小说创作

除了印度英语小说三大家以外,巴巴尼·巴达查里雅(Bhabani Bhattacharya,1906—1988)也是印度英语小说家中杰出的代表之一。巴达查里雅1906年10月22日出生于巴加尔普尔一个婆罗门家庭,他的父

---

[1] Graham Greene, *The Bachelor of Arts*, R. K. Narayan, Chicago: University of Chicago Press, 1980, pp. ⅴ-ⅵ.

亲是一名法官。早在童年时代，他就对孟加拉文学作品产生浓厚的兴趣，他曾将泰戈尔的诗歌集《金色船集》翻译成英语。

巴达查里雅的第一部长篇小说《饥饿》（1947）出版于印度独立后两个月，为他赢得了巨大的荣誉。如果严格地按照小说的出版时间来讲，巴达查里雅应该属于独立后的英语小说家，但因为《饥饿》反映的是 1939—1943 年印度的政治和社会面貌，而且完成于印度独立之前，因此笔者认为有必要在这里介绍一下。

《饥饿》的创作源起于 1943 年的孟加拉大饥荒，"那时饥荒扫荡了整个孟加拉。我受到了心灵的震动（两百多万男男女女和儿童由于人为地造成的食物缺乏而饿死），这激发了我的创作欲望，于是就有了小说《饥饿》"①。这部小说可以说是反映孟加拉大饥荒的一部史诗。小说的故事情节在两条线上展开：一是城里受过教育的西化的中上层人士的家庭生活，由剑桥大学毕业的科学家拉霍尔来表现。拉霍尔逐渐走出自己安逸的小家庭生活圈子成为一名自由战士。另一条线是反映愚昧、传统的农村贫苦大众的不幸，是通过农村女孩卡玖莉的悲惨遭遇表现出来的。卡玖莉的丈夫因为误会被枪杀，而她由于饥饿的折磨又不幸流产，后来，甚至不得不考虑卖身为母亲和弟弟换取食物，但她最后还是维护了做人的基本尊严。

小说中拉霍尔的经历可以说是印度人民争取独立斗争的缩影。拉霍尔是一名民族主义者，他很早就认识到如果没有政治上的独立，人民的苦难就不会减轻。在祖父狄威司的激励和引导下，拉霍尔把为了保命而进行的所谓科学研究扔在一边，为民族独立进行了不懈的斗争，即使被关进监狱，他也没有丝毫气馁，对印度的未来充满希望。他的祖父狄威司是一位甘地式的人物，他参加过印度的不服从运动，与农民、渔夫一起反对《食盐法案》。他放弃了城里优渥的生活，搬到艰苦的农村居住，

---

① R. S. Pathak, *Modern Indian Novel in English*, New Delhi: Creative Books, 1999, p. 81.

教农民读书识字，领导他们进行斗争，被村民当成神一样的人物。

《饥饿》揭示了20世纪40年代印度独立前印度人民所承受的苦难——屈辱不幸、生命如草芥。小说中最令人触目惊心的是对饥饿，对人因为饥饿而成为动物，以及对非人环境中扭曲的人类心灵的描写。由于饥饿，农民们不得不抛家别乡，涌到城市里拣拾垃圾过活。"在那些日子里，为了争夺这繁荣的城市里成千上万藏着腐烂食物渣屑的垃圾堆，灾民和狗经常搏斗。而灾民们在与街上的野狗或是自己内心的狗搏斗的时候，并不是百战百胜的。"① 在小说中，阿努是一个心灵被扭曲的典型人物。阿努原本是个热情、淳朴的农村男孩，在饥饿的折磨下，为了能吃饱饭而去乞讨，然而他将好不容易讨来的半卢比银币全部买了鲜花和油灯敬献给庙里女神。阿努这么做并不是出于对女神的崇敬，而是为了乞求她显灵让日本炸弹炸伤自己，以便被送进医院，获得食物。孩童纯真的心灵被扭曲得让人心痛。

被现实击败了的心灵，信仰的破灭，令人扼腕，唏嘘不已。每天每夜，每时每刻城里的人们都能听到灾民们的哀叫和痛哭，让人们"听得发腻，以致它最初所引起的痛苦和怜悯的感觉都麻痹了，直到它不再刺痛心弦，不再比负了伤的动物的断气声更叫人心寒"②。此时，灾民成了一种感觉迟钝的麻木的人，他们甚至不会感恩别人的帮助。而有的人则变得刁钻奸诈，不惜利用人们的同情心去讹诈别人。一个女灾民怀里抱着孩子，将讨到的米汤给孩子喝，然后哭诉说孩子因为喝了米汤死了，于是"那个又丢脸、又着慌的人家，只好偿付两个卢比来平息这伤心女人。他们哪里知道这个女人是抱着个死娃娃，挨家逐户讹诈的"③。

---

① 巴达查里雅：《饥饿》，冯金辛、郭开兰译，北京：人民文学出版社1959年版，第211页。
② 巴达查里雅：《饥饿》，冯金辛、郭开兰译，北京：人民文学出版社1959年版，第204页。
③ 巴达查里雅：《饥饿》，冯金辛、郭开兰译，北京：人民文学出版社1959年版，第204页。

第三章 印度英语小说的活跃（1920—1947）

当然，作者写这部小说不只是为了展现人性中丑恶的一面，作者也着力赞扬了人的价值和尊严。尽管饥饿使有的人失去了人性，可他笔下的许多普通人并没有完全丧失本质的善良。卡玖莉的母亲在放牛的时候见到有个妇女因为没有牛奶喂孩子，想把孩子活埋了，于是毫不犹豫地将自己仅有的一点米和赖以生存的牛都送给她，让她去加尔各答寻求活路。一位灾民姑娘出卖自尊来讨钱，可她将讨来的钱全部买了粗面包送给饥饿的孩子和老人，"死抱老规矩的白痴们会大声地痛骂她，因为她玷污了肉体的圣洁。可是走出小巷的拉霍尔却感到好象瞥见了人类灵魂的圣洁了，这样的丰富，这样的美，使得他眼花缭乱起来"①。拉霍尔开办免费食堂施粥，有个老人竟主动将宝贵的饭票让给比他更需要的人。这些让拉霍尔受到了深深的震撼："人类的心灵是多么丰富啊！……在他的脑海里，这老头儿的样子就是孟加拉受饥饿折磨的人民群众的一个有希望与得救的象征。"② 从这些描写中，我们看到了人类灵魂的高贵与伟大。

《饥饿》除了内容的深刻与丰富之外，在艺术技巧上也比较成熟，作者反复使用象征的手法。如在小说的开头写道：

> 说话的声音，听起来低声下气，一字一板的，一点也不激昂振奋。那个声音太没有生气了，表达不出任何热情，不带任何火气。但是，当时的情势却突然来临，逼着这个声音来完成它的历史使命，使它变得生动有力起来。拉霍尔分明知道，这个首相完全是为时势所迫，事不由己，心里其实是不甘的。……③

---

① 巴达查里雅：《饥饿》，冯金辛、郭开兰译，北京：人民文学出版社1959年版，第230页。
② 巴达查里雅：《饥饿》，冯金辛、郭开兰译，北京：人民文学出版社1959年版，第231页。
③ 巴达查里雅：《饥饿》，冯金辛、郭开兰译，北京：人民文学出版社1959年版，第1页。

在等待妻子生产时，拉霍尔仍然关心着政治局势，听收音机里丘吉尔首相宣布开战的消息。他想到女儿"一出生就碰到打仗"，在第一章结尾有这样一段话：

> 哇哇的哭声！一个新生儿的微弱的，自己一点办法没有的执拗的哭声！拉霍尔像生了根似的呆住了。他得意得心花怒放！在今年秋天这个日子里，有两桩兴奋的事情降临到他的头上。首相向卐字旗宣了战。蒙珠生了个女儿。无论哪一桩，对他都是一个极深刻的经历，使他的感情激动，仿佛是他个人完成了什么成就一样。他的女儿竟然生在这样一个吉利的时候——一个迷恋腐朽的旧世界秩序的政客正在发出事与愿违的呼吁，要这个世界秩序自掘坟墓的时候，这倒有些象征意义哩。
>
> 是的！在这个血流成河的战争里，淹死的不只是万字旗，还将有许多别的东西。千百万青年是不会白死的。①

这样，世界、国家和个人便联系到了一起。拉霍尔把蒙珠历经痛苦生下女儿，看作打破混乱的旧世界秩序，经过社会政治的动荡，战后新国家诞生的象征。

小说中的人物成了不同阶层和社会力量的象征。卡玖莉是一位"有教养的乡下姑娘。她懂得一套像印度一样古老的传统礼貌"②，而她的父亲"在我们孟加拉村庄里不算很特别"，"每个村庄里都有着自己的诗人和游方和尚"③。他们是印度广大传统农民的代表。

---

① 巴达查里雅：《饥饿》，冯金辛、郭开兰译，北京：人民文学出版社1959年版，第2页。
② 巴达查里雅：《饥饿》，冯金辛、郭开兰译，北京：人民文学出版社1959年版，第35页。
③ 巴达查里雅：《饥饿》，冯金辛、郭开兰译，北京：人民文学出版社1959年版，第35页。

第三章 印度英语小说的活跃（1920—1947）

巴达查里雅的第二部长篇小说《摩西妮的音乐》（1952）讲述了少女摩西妮嫁给村子里的年轻地主杰亚戴沃的故事。摩西妮结婚后长时间没有生育，杰亚戴沃的母亲万分焦急，于是采用各种各样的方法来让儿媳怀孕。后来，摩西妮终于怀孕了，皆大欢喜。

小说的前六章描述了摩西妮青少年时代的生活，是一出明快的轻喜剧。作者用优美清新的笔调刻画了生活的细节。例如，当摩西妮17岁的时候，她坐在阳台上，憧憬着自己未来的爱情：

> 摩西妮在正午的时候懒洋洋地坐在前阳台的藤椅上，手里拿着编织针，唇角带着微笑。阳光、生活的滋味、她梦想的爱情……
>
> 摩西妮心里想起她的表兄——诗人德鲁帕所写的一首她喜欢的抒情诗中的句子："没有爱情的生活，没有爱情的生活就像没有香味的茉莉花"，她的唇边露出了一丝不易被人察觉的微笑……①

少女对未来的渴望，对美好爱情的憧憬跃然纸上。而在描写摩西妮婚后的生活时，作者的笔调变得沉重。摩西妮长期未育，婆婆采取了许多迷信的荒唐方法想使她怀孕。杰亚戴沃竭力反对母亲盲目愚昧的做法，宣称："在大房子里没有疯狂信仰的空间。"② 同时，他也督促摩西妮反对："我们要反对无知和迷信，不是吗？我们要反对泥捏的假神。它们曾有过的辉煌岁月必须结束……"③ 如果让迷信占据了人们的心灵，那么他们的理解力就会削弱，只有抛弃错误的信仰，人类思想才能获得解放。印度面临的问题是"社会，特别是农村社会……各种禁忌和堕落、罪恶的种姓制、不可接触制度、宗教仪式、迷信观念等几个世纪以

---

① Bhabani Bhattacharya, *Music for Mohini*, New Delhi: Orient Paperbacks, 1952, pp. 19–20.
② Bhabani Bhattacharya, *Music for Mohini*, New Delhi: Orient Paperbacks, 1952, p. 221.
③ Bhabani Bhattacharya, *Music for Mohini*, New Delhi: Orient Paperbacks, 1952, p. 203.

来发展很快,它们像蜘蛛网一样遍布各地,正是它们造成了农村的衰落"①。而一旦这些长期存在的痼疾得到了医治,印度将有许多机会来释放它的潜力。除了对印度各种陋习的抨击外,作者在小说中也描写了一些西方读者关心的新奇的东西,像耍蛇人的眼镜蛇、新娘子的装扮、占星术、卖手镯的人的求婚等等。

在《骑虎的人》(1955)中,巴达查里雅又转向了熟悉的孟加拉饥荒,展现了杰哈纳——一个名副其实的"饥饿的小镇"里居民的困境。无数人只是因为要求政治上的独立和有尊严的生活,就受到痛苦的折磨,被关进监狱。《骑虎的人》有许多地方都与《饥饿》相似,K. A. 阿巴斯评价巴达查里雅的《饥饿》和《骑虎的人》是"印度人用英语写的最有意义的两部小说,可以被作为社会现实主义的最合适的范本"②。

巴达查里雅在他的小说中多次提到了甘地和他的理想。甘地关心广大受剥削压迫的劳苦大众,力图"擦去每个人眼中流下的每一滴泪"③。可仅仅拥有政治上的独立并不能解决普通民众的问题。在《黄金女神》(1960)里作家适时地提出警告:"独立是新道路的起点,但是在新的道路上有成群的强盗。"④ 正如小说中的人物米拉所说:

> 是的,那里有强盗,许多的强盗。城里强盗的数量和种类都比农村多。那里有经济强盗,对他们来说,独立意味着有机会占领外国人腾出的商业领域。政治强盗准备用他们巧言善辩的舌头来欺骗

---

① Bhabani Bhattacharya, *Music for Mohini*, New Delhi: Orient Paperbacks, 1952, p. 80.
② K. A. Abbas, "Social Realism and Change", in Suresh Kohli (ed.), *Aspects of Indian Literature*, New Delhi: Vikas, 1975, pp. 149 – 50.
③ K. A. Abbas, "Social Realism and Change", in Suresh Kohli (ed.), *Aspects of Indian Literature*, New Delhi: Vikas, 1975, p. 75.
④ K. A. Abbas, "Social Realism and Change", in Suresh Kohli (ed.), *Aspects of Indian Literature*, New Delhi: Vikas, 1975, p. 75.

第三章　印度英语小说的活跃（1920—1947）

民众，他们只是换了主人，但心态没有改变。他们将人类共同的财产只提供给有钱人；宗教上的强盗售卖神灵。还有头戴甘地帽的强盗，帽子本身是一种欺骗。这个名单上还可以列出许多……①

如果这些强盗把持国家的权力，那么普通大众仍将处于绝境，"独立的印度将死去一百次"。② 印度需要的是精神和信仰的自由，没有这些，所谓的独立是没有任何意义和价值的。而只有通过许多像米拉这样的人的努力，人民才有希望赢得真正的自由和解放。

在《来自拉达克的阴影》（1966）中，巴达查理雅更是表达了对甘地消极抵抗政策的态度。帕斯卡·罗伊在美国接受教育后返回印度，在拉达克建了一座钢铁厂。拉达克是一个生产手工艺品，践行甘地理想，奉萨蒂亚吉特为精神领袖的村庄，因此又被称为"甘地克"。帕斯卡希望拉达克能迁走，这遭到了萨蒂亚吉特的反对。萨蒂亚吉特计划进行甘地式的消极抵抗、和平游行和绝食，最终取得甘地克不迁移的胜利。这个胜利一方面归功于萨蒂亚吉特，还有一些其他因素：印度政府考虑到的是萨蒂亚吉特的绝食会影响到毕勒斯瓦尔议员，他是萨蒂亚吉特的好友，自然会担心萨蒂亚吉特绝食。换句话说，如果毕勒斯瓦尔不是议员，萨蒂亚吉特的绝食就没用。但秘书处"十分紧张"的唯一结果就是政府没有给巴沙尔出任何难题就为"新的甘地克提供了另一个选址"③。帕斯卡决定暂时接受这一妥协："甘地克不就是个计划而已嘛！这个计划可以移植到其他地方去，村子上的人会得到足够的补偿。每一个甘地克的农民都可以在别处买两个现在这么大的地。每一座土屋都可以换成砖房。"④ 甚至连毕勒斯瓦尔都试图说服萨蒂亚吉特相信农村需要帕斯

---

① Bhabani Bhattacharya, *A Goddess Named Gold*, Delhi: Orient Paperbacks, 1960, p.119.
② Bhabani Bhattacharya, *A Goddess Named Gold*, Delhi: Orient Paperbacks, 1960, p.119.
③ Bhabani Bhattacharya, *Shadow from Ladakh*, Delhi: Crown Publication, 1966, p.278.
④ Bhabani Bhattacharya, *Shadow from Ladakh*, Delhi: Crown Publication, 1966, p.281.

卡："你自认为是光，萨蒂亚吉特。若没有帕斯卡你一点儿作用都没有。"① 绝食所能取得的效果是由于帕斯卡对萨蒂亚吉特的怜悯。如果帕斯卡不认识萨蒂亚吉特，不是爱上了他的女儿苏米塔，那么帕斯卡是否会为萨蒂亚吉特的绝食所感动就值得怀疑了。

《来自拉达克的阴影》还反映了帕斯卡的新工业观和萨蒂亚吉特的保守精神两者之间的矛盾。帕斯卡认为只有工业化才能拯救印度，他说："钢铁意味着经济进步。机械、拖拉机、大型工业化种植园、火车，它们代表着国家的自由。这一点不容忽视，不以意志为转移的。发展加上防御——是当代历史的必需品。"② 印度政府是通过一位政务大臣把帕斯卡从美国请回来的，帕斯卡回忆起他们在华盛顿见面时大臣曾说"印度需要你这样的人"③。

所有这些都表明巴达查里雅认为许多原来的甘地主义者都不再信仰甘地主义，转而开始支持工业化。毕勒斯瓦尔很明确地承认："在赢得自由的许多年后，我们将自己从自由缔造者手中解放出来，在朱木纳河边为他设立了一个神龛。"④

有的作品体现了巴达查里雅的融合思想，他被称为"桥梁的建设者"⑤。在后期的《夏威夷之梦》（1978）中，充分体现了价值融合这一主题。故事发生的地点是东西方新旧价值观融合的地方——夏威夷。小说中的主要人物斯瓦米·佑格南德宣传鼓吹东方唯灵论，可他又完全理解西方的价值观。"在他的内心，东方和西方很容易地结合在一起。"⑥ 就思想上来说，他既是美国人又是印度人。对他而言，东方的精神智慧和西方的科学知识是互为补充的，"没有智慧就没有真正的知识，没有

---

① Bhabani Bhattacharya, *Shadow from Ladakh*, Delhi: Crown Publishion, 1966, p. 285.
② Bhabani Bhattacharya, *Shadow from Ladakh*, Delhi: Crown Publishion, 1966, p. 252.
③ Bhabani Bhattacharya, *Shadow from Ladakh*, Delhi: Crown Publishion, 1966, p. 253.
④ Bhabani Bhattacharya, *Shadow from Ladakh*, Delhi: Crown Publishion, 1966, p. 301.
⑤ K. R. Chandrasekharan, *Bhabani Bhattacharya*, New Delhi: Arnoldheinemann, 1974, p. 8.
⑥ Bhabani Bhattacharya, *A Dream in Hawaii*, Delhi: Macmillan, 1978, p. 20.

第三章 印度英语小说的活跃（1920—1947）

扎实的知识就没有真正的智慧"①。而小说中的另一个人物文森特·斯威夫特博士喜欢实用主义，他警告佑格南德：

> 任何试图使我们西方观念东方化的尝试都是无效的。我们要寻求成功就必须接受一定的限制，否则我们将发现自己只是在徒劳地拍打翅膀。②

他清醒地认识到真正的成功只有通过一种融合的价值观才能实现。

小说中戴沃杰妮的性格发展以及她对待佑格南德的态度也体现了融合的价值观。戴沃杰妮是一位纯洁、谦恭的印度女孩，强烈渴望内心物质与精神的合一。她向瓦尔特吐露了心声："我很幼稚，没有什么理解力，所以把一个鼹丘当成大山……但现在我学会了透视法，我懂得尊重人类的需求。"③ 她甚至恳求佑格南德要有接受西方生活方式的宽广的胸襟，用"现实性来缓和理想主义"④，这也是作家本人采取的方法。

巴达查里雅小说的主题与印度当代的社会生活密切相关，他采用现实主义的创作方法来描写社会问题和印度人民的烦恼和苦难。巴达查里雅反对"为艺术而艺术"的观念，他说"小说必须要有一个社会目的"，"无目的的艺术和文学对我而言是不正确的论断"⑤，将小说作为推动社会变革的有效工具。曾有人批评巴达查里雅的小说"在解决问题方面缺乏深度"。但是不要忘记，巴达查里雅只是一位小说家，而不是政治家。他力所能及的主要工作是将他认识到的社会问题和弊病揭示出来，以引起疗救者的注意。巴达查里雅对大饥荒和其他问题的描述是"建立在个

---

① Bhabani Bhattacharya, *A Dream in Hawaii*, Delhi: Macmillan, 1978, p. 201.
② Bhabani Bhattacharya, *A Dream in Hawaii*, Delhi: Macmillan, 1978, p. 129.
③ Bhabani Bhattacharya, *A Dream in Hawaii*, Delhi: Macmillan, 1978, p. 198.
④ Bhabani Bhattacharya, *A Dream in Hawaii*, Delhi: Macmillan, 1978, p. 69.
⑤ Sadhakar Joshi, "An English with Bhabani", *The Study Standard*, 27 April 1969, p. Ⅶ.

人的观察和对真实事件的新闻报道的基础上的"①。面对别人对他的小说肤浅和夸大的指责,作家在接受采访时说:"相同的事件每天都在印度重复上演……我没有丝毫的捏造或夸大。"②

巴达查里雅关心人类的生存处境,"他不像传记作家那样,用冷冰冰的教条来揭示它,而是通过改编来展现生活"③,通过小说创作艺术地记录周围的生活。他贬低那些"现实主义的能手",认为尽管他们技巧高明,但只是描绘了"'真实'的不可靠的外表,而不是真正的精神"④。巴达查里雅说,小说像戏剧一样,必须"完全与人类的生活有关",并且"必须是有教益的,不含混的"⑤。巴达查里雅在他的小说中所反映的主题、人道主义关怀思想,以及他主张的现代与传统的融合、东西方应互相理解的观念,即使在当今社会,仍有重要的借鉴和指导意义。

印度英语小说的发展经历了由依附到自立,由模仿到自创的阶段。到20世纪30年代,印度英语小说开始形成自己的独特风格,诞生了许多优秀的小说作品。也就在这一时期,出现了印度英语小说三大家创作的一流小说——穆尔克·拉吉·安纳德的《不可接触的贱民》(1935)、R. K. 纳拉扬的《斯瓦米和朋友们》(1935)和拉贾·拉奥的《根特浦尔》(1938)。伴随着这些小说的出现,现代印度英语小说的根基真正确立。小说家们开始运用他们丰富的想象力来表现当代问题,从不同的方面来寻找、探索和阐释印度。威廉姆·威尔士写道:"就在20世纪30年代,印度人开始——现在这也得到了证明——对英语小说做出了重大

---

① Dorothy B. Shimer, *Bhabani Bhattacharya*, Boston: Twayne Publishers, 1975, p. 29.
② R. K. Srivastava, "Bhattacharya at Work: An Interview", in *Perspectives on Bhabani Bhattacharya*, Ghaziabad: Vimal, 1982, p. 229.
③ R. S. Pathak, *Modern Indian Novel in English*, New Delhi: Creative Books, 1999, p. 81.
④ R. S. Pathak, *Modern Indian Novel in English*, New Delhi: Creative Books, 1999, p. 82.
⑤ R. S. Pathak, *Modern Indian Novel in English*, New Delhi: Creative Books, 1999, p. 82.

第三章 印度英语小说的活跃（1920—1947）

的贡献，英语小说也非常适合于表现他们的才能。"①

美国学者陶乐丝·斯宾塞认为印度英语小说可以作为"以印度视域为中心，系统研究文化联系和文化挑战"的主要资源，这将有助于增加西方读者"文化涵化（acculturation）进程的知识"②。另一位美国学者保罗·韦尔盖塞认为印度英语作家面临的主要问题是"创造一种印度意识"③，而印度英语小说创作的最根本的问题是印度英语小说真正的"印度性"体现在哪儿。印度学者萨斯迪·布拉特说："文化的分裂终究会导致民族的灭亡。我们应该保持印度人的品性，寻找我们的身份……但是一个印度人究竟是什么样的？说某一种语言、用手吃饭，用水洗下身而不是用卫生纸、不杀牛之类？他怎样思考？怎么生活？……作为一名真正的'印度人'，我将盘腿坐在虎皮上向参观者诵读吠陀诗篇。"④ 身份问题是一个复杂的问题，决不像是说一种语言和用手吃饭这样简单。

印度英语小说家意识到这一点，他们植根于本民族文化，运用适当的艺术语言和形象、采用不同的方法和策略来解释"印度性"，来解决自我和民族文化身份的问题。下面我们就来看一下安纳德、纳拉扬和拉贾·拉奥等人是如何在小说中通过不断地自我书写，一步步完成对自我——民族文化身份的追寻的。

---

① R. S. Pathak, *Modern Indian Novel in English*, New Delhi: Creative Books, 1999, p. 51.

② Dorothy M. Spencer, *Indian Fiction in English*, Philadelahia: University of Pennsylvania Press, 1960, p. 11.

③ Dorothy M. Spencer, *Indian Fiction in English*, Philadelahia: University of Pennsylvania Press, 1960, pp. 11, 18 – 19.

④ R. S. Pathak, *Modern Indian Novel in English*, New Delhi: Creative Books, 1999, p. 55.

第四章　印度英语小说的繁荣（1947— ）

国家与民族的边界开放，促使跨界民族的人口流动频繁、跨国婚姻普遍化，严重冲击了民族的独有特性，导致其固有的保守性的减退，即使像脑海中滞留着恋旧情怀而如此迷恋过去的民族也不得不面对现实而重新审视自己的民族观。可见，由保守的民族身份走向开放的民族身份，甚至未来的世界公民身份至少是一种潜在的趋势。这就预示了，民族身份的转换或民族认同的发展处于一种建构的过程中，即保守与开放的博弈的互动中。①

——陈茂荣

第一节　印度妇女地位的变化及女性作家创作

印度妇女和世界上任何国家的妇女一样，长期以来在人类各种活动中，她们并没有被平等对待，不停地遭到排斥、压迫和伤害。在生活中

---

① 陈茂荣：《马克思主义事业的"民族认同"问题》，北京：中国社会科学出版社2014年版，第147页。

她们被单方面要求需具有牺牲精神、绝对服从、过度的忍耐和必要的让步。缺乏这些美德的妇女，会被指责为悍妇、妖女，或其他类似的贬义称呼。印度妇女忍受着精神创伤，努力挣脱这种顺从地位，努力改变自己的处境。

一、顺从忍耐：早期印度妇女的处境

根据史学家 A.S. 阿勒塔卡尔、拉梅什·查特尔·达特和 S.R. 萨斯特利的说法，公元前2500年到公元前1500年的吠陀时期，印度妇女一度在宗教、社会、经济、政治等方面都得到了尊重，她们被赋予平等的机会去参与各项工作。她们享有发展其才能的自由，能实现自己的雄心壮志，自主选择人生伴侣。但是在这之后，印度妇女的地位逐渐下降。到了阿闼婆吠陀时期，人们对儿子极为偏爱，并声称儿子是让他的父亲摆脱地狱的救世主。在印度传统中，没有怀孕的妇女会被祝福将来生一个儿子。如果一个妇女生的都是女儿，她就应该苦行和忏悔。

《薄伽梵歌》（约作于公元前4世纪到公元4世纪）中规定，女孩子必须在经期来临之前结婚，效忠自己的丈夫并崇拜他，否则就无法赎回前世的"业"，永世不得翻身。寡妇的命运更加悲惨，她们必须完全从社会生活中退出，坚守贞节。任何对清规戒律的破坏都会让她们的来生经受更大的磨难，还会危及她死去丈夫灵魂的安宁。《薄伽梵歌》中说：

> （寡妇）必须停止打扮自己，不可以嚼槟榔，穿熏香的衣服以及带花和饰物，也不能穿染色的衣服及从铜制的器物当中取食物，画眼线；她应该穿素色的袍子，限制自己的任何情感包括愤怒，她不能够欺骗和愚弄，时时刻刻崇拜神，晚上应该在地上的草席上睡觉；寡妇还必须将头发剃掉，减弱作为女性的魅力。[1]

---

[1] 广博仙人：《薄伽梵歌》，徐梵澄译，北京：中国佛教文化研究所1970年版，第170页。

寡妇被认为是不纯洁、不吉之人，正是由于她们前世的罪孽报应在丈夫身上，她们才成了寡妇，因此需要通过这种自虐的方式赎罪。

到《罗摩衍那》（约成书于公元前3世纪）时期，对女性贞洁的要求更加严格。悉多被救出后，需要走过熊熊烈火才能证明清白；罗摩只是因为无法忍受人们的非议而将怀孕的悉多遗弃。在《摩诃婆罗多》中，在般度王未能逃脱仙人的诅咒猝死后，大王后贡蒂因肩负养育般度五子的重任没有殉葬，而小王后玛德利则要殉葬。这至少说明在史诗时代，萨蒂①习俗在贵族阶层已经出现。

为保持妇女的贞洁，《摩奴法论》（又名《摩奴法典》，约成书于公元前2世纪到公元2世纪）中规定"分家有一次，姑娘嫁一次"②。"夫主死后，她宁可用清净的花、根和果让身体消瘦，而绝不可提别的男子的名字"，只有"意念清净、守节居贞、渴望着一夫之妻的无上功德直到死，才能上天堂"③。男性则不但可以拥有多位妻子，并且还能以妻子"饮酒、叛逆、有病、不孕"等为由，任意"换妻"④。如果妻子在被更换后愤怒出走，她就应该立即被监禁，或者在家族面前被抛弃。⑤ 对寡妇再婚提出裁定，并对妇女的经济和政治角色严格限制。法典规定：女子属于谁，她挣的钱就属于谁。⑥ 出嫁后从夫，财产从父亲转入丈夫手中，"未经丈夫允许，她不得从自己的财产中扣留一份作私房"⑦。丈夫死后，财产又归儿子掌握。妇女一生都没有真正拥有家庭的财权。

---

① 神话中的萨蒂为向对其丈夫湿婆不尊的父亲达刹表达不满而投火自尽，她的灵魂转世为雪山女神帕尔瓦蒂并与湿婆再度结婚。后来演变为妇女在丈夫死后同丈夫的尸体一起被火化表达自己的忠贞，被称为萨蒂。
② 摩奴：《摩奴法论》，蒋忠新译，北京：中国社会科学出版社1986年版，第135页。
③ 摩奴：《摩奴法论》，蒋忠新译，北京：中国社会科学出版社1986年版，第104页。
④ 摩奴：《摩奴法论》，蒋忠新译，北京：中国社会科学出版社1986年版，第180页。
⑤ 摩奴：《摩奴法论》，蒋忠新译，北京：中国社会科学出版社1986年版，第181页。
⑥ 摩奴：《摩奴法论》，蒋忠新译，北京：中国社会科学出版社1986年版，第173页。
⑦ 摩奴：《摩奴法论》，蒋忠新译，北京：中国社会科学出版社1986年版，第191页。

第四章 印度英语小说的繁荣（1947—）

妇女只有与丈夫联系在一起时，才拥有身份地位。印度妇女应该向悉多、莎维德丽和黑公主学习——她们为了丈夫忍受痛苦、牺牲自我，展现出令人崇敬的自制和宽容。无论在社会还是在家庭中，妇女的地位都是低下的，她们被禁锢于家庭中。正如印度前总理拉达克里希南在形容印度妇女时写道："几百年的传统使得印度妇女成为世界上最不自私、最能自我克制、最有忍耐的妇女。"[①]

印度历史上遭受的一系列外国入侵，破坏了印度妇女平静的生活。她们被入侵者掳走成为性奴。在莫卧儿时期，因为一夫多妻制、童婚制的流行和对寡妇再婚的禁止，妇女地位一再下降。溺杀女婴、殉葬等大行其道，使妇女降至达萨，即奴隶的地位。

虽然在英国殖民统治时期，对妇女的压迫剥削仍在继续，但是英国使节、他们的妻子，以及一些英国官员致力于废除残酷的习俗，主张让女性接受教育，鼓励寡妇再婚。1849年5月，贝休恩在加尔各答建立的女子学校可以说是印度妇女教育史上的转折点。19世纪50年代，达尔豪西政府致力于女子教育，指示必须建立女子学校，采取各种途径在女孩子中发展教育。1871年，民族女子师范学校建立，后改名为维多利亚学校。学校提供膳食和住宿，吸引了许多具有进步思想的家庭送他们的女儿和妻子到此求学。从该校毕业的学生，如阿巴拉·鲍斯，萨拉拉·波克·拉伊后来成为教育界领袖。1877年开始，各大学允许女子入校学习。同时，一些帮助改善妇女境遇的政策也被通过。印度社会改革者拉贾·拉姆、莫迪汗·罗伊、伊斯瓦尔·钱德拉、维迪亚·莎佳等人发起了改革印度社会，尤其是国内妇女处境的运动浪潮。随着这些改革运动，西方的先进思想也影响了印度社会。麦考莱政府下令采用英语作为教育机构的媒介，向印度人传递文化、艺术、科学技术新思想，这获得

[①] 黎菱：《印度妇女：历史·现实·新觉醒》，北京：世界知识出版社1986年版，第5页。

了许多进步思想家的大力支持。

19世纪后期，随着民族运动的兴起，西方女性运动深深影响并改变着印度女性的思想。许多印度妇女被一种寻求新生活的渴望驱使，开始自由地表达自己的想法和经历，但仍有一小部分妇女安于现状，她们桎梏在旧的传统风俗之中。

印度人创作的英语小说变成了一种有力的文学表达形式，它们的出现与爱国主义和社会改革浪潮、改善妇女地位相一致。这一时期涌现出的女性作家也具有非凡意义，她们标志着为印度女性谋福利的新纪元的诞生。

二、觉醒与抗争：20世纪前期印度女性的自我意识

19世纪印度女作家通过作品表达她们对印度妇女处境的真实感受，并高举大旗反对妇女受压迫的社会状况。这些作品同样预示着在飞速发展的社会环境下，热情大胆、具有觉醒意识的印度女作家的出现。

20世纪20年代，成就卓越的女作家当属S.库玛丽·高萨勒和珂梅里·索拉布吉。S.库玛丽·高萨勒的《致命的花环》《印度爱情故事》和《未完成的歌曲》，显示其卓越的写作能力。作为律师，珂梅里·索拉布吉为寡妇和深闺制度做着不懈斗争，她的作品《深闺里的爱情和生活》《阳光宝宝》《印度儿童生活研究》等都从不同层面描写了印度的社会改革。

圣雄甘地在1925年发表声明，猛烈抨击童婚陋习，提出应将自主结婚的承诺年龄限定在16岁以后。在一次公开集会上，甘地甚至公开呼吁男大学生起誓只娶青年寡妇为妻。甘地认为男女平等，他曾经指出女性作为男性之伴侣，受赐于同等的精神力量，拥有同样的自由与解放的权利。但两性在生理和情感上的巨大差异决定了他们的社会角色不同。甘地提出，如果家庭经济尚可，已婚妇女没有必要工作。

尽管甘地反对妇女外出就业，却鼓励她们积极参与非暴力斗争。

第四章 印度英语小说的繁荣（1947— ）

1921年，甘地号召广大妇女参加第一次非暴力不合作运动，并要求她们带头抵制购买外国布料。妇女们积极响应甘地的政治号召，许多从未参加过公众活动的妇女开始投身民族独立斗争的洪流。印度妇女热情投入、为国家独立而战的故事在拉贾·拉奥的《根特浦尔》中有生动的描写，在 R.K. 纳拉扬的《等待圣雄》中也有所体现。然而，当接受了教育的妇女走入复杂的社会时，她们被裹挟着加入抵制英国货的运动浪潮中，而在面对狡猾贪婪的男人时，她们还得饱受婚姻和身心的双重折磨。这在泰戈尔的《家庭与世界》中得到了很好的反映。书中女主人公碧玛拉的内心世界就曾深受折磨。碧玛拉将山涕普看作国家的化身，愿为他赴汤蹈火。当碧玛拉听从山涕普的话偷丈夫的钱时，她还是认为自己做了下贱的事，她的良心就像犯了重罪深受折磨。碧玛拉感到她自己的罪过不仅毁了自己的家庭，也毁了祖国母亲。因为，她没法把家庭和国家分开。

在 R.K. 纳拉扬的小说《黑房间》中，我们也能通过女主人公莎维德丽的经历看到女性态度的转变：妇女在被忽略的家庭里开始有了觉醒意识，从"男人和金钱"主宰的压抑世界里获得了反抗精神。但是小说并没有回避女性对古老习俗的恐惧——不遵从丈夫的女人将会下地狱。另外社会道德的压力仍使妇女被禁锢在家中，灶台便是她们的天地。无论如何，值得称赞的是小说中莎维德丽态度的转变，她决心一改往日在丈夫面前卑微的姿态。由于小说强调了印度妇女的态度变化和她们无声的自我坚持，它被誉为"印度妇女主义第一书"。

印度独立后，印度妇女在各个领域的平等地位、机会和权利都得到了宪法的保障。1950年公布的新宪法给予女性与男性一样的选举权与被选举权。此后印度还颁布了一系列法律法规，旨在确立妇女继承父母财产的平等权利，并在她们受到暴力侵犯时，能得到法律的援助和保护。在法律上规定男女平等，但是事实上，印度女性在社会和家庭中的地位仍是低下的。

60多年来，随着教育的普及和人们意识形态的逐渐转变，就业机会的提供，以及20世纪60年代妇女解放运动的影响和西方女性主义思潮的涌入，一些抱有希望和雄心的新女性出现了，她们要脱离旧观念、旧信仰、旧习俗的束缚。20世纪70年代后，印度经历了第二波女性主义运动，这次女性主义运动比第一次更加理性，她们不再单纯地争取政治权利，女性的自我意识不断发展。

20世纪90年代到21世纪初，女性觉醒意识不断发展。在这种历史潮流下，作家开始重新审视两性关系，思考女性在印度社会如何获取自己的真正权利。

在与传统的压制力量做斗争的过程中，印度女性会感到迷茫、愤怒，而如何跨过这些障碍、为自己开拓一片天地则在很多小说中有着深入的描写。如R. K. 纳拉扬的《向导》和《画广告牌的人》、安纳德的《库莉》等。不过当描写到这些女主角的自我肯定时，大多数男性作家主张传统与现代的结合，保留文化中好的家庭价值观来"拯救家庭"。

三、我手写我心：印度女性英语作家的呼声

印度英语小说有很长一段时间是由男性主导的，独立前的主要英语小说家都是男性，如三大小说家：R. K. 纳拉扬、安纳德和拉贾·拉奥。而印度独立后则出现了一批女性作家，为印度英语小说的繁荣做出了巨大的贡献。她们包括那衍塔拉·萨格尔、安妮塔·德赛、芭拉蒂·穆克吉、卡玛拉·玛坎达雅、莎史·德士潘德、露丝·普拉瓦、吉塔·梅塔、库孙·安莎拉和阿兰达蒂·洛伊等人。

那衍塔拉·萨格尔是尼赫鲁妹妹的二女儿，出生于1927年，是在海外产生重要影响的印度女作家之一。那衍塔拉创作了多部英语小说。

那衍塔拉的小说有着广阔的政治和历史视野。《监狱和巧克力蛋糕》是一部回忆录式的作品，通过一个孩子的视角记录了尼赫鲁家族几代人从1943年到1948年5年间的经历，如她们与一些重要人物（如甘地）

第四章 印度英语小说的繁荣（1947— ）

的接触，以及移居美国后感受到的孤独和尴尬。另外，《恐惧中的自由》《印度自由运动》以及《英迪拉·甘地：走向权力之路》都是关注政治问题的作品，涉及印巴分治、甘地遇难等一系列重要事件，表达了一个独立知识分子对重大历史事件的反思。那衍塔拉曾经说过"政治事件总是使我感兴趣，我想，没有其他印度小说家这么尝试过政治小说这种类型"①，对印度政治的关注成为那衍塔拉创作的一大特征。

作为一名知识女性，那衍塔拉关注的另外一个问题就是印度女性的独立和自由，她激烈地批判印度社会普遍存在的性别问题上的双重道德标准，追求女性的自由、平等。

《新德里事件》中，女主人公莫图在大学办公室被3个男孩强奸，虽然有一个正直法官希望能严惩罪犯，但最终罪犯没有被惩罚。为了保护女性权益，法官辞去公职，投入社会活动中，但收效甚微。罪犯悠游自在，受害者莫图却被看作家庭的耻辱，她的哥哥竟然觉得妹妹的遭遇是他的负担。最终，莫图自杀了。那衍塔拉通过描写罪犯的逍遥法外，法官的失败及莫图的死亡，深刻批判了印度的畸形社会，警示人们反思印度传统文化存在的性别歧视。

那衍塔拉塑造的不是传统要求的"敬夫如神"的女性，她笔下的女性开始拒绝从属地位，追求个人的独立和自由，主张女性应该有相应的公平权利。正如那衍塔拉所说，《昌迪加尔的风暴》所体现的"只是住在同一个屋檐下，只有共同的生活习惯，除了性和孩子，除了可笑的婚姻，他们没有真正的联系。真正的生活在于相互理解，相互尊重信任，真诚和自由，而不是控制"②，这或许是作家的亲身体会。那衍塔拉有过两次婚姻，1947年与高塔姆·萨格尔结婚，两人是包办婚姻，婚后育有一子两女。他们的生活并不美满，那衍塔拉有很强的政治意识，非常关

---

① http://www.xzbu.com/7/view-4834025.htm. 23/02/2014.
② Shya M. Asnani, "The Novels of Nayantara Sahgal", *Indian Literature*, January-June 1973, p. 57.

心印度的发展，而高塔姆更关心自己的生活小天地。这段婚姻于1967年结束。1979年，那衍塔拉与E. N. 曼戈特·拉伊结婚，直到2003年曼戈特去世。

安妮塔·德赛的作品同样讨论了女性在家庭中的地位问题，她认为女性需要以积极的态度去寻求自我。其第一部小说《哭泣吧，孔雀！》的女主人公玛雅对丈夫戈达马满腹牢骚，尽管他为人和善体贴，工作认真投入。玛雅婚前在父亲的呵护下长大，婚后丈夫也像对孩子一样迁就她。玛雅希望有理想的生活模式，渴望成为和丈夫平等、互相尊重的独立个体。但玛雅的一些极端行为让丈夫失去了耐心，也加剧了她内心的孤独无助之感。在对婚姻家庭失望之后，玛雅在杀死丈夫后自杀。这部小说中大量的心理描写和意识流手法的运用，让安妮塔·德赛脱颖而出，声名鹊起，被誉为"印度的伍尔夫"。

安妮塔·德赛之后创作的小说《城市之声》《再见，黑鸟》《今年夏天我们去哪儿》《白日悠光》等都表达了她对印度女性问题的关注，表现了她对印度女性生存状态和情感心理的洞悉和了解。《城市之声》中的女主人公莫妮莎是一位感情丰富的知识分子，她一直在追求生命的意义，希望能够参与外部世界的活动，实现生命的价值。在屡次碰壁后，莫妮莎自我流放，选择了孤独，最终自焚而死。莫妮莎的迷茫和她与社会的冲突，昭示了印度现代女性的悲剧命运。

1986年，安妮塔·德赛离开印度，开始了旅居国外的生活。随着德赛对西方文化认识的逐步深入，她越来越感受到身处西方世界时的漂泊感。她的创作从对印度女性的心理探究转向了对求学西方的印度知识分子内心世界的观照，着力表现旅居国外的印度知识分子在面对东西方宗教、文化、价值观的冲突时心理的矛盾与苦闷，对女性问题也有了更深入的审视。

安妮塔·德赛努力寻找女性的角色定位，她曾说过："印度女性若想实现主体性，就必须调整自己的思想，端正自己的位置，时刻告诉自己，我想要什么……女性主体性的确立不易实现，这有待于女性对自我心理的纠正和自我意识的提高，也许她们需要空间去实现她们的主体性，当然，这可以是在现实中，也可以是冥想的。毕竟这不是容易的事情。"[1] 她清醒地意识到印度女性主体性确立的艰难，她们要实现人格的真正独立，提高自我意识，首先要解放自己。

安妮塔·德赛说："幼时基督教会的学习生活并没有改变我的信仰，当我成为妇女，成为教师后，我发现，西方的思想影响了我对女性问题的态度。"[2] 德赛的生活经历和西方文化影响着她的创作。印度的社会现实使她对印度女性的地位有更清楚的认识：印度女性获得解放的道路不同于西方女性，其艰辛程度也远远大于西方女性。她们首先要争取基本的生存权，以及在家庭和社会上的角色认同。德赛在作品中用细腻的笔触描绘了印度女性的艰难生活处境以及她们痛苦挣扎的复杂心理，给予她们极大的同情和关切。通过对女性内心世界的描写，德赛抒发了自己对女性问题的看法，她清楚地意识到印度男权主义和传统习俗观念对女性压迫的残酷现实，表达了女性对摆脱束缚的渴望，以及她们在反抗中的理想破灭、精神压抑的痛苦。因此，德赛希望通过这些人的遭遇来引发人们的思索，引起人们的重视，进而改善女性的地位。

芭拉蒂·穆克吉关注移民现象、新移民的地位和他们经常体会到的疏离感，以及印度妇女的权益。其他移民女作家，如裘帕·拉希莉、梅拉·沙尔、海蒂·德赛、奇塔·蒂娃卡鲁尼、卡维妲·塔斯瓦尼、伊克巴尔·拉姆瓦拉等人写的印度流散小说，突出表现了印度移民妇女所面临的问题。《香料情缘》（奇塔·蒂娃卡鲁尼）、《护照之死》（伊克巴尔·拉姆瓦拉）中描绘了印度父母为了在国外定居，一心想将女儿嫁给身在国外的印度人的狂热。他们完全不考虑女儿是否同意、将来的生活

---

[1] Indira Nityanandam, *Thre Great Indian Women Novelists*, New Delhi: Creative Books, 2000, p. 341.

[2] Melissa Culross, *A Brief Biography of Anita Desai*, 1991.

是否幸福，这造成了很多女性的不幸。第一代移民父母和第二代子女之间，尤其是与女儿之间，总是经历着不断的冲突，因为印度父母期望自己的女儿能遵从印度的传统价值体系成长。尽管他们已跨越国界来到新地方，但他们仍想把随身携带的文化包袱通过节日、食物、歌曲、服饰、故事等形式强加于孩子身上。然而孩子是在另一个完全不同的文化氛围中成长起来的，对他们来说，新的环境更让人感兴趣，父母与孩子总处在尴尬的境地。

印度母亲们总是表现出虽然遭受到外来文化的冲击，却无法接受在新的文化道德观念下生活的态度。而她们的女儿——就像《阿妮塔和我》（梅拉·沙尔）里的米娜和《在美国出生的迷茫的印度人》（海蒂·德赛）里的丁波·拉拉一样，也经历着不同的冲突。慢慢地，第一代移民妇女逐步适应了新文化，但她们仍保留和肯定着自我。

此外，有些小说表现了身在国外的印度妇女采用各种方式摆脱压迫的努力，她们通过向警察和非政府组织求助，想要获得一种有尊严的生活。其他的一些妇女问题，如印度妇女卖淫问题，还有受压榨的女仆，没有家庭地位的女性，以及妇女在许多行业领域中受到歧视等问题在作家的作品中都有所反映。

结　语

当代印度女作家大多认为，在这个经济飞速发展的社会，受过教育的印度妇女不再乐于接受任何剥削压迫了。她们清楚自己想要什么，并努力为之奋斗。女性作家的创作视野越来越宽广，她们的自我意识和自我觉醒也在不断成长。从对悲惨境遇的描写，到渴望改善自身处境的决心，到对合法权利的坚持，她们在不断抵抗压迫她们的各种体制，努力改变和重建它们。从吠陀时期到20世纪初，印度妇女的地位急剧下降，此后又慢慢回升。早期社会赋予妇女尊重、地位和荣誉，如今，她们又通过自身努力抵制压迫，重新赢回了这些。

第二节 当代印度流散英语小说写作

随着全球化进程的加速,国际间的交流合作日益频繁,人口流散和穿越国界的移民早已司空见惯。在世界各大城市,人口结构的变化促进了不同阶层之间的宗教信仰和历史文化的互相融合。文化的交流同化,兼容并包,为来自不同国家的书籍创造了具有潜力的国际市场。采用国际通用的英语写作,尤其是小说创作,显示出流散作家所处的文化和政治氛围的变化。萨尔曼·拉什迪在《越界:非小说文集1992—2002》中写道:

> 穿越国界、语言、地域和文化,在世间万物与想象之间划定界线。各国间人们的彼此宽容度越来越低,这是由许多的政治家造成的。我所生活的世界把这些问题强加给我,它们成为我文学工程的焦点,而不是知识或艺术的自愿选择。任何一个穿越了语言国界的人都必须明白,这种穿越,牵涉到了重塑——转化或者说自我翻译的形式。语言的改变也改变着我们自己。①

显而易见,流散小说与文化放逐联系在了一起。印度流散小说使伦敦街市、曼哈顿大厦、加拿大广场与加尔各答拥挤的街道、孟买闭塞的帕西人、独立后的印度市井平民等紧紧相连,反映出印度移民的历史变迁。

"流散"(Diaspora)最初在英语里用来表示被上帝放逐的犹太人。"流散"包含着离根失乡、客居异地的痛苦。霍米·巴巴认为,流散不仅指当下存在的群体和身份,也指先经过想象再转化为叙述的混合性群

---

① Edited by T. S. Aaand, *Trends in Indian English Literature*, New Delhi: Creative Book, 2008, p. 55.

体和身份。①印度流散文学创作的一个共同特点就在于印度流散作家的国籍、经历虽然不同，但他们身上都自觉或不自觉地标有"印度"这个文化标签。他们生活在世界各地，受过西式教育，具有国际视野，用英语写作，却始终热爱、关心和表现着印度，没有离弃印度文化之根，这也是他们崛起于世界文学视野的共同形象。

早在1978年，英国小说家埃玛·坦南特就宣称，英语小说的重要"发展"大部分将归功于非洲、西印度群岛或印度，而非英国本土。②正如他所预测的，近年来，南非的库切、西印度群岛的奈保尔等获得了诺贝尔文学奖，印度作家特别是印度流散作家频频摘得英语文学界的大奖，如英国曼布克奖，美国普利策文学奖，弗兰克·奥康纳国际短篇小说奖等，名作不断，人才辈出。彼得·查尔兹所说的"六十年代以来英语文学最令人瞩目的转向"，主要指的就是印度裔作家的英文小说创作以及印度题材作品数量上的增长和影响力的扩大。众多知名的印度裔作家大多是印度裔外国籍作家，他们有从印度移居世界的移民，也有早期移民的后代，前者如"后殖民文学教父"萨尔曼·拉什迪，后者则有奈保尔，还有在近十年才崛起于文坛的阿拉文德·阿迪加和裘帕·拉希莉，他们是印度流散作家中的杰出代表。

印度目前的流散人口约有两亿多，分布在六大洲，100多个国家，年均汇入印度约1600亿美金。③不过，目前国内学界对印度人流散的历史及不同时期流散人口的构成变化等研究甚少，下面就让我们回到历史的起点，考察印度移民的历史，探寻印度移民在流散中的痛苦与困惑，从文献记载和流散文学创作中还原印度移民的真实生活境遇。

---

① 周敏：《流散身份认同——读奈保尔的〈世间之路〉》，载《当代外国文学》，2009年第4期。

② Edited by T. S. Aaand, *Trends in Indian English Literature*, New Delhi: Creative Book, 2008, p. 55.

③ Anand Mulloo, *Voice of the Indian Diaspora*, Delhi: Motilal Banarsidass Publishers, 2007, p. 17.

第四章　印度英语小说的繁荣（1947— ）

一、印度移民简史：痛苦与希望同在

印度共有 4 次大的移民潮：最早的印度移民始于 17 世纪以前印度商人在印度洋、太平洋附近建立基地，特别是在东非、西欧和东南亚地区，主要分布在斯里兰卡、马来西亚、尼泊尔、缅甸和新加坡。

第二次移民潮出现于西方殖民时期，英国、法国、荷兰等国将印度人运到东南亚和印度洋一些岛屿的种植园里充当劳工。如在毛里求斯，印度移民的历史可以追溯到早期法国殖民时期。在 1724 年到 1728 年之间，300 名印度男子从孟加拉和本地治里被劫掠到了毛里求斯。他们被迫过着非印度式的生活，吃的是树薯，穿的是粗糙的蓝棉布衣服。法国统治者视他们为原始未开化的野蛮人，强制执行种族同化政策，禁止印度人说印度语、穿印度服装，禁止他们信奉印度教、庆祝宗教节日。他们和非洲奴隶一样，都失去了与过去文化传统的联系，远离家园的印度奴隶不得不接受现状，同非洲女奴通婚，还被迫改信基督教。

从 1792 年开始，法国人从本地治里、马拉巴尔沿海带来了更多有技术的印度工人，包括石匠、砖瓦匠、木匠、铁匠、裁缝、鞋匠和珠宝工匠等。印度工人大都从事建筑工程，修建港口、大桥、炮台、军事防御工事、教堂、医院和道路。通过与非洲奴隶通婚，他们将技能传授给自己的孩子。这些能工巧匠是路易港基础设施的真正建造者。[①]

从 1815 年开始，第二批共 835 名印度囚犯被带到了毛里求斯。起初，印度囚犯被严格地与其他人分离开来。后来管理放松，政策开始鼓励他们拥有家庭生活。他们中大约 500 人被分散到当地，并与克里奥耳人或印度人结婚生子。但是，印度人和非洲人有明显的文化传统上的矛盾。非洲黑人妇女无法认同印度家庭中强烈的道德观，无法认同贞操、

---

① Amédee Nagapen, *Indian Catholic Slaves in Overseas Indians-The Mauritian Experience*, Mauritius: Mhantma Gandhi Institute, 1984.

奉献精神和男人对女人的占有观念。因为受到非洲一夫多妻制传统的影响，她们经常换伴侣，这让克里奥耳家庭备受困扰。可是，印度人没有选择，必须面对印度女性人数很少的现实。他们通过通婚融入毛里求斯社会，保存了自己的信仰习俗并参与到经济活动中去，推动了毛里求斯社会的发展。

后来，农场主们担心奴隶制被废除，开始尝试使用其他劳动力资源。1829年，第一批中国和印度劳工移民来到毛里求斯。真正大规模的印度劳工移民开始于1835年。奴隶制被废除后，奴隶们拒绝继续在甘蔗农场里工作，农场主也不打算付更高的工钱。大片的土地荒置，甘蔗减产，工厂倒闭，毛里求斯、西印度群岛等地的殖民政府开始向印度求助。征募人在印度北部比哈尔邦和联合省（现在的北方邦）的农村搜刮劳动力。恒河平原气候变幻莫测，洪水和干旱经常造成饥荒。在英国殖民统治下，贫困、干旱、饥荒变得愈发严重。英国人摧毁了印度本土手工业生产者，将他们变成英国工业商品的消费者。村民们无处可去，纷纷涌向加尔各答。在那里，他们被吸引到移民处，被天花乱坠的承诺打动。其中60%的印度移民去了毛里求斯。

因为缺少良好的卫生条件和安全饮用水，加上霍乱、伤寒、天花、疟疾，印度移民的死亡率高得惊人。绝望、思乡及无法解决的种种痛苦导致许多印度人选择了死亡而不是无希望卑微地活着。除此之外，农场主狡诈地将黑人与印度人对立起来，称黑人是"土地之子"，而印度苦力是"印度社会的残渣"、出身低微和不道德的人。①

2003年1月海外印度人节②期间，曾在特立尼达生活过的93岁移民纳兹尔·穆罕默德讲述了自己家庭的真实经历：

---

① Anand Mulloo, *Voice of the Indian Diaspora*, Delhi: Motilal Banarsidass Publishers, 2007, p. 168.

② 海外印度人节在每年的1月7日到9日，是为了纪念1915年甘地从南非回到印度而设立的节日。

第四章 印度英语小说的繁荣（1947— ）

当时我才3岁，是家中最小的孩子。我3个兄弟姐妹都死了。为了逃避饥饿和村子里的鼠疫，我和母亲离开父亲，离开了印度，加入特立尼达的移民大军中，到一个椰子种植场做契约工人，希望过段时间再回来。①

在工作了7年后，当纳兹尔10岁的时候，他们获得了自由，但必须自己出钱回印度。他们甚至没法凑够回程的35美元，因此不得不留在了当地。

在西印度群岛，契约工人必须遵守种植园的规定。表面看来，契约合同或多或少都是出于自愿，是合法的劳动合同制度。事实上，移民在订立合同时根本没有话语权，在毫不理解合同内容的情形下，他们只能先按上自己的指印。

印度移民为自己的文化和宗教感到骄傲，力图保留自己的印度身份。他们遭受越多的残酷迫害、屈辱和嘲笑，就越是采用这种软力量来对抗。他们拒绝所有将他们同化的企图，不断加强自己的印度特质——那些历经几千年的文化、文明和思想。用印度学者自己的话来说："我们的祖先经历过苦难。他们的身体受到折磨，但头颅是高昂的。他们用尽一切办法保存自己的宗教信仰和文化。"②

第三次大规模移民潮在第二次世界大战后到来。在印度独立后的前10年，大批技术工人（大多是男性旁遮普地区的锡克教徒）从印度移民到英国。这是因为英国缺乏低技术劳工，加上英国政府允许英联邦居民到任何一个英联邦国家居住、工作，以满足战后各国对劳动力的需求。他们中大多数人定居在伦敦、莱斯特和伯明翰等工业城市，还有大量印度人流向加拿大、澳大利亚等国。此外，毛里求斯、特立尼达、斐

---

① Anand Mulloo, *Voice of the Indian Diaspora*, Delhi: Motilal Banarsidass Publishers, 2007, p. 165.

② Dr. S. Ramgoolam, Leg. Council, 28th August, 1976, p. 172.

济等国的早期印度移民及其后裔有些移居到其他国家,进行二次迁移。这些移民主要是受过良好教育的知识分子、职业人士,包括医生、工程师和各类技术人员。此外还有20世纪70年代开始的从印度到波斯湾地区的临时劳工移民。

第四次移民高潮从20世纪60年代末开始,大量印度人移民到北美,他们的主要目的地是美国和加拿大。美国《1965年移民法案》取消了之前的国籍配额,突出了家庭团聚的原则。一些专业技术移民,包括印度人,他们的直系亲属可以不受配额的限制入境。后来,美国政府还通过提供H-1B签证来吸引人才。这种签证一般没有固定的期限,持有这种签证的外国技术人员很容易申请到绿卡或直接成为美国公民。另据美国国土安全部统计,从1986年到2005年,印度移民总数从2.7万人上升到8.5万人。2007年度美国签发了15.8万H-1B签证给印度人,占总量的1/3。同年,到加拿大的印度移民有2.6万人。

20世纪90年代以来,澳大利亚和新西兰日渐成为印度移民的重要目的地。除高素质专业人才移民外,越来越多的印度留学生选择毕业后留在当地。据2006年人口普查,澳大利亚有147101人印度移民,占所有移民的3.3%。从1999年至2007年,印度移民的数量每年增长25%。在新西兰,印度出生的人口几乎翻了一番,从1986年的6500人至1996年的12800人,到2006年则超过3倍至43300人,占所有移民的4.9%。①

据有关数据显示,国外印度学生的数量从1999年的5.1万人上升到2007年的15.3万人。印度仅次于中国,成为世界排名第二的留学生输出国。美国则是迄今为止最重要的目的地。2006年至2007年,美国接收了50%以上印度留学生,其次是澳大利亚(16%)和英国(15%)。印裔美籍作家裘帕·拉希莉的长篇小说《同名人》中的男主人公艾修克就是一位到美国留学,取得麻省理工学院博士学位,后来获得美国大学教职的印度人。

---

① http://www.migrationinformation.org/Profiles/display.cfm? ID = 74515/07/2012.

大部分印度留学生在毕业后选择留在当地,取得绿卡或加入外国国籍,这批人及其后代都受到了良好的教育,生活水平和社会地位比契约劳工有了极大提高。

许多印度流散作家都有过在西方国家留学或工作的经历,他们可被称为"文化旅行者"。他们属于域外人,出身于前殖民地,生于亚洲、非洲,身上贴着"第三世界"的文化标签。他们在西方都市里工作打拼,却始终保持着与其民族、种族或地区的关联性,并提醒人们不要忘记历史、传统以及帝国殖民干预的影响。在他们的作品中,始终关注着全球化问题、身份问题、东西方文化冲突问题、种族问题、家庭问题、妇女问题等,具有强烈的现实关怀精神。

二、印度流散小说创作:疏离与亲近并存

在移居地,早期印度移民尽管在农业生产、基础设施建设和商业贸易等方面做出了巨大的贡献,可在历史上仍然籍籍无名。他们的声音被湮灭,"许多东西都从我们的手中被剥夺了。我们没有背景,也没有过去。对我们许多人来说,过去就停止在祖父母那一代,除那之外是一片空白。倘若你能从空中俯瞰我们,就会看到我们居住在大海和丛林间狭小的房舍里;那就是关于我们的真相。我们被移植到那个地方,我们只能在那里飘浮着"①。我们只能从特立尼达出生的奈保尔的一些关于印度的小说中读到他们的故事,尤其是在《毕司沃斯先生的房子》中。

《毕司沃斯先生的房子》是"对西印度群岛社会的研究,是一部对特立尼达印度人的记录,是奈保尔父亲生活的虚构性再现,也是一部关于父子关系及作者如何成长的自传性小说"②。奈保尔是印度婆罗门后

---

① King Nina, "Passage to the West Indies", *Washington Post* (*Book World*), May 15, 1994, p. 24.

② 黄晖、周慧:《流散叙事与身份追寻:奈保尔研究》,杭州:浙江大学出版社2010年版,第70页。

裔，他的祖父是移居到特立尼达的契约劳工。奈保尔的父亲西帕萨德·奈保尔所受的教育很少，却通过自学和努力成为一名记者。以父亲为蓝本，奈保尔塑造了一个处于主流社会边缘的印度裔婆罗门穆罕·毕司沃斯的形象，描绘了他为追求独立和身份认同，充满奋斗和痛苦的一生。

奈保尔通过对毕司沃斯入赘的图尔斯家族及其居所哈努曼大宅的描述，反映了印度移民群体艰难的生活境况和复杂的精神处境。居住在特立尼达的印度移民图尔斯家族仍然恪守着印度教的生活传统，经常吟唱史诗《罗摩衍那》、诵读梵文经典。他们讲究种姓出身，庆祝印度教节日，试图通过印度教的各种庆典，体现对印度的文化记忆，通过印度的生活方式和行为，保证和延续对母国印度的社会认同。但是，在特立尼达，他们无法完全融入当地社会，既渴望回到印度，又害怕真正回去，处于一种游移状态，就像生活在一座"空中城堡"中。他们的身份意识不断建构又不断被消解，无法找到安定的归宿。

对印度移民的这种生存境况，奈保尔本人有切身的体会，他说："在特立尼达，印度人是一个独特的种群"，[①] 而"身在印度，我总觉得自己是一个异乡人，一个过客"[②]。直到多年之后，奈保尔的身份焦虑才得到消解，在《印度：百万叛变的今天》结尾，他写道：

> 27年，我终于做了一趟可以算数的重返之旅，消解了我身为印度裔的焦虑，散除了那阻隔在我自己和我祖先之间的黑暗。[③]

除奈保尔外，还有讲述毛里求斯印度移民生活的《拥挤的巴拉坑》

[①] 奈保尔：《幽暗国度》，李永平译，北京：生活·读书·新知三联书店2003年版，第31页。

[②] 奈保尔：《幽暗国度》，李永平译，北京：生活·读书·新知三联书店2003年版，第197页。

[③] 奈保尔：《印度：百万叛变的今天》，黄道琳译，北京：生活·读书·新知三联书店2003年版，第552页。

第四章 印度英语小说的繁荣（1947— ）

(Baracoon，葡语，即收容所)(1972)，安纳德·莫卢的小说《看着他们下井》(1967)，迪普钱德·毕哈利的《可能活着的人》等。后来，马来西亚、加勒比海地区、印度、英美等国又涌现了大量有关印度移民的文学作品和历史著作。此外，学界对流散文学和流散现象的研究亦取得了相当大的成就。

除奈保尔、拉什迪等人外，还有一些女性作家在流散小说的创作中做出了巨大的贡献，她们包括卡玛拉·玛坎达雅、芭拉蒂·穆克吉、裘帕·拉希莉、安妮塔·德赛和基兰·德赛母女等。

卡玛拉·玛坎达雅1924年生于印度迈索尔，1948年到伦敦从事新闻工作，并在那里开始进行小说创作，后来在印度和美国的大学任教。在小说《默默无闻的男子》(1972)中卡玛拉刻画了一个名叫斯利尼瓦斯的婆罗门老人的故事。他生活在伦敦南部郊区30年，在儿子和妻子死后，孤独的老人受到了一位60岁英国妇人的朋友般的对待。他们两人建立了一种深厚而持久的友情。但种族暴力闯进了他们的世界，给老人的生活带来无法挽回的改变。随之而来的一些事情证明，他们的天堂是很脆弱的。

斯利尼瓦斯喜欢自己选择的这片土地，并乐意与这里的人建立友好关系，但他仍发现自己像个外人，被当作黑人，甚至有人写"黑鬼滚回去"的文字警告他回去。这让他不禁思索："或许我来英国是错误的。这里的人不会接受我……我时刻被驱赶着，这正是他们想做的。一个在英国的外国人。实际上，我当然是。我是个印度人，我不能假装……为什么要假装呢？我妻子从来都不这么做。她一直坚持穿自己九码长的纱丽和凉鞋。"[①] 卡玛拉·玛坎达雅是印度最具政治敏锐性和先见性的小说家之一。她预见的移民问题和种族问题正是我们在当今世界所面临的。

芭拉蒂·穆克吉已经被大家公认为"表达流亡与移居意识的代言

---

① Kamala Markandaya, *The Nowhere Man*, Delhi: Sangam Paperbacks, 1973, pp. 231–232.

人",她关注移民现象、新移民的地位和他们经常体会到的疏离感,以及印度妇女的权益。小说《妻子》描写了生活在曼哈顿的印度人阿密特·达斯古帕塔和妻子丁波之间的问题。阿密特只顾着努力赚钱,对丁波而言,来美国虽然圆了她少女时的梦想,可她却无法接受穿着裤子和毛衣上街。当十月到来时,丁波开始想念杜尔迦节,觉得身体"不像是自己的了,里面充满的烟雾、怨恨和疯狂的想法"①。小说表现了印度妇女在全球化的文化冲击下的恐惧、疏离和困境。正如有学者指出:"虽然已经嫁给了一个文盲,丁波却无法平衡这两个世界:一个她已留在身后,一个她即将面对。"②

　　印度流散女性作家的创作视野越来越宽广,她们的自我意识和自我觉醒也在不断成长。从对悲惨境遇的描写,到渴望改善自身处境的决心,到对合法权利的坚持,她们在不断抵抗压迫她们的各种体制,努力改变和重建它们。

　　对妇女来说,她们过去面临着双重压迫的风险(其中之一就是与伴随后殖民主义的女性主义有关),如今已被新的担忧替代,即对非法移民者身体的凌辱。虽然芭拉蒂·穆克吉本人为她找到了正确的目的地而欣喜不已,但是美国吸收外来者的能力遭到了质疑,尤其是在"9·11"事件发生之后。出于美国民主的属性和对种族差异的忽略,女性主义大获全胜,然而这种所谓胜利的背后,或许是来自不同种族、不同阶层的移民者不得不面临的黑暗现实。而且,从1960年初到现在,移民之间社会地位上的差异一直存在着。

三、印度移民的嬗变与流散文学的成就和发展

　　1995年,印度总统尚卡尔达亚尔·夏尔马(1992—1997年任总统)

---

① Bharati Mukherjeek, *Wife*, Delhi: Sterling Paperbacks, 1976, p.114.
② Brahma Dutta Sharma, Surheel Kumar Sharma, *Contemporary Indian English Novel*, New Delhi: Anamika Publishers & Distributors (P) LTD, 1999, p.79.

第四章 印度英语小说的繁荣（1947— ）

对特立尼达和多巴哥共和国进行正式访问。在夏尔马总统的访问前夕，特立尼达政府宣布5月30日为"印度人抵达日"，并且是一个全国性节日。在150年前，一艘载有217名印度人的船只在5月30日抵达特立尼达，从而开创了特立尼达和多巴哥历史的新篇章。

如果说在特立尼达的印度人似乎已经在经济领域取得了成功，那么，在美国等国家的印度人的富裕程度更加明显。在美国南部各州，Patels[①]是汽车旅馆（Motels）的代名词。据亚洲美国酒店协会统计，美国50%的酒店和汽车旅馆的拥有者是印度裔。虽然印度人在美国的人口中所占的份额小于0.5%，但印度裔科学家、工程师和软件专家的银行账户则超过了5%。

随着印度移民经济生活的嬗变，印度流散文学也在不同的国界间传播，无论是新作还是旧著，遍及全球，逐步在图书馆中占据一席之地。在印度本土和国外，相关学术会议不断举行，"海外印度人""印度流散文学"成为国际学术界比较热门的话题。全球海外印度人机构在其总部所在地纽约也曾举办关于海外印度人的国际会议，美国和加拿大等国家的一些大学也曾举办过以海外印度人为主题的国际学术会议。

印度流散作家们往往具有双重的民族和文化身份，他们在多元文化的国度中体验个体生命的价值。芭拉蒂·穆克吉认为移民环境千变万化，给移民带来"双重故乡"：收留他的城市和出生的城市。虽然有些流散他乡的人实际上并不想回到故乡，但他们仍保留着清晰的故乡意识，或者潜意识里始终有家乡的传统、风俗、价值观、宗教和语言的影子。他们对收留他们的城市既"涉足其中"又非"完全融入"。霍米·巴巴在《文化的定位》中写道，涉足其中的空间为流散客提供了一方土地来建立自己新的身份。斯图亚特·霍尔则指出，对于大多数移民来说，叶落归根不过是个比喻，只存在于萨义德认为的想象世

---

① Patel主要用于其祖先属于印度农业地区印度裔的姓氏。

界中。

对流散作家来说,他们的作品刻画的是一幅从背井离乡到收留他的城市的坎坷之旅图景。文学中的流散经历主要分成两类:人们的记忆和先前居住地、国家的重现及归属感;物质、文化、政治经济情况与他们正在生活的地方的碰撞。流散文学常常反映文化、地域上的差异。有大量作家可以归为第一类,如罗辛顿·米斯垂甚少或者没有(至少目前没有)写过关于加拿大的故事,只是重在思考过去和现在的文化和种族背景。这甚至意味着印度作家将其第三世界的出身背景做了隐喻处理,他们看起来似乎更关心全球化的困扰和文化骚动,以此来丰富他们艺术上的形象。已有的知识可以被重新吸收并衍生出新的、意想不到的意义,霍米·巴巴称此为"重塑过去"。文学的一个重要功能是强调突出集体的、民族的或个人的各种分裂,表现影响全局的新的和不寻常思维模式。从另一个意义上说,正如艾勒克·博埃默所言,文学表明的立场不是与世界的距离,而是联系,承诺描写殖民主义分裂了什么,这种描写将第三世界与第一世界联系起来,强调人们过去的经历怎样与现在的生活联系起来。与此相关的还有旧时代所遗留下的恐慌和痛苦,仍困扰到现在。霍米·巴巴有一段意味深长的话:"新国际主义下的人口学是这样一种历史:后殖民地居民的迁移,文化与政治散居的叙事,大多数乡下人与边缘人的社会错位,诗人式的流亡,糟糕的政治经济避难者。"[①] 贝妮塔·帕里则强调了流散乃是移民的被迫选择:

> 那些还在为解放和自由等词语沾沾自喜的人,并没有考虑移民所处的物质条件和生存环境。这些移民包括经济移民、非法移民、

---

① Bhabha, Homi K., *The Location of Culture*, London and New York: Routledge Press, 1994, p.7.

难民、寻求庇护者和种族清洗的受害者,他们的迁移远非出于道德的选择,很多时候是被迫而为。①

一旦做出了选择,他们就再也无法得到令人尊敬的地位,更无法拿到满意的报酬回家。这在基兰·德赛的小说《失落》中早已得到阐释。小说将小人物的命运与政治问题结合在一起,描写了全球化、多民族文化、骚乱、暴力等。印度厨师的儿子比居作为非法移民,在美国过着颠沛流离的生活,遭到了残酷的对待。返回印度,对他来说更加痛苦,因为他已经一无所有。流散客只能一边幻想回到从前,一边在文化和民族情感上与新地方做斗争,这将是一段漫长而艰苦的旅行。

印度移民的历史变迁与印度流散文学的崛起与发展,是世界文学史上备受关注的文化现象,它在一定程度上成为世界流散文学的缩影。研究这一文化现象,对于在全球化背景下促进多元文化的交流和融合,有着不可忽视的重要意义。

第三节 拉什迪《魔鬼诗篇》中的叙事策略

萨尔曼·拉什迪(Salman Rushdie,1947—),英籍印度裔小说家,作为当代英国文坛上的领军人物,他被誉为"后殖民文学教父",与奈保尔、石黑一雄并称为"英国文坛移民三杰"。

拉什迪出生于1947年6月19日,是印度共和国的同龄人,见证了独立后印度的政局动荡和时代变迁。拉什迪出身于孟买殷实的穆斯林家庭,祖父是乌尔都诗人,父亲是商人,在教会学校度过快乐的学生时

---

① Parry, Benita, *Postcolonial Studies: A Materialist Critique*, London and New York: Routledge, 2004, p.100.

光，接受正规的英语教育并熟练掌握乌尔都语，孟买的童年生活对他今后的创作产生了重要的影响。

1961年，拉什迪前往英国最著名的贵族学府拉格比公学学习。在那里，拉什迪虽然皮肤白皙，却不能使他免于被英国同学们谩骂为"可怜的中东佬"。在英国求学时期，种种遭遇使他有了反种族主义的意识。1968年，拉什迪获得剑桥大学历史学硕士学位并回到了巴基斯坦的卡拉奇。拉什迪本打算定居卡拉奇并在一家电台找到了工作，巴基斯坦严苛的审查制度使拉什迪感到不适应，他选择回到英国，先是做了一段时间演员，后又在一家广告公司做撰稿人。1975年，他的处女作《格里姆斯》出版。1976年，拉什迪与第一任妻子克拉莉萨·卢阿德结婚，卢阿德出身于英国上层社会，受过良好的教育。凭借这次婚姻，拉什迪打入了英国的文化圈，在文学方面的才能逐渐为英国人所认识和接受。

拉什迪1975年出版处女作，但是直到1981年凭借《午夜之子》获得巨大成功，他才真正走上职业作家的道路。这部小说被称为后殖民文本的典范，在英国文坛引起轰动，并获得布克奖和詹姆斯·泰特·布莱克传记文学奖。1983年，小说《羞耻》（*Shame*）获法国年度最佳外语书籍奖。1988年《魔鬼诗篇》出版，获得维特布莱德最佳小说奖，但是这部小说却因影射先知而受到伊斯兰世界的一致抗议，并在国际上引起了一场轩然大波。1989年2月14日，伊朗宗教领袖霍梅尼向全世界发布了对拉什迪的"追杀令"，拉什迪只好隐姓埋名，在英国警方的严密保护下度过了10年的地下生活。这就是震惊世界文坛的"拉什迪事件"。

拉什迪在隐居期间笔耕不辍，创作了长篇童话寓言小说《哈伦与故事海》（*Haroun and the Sea of Stories*, 1990），并获英国作家协会奖；出版了短篇小说集《东方，西方》（*Eastern, Western*, 1995）；发表了长篇小说《摩尔人的最后叹息》（*The Moor's Last Sigh*, 1995），并获得惠特布莱德年度长篇小说奖；之后又有《她脚下的大地》（*The Ground*

Beneath Her Feet，1999）和《愤怒》（Fury，2001）等长篇小说相继问世。

使拉什迪遭遇的《魔鬼诗篇》以两位主人公的重生与蜕变为主轴，探讨了身处后殖民与后现代社会的第三世界移民心灵遭遇的困境。故事开始于恐怖组织制造的一场飞机爆炸事件，全机除了吉百列和萨拉丁两位主角无人生还。他们是两名失去信仰的原伊斯兰教教徒，掉落英国海滩，从此各自展开了魔幻之旅。其中，吉百列陷入了时梦时醒的分裂状态。梦中的吉百列扮演着传达真主神谕的天使长的角色，在时空中任意穿行。接受他启示的，一位是宣扬"万物非主，唯有真主"的先知马洪德，一位是带领村民走进阿拉伯海朝圣的少女阿伊莎。梦中的吉百列无法控制自己的意识，他一度发现从自己嘴里流出的是魔鬼诗篇。另一位主人公萨拉丁生还后容貌大变，他长出羊角、羊蹄，在英国首府伦敦遭遇了人情冷暖。他在容貌恢复后性情大变，对英国和故国印度的看法产生巨变。最后，在父亲过世后，他选择回到印度的怀抱。

拉什迪采用魔幻现实主义的创作手法，运用了梦境、变形、分裂等情节设置，充分描摹了移民内心的苦闷与外在的压力。同时，拉什迪将过去、现在、未来融合在一起，空间上的广度大大拓展，书写移民的表述方式也大大增强了文本的内涵。

一、空间的魔术

在谈到移民的生活景观时，不得不提到"文化飞地"这一现象。飞地是一种特殊的人文地理现象，指的是隶属于某一行政区管辖，但又游离于该行政区主体范围之外的土地。要想去往一块行政区的飞地，需要"飞跃"其他行政区的属地，方能到达。一般把本国境内包含的外国领土称为内飞地，外国境内的本国领土称为外飞地。生活在文化飞地中的人们，大都是在帝国扩张过程中出于生存压力而被迫迁徙或自愿移民的族群或人群。从国籍上说，他们属于某个帝国主义宗主国；从文化上说，他们又有着各自的文化背景、集体记忆和宗教信仰；从情感上说，他们更愿意认同本族文化，但为了生存，他们又不得不依附于某个更强大的政治实体，甘心做帝国的二等臣民或二等公民。这种自相矛盾的生存状态使得他们几乎从一开始就遭遇了文化身份危机。飞地文化是典型的移民文化产物，奈保尔笔下的特立尼达地区，拉希莉小说中印度人在纽约的家庭，都是典型的飞地型移民现象。这种家庭形态在《魔鬼诗篇》中不是呈主要空间存在，但也作为一种印度海外移民典型存在，映照、对比、触发着本文主人公之一萨拉丁的海外处境。除了在伦敦的苏菲扬一家的文化飞地，萨拉丁在印度的成长环境就是一个独立封闭的特殊文化空间。

来自印度的穆罕默德·苏菲扬一家在伦敦开的香达尔餐厅是萨拉丁变形后的栖身之所，无路可走的萨拉丁就寄居在苏菲扬家。苏菲扬身材矮小，尽管手臂与腰围都很粗壮，但是站起来距离地面却不过61寸。他用孟加拉长衫的下摆擦拭半框眼镜，近视眼上方的眼皮用力地闭了又开，开了又闭。世俗主义者苏菲扬在心理上已经认同了英国这片土地，他带着世俗主义者的开放与接纳的态度说道："我们不要刻意对西方文化视而不见，经历了数个世纪，西方文化怎么可能不混入我们的遗产之中？"①

萨拉丁住在孟买斯堪达尔峡，他住的是广阔宽敞、摇摇欲坠，外表覆盖着盐层的袄教风格的房子，到处都是柱子、百叶窗与小阳台。这样的环境与童年梦魇事件带来的阴影滋生着萨拉丁对英国的向往。"我们已经被再造了，但是我想说我们也将再建这个社会，从底层到表层来改变它的面貌……现在轮到我们了。"② 拉什迪相信，世界移民大潮将改变移民者的文化心灵，而移民地国家也将因为这些身份各异的世界移民或

---

① 萨尔曼·拉什迪:《魔鬼诗篇》，佚名译，台北：台北雅言文化2002年版，第238页。
② 尹锡南:《"在印度之外"——印度海外作家研究》，成都：巴蜀书社2012年版，第276页。

第四章 印度英语小说的繁荣（1947— ）

曰世界公民而改变面貌。

在小的家庭空间背后，呈现的是复杂的民族文化空间。在后殖民批评话语和后殖民语境的变迁中，拉什迪不得不面对后殖民写作困境，但是他自始至终都在为超越这些困境不懈努力。拉什迪曾说："在我看来，印度传统总是，并且一直是一个混杂的传统。而认为印度传统是纯粹的观点只能是一种幻想，印度传统的本质是多样化、复数和混杂的。我认为在印度一种纯种文化的观点在政治上甚至是一种重要的抵制。因此这本书（《午夜之子》）就源自这种混杂传统的意识。"①

拉什迪提倡打破根深蒂固的文化本质主义的观念，确认文化混杂的现实并怀抱着宽容原则。他所持的对文化融合的态度被后殖民理论家描述为"着眼于殖民与移民对于西方现代观念的冲击，使得文化差异的界限设置冲突与重合并置"②。

《魔鬼诗篇》的第二部分对伊斯兰教起源的戏写表现出拉什迪对宗教信仰的抛弃。他大胆地丑化伊斯兰教，也是其招致追杀的原因所在。拉什迪这一做法也许起初只是印证伊斯兰教对镇压"魔鬼性"的无效，是拉什迪个人对伊斯兰教的控诉，也许是源于他对教义的反思，也许是因伊斯兰教对他在西方世界生活20余年来并没有发挥积极效应的懊恼。拉什迪以一种玩世不恭的态度去应对第一部分移民"魔鬼性"的表达，有印证与解释的意味。

拉什迪将镜头摇进历史的洪荒中，地处黄沙漫天的加西利亚城，先知接受着天使长的天启，天使长口中泄露的魔鬼诗篇印证了现实时空中吉百列与萨拉丁的魔性。拉什迪在创作该小说期间思考了很多关于移民认同与归属的问题，但彼时他的思想在"既非此亦非彼"之间摇摆。他将伊斯兰教如此戏谑丑化了一番，却又在三四个故事中予以了态度暧昧

---

① Bhabha, Homi K., *The Location of Culture*, London and New York: Routledge Press, 1994, p.45.

② 赵稀方：《后殖民理论》，北京：北京大学出版社2009年版，第117页。

不明的修正。少女阿伊莎带领村民走进阿拉伯海朝圣源自真实的历史事件，这本是一场充满讽刺意味的悲剧，但拉什迪并没有恶意丑化，完全否定这一"愚蠢"的行为，他没有揭穿这个"皇帝的新衣"一般的谎言，而是借朝圣者之口肯定了这一行为，赋予这一荒谬行为以意义。拉什迪收起了咄咄逼人的解构姿态，开始倡导"相信"，这种态度就像萨拉丁被拉回到印度的怀抱中一样，像是一种权宜之计，并不那么心甘情愿。

二、语言心理空间

拉什迪用独特的印度英语讲述东西方的过去和现在、历史真实和神话虚构，而印度化或本土化的英语语言正是表达的载体。拉什迪的语言策略可以划分为3种：运用印度方言的表达方式；直接引入印度词汇；独特的英语运用方式。拉什迪还在英语书写中直接引用印度词汇，而不提供英语翻译。这些词汇只有放置在印度的文化语境里才能够得到正确理解，从而大大增强了小说的印度色彩，有助于传播印度文化。

在拉什迪的英语作品中，印度词汇频频出现，这表明作者要高调宣扬自己的文化"杂交"身份，以"语言"为匕首把英语所谓的"纯正"面具撕得粉碎。在后殖民作家的笔下，英语成为表达民族历史文化的载体，直接挑战了殖民者用语言推行殖民主义的"意图"，并且使之成为"去殖民化"的精神武器。进行过改造和重塑的英语语言成为拉什迪实践其文化"杂交"、构建文化"第三空间"的载体和工具，同时借助英语本身在全球范围内的强势地位，把印度文化推向世界，也大大地提高了印度文学在世界范围内的影响力和知名度。

殖民文化与被殖民文化的混杂中产生了新的过渡空间，即巴巴所谓的"发声的第三空间"。第三空间一般指在二元对立之外的、具有抗拒性的知识空间。作为定语，"第三"在英文中往往具有特殊含义，它超

第四章 印度英语小说的繁荣（1947—）

越了传统的二元论，表现出一种既是此也是彼、既非此也非彼的模糊暧昧状态。巴巴的"第三空间"更加强调它对于构建新的文化和身份政治的意义。在他看来，"第三空间"是一片"罅隙性空间"，它既反对回到一种原初性"本质主义"的自我意识，也反对放任于一种"过程"中的无尽的分裂的主体。于巴巴而言，这是一个居间或阈限的空间，是翻译和协商的边缘，文化认同总是居于这一矛盾而又模糊的空间中。巴巴在《文化的定位》的序言中试图揭示这种穿越种族差异、阶级差异、性别差异和传统差异的文化认同的"阈限"协商。阈限性主要应用在心理学中，意指可感觉到和潜意识之间的界限，低于这一界限，某种感觉就不能被觉知。巴巴指出："正是在'居间'的现身之处——差异之领地的交叠和异位——民族性、社群利益或文化价值的主体间性和集体经验得以被协商。主体如何在差异的各个'部分'（如种族/阶级/性别等）之间、或多处各个'部分'之外、或在各个'部分'的总和之上被形成的呢？表述或增势的策略是如何在不同社群的冲突的要求中被形构的呢？尽管这些社群共有被剥夺遭歧视的历史，但是，价值、意义和优先权的交换或许不总是合作性和对话性的，而是有着深刻的矛盾冲突，甚至是不可通约的。"① 换言之，文化认同不能归因于族性传统中不可化约的、规定好的、非历史的文化特性，也不能把殖民者和被殖民者看作分开的实体。相反，文化认同的协商关系到文化演现的不断接触交流，这种交流反过来又产生了对于文化差异的相互认可和表述。巴巴指出，这一阈限的空间是一个混杂的地带，它见证了文化意义的生产，而非仅仅是反映："文化活动的条款，不论是对抗性的还是契合性的，都是在演现中被生产出来的。对差异的表述决不能被草率地解读为固着于传统中事先被给定的种族或文化特性的反映。从少数族裔的视角来讲，差异的社会

---

① 生安锋：《霍米·巴巴的后殖民理论研究》，北京：北京大学出版社2011年版，第33页。

发声是错综复杂、流动不居的协商，它寻求授权与出现于历史转型时刻的文化混杂性。"①

全球第一本拉什迪研究专著《萨尔曼·拉什迪与第三世界：民族神话》（1989）中，美国明尼苏达大学英文系教授蒂莫西·布伦南论述了作为流散者的拉什迪对母国印度的民族表征。书名的含义非常明显：布伦南教授试图阐明拉什迪的印度叙事与第三世界民族建构的关系。布伦南教授把拉什迪小说在西方的成功归因于他站在"世界主义"立场上对民族主义意识形态的批评，而不是对母国印度的东方主义式刻画。在布伦南教授看来，拉什迪是一位"第三世界世界主义者"，因为虽然母国印度为拉什迪的文化之根，但他却能站在世界主义立场上正视印度历史与政治。

拉什迪在构建第三空间的同时仍然对母国文化充满眷恋。小说开头及后来反复出现的"重生"与"毁灭"的观念，以东方智慧投入对超越文化困境的思考。这是一种推倒——重建的方式，而在打破壁垒重建过程中，拉什迪并没有明确规则，呈现出一种无所不包的态度。印度女作家安妮塔·德赛提及拉什迪的诗学影响时说道："只有当萨尔曼·拉什迪登上文学舞台后，印度作家最后才感到可以使用口头语言、口头英语，那些在印度街头被普通人言说的方式。"② 这些"拉什迪的孩子们"或"后拉什迪"作家们纷纷模仿和借鉴拉什迪"挪用"的创作技巧。这大大拓展了移民书写的视野，但其过度"自由"无所禁忌的书写不仅给自身招致困扰，也给文坛提出了新的值得思考的问题。

拉什迪身体力行，用全新的话语方式解构和颠覆了西方传统的语言观念、文学传统和文化观念。对"世界英语文学"的说法也是解构殖民

---

① 代莉：《多元文化的积极尝试——试论拉什迪〈羞耻〉中的第三空间建构》，西北师范大学硕士论文，2012年。
② 代莉：《多元文化的积极尝试——试论拉什迪〈羞耻〉中的第三空间建构》，西北师范大学硕士论文，2012年。

话语的一种方式。"我们不要刻意对西方文化视而不见,经历了数个世纪,西方文化怎么可能不混入我们的遗产之中?"① 拉什迪借用笔下人物的心理与语言发出关于移民生存状况的追问,那种苦闷与反思使得人物形象立体了起来。

语言是文化的重要载体,心理是一个人物可供阐释的空间大小。在文化拉锯中生存的移民,面临着常人难以体会的痛苦与压力。拉什迪用魔幻的手法将移民的心理空间扩大化并深化了,这种书写方式在现实主义创作中是很少见的,将移民的书写由外在处境的书写转向内心的描摹,这是移民书写的一大拓展。

三、时间的魔法

美国小说理论家伊丽莎白·鲍温在《小说家的技巧》中曾说:"我认为时间同故事人物具有同样重要的价值。凡是我能想到的,真正懂得或者本能地懂得小说技巧的作家,很少有人不对时间因素加以戏剧性地利用的。"②

(一) 古今沟通

米兰·昆德拉对评论文学作品中一种"消失的文本"现象重点举出了拉什迪《魔鬼诗篇》的例子,并用形象生动的方式去解析这部有趣的小说的结构,在自己对小说的艺术标准下,模糊了评论家们一直盯住不放的道德宗教国家等非文学性因素,采取道德悬置的方式,清晰地勾勒出这部小说的故事脉络和叙事节奏,并毫不掩饰欣赏之情。

按照昆德拉总结出的线索,《魔鬼诗篇》由彼此独立的三条线构成。第一条线是讨论移民困境的两位主人公,即移民至伦敦的当代印度穆斯林青年萨拉丁和生活在印度孟买的印度青年吉百列。第二条线是穿插书

---

① 萨尔曼·拉什迪:《魔鬼诗篇》,佚名译,台北:台北雅言文化2002年版,第57页。
② 转引自黄宝生:《世界文学》,北京:世界文学杂志社,1979年第1期。

中的伊斯兰教经典《古兰经》的相关叙述,这一部分也是引发强烈舆论反响的部分,并在后来引发了"拉什迪事件"。第三条线讲述了19岁少女阿伊莎率领村民们从浩瀚大海向伊斯兰教圣地麦加进发,信徒们以为能渡过海洋,结果却被淹死的悲剧。3条线索在9个部分中反复来回地出现:A-B-A-C-A-B-A-C-A。昆德拉还对法文版的整体节奏进行了数据上的细致分析。A(100)-B(40)-A(80)-C(40)-A(120)-B(40)-A(70)-C(40)-A(40),发现B线与C线有着相同的长度,它们赋予作品节奏上的匀称。

整部小说中,A线占了小说的5/7,B线占1/7,C线占1/7。从数量关系上可见A线的决定性地位。在作者不惜笔墨讲述的第一部分中,作者运用了丰富巧妙的手法来表达移民困境。第二、第三部分按照事件的发展进行叙述,相对来说,第一条线索运用的叙事手法较为多样。列夫托尔斯泰在《安娜·卡列尼娜》的典型叙事特色是"双线拱形"结构。安娜的故事中,以人物情感的自然发展为时间线索,双线并行,循环交错,两条线索的每一次交错都带来了人物情感的深刻变化。而在3条线索中展开的《魔鬼诗篇》中,3条线索在文本中占的比重并不相同,以吉百列与萨拉丁的故事为主要线索,也是整个故事的主题。第二部分写了伊斯兰教的起源,第三部分所讲的故事更直接表明了作者对宗教的否定。在《安娜·卡列尼娜》中,安娜与卡列宁的会面使得两条线索有了交汇。在《魔鬼诗篇》中,作者则用一系列梦境穿插沟通了3个彼此独立的空间,使得整个文本连接成了一个整体。第二、第三部分打破了小说原有的书写时空次序,对空间进行了无限延伸和扩展,模糊了现实性和时间性,赋予了小说神秘浓厚的寓言色彩。

魔幻现实主义小说的一大特色是时间叙述上的多元化,打破了传统小说的线性叙事。在文本中经常会出现事件的加速或放缓,跳跃与闪回。除此之外,拉什迪在时间上的叙事特色还表现在历史叙事。通过其魔幻的笔触,将"现在"与"过去"串联起来,丰富了小说的文本内涵。拉什迪的这种创作特色也被评论为"历史叙事",使得3条线索并行不悖地进展,在新奇阅读体验上不至于迷失,在全知视角基础上增加了新的叙事形式。

在拉什迪的书写里,过去是历史,也是神话。魔幻的笔触将时间轴大大拉长。《魔鬼诗篇》中,吉百利时梦时醒,一种梦境将他带到伊斯兰教的起源地。这时梦中的他是天使吉百利,将"魔鬼诗篇"当作"圣域"传递给"先知"。"阿拉伯还分开"这一章节的事件影射一桩真实历史事件。1983年,真的有一群巴基斯坦人为了徒步过海朝圣而集体灭顶。拉什迪拓展了时间维度,意欲形成一种长久的眼光,将印度和巴基斯坦读者从"民族真理"的束缚中解放出来,从另一个角度重新审视自己的民族历史与社会本质。

(二)倒叙

小说的故事开始于一场空难。主角之一吉百列·法瑞西塔从高空中翻滚坠落时唱道:"为了要重生,首先你得死去,嘿!嘿!为了降落在丰满的大地上,你先得飞起来……"① 第一章分为4个小节,第一小节是空难发生后吉百列与萨拉丁两个主角在空中坠落的场景。第二节、第三节分别采用倒叙的方式回顾了两名主角各自的生活与成长轨迹,第四节又倒回到航班,从飞机启动到恐怖事件发生的经过,直至爆炸事件的发生,从而与第一节连成恐怖飞行事件的始末。

插叙又叫闪回,是逆时序的一种叙事方式,它有利于叙事主体自由地调动叙事内容,凸显其特别关注或着意强调的方面。现代作家在欧风西雨的熏染下,在创作中有意扩大叙事时序与故事时序的差异,尝试用各自的方式处理时间,评论界一般将这种复杂的时序关系分为两种状态:逆时序与非时序。逆时序是一种包含多种变形的线性时间运动,即是说,尽管故事线索错综复杂,时间顺序前后颠倒,但仍然可能重建一

---

① 萨尔曼·拉什迪:《魔鬼诗篇》,佚名译,台北:台北雅言文化2002年版,第1页。

个完整的故事时间。"闪回"便是逆时序的一种时间运动轨迹,这种对时间的处理方式往往包含了作者的某种意图。

第三章"勒文伦·德温敦"共分5个小节,第二小节插入了老妇人罗莎的生活经历,第四节插入了萨拉丁回印度期间发生在他英国家中的事件。第五节回顾了吉百列来英国的原因,以及与雪山女神孔恩和宝莱坞演员蕾哈·莫谦的关系。这两段纠缠不清的绯闻关系有着隐喻色彩。孔恩象征着自我实现,远离是非评判与选择。演员蕾哈则是世俗生活的人格化,是吉百列想要挣脱而不得的象征。

空间的大小交叠、转移切换扩大了文本的意义容量。叙事时序的变换,不是任意的,它隐含了作者叙事思想的表达。我们看到作者采用倒叙,要么是为了给主人公完整性叙述,要么是为了突出自己理想中的人物,或者是给次要人物做遥远的背景交代。倒叙是为了增强故事的可读性,使人物形象更加鲜明突出,为解读文本提供了丰富的可供阐释的角度。

拉什迪总喜欢让他的人物陷入一种"命中注定"的框架。尽管他的各种人物竭尽全力试图突破这种怪圈,然而最后的结局,却总是风风雨雨了一番之后,又回到了起点。这种运行模式就仿佛是一条被蒙上眼睛拉磨的驴子,或者像一盏走马灯,看似在不停地运动,实则在旧辙中徘徊。表面看,时间似乎是流动的,而实质上是停滞的、凝固的;从外部看,它展现了一幅幅动态画面,然而从内部看,那根时间的轴心始终是一个点,而不是线。这样,不管是已经发生的过去、正在演变的现在或是即将来到的将来,它们都可以联成一个圆圈,形成一个轨道,成为一个周而复始的无限循环的时间机器。它让人自始至终陷入这架时间机器而不能自拔,更不能觉悟。于是,历史永远不能前进,社会永远不能发展。

下编

作家作品论

第一章 "印度英语小说之父"——安纳德

> 啊！我多么希望有什么神明能赐我们一种才能，可使我们能以别人的眼光来审查自我！①
>
> ——［法］彭斯
>
> 彷徨在两个世界之间，一个已经死去，另一个无力诞生。我的灵魂无处安息，在世界上孤独地等待。②
>
> ——［英］马修·阿诺德

在描写贱民和社会底层人物而不是高等种姓和高雅的人的过程中，安纳德将目光投向了一直以来为印度作家忽略的领域。对他们而言，班吉姆·钱德拉的小说只是一些模仿司各特浪漫的历史故事。泰戈尔主要描写上层贵族或中产阶级。萨拉特·钱德拉描写的是下层中产阶级。普列姆昌德从农民和北方邦传说中寻找主题。在巴尔扎克和左拉之后，他们没有去创作现实主义和自然主义的小说。安纳德的目的是扩大萨拉特和普列姆昌德所关注的低层人民生活，向西方表明，除了欧玛尔·海亚姆、利普、泰戈尔和吉卜林小

---

① 转引自乐黛云：《比较文学简明教程》，北京：北京大学出版社2003年版，第21页。
② 转引自王守仁：《英国文学概述》，见 http://www.netsh.com.cn/wwwboardm/607/messages/785.html 20/03/2004。

说中的东方外，还有许多是他们所不了解的。①

——K. R. 艾衍加尔

第一节　安纳德的生平与创作

一、生平简介

穆尔克·拉吉·安纳德（Mulk Raj Anand，1905—2004）1905 年 12 月 12 日出生在印度旁遮普邦白沙瓦市（今巴基斯坦境内）的一个印度教铜匠家庭。安纳德的父亲后来改行当兵，由于父亲的部队经常调动，他跟随父亲游历了许多地方。

安纳德的少年时代是在旁遮普度过的。在第一次世界大战期间，旁遮普人民不但要为前线提供军需品，还有大批青年被迫参军，许多家庭骨肉分离，生活困苦不堪。俄国十月革命的消息鼓舞了旁遮普人民从殖民统治的压迫下解放出来的信心，激起了民众的斗争热情。1919 年 3 月 21 日，英国政府通过镇压印度民族解放运动的"罗拉特法案"，印度举国哗然，人民群起反抗。旁遮普人民的反对斗争尤为激烈。英国殖民当局不准甘地到旁遮普宣传坚持真理运动并用恐怖手段实行镇压。1921 年安纳德和部分青年因反对英国政府而被捕入狱。在狱中，他接触到马克思的《资本论》，阅读了高尔基、哈代、雪莱、拜伦等人的大量作品，安纳德变得成熟起来，从此开始思考生活的意义，逐渐认识到实现个人解放，必须反对政治和社会的不公平。

---

① Edited by K. K. Sharma, D. Litt: *Indian-English Literature: A Perspective*, Transted by Virendra Pal Sharma, Ph. D. Delhi: Vimal Praksh Gupta, 1974.

第一章 "印度英语小说之父"——安纳德

1924年安纳德获得旁遮普大学文学学士学位之后,没有听从父亲让他学习法律当律师、做法官的安排,而是离开了印度,留学英国,研究哲学、文学和艺术。后来他在谈到这段经历时说:"当时任何事情都受到压制和束缚,自我意识的发展受到种种阻挠。许多印度人被断定为无知者,他们过着非人的生活,而一些享有特权的人却掠夺穷人,就像大鸟在弱鸟群中称王称霸。我意识到,如果不能满足自己探索真理的愿望,我就会堕落或死亡。1925年秋天,我终于离开了印度。"①

到英国后,安纳德先后到剑桥大学和伦敦大学深造,1929年获得伦敦大学哲学博士学位。1929年到1930年在剑桥大学进修时,安纳德参加了一个马克思主义的研究团体,结识了帕默·杜德、约翰·斯特雷奇、T. S. 艾略特、伍尔夫等人,接触到先锋派运动和左翼政治运动。在英国期间,安纳德还结识了英国的一些政治人物和文学家,如杰克·林赛、拉夫·福克斯、克里斯朵夫·格德威尔和约翰·科恩福特等人。他们都对安纳德产生了很大的影响。

安纳德成为一名作家,得益于普列姆昌德和泰戈尔二人,他从这两位伟大的印度文学家那里学到了不少东西。另外,俄国作家也为安纳德提供了文学营养,"在印度,虽然一直到1947年英国统治者都执行了严格的书籍审查制度,但是,我们还是看到了情感最热烈的俄国文学作品。除了普希金、果戈理、陀思妥耶夫斯基、契诃夫和高尔基外,我们还从马雅可夫斯基、叶赛宁、普列汉诺夫那里汲取营养。我们如饥似渴地阅读了肖洛霍夫史诗般的小说和其他许多作品"②。

回到印度后,安纳德与乌尔都语作家萨加德·查希尔、印地语作家普列姆昌德等人于1936年共同发起组织了"印度进步作家协会"。在协会成立的宣言里,明确规定作家在反帝、反封建斗争中的立场。

---

① M. L. Anand, *Apology for Heroism*, New Delhi: Scindia House, 1947, p. 45.
② M. R. Anand, "Modernism in Indian and Soviet Literature", *Contemporary Indian Literature*, 1966, No. 5, p. 10.

1937—1938年的西班牙内战期间,安纳德参加了国际纵队,以战地记者的身份亲身投入这场反对法西斯武装叛乱的斗争中,撰写了许多反法西斯的政论文章。

　　安纳德是中国人民的老朋友,他一直比较关注中国的文艺建设。1952年印度进步作家艺术家召开纪念毛泽东《在延安文艺座谈会上的讲话》(以下简称《讲话》)发表十周年的座谈会,安纳德在会上盛赞毛泽东的《讲话》,说:"当我在几年前第一次读到这篇文章时,我感到,它不仅对中国知识分子很重要,而且对印度知识分子也很重要。我发现,这里的我的许多知识分子朋友们也有同样的看法。我并且相信,这篇文章中所包含的精辟的见解,已在有见识的知识分子中日渐广泛地传播开来,并对他们发生了真正的影响,使他们的思想逐渐转向为人民服务的文学,而离开为艺术而艺术的道路。我祝贺中国的作家们,在他们已经创造出来的大量著作中,有许多是因为有了新生的中国人民的伟大领袖的指示才丰富起来的。"①

　　安纳德还和中国作家萧乾、叶君健是好朋友。他与萧乾是伦敦时的密友,与叶君健相知则是在剑桥大学学习期间曾同住一间宿舍,两人建立了深厚的友谊。1951年安纳德首次访问中国。1992年,年近九旬的安纳德应中国作家协会之邀再度访华。访华期间,安纳德携夫人专程登门拜访老友萧乾,并到中国社会科学院外国文学所进行学术交流活动。

　　1940—1942年安纳德获得英国莱弗休姆奖金。为表彰安纳德对世界和平的贡献,1953年世界和平理事会向他颁发了国际和平奖。1968年安纳德获得印度政府授予的莲花奖。1972年长篇小说《晨容》获得印度文学最高奖——印度文学院奖。此外,安纳德还被印度多所大学授予名誉博士学位。

---

① 《印度进步作家、艺术家赞扬毛主席〈在延安文艺座谈会上的讲话〉(1952年)》,http://www.sn.xinhuanet.com/200205201/13166.htm 10/2/2004。

2004年9月28日,安纳德因肺炎医治无效在浦那逝世,享年99岁。

二、长篇小说的创作

安纳德最早的文学创作是用旁遮普语和乌尔都语写作的自由休诗歌,其创作源起于亲人之死带来的震动,以及青年时期炽热的爱情。安纳德的姑姑因为与一位穆斯林妇女一起吃饭而被开除印度教教籍,她为此而自杀。安纳德非常悲痛,写了一首旁遮普语挽歌悼念她。而年轻的印度教徒安纳德却爱上了一位穆斯林姑娘,爱的激情在他心中荡漾,他用乌尔都语为恋人写下许多情诗,可是,由于宗教不同,他深爱着的姑娘最后还是在家人的安排下嫁给了别人。

随着年龄的增长,通过阅读乌尔都语诗人穆罕默德·伊克巴尔的长诗《自我的秘密》,安纳德开始思考个人问题。此外,印度的人道主义思想家们的思想引起了安纳德的浓厚兴趣。辩喜、奥罗宾多·高士和甘地等人都对他的人生哲学产生了影响。他在一部作品中写道:"我只是相信一种人道主义,我希望世界与成长的印度传统是紧密联系在一起的。"①

安纳德对劳动人民充满了热爱,劳动者的形象贯穿于他的整个创作过程。他最初的小说中的主人公是清扫夫、苦力和种植园工人。安纳德说:"在我开始描写我国的游民、贱民、农民和最下层的贱民,并使他们从大小村落和小镇的偏僻里巷里活起来以前,在优雅的文学,在我们这半大陆种种语言里,一直很少谈到或写到过他们。般吉姆·钱德拉·查特吉的小说主要是司各特式的浪漫主义历史故事,倾向于叙事的体裁,而且还是在当代欧洲文学里通称为小说的形式之外的。泰戈尔的小

---

① Edited by K. K. Sharma, D. Litt, *Indian-English Literature: A Perspective*, Transted by Virendra Pal Sharma, Ph. D. Delhi: Vimal Praksh Gupta, 1974, p. 97.

说，主要是写孟加拉省的上层地主贵族和所谓'富康之家'的加尔各答社会中的中等阶层。在萨拉特·钱德拉的作品里，由职员、小商人和比较微贱的人构成的下层中产阶级，开始以人的姿态出现了。而普列姆昌德则怀着深情，写到了北方省的破落的农民和一些小人物。我发现自己超出了这3位作家的作品范围，因为我最熟悉的世界是那块游民、农民、士兵和劳动人民的小天地。"[①] 这些人物在印度文学史上是一种新的形象。

这些新的形象活跃在安纳德的作品中，为印度文学人物画廊增添了众多新的栩栩如生的人物。这些人物是安纳德历经数十年刻画出来的。为了刻画这些人物，安纳德一生中共创作了15部长篇小说，它们是：《不可接触的贱民》（1935）、《苦力》（1936）[②]、《两叶一芽》（1937）、《村庄》（1939）[③]、《黑水洋彼岸》（1940）[④]、《剑与镰》（1942）[⑤] 和《伟大的心》（1945）、《七个夏季》（1951）、《一个印度王公的私人生活》（1953）、《老妇人和母牛》（1960）[⑥]、《道路》（1962）、《一个英雄之死》（1963）、《晨容》（1970）、《一个情人的自白》（1976）和《泡影》（1984）。

安纳德的第一部长篇小说《不可接触的贱民》是以安纳德儿时发生的一件真事为基础成文的。有一天，安纳德在与其他孩子玩耍时，一个小孩不小心用小石块砸伤了他，低等种姓的孩子巴克哈将他背回家，可

[①] 安纳德：《〈两叶一芽〉印度版再版前记》，黄星圻、曹庸、石松译，上海：新文艺出版社1955年版，II。由于没有找到该小说的英文本，因此采用的是中文译本。但笔者将其中作家的名字的译法做了调整，采用了现在通用的译法。

[②] 穆·拉·安纳德：《苦力》，施竹筠、严绍端译，北京：中国青年出版社1955年版。

[③] 安纳德：《村庄》，王槐挺译，上海：上海译文出版社1983年版。

[④] 安纳德：《黑水洋彼岸》，王槐挺译，上海：上海译文出版社1984年版。

[⑤] 安纳德：《剑与镰》，王槐挺译，北京：社会科学文献出版社2011年版。

[⑥] M. R. Anand, *The Old Woman and the Cow*, Kutub-Popular, 1960, republished as *Gauri*, Arnold-Heinemann, 1981.

是安纳德的母亲却辱骂巴克哈,说他"玷污"了自己的儿子。安纳德将这一情节加工改造写进小说,而且小说的主人公也起名为巴克哈。《不可接触的贱民》描写一位年轻的清扫夫——巴克哈在一天中所经历的事件。巴克哈属于印度的最低等种姓,他从没上过学,等级森严的社会使他与大多数人的生活隔离。巴克哈不能进入学校,因为通过接触,他会"玷污"高等种姓的学生。作家虽然只是描写了巴克哈在一天里的生活场景,但足以使读者感受到贱民的悲惨境遇。该小说先后被19家出版社拒绝,第20家出版社允诺说如果 E. M. 福斯特为小说作序就出版。小说出版后立即引起外国读者的注意,作者也因此声名鹊起,可小说在印度国内却被英国殖民当局禁止出版。

《不可接触的贱民》采用第三人称的叙事方式,通过全知视角、旁观者视角和有限视角的方式来叙述故事发展的进程,有时又加入主人公的内心独白,使读者感同身受。整部小说的叙事结构非常完美,就像爱尔兰作家乔伊斯的小说《尤利西斯》①一样,安纳德将印度贱民的苦难从漫长的时间和巨大的空间浓缩到了巴克哈一天的生活中,以简单的情节和时空跨度,体现了深刻的内涵。

《苦力》和《两叶一芽》描写了印度被压迫的苦力的生活,表现了城市和农村之间的对立,教派冲突等。《苦力》讲述的是康格拉山区孤儿孟奴的悲惨经历。孟奴只有14岁,父母去世之后跟着叔叔、婶婶生活,可他们对他不仅非常刻薄冷酷,而且让孟奴停止了学业,到城里的银行助理会计家里当仆人。在那里,孟奴偶尔会品尝到短暂的生活的快乐,可更多的是遭受主人任意的驱使和羞辱。孟奴与主人的女儿嬉闹玩耍时,无意中咬了她,主人大发雷霆,毒打了他一顿。于是孟奴从会计

---

① 《尤利西斯》展示了都柏林小市民布鲁姆1904年6月16日这一天从早上8点到深夜2点的生活经历。极为简单的情节和时空跨度,体现最深厚宽广的意识流内涵,覆盖了都柏林生活的每一个侧面。哲学、历史学、政治学、心理学都有所触及,被评论者称为现代社会的百科全书,一本"现代派的圣经"。

家逃走了。在火车上,孟奴遇到一个小工厂的老板普拉巴,并到他的工厂里做工。普拉巴夫妇对孟奴很好,让他感受到了家庭般的温暖。可是好景不长,不久工厂破产了,孟奴只好重新开始到处流浪,靠做苦力为生。孟奴来到孟买,进了一家英国人办的纱厂里做工。工人们因对工资待遇和工作环境不满而罢工,但是由于有人告密,厂方趁机煽动印度教徒和穆斯林之间的教派冲突,罢工失败了。孟奴又被迫离开工厂,来到西姆拉,成为梅瓦林太太的仆人。最后,由于劳累过度,孟奴得了肺痨,孤零零地在一间草房里,"在一个空幻,凄迷的夜晚,他死了——他的生命的浪潮回到了深沉的大海"①。孟奴死时年仅15岁,原本应该活泼的生命就这样被黑暗的社会吞噬了。

《两叶一芽》的故事发生在阿萨姆的一个茶园。安纳德在小说的《前记》中说:"我是在三十年代初期着手写这部小说的,我之所以要写它,是因为我对于我的一些同胞不断遭受白种老爷们的侮辱和损害感到一种激愤。那种激愤,大约就在那个时候开始支配了我。"② 安纳德在阿萨姆的一个种植园附近住了一段时间,他目睹的劳工们的生活惨状,以及听说的种植园里的英国人的恶行都给了他很大的触动,促使他创作了这部小说。农民甘鼓一家受工头的诱骗,来到英国人的茶园做工,结果梦里的乐土实际上是人间地狱,工头许诺的种种优渥条件不过是空中楼阁。他们被剥夺了人身自由,一家人每天都拼命工作,结果还是债台高筑,甘鼓的妻子不幸染病身亡。甘鼓不甘于受辱和被压迫的生活,于是带领大家罢工请愿,反而遭到镇压并被罚款。茶园的协理垂涎于甘鼓女儿的美貌,跟随她到了甘鼓家。可是在他想跑掉的时候甘鼓回来了,而可怜的甘鼓还没有弄清楚是怎么回事就被协理开枪打死了。法院经过三

---

① 穆·拉·安纳德:《苦力》,施竹筠、严绍端译,北京:中国青年出版社1955年版,第363页。
② 安纳德:《〈两叶一芽〉印度版再版前记》,黄星圻、曹庸、石松译,上海:新文艺出版社1955年版,I。

天的审判,"一个大公无私的大陪审团"将协理无罪释放了。

这两部小说以受压迫、被剥削的劳动人民为主人公,尖锐地揭露了帝国主义势力和封建势力的残酷和贪婪,在当时也都遭到了英国殖民当局的查禁。

除了对贱民、苦力和种植园工人不幸生活的描写外,安纳德还描写了印度农村的境况。安纳德认为农民是"印度最重要的人物"[①],他的小说三部曲《村庄》《黑水洋彼岸》和《剑与镰》(合称"拉卢三部曲")所表现的都是印度农民的生活。这也是印度英语文学的第一个三部曲。"拉卢三部曲"讲述了旁遮普青年农民拉尔·辛格(他的昵称是拉卢)的命运。拉卢被地主陷害,被迫离开家乡加入了军队,并参加了第一次世界大战。后来,他又返回家乡,成为农民运动的领导人。

第一部《村庄》讲述了拉卢在家乡时的生活,以及他如何被地主诬陷,如何参军的过程。在第二部《黑水洋彼岸》中,拉卢离乡从军,到了法国战场,加入抗击德国的战争。在这部小说里,作者谴责了军国主义,歌颂了为和平而战的思想。不过,许多参加英国军队的印度士兵都不是自愿的,他们公开说,他们参加英国军队不是为了保卫政府,而是为饥饿和贫穷所迫。他们渴望和平、快乐,梦想生活在自由的世界。

战争的惨状使得拉卢和其他士兵思索这场残酷的屠杀是为了什么,为了谁?"他(拉卢)凝视着火星,那颗战争之星,这是他在航途中看到它颜色发红才认得的,可是除了色彩鲜明以外,它似乎并不说明什么问题。"[②] 火星是印度士兵死亡的象征。他们与祖国分离,穿过黑水洋,在异国他乡为帝国主义国家之间的利益争斗而卖命。所有国家的士兵都憎恨战争,无论是印度人、英国人,还是德国人。在双方的军队里,士

---

① 转引自 Edited by K. K. Sharma, D. Litt, *Indian-English Literature*: *A Perspective*, Transted by Virendra Pal Sharma, Ph. D. Delhi: Vimal Praksh Gupta, 1974, p. 102。

② 安纳德:《黑水洋彼岸》,王槐挺译,上海:上海译文出版社1984年版,第219页。由于没能找到英文本,所以采用了中文译本。以下小说同此。

兵的不满情绪不断滋长,政治意识开始觉醒。列宁针对这种情况曾说:"帝国主义战争帮助了革命。在殖民地,在落后的国家,人们住得分散,资产阶级强征士兵参加帝国主义战争。英国资产阶级强迫印度人入伍,并将保卫英国政府、反抗德国的义务强加给了印度农民……他们教印度人使用武器,这是非常有用的。为此,我们也许要对资产阶级表示我们深深的感激……帝国主义战争将人民拖入世界历史。"[1]

在这部小说中,安纳德描写了战争所起的革命作用。大多数年轻士兵冲破了束缚,拒绝成为帝国主义——他们真正的敌人的杀人工具。士兵之间的相互理解加强了团结,唤醒了他们的国际主义感情。安纳德生动地刻画了士兵之间兄弟般的情谊。德国人和英国人跑到彼此的战壕里握手、欢笑、互相敬烟,一个德国人还给英国士兵送来圣诞节的蛋糕。

安纳德认为,各个国家的进步力量团结起来反抗帝国主义是必要的。安纳德笔下的拉卢正是受到这种团结信念的感动,增强了对团结的认识。在这种心理状态下,拉卢遇到了一户法国农民,他们的大儿子在前线战死。面对因丧子而憔悴不堪的母亲,拉卢对她非常同情,于是他要团结的阵营里加进了法国。拉卢被俘以后,在德国监狱里,拉卢不自觉地将欧洲劳动人民的生活与印度人民的生活进行比较:"在他(拉卢)看来,世界上没有黑人、白人,没有黄种人和褐色人种,甚至没有法兰西人、德国人、英国人、印度人、中国人和日本人,只有两个人种和两个宗教:富人和穷人……"[2] 拉卢理解了劳动人民的怒火和所受压迫,在他的心中,国际主义精神与爱国主义结合到了一起。

三部曲中的最后一部《剑与镰》,在整个三部曲中占有非常重要的地位。拉卢在前线经过了多年的战争,经历了伤痛和牢狱之苦后回到家乡,农民的生活发生了新的变化。人们生活中的新倾向——寻求变革的

---

[1] V. L. Lenin, *Collected Works*, Moscow, 1974, Vol. 31, p. 232.

[2] M. R. Anand, *The Sword and the Sickle*, Bombay, Kutub, 1955, p. 85.

要求在小说中得到了很好的体现，这种精神在每个地方、每次谈话中都可以感受到。如果说以前农民经常谈论的是雨季、农产品的价格和朝圣游行，而现在他们谈论的则是完全不同的事情——印度教徒和穆斯林的兄弟关系、阿姆利则的屠杀、将来议会的组成、甘地的活动，以及俄国发生的革命。村民们的心理逐渐发生了改变，他们变得更加勇敢，不再隐藏对英国殖民者和他们的帮凶地主哈尔本斯·辛格以及放债人查门·拉尔的憎恶和痛恨。因此在长老会上，农民们大胆地朗诵了对他们进行挖苦嘲讽的诗歌。

在欧洲前线接触到的进步思想和俄国革命的胜利拓宽了拉卢的政治视野，他明白了这样的道理：为了实现印度真正的自由，必须同时与外部敌人——英帝国主义和内部敌人——印度国内的反对改革的势力——进行斗争。拉卢成为农民组织"农民协会"的领导人之一，他向农民解释团结的必要性，并成功领导了反抗地主和放债人的斗争。但是，由于农民们没有受过教育，缺乏组织性，他们的行动失败了。拉卢被捕入狱。在狱中，拉卢写信告诉妻子，自己将继续坚持战斗下去。

在《剑与镰》中，作者强调了主人公拉卢与人民群众的密切联系，揭示了人民在自由斗争中所起的决定性作用。领导者萨勒谢尔的作用也非常重要，他用马克思主义的标准来评价事件，谴责甘地发起的非暴力运动，指责"以一个人的善良的心灵与暴君的意志进行较量的行为"①。萨勒谢尔在和拉卢的谈话中指出了一些领导人采取的策略失误，使拉卢明白在革命斗争中最重要的是群众的团结，"你不能只掌握事实、提出口号来推动革命；……你不能在没有与其他地区联系、没有系统周密计划的情况下将工人拖入漫长、艰苦的斗争；你不能公开反抗由拉姆巴勒·辛格领导的军队——帝国主义的牢固的统治机器"②。

---

① M. R. Anand, *The Sword and the Sickle*, Bombay, Kutub, 1955, p. 205.
② M. R. Anand, *The Sword and the Sickle*, Bombay, Kutub, 1955, p. 362.

《伟大的心》是安纳德在印度独立前创作出版的最后一部小说。与《不可接触的贱民》一样，小说讲述的事件都是在一天之内发生的，结尾也有类似的长篇大论，但小说的整体结构还是很简洁的。主人公阿南德是一位有着政治斗争经验的铜匠，也是一名激进的革命者。在他周围的工匠中，有各种不同的人，他们暂时团结起来并不是出于阶级感情，而是由于他们有相同的命运：他们的一生都为了生存而日夜挣扎，都憎恨机器，因为它们夺走了他们最后的食物。

阿南德将马克思主义者乔希的话作为自己的座右铭："忘记你自己，忽略你自己！如果需要就为别人的利益牺牲你自己！这是值得的，这是为了人民的福利，我们终将实现为人民谋福利的目标！"① 阿南德一直在这样践行着，他生活的目标就是服务大众。他是印度的丹柯②，但是印度的丹柯要领导人民革命，包围他的不是古代的森林，而是资本主义社会的浓密丛林；他带领人民穿过的不是精灵的沼泽，而是封建残余势力和宗教恐惧的泥潭。"他知道，在献身于'革命'的斗争中，他陷入了一种困境：只能在满布荆棘、老虎出没的丛林中开辟道路，艰难前行。最大的问题是他和他的追随者在杂乱的灌木丛中找不到前进的路，他们饱受折磨，伤痕累累。而他还不能为追随者提供走路用的拐棍，而只能治疗他们的伤痛。之所以如此，问题在于风俗习惯和迷信束缚了他们。他们的弱点是贫穷和为生存而挣扎的恐惧造成的。他们的这种痛苦是生活中无法避免的。因此需要关心他们，使他们从可怜的、消沉的奴隶变成具有勇气的真正的人。"③

民族主义者罕斯拉杰、政客莫吉德、经纪人萨德亚巴尔是革命的敌

---

① M. R. Anand, *The Big Heart*, revised edition, New Delhi: Arnold-Heinemann, 1980, p. 179.
② 丹柯是高尔基的《伊则吉尔老婆子》中"丹柯的故事"的主人公。丹柯的部族被别的部族打败，他们逃进森林，迷失了方向。在人们的怀疑和埋怨声中，丹柯将自己的心掏出，高举着燃烧着的心，照亮人们前进的路。当人们走出森林，来到富裕之地，额手相庆的时候，丹柯却倒地死去。没有人注意到他，只有一个胆小鬼看见那颗心还在燃烧，一脚踩灭了它。
③ M. R. Anand, *The Big Heart*, revised edition, New Delhi: Arnold-Heinemann, 1980, p. 126.

人，也是阿南德的敌人。他们将愤怒的人们引入歧途，破坏了机器。为了阻止疯狂的群众，阿南德被杀死了，这是一场悲剧。阿南德和丹柯一样，都有一颗伟大的心，它灿烂夺目，熊熊燃烧，为人们照亮通向幸福的道路。

安纳德在印度独立后发表的第一部小说《七个夏季》是关于他童年时代有趣的事件的记述，同时也是以克里希那·钱德拉为主角的长篇自传体小说。

《一个印度王公的私生活》讲述夏姆普尔的王公阿绍克·库玛尔的故事。小说揭示了封建君主为了保护自己的财富和权力如何不择手段，为了得到政治支持如何与美国雇员保持友好关系，甚至让美国人使用土邦来供战争需要。夏姆普尔人民积极抗议王公与美国妥协的政策，工人宣布罢工，商人罢市，游行者喊出了"打倒王公"的口号。游行的领导者卜尔·昌德在演讲中说："他的宝座是对印度共和国神圣土地的侵占！""一个罪犯！……再也没有什么神赐的国王的权力！……夏姆普尔属于伟大的印度共和国！……它自己没有统治权，权力属于人民！"① 人民的反抗力量如此强大，王公的计划完全落空了。

在《老妇人和母牛》中安纳德又继续他所熟悉的农民题材的创作。"母牛"指的是高丽——一位淳朴的农村少女。她被丈夫抛弃后，狠心的母亲竟然将她卖给了一个富商。高丽从富商家逃了出来，在经历一些事情后她变得坚强了，成了名副其实的"母老虎"。这部小说是在现代竞争社会中，对印度悉多传说的完全颠覆。

安纳德的其他长篇小说还有《道路》和《一个英雄之死》。《一个英雄之死》讲述印巴分裂后，发生在克什米尔的武装冲突事件。小说的主人公马克保尔·舍勒瓦尼是一名穆斯林志愿军士兵，他反对克什米尔从印度分离出去。在执行一次侦察任务时，马克保尔被捕入狱。在审讯

---

① M. R. Anand, *Private Life of an Indian Prince*, London: Hutchinson, 1953, p. 202.

中，他表现得很英勇:"这片土地养育了我,她就像一首诗——我如何才能说明我对她的爱……我们想让我们的母亲从压迫中解放出来……你们来了,侮辱她,伤害她!任何人都不会袖手旁观,不会不反抗你们的暴行……"① 在冰冷的牢房中,他忍受饥饿和鞭打的痛苦,只说自己是一名穆斯林,拒不承认自己是克什米尔民族议会的成员。在被枪决前夕,马克保尔给女儿诺尔写了一封绝笔信,他在信中说:"很奇怪,但这是我的生活哲学:我爱人类!……当你结婚生子,我希望你记得这些,并给你的孩子取我的名字……你的孩子将会长大,并为我们可爱的祖国工作,通过他或她,在我们国家,我的精神将为了新生活而继续工作。"②

20世纪七八十年代,安纳德创作了《晨容》《一个情人的自白》和《泡沫》,这3部长篇小说都是他7卷本自传体小说的组成部分。《晨容》讲述了主人公克里希那·钱德拉的学校生活和青少年时代思想观念的形成,是对主人公思想和环境成长变化的真实记录。比较有趣的是安纳德以前在其他小说中出现的人物和事件在这里又出现了,就像法国作家巴尔扎克在《人间喜剧》小说中使用的"人物再现法"一样。《一个情人的自白》讲述了克里希那和雅斯敏之间一段悲苦的恋情。克里希那疯狂地爱上了雅斯敏。虽然雅斯敏早年与一名士兵结婚,并生了孩子,但是克里希那和雅斯敏的爱情还是不顾一切地滋长,但后来雅斯敏被丈夫杀害,克里希那悲痛不已,于是他离开印度,到英国留学,研究哲学。这几部小说只反映了安纳德早年的生活和学习情况,对他一生中的重要部分还没有表现,可惜的是或许由于年事已高,安纳德对写自传体小说失去了兴趣,写作进展迟缓,直至安纳德去世,他的7卷本自传体小说也没有写完。

---

① M. R. Anand, *The Death of a Hero*, Bombay: Kutub, 1963, p. 84.
② M. R. Anand, *The Death of a Hero*, Bombay: Kutub, 1963, p. 93.

安纳德是一位情感炽热的小说家,小说中的情节和人物都由高昂的激情引领着。安纳德曾说:"我的肩上有双倍的负担:欧洲传统的高山和印度的喜马拉雅山。"[①] 因此,他在小说创作中,一方面有意识地向欧洲一些作家学习,从人文主义思想出发,愤怒地批评印度传统中的蒙昧主义和僵化落后;另一方面,他又认识到了印度人民的优点和忍耐精神,表现出对印度农民观念的理解和对农民悲惨境遇的同情。同时,安纳德在小说中还对本民族的神话传说等进行加工利用,体现出浓郁的印度特色。

三、短篇小说的创作

安纳德除长篇小说创作外,还写了不少短篇小说,出版的短篇小说集有《迷路的孩子》(1934)、《理发师工会》(1944)[②]、《拖拉机和谷物女神》(1947)、《黑暗的力量》(1959)、《拉杰瓦恩迪》(1973)、《哭与笑之间》(1973)、《金床上的回顾》(1984)等。此外还编辑出版了《印度神话故事》(1946)、《更多的印度神话故事》(1961)等。

安纳德的短篇小说与长篇小说一样,具有强烈的现实主义色彩。作者关注普通人的生活,从小视角切入主题,以小视角来观照大世界,以轻灵的笔触涉猎印度生活的各个层面,体现出取材的多样性。安纳德把生活中看似平淡无奇的事件作为折射社会的镜子,从生活旁观者的审美视角叙述事件评价社会。他以近乎淡漠的客观态度和近乎冷酷的描写叙述,以小视角、小人物反映人间万象,他恪守现实主义原则,在场景描述和情节铺陈中,自然而然地流露出对人物的好恶和对事件的褒贬,最大限度地把自己隐藏在作品背后。小说表达出人们在平凡生活内部发出的时代呼声,在困苦不幸的境遇中挣扎的印度人身上,作家揭示了他们

---

① M. R. Anand, *Apology for Heroism*, New Delhi: Scindia House, 1947, p. 67.
② 安纳德等:《理发师工会》,顾化五、周锦南译,上海:文化生活出版社1954年版。

始终未曾丧失的人的尊严和追求美好未来的闪光灵魂。

安纳德的短篇小说创作受到契诃夫的影响，刻画了许多类型的"小人物"，如洗衣工、佃户、小职员、农民、理发师等。在殖民统治下，这些"小人物"精神备受压抑，生活痛苦不堪。安纳德同情他们的不幸遭遇和悲惨生活，以深入细致的笔触，剖析他们的弱点，描写他们的愚昧、落后、庸俗。如《户口簿上没有名字的人》《巴波·菩拉基·兰姆》等。《户口簿上没有名字的人》中，赖摩吉老人家里来了调查户口的官员，要求他报告名字、职业等，但老人死活不肯说，他不理解什么是查户口，害怕被抓走，官员束手无策，也就没有登记他的名字。赖摩吉自以为逃过了一劫，还为自己的聪明沾沾自喜。因为农民们备受欺凌，他们非常害怕与警察和政府打交道，认为肯定不会有什么好事情，只会给自己带来灾难。读了这篇小说，你或许会嘲笑他们的愚昧，但是更应深入思考造成这种状况的原因。《巴波·菩拉基·兰姆》则记述了军队主任书记印度人巴波·菩拉基·兰姆一天上午的工作情况。他对下属盛气凌人，在上司面前则谨小慎微，唯恐出什么差错，连大气也不敢出。通过这篇小说，安纳德表现出底层小人物猥琐的心灵。

安纳德通过日常生活的琐碎片断反映人们的生活面貌，揭示出人物卑琐的性格，对他们进行无情的鞭挞。例如小说《忏悔》《挑拨是非的人》和《站岗》等。《忏悔》中拉迪夫向小说中的"我""忏悔"当年的行为。为了能省下点零钱，拉迪夫与苦力吵架，他不仅没有认识到自己的错误，反而直到现在还谩骂那个苦力，说他是"一个肮脏的、粗笨的人！叫我害怕……"[①] 小说讥讽了拉迪夫的吝啬、蛮横和自以为是的高尚。《站岗》里的警察曼高尔为了躲避正午强烈的阳光离开岗位去乘凉，恰好被副探长看到并因此挨打。于是，曼高尔灰溜溜地回到了岗

[①] 安纳德：《安纳德短篇小说选》，侯浚吉、茅於美、顾化五、诸成译，上海：新文艺出版社1958年版，第142页。

第一章 "印度英语小说之父"——安纳德

位。接着他就把怨气和怒火发到赶驴人的身上,在那个不幸的人面前显得威风凛凛,架势十足,又打又骂。安纳德毫不留情地揭露"小人物"身上的劣根性,鞭笞人性中的愚劣,对他们的同情是冷峻的,针砭是严酷的。

作为一名关心现实、具有进步倾向的作家,安纳德总能洞察到印度社会生活中的黑暗面——政府官员的冷酷无情(《笼中鹦鹉》)、所谓爱国者和民族企业家的寡廉鲜耻和欺世盗名(《签字》)、放债人的高利贷对穷人的压榨(《鞋匠与机器》)和工人们恶劣的工作条件(《摇篮曲》)等。安纳德能以小见大,从一件微不足道的小事反映宏大的主题,如《签字》,通过描写印度联邦银行协理找年轻"实业家"吕克门·阿里签字的经历,讽刺了那个所谓"热心要使印度人民免于瞎眼的实业家"[①]。在作者的笔下,他实际上是个耽于享乐的纨绔子弟,靠他这样的人是无法完成民族企业振兴的重任的。

安纳德在短篇小说中不仅大胆暴露社会罪恶,而且执着地探索出路,致力于塑造那些不屈服权势、不甘心受辱的真正具有人格尊严、追求自由精神的人物,发掘小人物身上的英雄潜质。《跟一个克什米尔人谈话》讲述了"我"在路上遇到运地毯的克什米尔人玛哈玛都,从他的口里"我"知道他们家乡人民生活的悲惨境况。但即便如此,玛哈玛都仍然对未来充满希望。通过他,作者赞颂了印度人民身上坚韧不拔的品质。《理发师工会》则反映了小理发师不甘心受老爷们剥削,率先成立了理发师工会,使自己和其他理发师提高了待遇,赢得了尊严,并带动了其他行业工会的成立。在小理发师身上,作者表现了人民反抗意识的觉醒和团结力量的巨大。《探监》歌颂了一位勇敢的女性,她不惧怕政府的高压政策,到监狱里探望政治犯阿吉特,坦然无畏,让"我"深受

[①] 安纳德:《安纳德短篇小说选》,侯浚吉、茅於美、顾化五、诸成译,上海:新文艺出版社1958年版,第45页。

感动。

　　安纳德反对脱离作品的形象直接向读者说教,他采用白描的手法去描写人物、事件,对社会现实做出哲理性思索,对生活的独特体验形成了他那平静中略带调侃、朴素叙述中略带幽默讽刺的风格。他的短篇小说表面上看似乎是一个漫不经心的人在叙述一件遥远的平淡无奇的事情,但读完这些故事并细细品味时,读者就会被那种振聋发聩、不可名状的力量打动,被里面的情绪所感染,也会被那种令人窒息的郁闷压抑,因而对社会、对人生产生深沉的思考。《克什米尔的牧歌》就是这样的代表性作品。小说讲述"我"和几位朋友去克什米尔游玩,途中有位庸俗不堪的王公纳华波非要与我们同行,王公在路上的所作所为大煞风景。他强逼一位要去为母亲奔丧的年轻人为他们划船。年轻人非常伤心,号啕大哭。可王公看到年轻人痛哭反而哈哈大笑,他笑得喘不上气来,结果被憋死了。这真是一个莫大的讽刺!

　　说到守财奴,人们也许会想到吴敬梓《儒林外史》里至死不肯点两根灯草的严监生和巴尔扎克笔下的葛朗台,可能很少有人知道安纳德的《金床上的回顾》里的商人拉姆·那莱。拉姆与他们相比毫不逊色。拉姆在商海几度沉浮之后,非常害怕失去他的巨额财富。于是,他听从占星家的话,铸造了一张金床。可在拉姆去散步的时候,金床上一枚贵重的红宝石和一个金床脚被偷走了,为了用更多的时间来守护金床,拉姆放弃了每天的散步,寸步不离金床,在金床上处理一切事务。拉姆的身体因为缺少活动而逐渐萎缩,最终在金床上死去。我们从中可以看出金钱对灵魂的侵蚀是多么可怕,人创造了金钱,反而被金钱奴役。

　　安纳德不愧为优秀的短篇小说家,他的语言简练、紧凑,通过对日常生活现象的描写,不着意于情节的曲折和长篇大论,在平实的叙述中将自己的观点自然流露出来,耐人寻味。

　　除了文学创作外,安纳德还写了一些哲学著作,尤其是关于人道主义的著作,例如《印度信札》(1942)、《为英雄主义辩护》(1947)、

《关于印度气氛的书写》(1949)、《当代印度存在文明吗?》(1963) 等。在《当代印度存在文明吗?》一书中,安纳德充分表明了他对人道主义的看法:"我很高兴地指出,在将来,把人作为所有我们思考、情感和行动的中心,为所有的人取得更大的利益服务的这种人道主义哲学终将被印度接受。"① 安纳德的哲学思想决定了他文学创作的方向和特征。他声称:"我的作品的主题是完整的人和全部的人际关系。"② 此外,他还编辑了许多著作,如《马克思和恩格斯关于印度的论述》(1933)、《印度艺术概述》(1956)、《托尔斯泰小说选》(1978) 等。

安纳德不仅进行文学和哲学创作,也致力于民族文化的传播(他是美术杂志《道路》的编辑)。他还积极参加各种社会活动,为民主和平而努力。1964年夏在莫斯科举行的亚非国家文学研讨会上,印度学者苏尼迪·古马尔·查特吉谈到前殖民地国家作家的责任时说:"我完全坚信:生活在一个愚昧落后的国家里,作家最重要的责任是唤醒人民,在前进的道路上帮助他们赶上前面的民族。在'落后的国家'里,作家的觉悟必须现代化,然后通过他们的作品使人民的觉悟现代化。……一个真正的作家,一个与他的职业相衬的作家,必须是一个有远见的人,而且还要有一颗善良的心。"③ 安纳德就是这样一位作家。

第二节 自我——民族文化身份的追寻

自康德以降的西方现代哲学中,"自我"成了哲学家们思考的主题。

---

① M. R. Anand, *Is There a Contemporary Indian Civilisation*? Bombay, 1963, p. 156.
② M. R. Anand, *Apology for Heroism*, New Delhi: Scindia House, p. 78.
③ Suniti Kumar Chatterjee, *Inostrannaya Literature*, in Foreign Literature, Russian, 1964, Vol. 9, pp. 183 – 184.

在生命哲学、存在主义等诸多致力于探索生命本体奥秘的流派中，精神分析学派独树一帜，它深入人类心灵中最隐秘的角落——无意识，从心理结构和自我建构层面，直面斯芬克斯之谜。弗洛伊德认为人的自我是在"自恋情节"的心理作用下形成的：

> 自我发展的目标之一就是离开原始自恋为始然后再拼命地恢复。这种分离由于外力之下的力比多移置于自我理想造成的，而满足则源于理想的实现。①

虽然弗洛伊德后来不再认为自我是从原始自恋中发展出来的，但法国精神分析学家雅克·拉康由此受到启发，提出"镜像理论"。在拉康看来，自我认识的形成要经过3个阶段：前镜像阶段—镜像阶段—后镜像阶段。婴儿从出生起到6个月时期，是前镜像阶段。这时婴儿还不具有统一的意识，只能产生一些意识的幻象和片断。当婴儿长到6至18个月时，便开始从镜子中辨认自己完整的形象，会有种种表现，做出各种姿势，这是一种自我认证和自我确立。经过镜像阶段后，婴儿变得成熟起来。而那种破碎的经验不会因为整体观念的形成而消失，"镜中之像"将在人一生中永远存在。也就是在这个阶段，婴儿开始了自我与他者关系的理解，开始了与幻象认同建立"自我"的历程，并伴随终生。

拉康认为，"镜子阶段是悲剧"②，它是自我认同的开始，开创了主体的统一认识。在想象的虚幻的认同中，我们又感到了潜在的异己、他者的在场，并不时威胁着统一性，造成自我的分裂。如果我们将个体自我身份的形成过程当作对集体文化身份建构的隐喻，欲望就可以被理解

---

① 弗洛伊德：《论自恋：导论》，见车文博主编：《弗洛伊德文集》（第二卷），长春：长春出版社1998年版，第673页。

② 拉康：《拉康选集》，褚孝泉译，上海：三联书店2001年版，第93页。

为个体、民族和国家在文化身份的确认中由于缺乏主动性而表现出的焦虑，这种焦虑感尤其容易出现在女性、移民作家、第三世界以及弱势种族和群体中。

在目前的文化研究中，文化身份问题是一个热门课题。文化身份（cultural identity）又译作文化认同，主要诉诸文学和文化研究中的民族本质特征和带有本民族印记的文化本质特征。

国内的文化研究学者指出：

> 文化身份在某种程度上，同时具有固有的"特征"和理论上的"建构"之双重含义，也就是说，人们通常把文化身份看作是某一特定的文化所特有的，同时也是某一具体的民族与生俱来的一系列特征。但另一方面，文化身份又具有一种结构主义的特征，因为在那里，某一特定的文化被看作一系列彼此相互关联的特征，因此将"身份"的概念当作一系列独特的或有着结构特征的一种变通的看法实际上是将身份的观念当作一种"建构"。也就是说，cultural identity 既隐含着一种带有固定特征的"身份"之含义，同时也体现了具有主观能动性的个人所寻求的"认同"之深层含义。①

个体与文化相互认证产生个体认同的集体文化身份。文化冲突引发的社会动荡的危机自然将文化身份问题摆在了显著的位置。"只有在处于危机中时，在假想的确定、一致和稳定的事物被怀疑、被不确定的体验取代时，身份才变得至关重要。""在个人身份的形成过程中，绝大部分个体共享某些群体归属意识或特征，如宗教、性别、阶级、种族、性和民族。这些特征有助于确定主体及其身份意识。这就是文化身份观出现的征兆。现代时期对主体的形成发挥了最重要影响的文化身份观是民族身

---

① 王宁：《全球后殖民语境下的身份问题》，载《中华读书报》，2004年11月1日。

份观。"①

一、镜中之像：自我的抗争

拉康认为统一的自我是不存在的，社会中的每一个人都要对自我进行认证。镜像中的"自我"是不真实的，是一个"他者"，在人的成长中，主体不断地与他者认同，不断地披上他者的外衣。人类对自我的认识离不开他者的存在，用他者的眼光看待自我，那么这个自我注定是虚幻的自我。在安纳德的《不可接触的贱民》中，当巴克哈走出家门后就处于他者的注视之下，他一次次地受到侮辱和打击。巴克哈从别人对待自己的态度中逐渐认识到了自我在社会中所处的位置，自我与他者统一、融合的想法被冷酷的现实撕扯得支离破碎。印度小说评论家那拉西姆哈说"巴克哈为寻求他的身份而抗争，安纳德虽没有明确的论述，但却通过他的小说的题目暗示了"②。下面我们就从小说文本出发，来具体分析巴克哈对自我身份的认识与抗争。

巴克哈是一名清扫夫，处在印度社会的最底层。E. M. 福斯特在小说的序中写道："这种打扫夫比奴隶还不如，因为奴隶还可以换换主人，换换职务，甚至还可以获得自由，但是打扫夫非得干一辈子不可，一投胎到世上是那样，终生便是那样，不得有社交来往，得不到自己宗教的安慰。"③ 可巴克哈是一个活生生的人，他不是没有思想意识任人摆布的玩偶，他有自己的想法和需求。因此，现实处境与巴克哈的个人理想之间就产生了矛盾，他稚嫩的心灵困惑不解。安纳德在谈到《不可接触的贱民》时曾说："在读到兰波的《地狱一季》时，通过在地狱里的旅行，

---

① 陶家俊：《文化身份的嬗变——E. M. 福斯特小说和思想研究》，北京：中国社会科学出版社2003年版，第74页。

② C. D. Narasimhaiah, *The Swan and The Eagle: Essays on Indian English Literature*, Simla: Indian Institute of Advanced Study, 1968, p. III.

③ 安纳德：《不可接触的贱民》，王科一译，上海：平明出版社1954年版，第2页。

第一章 "印度英语小说之父"——安纳德

我心中充满了同情。我感到贱民们就是生活在没有任何希望的地狱中。我不相信轮回的理论,因此,我试图采用布莱克那种诗意的真实、毕加索的蓝色时期画面的真实和西奥多·包威寓言的方式,来补偿自己对兰波的怀疑。就像这些影响已经渗入我的自我认识一样,所有复杂的性格也融入巴克哈身上。在小说中没有出现真正的呼声,它们被故意地隐藏起来。但是,如果你想听的话,你还是能听到回声:'人就是人,他是生来就与其他人平等的。'"①

巴克哈没上过学,但他曾跟一个远房叔叔在英国军队里干过几年类似见习性的工作。英国兵把他当作"人"来对待,他们的生活方式让他着迷,这段经历让巴克哈自以为要比其他贱民高出一等。从精神分析学的角度来讲,这段见习生活对巴克哈而言起到了镜子的作用。巴克哈的感触和痛苦都表明了他自我意识的产生。拉康认为自我本质上具有内在的虚空性,需要外在的他者不断地充实和确认自己。在英国军队里的见习生活,引发了巴克哈自我意识的觉醒,并让他来确认自己的地位和身份。安纳德本人也是想通过小说来表明他所希望的生活的本来面目,他强调:"我想为那些'死魂灵'的鬼魂带来光明,他们没有经过任何达摩仪式而被谋杀。我想引导所有的幽灵,将他们从半死的梦中唤醒,让他们眷恋生活的美好。"②

巴克哈所面对的英国兵是他的镜像,促使他在与之认同的过程中构成"自我"。在这个过程中,二者不断地相互反映,甚至趋向"合一"。巴克哈对英国兵的生活心醉神迷,"想尽办法,样样学他们"③,他穿着军大衣、短裤、绑腿和军用皮靴,想将自己打扮成一个老爷。虽然布拉

---

① Mulk Raj Anand, *The Story of My Experiment with a White Lie*, in Critical Essays on Inidian Writing in English, ed. by M. K. Naik et al. Dharwar, 1972, p. 17.

② Mulk Raj Anand, "The Story of My Experiment with a White Lie", in *Criticial Essays on Indian Writing in English*, ed. by M. K. Naik et al. Dharwar, 1972, p. 20.

③ 安纳德:《不可接触的贱民》,王科一译,上海:平明出版社1954年版,第4页。

夏城秋天的夜晚很冷，巴克哈被冻得浑身哆嗦，可仍然学英国兵们的"时髦"，只是裹着一条军用毯子，坚决不盖印度被子，丝毫不理会父亲粗暴的咒骂。

　　事实上，在巴克哈还是小孩儿的时候，他就对英国兵的服装用品很感兴趣。在巴克哈的眼中，它们是"稀奇古怪，非常美观的东西"，他还暗暗地下决心"我一定要有老爷的气派"①，这种感受正是儿童认出自我时的感受，英国兵使他突然看清了自己的身份，使他"自我"的意象开始出现。巴克哈通过发现外界一个可以认同的客体"他者"，支撑起了一个虚幻的、统一的自我。从此，巴克哈开始了建构自我的过程，从他迈出家门的那刻起，就要面对自我与他者的冲突，小说也开始大量描写巴克哈的心理活动。

　　婴儿在镜子中看到的实际上是虚构的、理想的自我，是一种虚假的"完满"。事实上，婴儿在开始建构自我的"镜像阶段"还无法协调、控制身体的活动，还需要他人的照顾才可以生存。这种"破碎"的身体带来的感觉与镜像带来的完满形成了强烈的对比，婴儿在镜像阶段看到自我的喜悦、兴奋也就荡然无存了。对巴克哈来说，他意识到先前镜子中的"完满"与冷酷现实之间的差距，可他天真地想继续保持。在巴克哈穿上大费周折弄来的一身英国兵衣服时，贫民区的孩子，甚至他的跟班乔塔和朗姆·查兰都取笑他，叫他"屁巴老爷"（即冒充的老爷）。虽然巴克哈"自己也知道，除了穿上英国那套服装以外，他的生活根本就没有一丝一毫的英国味儿。可是他死也不肯丢掉这副新气派，那套衣服他日日夜夜都穿在身上，死也不肯脱下来，而且非常当心，不让它沾上一点儿卑贱的印度气息，甚至宁可夜里冷得发抖，也不愿意盖上一条印度被，免得有损气派"②。巴克哈对英国"气派"的坚持，可以被看作对

---

① 安纳德：《不可接触的贱民》，王科一译，上海：平明出版社1954年版，第5页。
② 安纳德：《不可接触的贱民》，王科一译，上海：平明出版社1954年版，第6页。

第一章 "印度英语小说之父"——安纳德

镜像中自我的固守和保护，这是他在生活中仅有的一点儿快乐和乐趣。巴克哈喜欢白天，因为白天阳光照耀，他干完活之后，可以穿着那身衣服到大街上，接受朋友们艳羡的目光，成为贫民区里最引人注意的人物，满足自己些许的虚荣心——自己与英国老爷们是有相似性的。

黑格尔在讨论自我意识的时候得出一个结论：欲望是他人的欲望。弗洛伊德把欲望视为性的具体展现的一种延伸。拉康则指出性欲力比多和自我力比多都是产生欲望的条件，是欲望动力的来源。他认为欲望构成了人们的经验，欲望的主体总是朝向外界，这便是主体寻找其欲望对象的过程，可这种寻找总是不可得。因为欲望对象被整合进想象的统一性中，主体面对的是以统一性形式出现的像，或者说是现实，我们的现实感将主体的欲望与其所要寻找的对象分割开，主体找不到其欲望的对象，只好另外寻找一个对象以满足力比多的需求。欲望总是朝向对象，寻找对象，以求得到满足，同时它又面向他者，希望得到他者的认同。巴克哈欲望的对象是英国兵，但他永远无法达到和实现与他们的一致，于是他的对象转为英国兵的服装。巴克哈不满足于仅仅拥有他们的一些行头，他的心中仍有所待，在半睡半醒中，他"等待着一些连他自己也说不出究竟的东西"[①]。

巴克哈努力学习老爷们的气派，发现他们与自己的相似之处，可是他又意识到镜像的"完满"与无情的现实之间的巨大鸿沟。他深切地意识到自我的虚幻性，这种痛楚的意识使他陷入不可名状的孤独之中，巴克哈与他周围的环境始终无法和谐相处，哪怕是他的亲人也无法理解他。

巴克哈的父亲——拉克哈是全城和兵营里所有清扫夫的头子，自以为很了不起，别人叫他一声"头儿"就很高兴。与巴克哈相比，拉克哈满足于社会给予的身份认证，服从于权威，从不怀疑他所面对的一切，

---

① 安纳德：《不可接触的贱民》，王科一译，上海：平明出版社1954年版，第6页。

他已经习惯了这样的生活,没有任何怨言,更不会为此而感到心灵的痛苦。巴克哈非常瞧不起父亲,对父亲满腹牢骚,而且觉得"他一点儿也不懂得老爷们的事"①。从某种意义上来说,巴克哈对父亲的不满,实际上是他对父亲所代表的传统和种姓制度的不满。几千年以来,种姓制度与印度的宗教紧密结合,不断巩固和加强,成为统治者强化阶级统治的有力工具和奴役人民的精神枷锁。印度社会各阶层的人一直在这样的种姓制度下生活着。因此,种姓制度自然地在印度社会各阶层人们的心灵中打下深深的烙印。它使得世世代代身居社会最底层的民众丧失了知觉,丧失了反抗意识。在他们心中,种姓是命运的安排,是前生注定,是不能也无法进行反抗的。婆罗门是神的代表、神的化身、神的代言人,服从婆罗门、服侍婆罗门是其他种姓的责任和义务。有这种思想意识的人,又哪能反对婆罗门种姓呢?拉克哈就是这种被种姓制度和宗教观念彻底麻醉的人,对婆罗门种姓的极度尊崇扼杀了他心中的自我意识和反抗意识,也扼杀了他心中自由平等思想的萌芽。拉克哈将希望和快乐寄托在高等种姓的人的恩赐上,完全丧失了作为一个人应有的精神和气质,成了一具没有灵魂的躯壳。

巴克哈的独特和敏感使他在家中如天外来客,得不到家人的理解和认同,他的观念和想法与他们是那样格格不入,他深刻地感受到内心深处的孤独。巴克哈与其他清扫夫也完全两样,他干的是肮脏的活,可还是很干净,连出身高等种姓的查拉·辛格军曹都因为看到巴克哈——一个出生低等种姓的人,竟然会打扮得干干净净而有些不自在。他对巴克哈说:"哎哟,巴克哈!你打扮得像个绅士啦!你这套军服打哪儿弄来的?"②前面我们已经分析了,巴克哈这样的装扮表明了他想与欲望的对象——他者求得统一,他知道森严的等级制度不允许他这样,可他内心

---

① 安纳德:《不可接触的贱民》,王科一译,上海:平明出版社1954年版,第6页。
② 安纳德:《不可接触的贱民》,王科一译,上海:平明出版社1954年版,第11页。

深处仍存有这样的幻想，这种想法和欲望如此强烈，以至于只有通过这种办法来宣泄和表达出来，尽管他要面对的是人们对他的冷嘲热讽和风言风语。巴克哈为此感到难为情，他知道自己没有权利模仿高等种姓的人，不应该这样打扮。于是便低声下气地带着点儿恭维说："先生，那是托你的福。"① 查拉·辛格听到巴克哈的回答，心里觉得好受了些，可是他"依旧带着冷笑，那笑容象征着六千年来的种族与阶级的优越感"②。虽然作者在文中说军曹是一个幽默、爽直的人，可在军曹的内心，仍然有着很深的偏见——那种高等种姓的印度教徒对低等种姓的偏见。军曹为了表明自己的好心，答应送给巴克哈一根曲棍球棒。这让巴克哈感到由衷的高兴。作者在小说中分析了巴克哈的心理，也描绘了他得意的神情：

> 查拉·辛格慷慨的诺言唤醒了巴克哈内心里一种奴隶的劣根性，这是祖先们遗传给他的，是被踩躏的人民的弱点。贫苦人突然得到了帮助就是这样乐得不由自主；连狗还不如的下贱人，突然有一天夙愿可偿，眼前闪亮起希望的光芒，总不由得乖乖地心满意足。……
>
> 他嘴唇上还留着一点淡淡的笑意，这是奴隶蒙受到主人屈尊降贵的待遇时所流露出的笑容，这种笑容与其说是由于高兴，不如说是由于得意。③

巴克哈虽然着力模仿英国兵、老爷们，可他的骨子里，仍然留着几千年来祖先们积淀下来的奴性、劣根性。主人的一点点恩惠就让他感激涕零、得意万分，更有甚者，他们有时还会将本来属于自己的权利也当成

---

① 安纳德：《不可接触的贱民》，王科一译，上海：平明出版社1954年版，第12页。
② 安纳德：《不可接触的贱民》，王科一译，上海：平明出版社1954年版，第12页。
③ 安纳德：《不可接触的贱民》，王科一译，上海：平明出版社1954年版，第12页。

老爷们的恩典,就像巴达查理雅《饥饿》里的灾民,在吃到施舍的粥的时候,大声地说着感谢,嘴里念叨着大神,丝毫没有意识到吃饭是他们的正当权利。同样,巴克哈辛辛苦苦地工作,却只能吃讨来的劣质饭菜。

巴克哈是一名印度人,可他在看待自己同胞的时候,始终以英国兵作为参照。英国兵无论怎么做,他都认为有气派。他对印度人沐浴、漱口、吐痰的种种习气感到不顺眼,为此觉得丢脸。对于本民族的宗教传统,巴克哈"每逢看到一个印度教徒一面兴奋地唱着心醉神迷的赞美歌,一面解下围腰,把水泼在肚脐眼上,再泼在背上,他这时候真像一个英国人那样地觉得滑稽"①。巴克哈被排斥在本民族的宗教之外,不允许进入寺庙,无法从中获得安慰,宗教也没有给他带来归属感和神圣感。他戴着英国人的有色眼镜来审视印度人,思想上向英国人靠近,将自己从印度同胞中剥离出来,也把他本人从自己的族群中孤立了出来。

巴克哈本身并不讨厌打扫茅坑的活,并不喜欢游手好闲,干活使他陶醉,使他身体强壮。可是经年累月地干这种活,让他的感觉变得有点迟钝,在干活的时候会陷入精神空虚的状态。可当巴克哈点燃柴草,站在火炉前,他"血管里的血液都热得沸腾起来了"。此时,"他那又黑又圆、又坚实又眉清目秀的脸上,给火光映照出一层特别美丽的光彩。……他的出身注定了他处于非人的社会地位,同他目前这种高贵的样子,形成了奇异的对照"。巴克哈的心境也发生了变化,他不那么吃力了,"火焰好像和他一起干活。火焰使他产生了力量,毁灭的力量。火焰好像引起了他一种微妙的直觉——他好像有些想要牺牲似的。好像燃烧和毁灭对于他都不过是一种体育罢了"②。这表明主体和客体的混

---

① 安纳德:《不可接触的贱民》,王科一译,上海:平明出版社1954年版,第14页。
② 安纳德:《不可接触的贱民》,王科一译,上海:平明出版社1954年版,第16—17页。

淆，火焰在这里起到了镜子的作用，照射出巴克哈的形象。在火焰中，巴克哈看到了自我的高贵、完满，他觉得火焰与他融为一体，并不自觉地将自己等同于它，想要像火焰一样燃烧。

巴克哈回到家里喝水，可瓦罐、水壶里没有一滴水，妹妹莎喜妮于是出去打水。由于贱民们没有权利到井里打水，又不能到河里去取水，他们也没钱打一眼专用的水井。为了日常用水，贱民们只有每天等在井台边，靠高种姓的人发善心给他们一点儿水。井台边成了作者展现印度贱民生活的一个小小舞台。在对贱民们等待施舍水的场景的描写中，掌管寺庙的祭司①卡里·纳士的孱弱、笨拙的丑态与巴克哈的强壮、健美形成了鲜明的对照。作者通过这样的描写揭示了所谓低贱者的高贵，以及自封的高贵者的猥琐，含蓄地表明了作者对种姓制度的不满。

巴克哈喝了热茶之后，父亲又吩咐他到城里去打扫大路。当巴克哈走出了贱民区的胡同，他感到自己原来居住的"臭气熏天、烟雾腾腾、粪便狼藉的地方跟这天朗气清、阳光明媚的地方，是多么两样"②。他贪婪地享受着这里清新的空气、灿烂的阳光：

> 他站在那儿，顿时茫然若失，闪亮的阳光使他慌乱起来了，他觉得世界上什么都没有了，只有太阳，太阳，太阳，身里身外，身前身后，到处都是太阳。虽然阳光是那么急骤地要把他淹没，急骤得叫人心慌，然而到底是一种愉快的感觉。他觉得他所处身的这个境界既紧张又轻快，他整个的人简直浮了起来。③

---

① 王科一的译本将其翻译为"和尚"有误，印度教中没有和尚，应为"祭司"，笔者做了纠正，下同。
② 安纳德：《不可接触的贱民》，王科一译，上海：平明出版社1954年版，第32—33页。
③ 安纳德：《不可接触的贱民》，王科一译，上海：平明出版社1954年版，第33页。

阳光就像前面的火焰一样，照出了巴克哈自我的处境，他自身所生活的贱民区是那么黑暗，连阳光也无法照耀到，而城里却是阳光普照、清新灿烂。这样的区别不仅仅是客观环境的差异，同时也是生活在其中的主体——人的境遇的差异。令巴克哈痴迷的不只是这里的阳光，潜意识里他更渴望成为在这里生活的人。"世界上什么都没有了"①，没有贱民和高等种姓的差别，没有痛苦和哀伤，他的自我向这里的他者趋同，而实际上正是这种想法使他"既紧张又轻快"。②

　　不单是巴克哈，其他贱民也都隐约地感受到贱民区外面与他们生活的地方的差别。他们在阳光下坐着，好像"获得了新生，走到阳光温暖的世界里来"。"伟大的'生命给予者'已经解开了那束缚着他们内心的不可思议的重重愁结，他打动了他们内心的最深处。他们的灵魂在瞪眼望着他的一切奇妙，望着他的神秘，他的奇迹。"③ 阳光使贱民获得了片刻的欢愉，而在这之后，他们又不得不用沉默来面对自己困苦不幸的处境。"因为这一群贱民，大地上的渣滓，人类的糟粕，他们的生活只有沉默，阴森森的沉默，从死里求生的沉默。"④ 在这里作者颇为激愤，"哀其不幸，怒其不争"。他们都是生活在黑暗的铁屋子里的人，没有人想去打破这铁屋子，他们已经变得麻木不仁，臣服于命运的脚下，对自己的生活已经认命了。贱民所受到的压迫，不仅是身体上的折磨，更严重的是对他们心灵的折磨。贱民受压迫的最终结果要么是反抗，要么是自我毁灭，正如鲁迅曾说："沉默呵，沉默呵！不在沉默中爆发，就在沉默中灭亡。"⑤ 在将来，巴克哈和其他贱民为了生存不可能保持沉默，他们不会甘心面对灵魂的灭亡，终将爆发出惊人的力量，越过所有的界

---

① 安纳德：《不可接触的贱民》，王科一译，上海：平明出版社1954年版，第33页。
② 安纳德：《不可接触的贱民》，王科一译，上海：平明出版社1954年版，第33页。
③ 安纳德：《不可接触的贱民》，王科一译，上海：平明出版社1954年版，第36页。
④ 安纳德：《不可接触的贱民》，王科一译，上海：平明出版社1954年版，第36页。
⑤ 鲁迅：《鲁迅全集》（第三卷），北京：人民文学出版社1981年版，第275页。

限，争取他们作为人的尊严和价值。

巴克哈念念不忘要做一个老爷，他想象英国兵一样说英国话。可是清扫夫是不能进学校的，没有学校会收留他，高等种姓孩子的父母也不允许学校收留他，他们认为他会玷污了自己的孩子。巴克哈试过自学，可他只能学会字母，再继续深入学习就不行了。因此，当巴克哈遇到书记员的两个儿子要去上学的时候，他不失时机地请求书记员的大儿子每天教他一课，他付学费，那孩子同意了。巴克哈想到下午就可以读书，又向自己的梦想迈进了一步，感到非常高兴。他很小的时候，在英国兵营里的叔叔就跟他说过，"要当老爷就得上学"①，既然不能到学校里去学习，请人教自己，学会了英国话，那就可以当老爷了。长久以来的愿望似乎就可以实现了，这让巴克哈欣喜不已。

巴克哈买了一根香烟，还买了点糖果，他一边享用着，一边欣赏着街道两旁的风光和那些招贴画，心情变得很快活。当巴克哈看得入神的时候，不幸从天而降，有人大声地对他吆喝，说巴克哈碰到了他，玷污了他。"巴克哈站在那儿又是惊异，又是不安。他变得又聋又哑。他的知觉麻痹了。只有恐惧攫住了他的灵魂——恐惧，屈辱，奴隶性。"②巴克哈成了众矢之的，成了所有清扫夫所犯罪状的制造者。他被围在人群中，如同站在审判席上的被告，无奈地听着人们莫须有的指责。他讨饶、道歉，"竭力想要把后悔的心思讲给那些折磨他的人听。但是那一群人有意在他们和他之间筑成了一条鸿沟，使他的情绪无从传达给他们，他们却大发雷霆，凶狠地嘲笑"③。在这里，巴克哈是一个无意闯入了高等种姓世界的陌生人，一个外来者，他所犯的错误就是他不该忘记自己的身份，不该奢望像老爷们一样有行走在街道中央的权利，他应靠边走，他应该大声地叫嚷，让人们躲开，以免别人受到玷污。城市在这

---

① 安纳德：《不可接触的贱民》，王科一译，上海：平明出版社1954年版，第40页。
② 安纳德：《不可接触的贱民》，王科一译，上海：平明出版社1954年版，第50页。
③ 安纳德：《不可接触的贱民》，王科一译，上海：平明出版社1954年版，第54页。

里是作为一个异己的他者出现的，正如镜像的空洞虚无，它注定无法给巴克哈的身份一个正确的认证，巴克哈要面临的一系列冲突和悲剧性的尴尬处境也由此展开。

> 好像一缕光线刺透了黑暗似的，他这才认识到自己的地位，自己命运的关键。这个认识照亮了他脑子的最深处。他把每一件发生过的事情，都依照这样的见解去追根究底，结果都获得了解答。天天来上厕所却埋怨没有一个干净厕所的那些人对他的侮辱，贱民区里那些人对他的嘲笑，今天早上围住了他的那一群人的谩骂——这一切现在都可以得到解释了。一阵名副其实的震惊唤醒了他那一直迟钝麻痹的感觉，他全身起了一阵颤栗，他的视觉、听觉、嗅觉和味觉的神经都活跃了起来。"我是一个不可接触的贱民！"他自言自语地说。"我是一个不可接触的贱民！"他脑子里一遍遍念着这几个字，因为这个认识还是有点儿模模糊糊，他怕它又被黑暗遮没。①

巴克哈为了获得自我身份的认证，一直千方百计让自己向理想中的他者——英国老爷们靠近。他在打扮上模仿他们，他花钱请人教自己英语，甚至为此在寒冷的夜里挨冻，然而这一切都无济于事。他行走在城里，不想惹麻烦，不想引起人们的注意，可麻烦还是找上了他。这一切的一切将他辛苦建立起来的自我的完满形象又打回原形，使他痛苦地意识到自己只是一个"不可接触的贱民"，无论他如何努力也是无法更改的，就如一块生来就有的胎记一样深深地烙在他身上，无法洗掉，并将伴随他一生。

在巴克哈观察街道的时候，"他感觉到有人在看他"。这让他局促不

---

① 安纳德：《不可接触的贱民》，王科一译，上海：平明出版社1954年版，第57—58页。

安，以为自己身上有些地方不妥。安纳德在这里深刻地表现出自我的存在状态，它始终处在他者的注视之下，无处可逃。

巴克哈到了一座庙宇的院子里，大人们从小就教他要崇拜神灵，可他对他们只有敬畏感，十分陌生。他很好奇，想去探询，因为他的灵魂还没有完全麻木，他的内心充满了对外面世界进行探索的渴望。他想到庙里面去看看，尽管他知道，贱民如果走进庙里，会玷污了庙宇。他在畏惧、惊恐、犹豫中爬上了台阶，从门缝里向内窥视。他被庙里的气氛和颂神的歌声感动了，"他不知不觉地拱起了双手，垂下了头，向那冥冥中的神祇表示崇拜"①。巴克哈对神祇的崇拜，表明他内心希望向本民族信仰寻求归属感。可这次他们又将他拒之门外，婆罗门教徒纷纷叫嚷着，说他玷污了庙宇，玷污了他们整个仪式。他妹妹莎喜妮竟然也在这里，原来，祭司想调戏她，让她来打扫庭院，可是调戏未成，反而污蔑她玷污了他。面对这种侮辱，巴克哈能做的只是愤恨地嚷几句，别无他法。此时，原先的那种对神祇的崇拜消失了，它们的雕像让他感到可怕、恐惧，"它们看上去冷酷无情，当它们带着五个头颅、十条臂膀在神龛里向人们凝视的时候，眼睛转也不转一下，他低下了头"②。那些雕像仿佛也与那些婆罗门站在了一起，对他进行逼迫，他无力与它们抗衡，只能匍匐在它们脚下，对它们顶礼膜拜。

巴克哈对那个祭司恨之入骨，他想去复仇。可"和尚的周围好像有一个魔法圈，使他不受到别人的侵袭，特别是下等人的侵袭，他无法闯进这个魔法圈。因此，当他最激昂的时候，奴隶性也会占了上风，于是他只得让步，痛苦得快要发疯了，咬着嘴唇，越想越痛苦"③。巴克哈所认为的那个"魔法圈"其实是社会现实，社会对贱民的压迫和束缚，对高等种姓的人的偏袒和保护，以及老一代灌输给他的"种姓"观念，它

---

① 安纳德：《不可接触的贱民》，王科一译，上海：平明出版社1954年版，第68页。
② 安纳德：《不可接触的贱民》，王科一译，上海：平明出版社1954年版，第72页。
③ 安纳德：《不可接触的贱民》，王科一译，上海：平明出版社1954年版，第74页。

们根深蒂固，牢不可破。巴克哈的自我深陷其中，无论他如何挣扎，始终无法逃出这个魔法圈，只有压抑自我，只好选择屈从。

巴克哈忍下怒火，让妹妹回家，他自己去要吃点东西。巴克哈又要再次面对侮辱。一个家庭主妇对乞讨的苦行僧慷慨大方，满面笑意，对巴克哈却是恶言恶语，只扔给他一片像纸一样薄的饼，还让他去扫阴沟，打扫孩子的粪便。巴克哈厌恶地走开了，他也只能采取这样一种软弱无力的方式来表达自己的不满。

巴克哈回到家里，向父亲诉说上午的遭遇，父亲却叫他要驯服，骂不能还嘴，打不能还手。拉克哈甚至还举出巴克哈小时候得了重病，医生在他想尽办法、百般恳求下亲自到家里来给他看病来说明老爷们的心肠好，说老爷们只是因为宗教关系才不肯接近他们。这不但没有起到让巴克哈对老爷们感恩戴德的效果，反而激起了巴克哈的自怜，对自己不幸命运的哀悼。

弟弟篮子里乞讨来的肮脏食物让巴克哈无法下咽，他找了个借口跑了出来。巴克哈到朗姆·查兰家里时，朗姆家正在为他的姐姐举行婚礼，巴克哈把朗姆叫了出来，与乔塔一起到了贱民区北面的一片荒地上。那里没有谩骂声和任何丑陋东西，只有自然的天籁之声和奇异美丽的风景，是只属于巴克哈的隐秘花园。巴克哈自由的心灵被祖先的传统束缚住了，可他"那不自觉的经验却丰富得惊人"[1]，只要给他指明了方向，他的思想就会健全活泼起来，而不会像以前那样脑海里只是一些幻象的片断，不能为自我找到完满的镜像。在他的内心里，朦胧地也有一种反抗和挣脱现实的愿望，"想要挣脱那笼罩着他的沉默和昏暗的阴影"[2]。

上午的遭遇使巴克哈意识到了自己所处的社会地位的卑下，是"一

---

[1] 安纳德：《不可接触的贱民》，王科一译，上海：平明出版社1954年版，第110页。
[2] 安纳德：《不可接触的贱民》，王科一译，上海：平明出版社1954年版，第110页。

个不可接触的贱民",所以当朗姆要给他糖果的时候,他让朗姆"扔"一颗给他,而不是像以往那样自己伸手去接。因为他们3人虽然都是低等种姓,可论出身巴克哈是最低级的。巴克哈在自己与亲密伙伴之间画出一道界线,将自我归属到社会规定他必须属于的阶层中去,尽管这违背他自己的意愿,是他不乐意的。"扔一颗给我"①,这句话宣告了巴克哈那纯真无邪的童年的结束,宣告了他完满自我形象的幻灭。

两个伙伴很同情巴克哈,在安慰了他之后各自回家了。巴克哈到军营里找查拉·辛格军曹拿曲棍球棒。在兵营里,卫兵房通向弹药库走廊的墙上挂着一顶白色的遮阳帽,关于帽子的来历有许多传奇,遮阳帽成为印度人艳羡的对象。他们想,如果能把它戴回家乡去,那该是非常体面的。在这里,帽子成了一种高贵身份的象征,一种印度人心驰神往的高级生活的代表。"他们无论在什么地方看到一样特别的东西,就迫切地伸出手来想去拿,以为只要有点儿西洋东西,至少聊胜于无。一顶在气派样子方面都稀奇出众的帽子,而且在印度人的眼睛里看来,又具有特别尊荣的意义,因为它装饰着人体最高贵的部分——这样一顶帽子所具有的魅力,是任何其他的西装用品所没有的。"② 巴克哈对那顶帽子早已觊觎了许多年,想过得到它的种种办法,可是都失败了。他在儿童时代还敢去问哨兵,可现在却害怕不敢这样做了。因为他在长大,一天天地被纳入社会秩序里,他的身上被加上了许多束缚,再也回不到那天真的童年了。那顶帽子只能成为一个永远无法实现的玫瑰色的梦。

查拉军曹吩咐巴克哈到厨房里取炭火,这让他满心惊讶,感激军曹让他这样一个清扫夫,一个不可接触的贱民去做这样的工作。不管身为印度教徒的军曹是一时糊涂,还是真的不在意,这对巴克哈来说都是无上的光荣。尤其是在巴克哈遭遇了许多高等种姓人的辱骂和斥责后,他

---

① 安纳德:《不可接触的贱民》,王科一译,上海:平明出版社1954年版,第112页。
② 安纳德:《不可接触的贱民》,王科一译,上海:平明出版社1954年版,第119页。

把这当作一件"奇事"。"他的灵魂对这个人充满了爱戴、敬慕和崇拜——多亏这个人竟认为他,一个肮脏的下贱人,配做这份工作。"① 巴克哈的喜悦是因被当作一个真正的人来对待而产生的,这是他的梦想和为之努力的目标。在拿到一根新的曲棍球棒后,巴克哈对军曹的感激简直无以复加,"他真是感激万分,感激得结结巴巴,感激得期期艾艾,感激得跌跌撞撞,他太感激了,感激到不知道怎么能撇开这位仁慈慷慨的恩人"②。他内心真诚地希望军曹是有意对他好的,而不是因为粗心大意。

巴克哈拿着球棍,开心地和孩子们举行曲棍球比赛。巴克哈打进了一球,对方守门员踢了他,于是双方大打出手。在混战中,书记员的小儿子被石子砸破头,吓得晕了过去,巴克哈抱起他,送他回家。孩子的妈妈不分青红皂白大骂巴克哈,巴克哈把孩子交给她,无声地走开了。巴克哈没有责怪她,反而为那个孩子担心,埋怨自己,"这是我的错,也是别的孩子们的错。我们干吗要吵起来?主要就是我打中了一球,我真该死!那个可怜的孩子!但愿他没有受到重伤"③。巴克哈如此善良,而正因善良的他受到了这样不公的对待才更让读者感到气愤不平。鲁迅说:"悲剧将人生的有价值的东西毁灭给人看。"④ 巴克哈的外貌、经历和内心,无一不符合悲剧主人公的要求,自然引得读者为他洒下同情之泪。

巴克哈回到家,父亲对他又是一阵责骂,他嚷道:"滚开!别待在我家里。不许你再回来!别让我们再看到你的嘴脸。"⑤ 以往,巴克哈会忍气吞声地听着,可在经历一天种种无理的侮辱和斥责后,现在他再也

---

① 安纳德:《不可接触的贱民》,王科一译,上海:平明出版社1954年版,第126页。
② 安纳德:《不可接触的贱民》,王科一译,上海:平明出版社1954年版,第129页。
③ 安纳德:《不可接触的贱民》,王科一译,上海:平明出版社1954年版,第138页。
④ 鲁迅:《鲁迅全集》(第一卷),北京:人民文学出版社1981年版,第192—193页。
⑤ 安纳德:《不可接触的贱民》,王科一译,上海:平明出版社1954年版,第140页。

第一章 "印度英语小说之父"——安纳德

无法忍受了,内心的激愤和不满已经累积到要爆炸的地步,小说中写道:

> 他飞快地跑过了那片平原,头也不回一下。他好像着了魔似的。他自己也没有意识到,那促使他突然狠起心来拔腿就走的关键在哪儿。他也不知道在那一个关键所在的时刻里,自己是怎样充满着反抗的情绪。他身体里这一个恶魔好像手拿着一把杀人不见血的宝剑,凡是挡着它去路的任何障碍,都一概砍去,而且在砍伐的过程中,它获得了一种更邪恶的力量,极其猛烈可怕,直把巴克哈的身体变成一个很野蛮而又控制得非常奇妙的工具,这倒也实在叫人迷惑不解。①

巴克哈心里的怒火已经被点燃,反抗的情绪也开始滋生,这是一种新生的巨大的力量。可对此时的巴克哈来说,这是一种模糊的不清楚的感觉,因为他的反抗没有具体的对象,他的怒气也不知道向谁来发泄。就像一个身处旷野里的孤独的旅人,内心充满了愤懑,可是环顾四周却找不到敌人,找不到前行的道路,不知该走向何方。

正当巴克哈陷入空虚绝望之中时,救世军的负责人——哈契逊神父来到他身边。哈契逊神父是英国人,他在印度待了30多年,不遗余力地宣传基督教教义,动员印度人改信基督教,可收效甚微。因为印度有丰富的本土宗教哲学思想,基督教在印度总的来说,只对被剥夺了接近印度本土宗教权利的人有吸引力。此外,基督教的许多人文主义的教义已经通过像甘地这样的政治领导人的教诲,浸入了现代印度思想中。因而在当时的印度,基督教并没有很大的吸引力和市场。哈契逊用关切的态度对待巴克哈,让巴克哈受宠若惊。他唱起赞美诗,试图将基督教教

---

① 安纳德:《不可接触的贱民》,王科一译,上海:平明出版社1954年版,第141页。

义解释给巴克哈听,却使巴克哈更加迷惑。两人的交流很困难,根本不能沟通,他们的对话也成了沿着各自的思路进行的自言自语,是两条平行线,无法相交。巴克哈无法从神父那里得到他想要的问题的答案,无法得到安慰,他不喜欢被称为"罪人"。

巴克哈摆脱了神父,漫无目的地游荡。"圣雄来了!圣雄来了!""'圣雄'这个字像一块有魔力的磁铁似的,吸引得他也像周围的人一样,都向它盲目地跑过去。"① 巴克哈没有任何思考,只知道往前走,赶到圣雄那里去,向他表示敬意。巴克哈看见去堡垒那里的人又多,路又长,于是便开辟出另一条路来,许多人跟在巴克哈后面。作者在这里的描写颇有象征意味:

> 好像这群人下定了决心要把一草一木都摧毁掉似的,不管怎么古老也好,美丽也好,他们都要把它摧毁掉,以便打开一条通路,去领受甘地的教益。好像他们的本能比学来的知识还靠得住,他们就凭着这种本能,认为凡属于古代文明的东西应该统统给摧毁掉,以便让位给新的东西。当他们践踏着这些碧绿的草地的时候,他们好像还在故意残忍地践踏着他们过去的自己,因为他们已经开始厌恶那些东西,要撇开它们,以便跑到甘地那儿去。②

在这里,巴克哈似乎成了新的道路的开拓者、先驱者。人们在巴克哈的带领下将摧毁过去的一切,全身心地接受新的东西。他们要与过去的自我决裂,以新的面貌和姿态去迎接明天,迎接未来。

巴克哈对甘地的思想很陌生。当他听到有人说甘地为了不可接触的贱民和鞋匠而绝食,巴克哈竟然以为甘地是为了向贱民们表明自己也几

---

① 安纳德:《不可接触的贱民》,王科一译,上海:平明出版社1954年版,第165页。
② 安纳德:《不可接触的贱民》,王科一译,上海:平明出版社1954年版,第166—167页。

第一章 "印度英语小说之父"——安纳德

天都没有东西吃。甘地在演讲中谈的主要是不可接触的贱民问题，这正是巴克哈所关心的。甘地讲到他从小时候起，就不赞成不可接触制度，他自己也喜欢做打扫工作。甘地的这番话让巴克哈觉得情感上与甘地很亲近，"他觉得可以把一生托付给他，要求圣雄爱怎么安排他就怎么安排他"①。巴克哈对甘地的"把印度社会打扫干净"②这种说法不理解，因为他的知识和理解力都很有限。对于贱民问题，甘地没有提出什么圆满的解决方案，他号召和要求贱民们"使自己的生活干净起来。他们应该培养爱清洁的习惯"，"戒除喝酒和吃臭肉之类的恶习"③。甘地根本没有触及贱民问题的本质，竟将他们不幸的根源归结到贱民自身，这表明了甘地的局限性。甘地不赞成不可接触制度，可他不是从根本上反对种姓制度。安纳德作为甘地的追随者，他并没有无原则地美化甘地的思想。针对甘地对贱民的指责，巴克哈不满地想"这样说是不公平的！"④，甘地没有认识到贱民们受种姓压迫的根本原因，只看到了表面的现象。虽然，在当时的印度，"安贝德卡尔领导的贱民运动打破了贱民的生活，进一步加强了他们在政治上赢得信赖的必要。西方的平等意识形态也在起作用，但是对哈里真来说，政治是一个大问题，是很紧迫的，是无法忽略的"⑤。然而甘地显然没有意识到这是个政治问题。

后来，在英国化了的印度绅士和一位诗人的争论中，巴克哈听到了支持和反对圣雄的两种不同的声音，绅士被诗人驳得哑口无言。诗人的言论表明他对甘地的思想和印度文化都有比较清醒的认识和判断，他不像绅士那样认为两者一无是处，主张全盘接受西方文化。相反地，诗人既看到了两者积极和进步的因素，又意识到它们的局限和不足。诗人有

---

① 安纳德：《不可接触的贱民》，王科一译，上海：平明出版社1954年版，第181页。
② 安纳德：《不可接触的贱民》，王科一译，上海：平明出版社1954年版，第181页。
③ 安纳德：《不可接触的贱民》，王科一译，上海：平明出版社1954年版，第182页。
④ 安纳德：《不可接触的贱民》，王科一译，上海：平明出版社1954年版，第182页。
⑤ Niven, Alastair, *The Insulted and the Injured*, Untouchables, Coolies and Peasants in the Novels of M. R. Anand, Janaki Prakashan, Patna, 1997, p. 32.

强烈的民族自豪感,坚定地相信印度人民的潜力,他们热爱生活,有能力创造新生活。安纳德借诗人之口表明了他本人的马克思主义的倾向:"唔,我们应该废除种姓制度,我们应该废除出身方面以及职业方面衣钵相传的不平等。我们应该承认每一个人都有同等的权利和机会。"① 巴克哈虽然不能完全明白诗人的长篇大论的含义,但是诗人提到的用机器来扫除粪便,不再需要人去打扫的方法,让巴克哈看到了解放自己的希望。

甘地的话给了巴克哈力量,让他能将打扫工作继续干下去;诗人的话带给了巴克哈新的憧憬,让他仍对生命保持那份期许。在小说的结尾,"落日的火焰烧红了西面的地平线。巴克哈望着天边那亮得耀眼的壮丽的红球,心里起了一阵炽热的感觉"②。"落日的火焰"象征了旧的堕落的秩序的毁灭,而巴克哈心里的那种感觉是他那种朦胧地想废除旧秩序的渴望。曾经彷徨无助,现在听了甘地和诗人的演讲,他的内心又充满了希望。

无论如何,巴克哈在这一天当中的经历和遭遇,将成为他人生中的一个转折点。当巴克哈从睡梦中醒来,踏出家门那一刻起,就注定了他要将自我展现在他者的面前,在直面他内心理想的镜像与生活现实差距和矛盾的同时,更让巴克哈肯定了镜像,认同了镜像。巴克哈认识到原先对自我的想象与现实的差距,他试图建构的自我的镜像是残缺的、虚幻的,为了使它实现完满,巴克哈必将继续努力。"他那一天印度人的生活过完了,明天也将和今天相像,但是变动即将到来——如果不发生在天上,就会发生在人间。"③ 作者没有写出巴克哈最后的结局,这给读者留下了想象和思考的空间,同时,这是否也意味着巴克哈对自我认同

---

① 安纳德:《不可接触的贱民》,王科一译,上海:平明出版社1954年版,第192页。
② 安纳德:《不可接触的贱民》,王科一译,上海:平明出版社1954年版,第193页。
③ 安纳德:《不可接触的贱民》,王科一译,上海:平明出版社1954年版,《爱·摩·弗斯特序》,第5页。

的追求将永无止境？答案是不言而喻的。

二、民族身份：不懈的追求

《不可接触的贱民》里的巴克哈在隐忍中等待着新世界的到来，等待着机器将自己和同胞解救出泥沼，安纳德给了他一个在非人生活处境中生存下去的希望，许给他一个光明的未来。可到了《苦力》和《两叶一芽》中，作者笔下的主人公不愿再坐着等待厄运的降临，祈望能在遥远的异乡寻得幸福的乐园、人间乐土，他们走出家门，远离故土，踏上寻找立足之所的漫漫征途，可他们又会遇到些什么呢？

孟奴只是想通过自己的辛苦工作换来最基本的生存条件，但冷酷的现实连他这点小小的要求都无法满足。孟奴在寻找自我存在的价值，他常常自问："我是什么？""我一出生，我爹就死了，接着我妈妈也死了；我把霉运带给普拉巴，看样子，我又把霉运带给哈里了。我要是不吉利，干吗不死去呢？我死了，世间会少一个倒霉的人。我宁愿死去。死了还好些。对，最好死掉……"① 孟奴不明白自己为何会身处这样的境遇，千百年来思想文化的浸染，使他只有将所有不幸的根源归结于命运，归结到自己头上，像巴克哈一样，他身上也有很深的奴性。他们无路可走、无处可去，只有不甘心地俯首听从所谓命运的安排，同时作者也表明了印度受压迫的人民所背负的沉重负担，单枪匹马作战是没有用的，只能走向毁灭和失败。

无论是孟奴还是甘鼓，他们的愿望和需求都是最卑微的，他们只想太太平平地过日子，好好地工作以混得温饱，可不管他们如何努力，等待他们的都是死亡。这就是印度社会的现实，是当时印度劳苦大众的生存状态，孟奴和甘鼓就是印度千千万万底层民众的代表。

不管是对贱民巴克哈的灵魂的探索，对苦力孟奴心灵和肉体创伤的再

---

① 安纳德：《不可接触的贱民》，王科一译，上海：平明出版社1954年版，第243页。

现,还是对劳工甘鼓半生苦难的描写,安纳德都用一种冷峻的现实主义方法为读者描绘了印度冷酷的社会现实。这3部小说表现了印度下层人民自我意识逐渐苏醒,他们从隐忍沉默到抗争呼告,可是他们斗争的方法不对,结果都失败了。小说中的主人公在寻找个人生活的出路,小说的作者也没有停止追寻的脚步,"他说印度人必须团结一致,奋发努力,扔掉肩上沉重的担子,扫清国土上的一切残渣,因为在现代人为了新生活的斗争中,主要的事情是他应该认识到自身的力量,鼓起战斗的意志"①。

后来安纳德在"拉卢三部曲"中让主人公拉卢在经历了许多磨难之后,走出国门,开阔眼界,最终找到一条个人和民族解放的康庄大道。印度学者对拉卢有很多评论。S. C. 哈雷克说,在《剑与镰》中是"拉卢在寻找身份认同"②,这一评论也适用于整个"三部曲"。虽然在前面的两部小说中这种追求并不那么明显,但是它始终隐藏在小说之中,表现了拉卢如何从一位宿命论者向一位追求自由、追求新生活的战士的转变。阿拉斯塔·尼文说,拉卢代表了每一个印度人。密纳克西·穆克吉则说他是"现代性力量的一个代表"③。无论如何,小说中拉卢的形象以及他的经历都不单是一种纯粹个人的行为,而是具有更深的内涵和代表意义。

在《村庄》中,拉卢与巴克哈等人一样,内心充满了对社会、对自我的不满。不过与巴克哈的生活境遇相比而言,拉卢起初的生活还是比较幸福的,他是旁遮普一个锡克教农民家庭里最小的儿子,最受父母宠爱。拉卢还在英国人办的教会学校里读了8年的书,会说英语,懂得些科学知识。正因为受到了教育,拉卢与父辈们对一些问题才有不同的看

---

① 穆·拉·安纳德:《苦力》,施竹筠、严绍端译,北京:中国青年出版社1955年版,第8页。
② O. P. Mathur, *The Modern Indian English Fiction*, Abhinav Publications, New Delhi, 1993, p. 46.
③ O. . P. Mathur, *The Modern Indian English Fiction*, Abhinav Publications, New Delhi, 1993, p. 46.

第一章 "印度英语小说之父"——安纳德

法。他不像他们那样听天由命，对许多事情形成了自己的判断，对父亲那种愚昧的虔诚不满，有了朦胧的自我意识和反抗意识。拉卢明知故犯地违反锡克教教规，到穆斯林铺子里买肉吃，更有甚者，他还把头发剃了。这一行为在家中和村里引起了轩然大波，亲人打他、骂他，教友们给他涂黑了脸，让他骑驴游街示众，但拉卢拼命挣扎，终于逃脱了。

从一开始，拉卢就与那"沉默的大多数"有着截然不同的观念，他不自觉地将自己摆在一个观察者和批判者的位置。他嘲笑父亲对僧侣的虔诚，嘲笑农民的愚蠢，咒骂祭司的贪婪好色，他对所看到和经历的许多事情都感到不满。可是拉卢的这些认识和反抗都是朦胧的，没有深刻的动机，并没有深入地思考产生这些现象的根本原因，所以当他逃跑之后，精神上感到茫然无助。他只知道埋怨自己的命运，憎恨自己出生的村庄：

"唉，我的妈妈啊！唉，出了什么事啦？为什么这一切非得发生在我头上不可呢？"他低声呻吟着。

"我怎么会出生在这块土地上！……我母亲竟然在地里干活时生下了我……这些土地又竟会是我父亲的土地。……我要是根本没有出生那该多好……我真希望我出生在别的地方，出生在城市里，出生在……出生在除了这个村庄以外的任何地方。"他呜咽地说，望着茫茫暮色，眼光晃动起来。①

作为知觉主体自我的拉卢与作为他者的亲人和村民之间产生了隔膜、形成了矛盾，造成了拉卢自我的分裂和对自我存在的否定。一方面，恰如拉康的镜像理论所说的，婴儿第一次从镜子里看到了完整的自我。拉卢从别人对他的反叛所持的态度上，认识到自己被规定的身份。另一方

---

① 安纳德：《村庄》，王槐挺译，上海：上海译文出版社1983年版，第150页。

面,这个自我又是虚假的,婴儿披上了他者的外衣,从此被禁锢其中,再也无法回到以前对自身的认识中。事实上,拉卢的确曾经屈服过,他回到家中,默默地干活,想让自己忘掉曾经发生的一切,他将悲伤、苦恼和对这个世界的切齿痛恨深埋在心底。那时拉卢还愿意通过干活来让家人再来爱自己,愿意偿还家里欠下的债务。

如果没有后来发生的诬陷事件,拉卢也许会真像他的父辈一样,将毕生的血汗挥洒在土地上,娶妻,生子,将辛苦劳作的果实交给地主来还债,浑浑噩噩地度过一生。可是地主设计陷害拉卢,诬陷他偷了3捆饲草,威胁说让警察抓拉卢去坐牢。拉卢在走投无路的情况下,为了躲避牢狱之灾,参加了雇佣军。

在《黑水洋彼岸》中,第一次世界大战爆发后,拉卢跟随部队到法国参战。拉卢走出村庄,离开印度,周围的一切都让他感到激动、觉得新奇。一路行来,他将印度人和他们的风俗与外国不断地做着比较。他将充满青春朝气的法国姑娘与印度妇女相比,认为"印度妇女似乎青春期还没有到来就开始衰老了,变得肌肉松弛,形容疲惫……"① 当他们几个印度士兵到咖啡馆里去喝酒的时候,他又忍不住将印度保守的风俗习惯与西方的自由作了一番比较,发了一通牢骚。他的心境也发生了变化:"生命化作了行动。他已和在国内村子里时不一样,不再是个半死不活的人了。"② 总之,拉卢在欧洲的见闻开阔了他的眼界,增长了见识,让他更深入地思考战争、人性等问题,使他有机会跳出受魔法圈束缚的印度,从新的视角来审视自我和印度民族。拉卢参战的经历是他走上反抗道路、争取个人自由和民族解放的转折点。

后来,拉卢在战斗中被俘,获释后被清洗出军队,返回到家乡。"拉卢离开军队回来之后,就认定为了保证和平生活,就必须反抗压迫

---

① 安纳德:《黑水洋彼岸》,王槐挺译,上海:上海译文出版社1984年版,第14页。
② 安纳德:《黑水洋彼岸》,王槐挺译,上海:上海译文出版社1984年版,第55页。

第一章 "印度英语小说之父"——安纳德

者：'只有在反抗奴役者之后……只有在为新的生活方式斗争之后，我们才能休息，才能歌唱季节的美。现在是学习斗争方法的时候……现在是在斗争里生活而且坚持斗争的时候……现在是改变世界，为了生活与幸福而斗争的时候……'"① 到了《剑与镰》中，拉卢的思想成熟了，他领导农民运动，成了一名自觉的革命者。

安纳德的这几部长篇小说，通过宏大的叙事方式，把个人的命运置于社会、国家、国际的大环境之下，将个人与民族联系在一起。在殖民统治和封建剥削双重压力下的个体，就像被抛入洪流中的树枝，只能随波逐流，无法停留，更无处靠岸。而像巴克哈和拉卢这样的先觉者（他们自身并没有意识到这一点），他们总处在超越时代平均认识水平的前端。他们的先进意识往往难以被同时代的人理解和接纳，他们难逃被世人围攻、迫害的厄运，最终陷入为自己的家乡，甚至是为自己的祖国所放逐而四处漂泊的境地里。巴克哈不为家人和朋友理解，拉卢的剪发和吃肉、喝酒被当作离经叛教的行为，而且他还被诬陷，最后不得不逃离家乡，都是对此的明证。只有当"树枝们"聚集在一起，捆绑在一块，具有了自我的清醒认识，成为一条大船，有了方向和目标的时候，他们才能在舵手——先觉者的带领下，认识到自己生活处境的不公，才会为自己的权益群起而争之，才能找到自己心灵真正的归属。

安纳德通过《不可接触的贱民》中的巴克哈，揭示了个人对理想的自我镜像的认识和自我身份的追寻，这种追求是个体的、自发的行为，而不是集体的、自觉的行动。而在"拉卢三部曲"里，通过《村庄》中拉卢的自我发现到《剑与镰》里的自我证明，安纳德描绘了拉卢从精神危机到精神拯救的心路历程。这一心路历程又不仅仅是拉卢自己的，同时也是安纳德本人对认清印度民族自身存在的问题，摆脱殖民压迫的探

---

① 穆·拉·安纳德：《苦力》，施竹筠、严绍端译，北京：中国青年出版社1955年版，第5页。

索。"拉卢的性格发展变化中,寄寓的是安纳德对民族发展道路的探索。拉卢由茫然、无奈到焦虑怀疑而觉悟,最后坚定信念,执着于理想。拉卢成为安纳德笔下印度发展道路的寓言化形象。他的变化,促使他变化的契机和因素,都体现了作家对印度发展道路的思考。"① 特别是在《剑与镰》中,作者笔下的印度农民逐渐觉醒了,他们开始进行有组织的反抗,个体的行为变成了集体的行动,星星之火终将汇成燎原之势。

第三节 个人命运与家国变迁

"一部伟大的小说是对社会现实富有想象的再现"②,作为现实主义作家,安纳德的小说是20世纪上半叶印度社会的真实写照,这在《一个印度王公的私生活》和自传体系列小说中更是如此。在自传体系列小说中,安纳德通过描写主人公克里希那的成长经历,为读者展现了一幅印度人民争取民族独立的历史画卷。在《一个印度王公的私生活》中,以王公维克多的个人经历为读者讲述印度王公这个独特群体在社会变迁、政权更替中的身份转变和心路历程。

文学评论家对安纳德的《一个印度王公的私生活》褒贬不一。《20世纪印度文学史》一书中写道:"《一个印度王公的私生活》(1953)写传统的印度封建贵族在现代社会所面临的各方面的问题。这部小说主要是迎合西方读者对印度的好奇心理而写的,意义不大。"③ 这是部分印度学者的观点,也有不少学者意见相反,如库瓦斯基说这是"安纳德给人

---

① 黎跃进:《民族寓言:安纳德三四十年代小说创作论》,载《南亚研究》,1998年第2期。
② B. R. Agraval: *Mulk Raj Anand*, New Delhi: Atlantic, 2006, p. 32.
③ 石海峻:《20世纪印度文学史》,青岛:青岛出版社1998年版,第93页。

第一章 "印度英语小说之父"——安纳德

印度最深刻的小说"①,甚至还有学者认为,即使安纳德没有写出其他作品,也能凭这部小说在印度文学史上获得一席之地,因为小说形象地描写出当时印度社会普遍的危机。②可以说,评论家不同观点的评语正说明这部小说阅读效果的多样性,也说明这是一部有特殊"意义"的小说。

这部小说在作家个人写作生涯中和印度英语写作(甚至可以说印度文学史)历史中都有着特殊意义,是一部被忽略的作品。从作家个人来说,这是安纳德从英国回印度定居后创作的第一部重要作品。小说的创作有着特殊的背景:一方面,作者是为缓解个人生活方面的挫折而引起的精神困境所采取的写作治疗法;另一方面,作者改变之前擅长地对国家独立、民族解放和社会问题的宏大叙事写作方式,转而关注和描写个人情感、感受等方面的问题,小说标志着安纳德写作关注点的改变。与此同时,在印度文坛上,改变关注点不仅是安纳德一个作家,其他作家如当时刚步入文坛的阿妮塔·德赛也呈现出这种写作态势,可以说,《一个印度王公的私生活》不仅是作家个人转型之作,也是印度文坛写作转型的代表作。这部小说承接独立后印度民众(尤其是王公、贵族这样的特殊群体)对待自身身份改变的应对,以及社会改变所带来的从国家到个人种种变化的反应和后果,小说题材的独特性和人物的代表性,从一个侧面体现出后殖民时代原殖民地人民的境况。

小说主人公维克多·爱德华·乔治·阿绍克·库玛尔是印度北方夏姆普尔土邦的王公。在分析这部小说之前,有必要先简单介绍一下印度土邦和土邦王公的历史背景,以便理解小说的故事情节。

印度土邦是历史上封建王朝分裂混战的结果。17世纪初期以后,随着商品经济的发展,莫卧儿王朝把封建土地占有制转变为世袭的无条件

---

① Saro Cowasjee: *So Many Freedom*, Delhi: Kalyani Publishers, 1989, p. 132.
② Jack Lindsay: *The Elephant and the Lotus*, Bombay: Kutub Popular, 1965, p. 27.

的土地所有制。进入18世纪以后,在内乱外患的打击下,莫卧儿帝国日益衰落,各省总督趁机纷纷拥兵自立,各地伊斯兰教和印度教封建主也纷纷自树番号,划地为王,从而形成遍布印度各地、大小不等的土邦王。土邦王公称为马哈罗阇(Maharaja)或罗阇(Raja)的,一般起源于印度教或锡克教的封建主;称为纳瓦布(Nawab)的,原是莫卧儿帝国中央政府派驻帝国较大省份的副督和省督;称为尼扎姆的,原是中央政府封派的省级官员后来成为掌握实权的最高长官。纳瓦布和尼扎姆均为伊斯兰教徒。英国将印度变成殖民地后,对土邦王公基本采取征服而不兼并的政策,用武力征服土邦王公后,和他们订立"军费补助金条约",让他们保留其独立的外壳,然后从政治、军事上进行控制,从经济上进行掠夺。1857年,印度民族大起义期间,有的土邦王甚至直接出兵帮助英国镇压起义,这使得英国殖民者继续保留土邦王,并继续加强他们。1858年11月1日,英国女王维多利亚发出布告,宣布英国女王为印度女皇,印度各土邦成为英国的保护国,其地位与英属印度平行,由作为英王代表的副王,即印度总督行使对土邦的最高主权。殖民统治者为了维持殖民统治,对这些土邦实施分而治之的政策,对其加以保护和利用。土邦王拥有很多特权,他们的王位可以继承,可以按照自己的统治方式进行统治,可以有自己的税收和封建法律制度以及军队。在外交礼节中,土邦王公们甚至可以按照英国政府的规定,享受不同等级的、相当于独立主权国家领导人的国宾礼遇。英国保留众多王公的目的是使其相互掣肘,阻止印度统一和形成统一的抗英力量。①

进入20世纪以后,印度民族独立运动风起云涌。独立前,国大党对土邦王的基本态度是:"把土邦看作还残留的印度自主地位的可贵象征……希望土邦王公能在英国统治者面前维护内政自主地位,并以良好的治理成绩向英国人显示,印度人在管理国家政权的能力方面并不比他

---

① 王士录:《印度历史上的土邦问题》,载《史学学刊》,1991年第6期。

第一章 "印度英语小说之父"——安纳德

们差。换言之，他们希望土邦能成为他们政治主张可行性的实际佐证。"① 国大党高估了土邦王们，绝大多数王公满足于在英国人的庇护下过着奢侈的寄生生活，只求维持现状，对国家的前途很少关心，有的王公甚至反对并阻挠国大党的民族独立活动。

第二次世界大战之后，1947 年 7 月 18 日，英国议会通过《印度独立法》，规定从 8 月 15 日起，原英属印度成立印度和巴基斯坦两个自治领，英国政府分别向两个自治领移交政权。1950 年 1 月 26 日，印度制宪会议制定的宪法生效，宪法宣布印度为主权国家的共和国国家，自治领时期结束。在自治领时期和印度共和国初期，国大党采取了一系列措施归并土邦，实现全国区域规划的统一。当时印度共有 562 个土邦，绝大多数位于印度自治领境内或与之相邻，在印度自治领成立时，除海得拉巴、朱纳格和查谟–克什米尔三个较大的土邦尚未决定外，其他都加入了印度自治领。但加入初期，土邦只是把国防、外交和交通权力交给印度自治领，其余权力依然保留，土邦依然作为印度自治领的组成部分而存在。为了进一步解决土邦问题，负责土邦事务的帕特尔在 1947 年底到 1950 年底的时间里，亲赴各地，向王公说明土邦合并的必要性和政府采取这一步骤的决心，并保证合并后土邦王可以拥有大笔年金，原来享有的特权也会保留。合并结果是，土邦和土邦联盟按规定都建立了立法机构，人民得到部分参政权利。为了彻底解除土邦制，1950 年 1 月 26 日生效的宪法规定全印统一划分为 29 个邦，从事实上消除了土邦，把土邦合并整合进印度统一的行政体制中。取消土邦有利于原土邦地区的发展，为全印的经济文化发展和社会进步提供了更适应的条件。②

《一个印度王公的私生活》就是描写了独立后印度政府要求土邦融入民族统一的社会政治环境。主人公维克多王公一直过着放纵的生活，

---

① 林承节：《殖民统治时期的印度史》，北京：北京大学出版社 2004 年版，第 177 页。
② 参见林承节：《印度独立后的政治经济社会发展史》，北京：昆仑出版社 2003 年版，第 8—19 页。

只求满足自己的肉体欲望。他被迫卷入政治旋涡中,最终落得婚姻解体、退位和发疯的命运。作者正是从个人命运和家国变迁两个方面来展现印度独立后这段特殊的历史。

一、个人身份困境

土邦王维克多的个人生活是建立在物质享受和感官满足上的,无法摆脱自己精神和心理上的危机,他和王后、情妇和其他女性之间有着种种感情纠葛:作为丈夫,他最终婚姻失败、家庭破裂;作为情人,他不得不面对背叛,又无法从心理和生理上摆脱对情人的依赖,最终名誉被毁,陷入疯狂的境地。

毫无例外,维克多与王后英迪拉的婚姻是王族联姻的结果。英迪拉是印度传统贵族妇女,结婚后生了两个孩子,第一个孩子不幸夭折,她一直坚信孩子被维克多的情妇达茜害死,目的是阻止维克多立其为太子。因此,英迪拉带着第二个孩子和维克多的母亲生活在另一座皇室宫殿里,远离维克多和达茜。维克多找不到达茜的时候(达茜多是和情人幽会去了),偶尔也去看望她们,但被达茜知道后会和他大吵。尽管英迪拉不满维克多婚后冷落自己,宠爱达茜,但她认为只要达茜的孩子不被立为王位继承人,她还是英国政府认可的合法王后,她和孩子就有希望。她不是没有见识的印度深宫女性,知道可以利用英国统治者对土邦的权力阻止达茜的计划。维克多认为正是由于英迪拉利用王后的身份,给他和达茜的感情带来阻挠,他才不断和其他女人鬼混。

真正对维克多造成致命打击的是情妇达茜。作为从社会底层走出的山地女人,达茜清楚地知道如何利用女性魅力为自己带来金钱、权势和地位。维克多迷恋达茜,一是因为她能满足维克多性方面的需求,二是因为维克多认为自己和达茜在精神方面具有共鸣。即使贵为王公,维克多并没有可以说话聊天的人,土邦内官员权力争夺和英国统治者对土邦的种种限定,维克多并不觉得自己是可以任意行事的王公,他像达茜一

第一章 "印度英语小说之父"——安纳德

样没有安全感，希望能有所依赖。他认为达茜应该能理解他的处境，因而在心理上依恋她。他理解达茜为寻求更好、更强的依靠而不停更换情人的行为，但又被她的这种行为激怒，在同情、妒忌和愤怒等多种情绪里挣扎，维克多认为自己是"洞中老鼠"，摆脱不了对达茜身体的依赖。维克多过于依恋达茜，他失去王位后又得知达茜投入接管土邦的中央政府官员的怀抱，种种打击让他默许手下官员去刺杀达茜。事情败露后，他从英国被引渡回印度，最后因精神失常住院。

在英迪拉和达茜之外，维克多并没有停止他对女性的追逐。小说就是从维克多的丑闻开始的。在西姆拉开会期间，大家都以为他失踪了，他却在雨天带一位欧亚混血女子进山谈情说爱。事后，他的仆人不得不用钱来了结。交出土邦权力后，也是为纾解达茜另投他人怀抱对他的打击，维克多逃避到英国。在英国他也没有停止制造桃色新闻。他在商场遇到一个英国女售货员，就和她玩起谈恋爱的游戏，最后也是用钱来结束麻烦。

和众多其他土邦王公一样，维克多并没有显出与众不同的生活状态和个人命运，与众多女性的关系成为填满他们日常生活的重要组成部分，很多描写印度土邦王公的作品中，也不乏类似的故事。西班牙作家哈维尔·莫罗（Javier Moro）的《印度激情》（*Indian Passion*）写了一位嫁给土邦王的欧洲姑娘安妮塔·德尔加多在印度后宫的生活。土邦王在欧洲奢侈而浪漫的生活让欧洲人叹为观止，也让安妮塔这样的底层欧洲女子成为现实生活中的灰姑娘。印度英语小说家拉贾·拉奥的《棋王奇着》也塑造了一位失势土邦王公形象。印度独立后，失去土邦王权的阿绍克王公成为国会代表，负责外交事务，而"负责"的表现更多是在国会发表演讲，表达一下观点而已，并没有实质的决定权。他在欧洲访问期间，在巴黎一家酒吧和酒徒发生冲突，被法国警察带走，印度大使馆出面保释才被放出来，这让他颇受打击。他的生活规律就是中午起床、吃饭，下午去咖啡馆，傍晚找朋友喝酒吃饭。他在所住的酒店认识了一位美国女性，就和她相伴生活。家人来巴黎前，他不得不和美国女人分手并送给她昂贵的祖传红宝石戒指作为补偿。和维克多一样，这些王公过惯了之前奢侈舒适的生活，退位后一度陷入无所事事的状态。

二、家国身份变迁

与维克多个人身份消解相伴的是社会身份的丧失。小说的另一条线索是对独立后土邦王公社会、政治处境改变的生动描写。这些土邦王公们在两种选择间徘徊、撕裂，一方面期望继续获得英国或其他境外势力的帮助，成立独立王国；另一方面，他们又想能非常体面地同印度政府达成妥协。维克多也不例外。开始时，维克多和英国人接触，开聚会宴请他们，请他们去打猎，他以为能继续独立前的统治格局，在英国人的支持下继续当个王公。但有的大臣再也无法忍受王公的皇室最高权力，又观察到周围土邦的去向选择，让维克多"考虑加入（自治领），因为印度大多数王公已经加入了。加入的目的是促进国家统一"①。在全国整体环境的影响下，维克多的土邦也出现了民众集会争取民主的活动。另一方面，越来越多的大臣开始动摇和改变立场。再者，维克多谋取外国帮助的努力毫无结果。这一切最终促使维克多签署"加入书"（the instrument of accession）。政局变动，土邦内部众人都为各自的利益奔忙，维克多虽然贵为王公，在家国存亡之际，并没有人能给他帮助。

同时，印度政府对维克多的态度也不是很友好。接到德里的紧急电话后，维克多赶去德里会见印度内务部长帕特尔，在那里，他不得不等了4天，"这本该是他们炫耀财富的时间，在赛马场、尼斯和蒙特卡洛的赌场挥霍财富的时候"②，维克多在等待中既不耐烦也很无助。通过会见，维克多不得不面对土邦衰落的事实和他们被民主政府取代的

---

① Mulk Raj Anand: *The Private Life of an Indian Prince*, London: Hutchinson, 1953, p. 73.
② Mulk Raj Anand: *The Private Life of an Indian Prince*, London: Hutchinson, 1953, p. 211.

趋势。会见和等待打击了维克多的信心，他像小孩玩游戏一样签署了"加入书"。即使加入自治领后，土邦内的行政机关还是一如既往的腐败。

维克多是大时代变化的牺牲者，不仅因为他自身的缺点，也是因为印度民主的弱点。维克多有着自身性格软弱之处，无法摆脱习惯的荒淫享受的生活，这更加弱化了他的性格。打着民主旗号的政客利用维克多和他的土邦来实现自己的目的，联合土邦内剥削农民的各级官员围攻维克多。封建君主制是过时的、愚蠢的和荒谬的，但维克多认识不到土邦的未来。他从英国回来后发疯了，除了个人生活的打击外，也是他政治理性丧失后的疯狂。

维克多身上发生的一切可以说是印度土邦王公放弃他们权力时集体遭遇的写照。他们也同样经历了维克多一样的精神危机。夏姆普尔土邦发生的情景也同样会在其他印度土邦复制出现。玛奴哈尔·玛贡卡拉的小说《王公们》(*The Princes*) 描述发生在印度北方贝格瓦德（Begwad）类似的王公经历。小说通过主人公阿布伊拉贾的讲述，展现其父母亲——老式土邦王和土邦王后——的生活，同时也把阿布伊拉贾塑造为一个受过教育、思想开明的新式未来土邦王公，对改变格瓦德充满很多新鲜想法，然而现实却让他深感无力。小说写到在收获季的斋戒中，阿布伊拉贾不得不依照传统习俗去向当地的巫师求助，巫师的印度女神样的装扮和奇怪行为让阿布伊拉贾感到震惊，他改变土邦的梦想被这些盲目的信仰和习俗击溃，对家乡现代化进程感到迷惘。阿布伊拉贾和维克多不同，他是想通过变革使土邦与时代发展同步，然而他也失败了。作者似乎在暗示，加入自治领是土邦和土邦王公们正确的选择。

安纳德在小说开始的注释里写道：阿绍克·库玛尔拉贾宣称自己是因陀罗神尼和罗摩神的后代。很多其他王公也是神的后代，如乌代普尔的玛哈拉纳是罗摩后代，帕提拉是月神后代，贝拿勒斯王公是湿婆神后代,特拉凡格尔王公是毗湿奴后代。① 这些神的后代在印度现代民主进程中纷纷落下凡尘,成为失去家国、权势的王公,空留尊称头衔。他们散落在印度各地的王宫,虽然有时他们还住在那里,但很多已经成为游览景点,有的甚至被改造为酒店。人们还可以从安纳德这样的作品中想象一下印度王公们昔日的风光生活,猜测下他们当时的处境,推测下他们现在的境况。

第四节 安纳德小说中的印度文学传统

安纳德从幼年开始就一直深受传统文化的熏陶,印度传统哲学、宗教观念、两大史诗及民间传说、故事、诗歌等在他小说中随处可见。同时,安纳德在伦敦学习和生活期间阅读了大量西方作家的作品,结交了许多英国作家和艺术家,这使他的文学艺术视野变得开阔,在写作中不可避免地体现出欧洲文化和西方作家的影响。安纳德曾多次说过他很喜欢托尔斯泰、陀思妥耶夫斯基、高尔基、狄更斯、乔伊斯等西方作家的作品,在他的小说中也不难发现这些作家写作手法和创作技巧的痕迹。

史诗故事和民间文学是印度作家取之不尽的创作源泉,为他们的文学创作提供了无限丰富的题材。安纳德听母亲讲的故事长大,也曾整理编辑过一些印度民间故事读物。在小说中,他将吸收印度家喻户晓的悉多、克里希那等形象作为自己作品中的主人公原型,既保留这些人物身上所具有的传统文化特色,又结合时代,赋予他们以新的象征意义。

---

① Mulk Raj Anand: *Private Life of an Indian Prince*, London: Asia Publishing House, 1984, p. 21.

一、高丽形象：悉多故事的现代重构

在印度，广为人知的"悉多"是史诗《罗摩衍那》中的女主人公。悉多随罗摩流放森林时，被十首魔王劫走。被救后，众人怀疑悉多的贞洁，她被迫投火自明，被火神托出。罗摩回国登基为王，民间又有流言说悉多不算贞女，罗摩迫于压力将怀孕的悉多遗弃，她得到蚁垤仙人的救护并生下孪生子。蚁垤让双生子弹唱《罗摩衍那》去见罗摩，辩明悉多的贞节。悉多再次被迫在大庭广众下证明贞洁，地母从裂开的大地中出来带走悉多。

《罗摩衍那》"创造出永恒的神和被崇拜的英雄，他们具有鲜明的性格特色，被塑造成雕像，以歌颂赞美"①。广为流传的悉多故事起到塑造印度妇女品格的作用，"妇女们热爱悉多，把她誉为坚贞的楷模和妇女道德的最高典范"②。作为女性，悉多性格和婉，容貌美丽；作为妻子，悉多体现出女性难得的勇敢和不畏艰苦，忠贞而忍辱负重，如"住在森林里的艰难困苦，同我对你的爱情比起来，要知道都是微末不足数"③，"只有妻子把丈夫的欢乐和忧愁分享"④，"三个世界我都不想要，我只想忠诚于自己丈夫"⑤。在史诗的影响下，"悉多"成为力量承载者和道德典范的象征，她身上所体现出的种种美好品德，成为印度人衡量、要

---

① 诺斯洛普·弗莱：《批评之路》，王逢振等译，北京：北京大学出版社1998年版，第17页。
② 季羡林、刘安武编：《印度两大史诗评论汇编》，北京：中国社会科学出版社1984年版，第369页。
③ 蚁垤：《罗摩衍那·阿逾陀篇》，季羡林译，北京：人民文学出版社1981年版，第173页。
④ 蚁垤：《罗摩衍那·阿逾陀篇》，季羡林译，北京：人民文学出版社1981年版，第162页。
⑤ 蚁垤：《罗摩衍那·阿逾陀篇》，季羡林译，北京：人民文学出版社1981年版，第164页。

求女性的标准,更成为塑造印度女性品格的模具,"悉多"是印度女性的代表。

悉多的故事也是印度妇女被压迫、被支配命运的写照。一直以来,她们呈现给世人的是在男性严格控制下的母亲、妻子形象,婚姻是印度妇女生活中非常重要的部分,家庭是她们活动的主要空间,"女子即使在家里也绝不可自作主张,女子必须幼年从父、成年从夫、夫死从子"①。悉多说:"丈夫就是我的命运,丈夫到哪我到哪。"② 男性对妇女有任意处置权,尽管悉多贵为公主,也因被怀疑不贞而遭受抛弃,可想而知,其他印度妇女在家庭、社会中的地位就更加不值一提。

小说《高丽》(暨《老妇人和母牛》)写高丽嫁给农民潘奇,却和他家人的关系不好。持续的干旱让生活更加艰难,怀孕的高丽被赶回娘家,又被母亲卖给城里一个鳏夫店主。店主把生病的高丽送到医生诊所看病,在医生的帮助下,高丽摆脱店主并留在诊所做护士。潘奇向高丽母亲索要妻子,母亲去城里找到高丽送回潘奇家。村里人议论从城里归来的高丽的贞洁,潘奇和高丽为此吵了起来。高丽决定离开,再到医生的诊所做护士。《高丽》被认为是对悉多原型故事的再讲述,但安纳德为自己的女主人公安排了不同的结局,他的"高丽"是"悉多"原型的现代延续,也是对"悉多"式女性命运的解构。印度传统的罗摩、悉多故事包含着"被房→住外→被疑→被逐→被救"这样一个模式,在《高丽》中,同样也包含着类似的一个故事模式,"被赶→外住→被疑→被赶→被救"。但是,这两个"妻子被逐"的相似故事在寓意上有着极大的差别。读者可以清楚地感受到高丽与悉多故事的相似性:在人物性格上,高丽继承了悉多的善良、温顺、吃苦耐劳等诸多品格;在故事情节上,高丽同样也经历悉多式的"被掳""被助""被弃"等遭遇。但这些

---

① 摩奴:《摩奴法论》,蒋忠新译,北京:中国社会科学出版社2007年版,第106页。
② 蚁垤:《罗摩衍那·阿逾陀篇》,季羡林译,北京:人民文学出版社1981年版,第172页。

看似相同的情节，却出于不同的时代原因。

十首魔王贪婪悉多的美貌而劫走她，悉多的"被掳"是男性利用性别优势的暴力劫持，也是男性对女性支配地位的极端表现。确切说来，高丽是被母亲"贩卖"给别的男人的，母亲害怕高丽成为自己的负担，另一方面她也想卖掉高丽换点钱维持自己的生活，保住自己赖以为生的牛。悉多和高丽都被迫在另一个不是自己丈夫的男人身边/家庭生活，除男性对女性的性别压迫/渴求之外，在高丽身上还存在女性间的压迫与被压迫关系。虽然生活在不同时期的印度，高丽和悉多在被掳的类似遭遇中，两个柔弱女子都采用逆来顺受的方式来应对外部强大的恶势力。

悉多的原型故事并不是完全地复制在现代女性高丽的身上，高丽的命运在"被助"的环节中发生了根本性变化，这种变化是对印度传统史诗故事的解构，也是对印度传统女性命运的改写，更是"悉多"式印度女性在现代社会里的选择。悉多的三次救助者都是具有超能力的仙人。从被火神从火里托出，到被蚁垤仙人救助，直至得到地母的帮助，悉多除了恳请、吁求、期待被证明、被救助之外，她自身是无所作为、无能为力的。被弃后，悉多只能期待罗摩明白真相后让她再回到他身边，她的等待是被动的。然而，高丽的被救就积极主动得多，也更有实效性。高丽利用医生上门看病的机会，恳请医生帮助，被救后，她留在医生的诊所里并积极学习护理知识。如果说医生的救助是外力帮忙的话，那么高丽学习新技能则是主动的自我救助，这种自我救助最终成为她离家出走的保证。相较于悉多将儿子作为引起丈夫注意和回心转意的工具，即将出生的孩子却是高丽离家追求新生活的动力，与传统妇女对儿子的依赖不同，高丽通过工作养活孩子并成为孩子的依靠。

高丽和悉多最终都被丈夫抛弃，离开家庭。与悉多相比，现代女性高丽身上承载着更多的压力和负担。获救后，悉多被要求证明自己的清白，由于火神的救助，悉多被罗摩重新接纳。尽管是一次没有成功的

"被弃",悉多被弃的命运已是不可避免的。之后,罗摩迫于舆论的压力,终于将怀孕的悉多抛弃在恒河边。悉多两次被弃都是因为罗摩和众人怀疑她的贞洁,归根结底是世人对女人贞洁的规定性。

高丽两次被弃的原因要复杂得多。首先,高丽自结婚就没有得到潘奇婶婶的认可。潘奇自幼父母双亡,被婶婶抚养长大,婶婶在家庭中就如同高丽的婆婆,像绝大多数的印度婆媳关系一样,高丽和婶婶之间关系也不和睦。由于旱情加剧生活贫困,潘奇害怕即将出生的孩子会加重家庭负担而赶走高丽。高丽第一次被弃是由于印度传统的家庭矛盾和旱灾引起的生存困境,即使高丽愿意陪潘奇忍饥挨饿(像悉多陪被流放的罗摩受苦),她也会因男性至上(食物先满足男性的需要)被摒弃在受男性保护范围之外。当高丽也被怀疑不贞而第二次被抛弃时,作者似乎在说明不管是哪个时代,女性最终会因性别身份的规定性而被男性社会接受或拒绝,这是高丽和悉多遭遇的相似性,也是几千年来印度妇女命运的共同性。悉多和高丽被弃在本质上来说,是女性被男性支配的地位所致,高丽仍然是几千年后的"悉多"。

罗摩和悉多夫妻之间感情深厚。悉多被魔王掠走而不是被丈夫罗摩赶走,这与潘奇因为担心多个人吃饭而赶走高丽是不同的。如果没有干旱带来的生活压力和可能导致的种种后果,潘奇不会赶走高丽,现代"悉多"高丽的出走更多是社会因素。其次,悉多遭到魔王骚扰,她并没有屈服魔王的淫威,而是静待罗摩的搭救。高丽受男人的骚扰,同样没有屈服,保住了自己的贞洁。但是,被丈夫赶出家门后,高丽在城里接受新思想,在诊所学会护理,积极自救以改变自己的命运。高丽被逐后所选择的生活方式,体现出现代"悉多"身上具有的独立、自强的性格品质。这种性格特征是现代"悉多"高丽不同于传统"悉多"的地方,也是她出走的条件和信心所在。正因为如此,高丽面对丈夫的怀疑能选择主动走出家门,寻找一种新的、独立的、有人格尊严的生活。而神话故事里的悉多被丈夫赶出家门后,只能哭天抢地,抱怨自己的命

第一章 "印度英语小说之父"——安纳德

运。如果没有"神"的同情和收留,悉多几乎没有能力生存。安纳德在《高丽》中选择罗摩和悉多这个传统故事模式,一方面表现高丽身上所具有的悉多式的、印度传统的美丽的外表和温顺、善良的美德等女性特点;另一方面更是给高丽这一人物形象注入现代女性自尊、自强的时代精神,展现出现代印度妇女的独立、自信的新风貌。

《高丽》是印度独立后妇女身份、地位变化的文学表现。独立后,印度政府面临的众多矛盾中有一个不容忽视的问题——性别歧视。印度宪法辟有专章要求应保障男女公民同样享有适当经济手段,实现男女同工同酬等。同时,政府在教育方面对女性有所倾斜。在国家机器的保证下实施种种政策手段,增强妇女争取更多权益的信心,一定程度上改善了妇女的处境。"妇女担负抚养和教育下一代的重要任务,是印度优秀文化和价值观的重要传承者"①,妇女处境的改变和地位的提高,是社会进步的表现,也是印度传统文化得以继承的保障。《高丽》的出现是作家对女性问题的思考和总结。安纳德将传统故事赋予时代意义,一方面用类比法重新讲述生活中的常态面,表现根植于其中的印度传统文化的共性;另一方面通过对史诗故事的改写,表现印度现代社会中女性问题的复杂性、悲剧性,通过新故事凸显生活的压抑面。"我不是悉多,大地也不会为我裂开、容纳我。我将离开。"② 安纳德让高丽一改悉多的谦卑女性形象,宁愿打破古老传统的局限,也不愿生活在极度不信任自己的丈夫所给予的耻辱之中,她的出走保留了妻子、母亲和女性的尊严,是美德、力量和贞洁的象征。高丽选择一条需要勇气和信心的道路,为后来者树立榜样,成为印度英语小说中值得铭记的一个女性形象。

自20世纪60年代以来,女性问题一直是社会热点问题。印度几千年男权对妇女的压迫,使妇女一直处于边缘化地位,甚至可以说完全没

---

① 林承节:《印度近二十年的发展历程》,北京:北京大学出版社2012年版,第62页。
② M. R. Anand: *Gauri*, Delhi: Arnold-Heinemann, 1981, p. 226.

有自我。没有所谓"主体"意识的时候,"解构"则表现为对一种女性意识、女性主体性的建构。小说《高丽》通过对印度传统女性形象"悉多"的解构,为印度妇女建构新的独立、自主的女性形象。随着印度社会的发展,妇女问题的解决是建立在女性自身更加解放、独立的基础上的。

二、克里希那形象:黑天故事的重构

安纳德在自传体小说中,对印度广为流传的黑天故事进行继承和重构。在小说中,安纳德采用"克里希那"为主人公命名,用名字的象征意义增强小说人物的代表性和象征性。同时,他也利用故事的同构性增强小说的生动性。更重要的是,安纳德利用克里希那神在印度所具有的符号修辞意义,增强主人公在印度民族独立运动中所体现的斗争性。

在印度,黑天故事妇孺皆知:刚沙王凶狠残暴,天神警告他说,他妹妹生的第八个孩子将置他于死地。刚沙王囚禁妹妹提婆吉和她的丈夫,他们的孩子一出生就被杀掉。提婆吉生下第八个孩子后,在大神的帮助下,她丈夫连夜将自己的男孩克里希那和牧人妻子耶雪达所生的女孩做了调换,克里希那就在牧人家中长大了。小克里希那调皮可爱,他和挤奶妇女开玩笑,偷吃家里的牛奶酥油,还说是别人偷吃的;他偷走在河里洗澡的牧区女子的衣服,让她们赤裸着身子求他把衣服还给她们。牧区里的牧女们非常喜爱他,每到夜晚,克里希那就吹起笛子和她们一起游玩。在印度,随处可见吹笛子的克里希那和牧女罗陀的画像,他们之间的爱情也是印度文人喜欢渲染的故事。

自传体小说中克里希那的童年故事与黑天小时候故事具有同构性。安纳德的自传体小说只完成童年、少年和青年阶段的部分,表现克里希那童年生活的《晨容》文笔优美,故事活泼,安纳德以充满温情的笔触描写出小克里希那幸福的童年生活,这种生活与神话里黑天小时候的故事有很多相同之处,呈现出小说与童话在故事叙事中的同构性特征,不仅展现出克里希那幸福的童年，也展现出印度家庭生活中美好的一面。童年时期的克里希那聪明可爱，深得父母、亲友的宠爱。在亲戚中，他最爱婶婶提婆吉，他喜欢婶婶修饰姣好的外貌，也喜欢她身上特有的香气，他希望能成为婶婶的养子和她生活在一起。大神克里希那的亲生母亲是提婆吉，小说中克里希那婶婶名字同大神生母的名字一样，作者用这个细节表现克里希那与婶婶间情同母子的感情。

克里希那爱情故事的隐喻性。黑天故事中，克里希那与罗陀的爱情故事以及他与众牧女的故事在印度传统文学中有很多生动描述。故事的出发点是在世俗故事的再现中，表现人与神的亲近和人对神的礼赞。克里希那和雅斯敏的爱情与大神克里希那和罗陀之间的爱情既具有相似性，也具有差异性。从爱情故事层面上解读，神话中克里希那和罗陀的爱情是甜蜜的，虽然其中也有小摩擦和小误会，但这些更多是情人间"甜蜜的争吵"。而小说中，克里希那和雅斯敏的爱情充满不和谐因素与反叛色彩。首先，雅斯敏已经订婚，她即将结婚。其次，他们宗教信仰不同，雅斯敏是穆斯林姑娘，而克里希那是印度教教徒，他们分属不同的宗教团体，这是他们爱情道路上难以逾越的障碍。在那个时代，男女间自由恋爱也不被允许。最后，雅斯敏被丈夫杀害，克里希那也因此远走伦敦。在这个故事中，安纳德维持神话中克里希那和罗陀故事原型中两人之间甜蜜而忠贞的爱情，而故事的幸福结局被解构，小说里的感情悲剧体现了作者对现代印度青年不幸爱情的同情。

安纳德在《泡沫》里还写了克里希那与爱尔兰姑娘艾琳的爱情。艾琳是爱尔兰独立运动的支持者和积极行动者，在反抗英国殖民统治这一点上，克里希那与艾琳志同道合，艾琳坚强的个性对克里希那来说是一种鼓励，在艾琳的帮助下，克里希那不仅在自己的大学学习中取得好成绩，还开始文学创作，他不仅逐渐从生活上习惯英国，在心理上也成熟起来。安纳德以女性帮助克里希那成长为目的，改写了黑天爱情故事中的娱乐性，也体现了安纳德对女性的尊重，肯定了女性在男性成长中的作用。

克里希那形象的象征性。在小说中，作者在借用克里希那这个人物形象的传统意象的同时，也突出了印度独立运动背景下，现代克里希那身上所具有的反抗压迫、争取自由的斗争精神。小说中克里希那形象对传统神话故事里克里希那性格的继承与发展，主要表现在克里希那反抗暴力、争取自由独立的斗争精神上。神话中，克里希那战胜暴君，推翻他的统治，让当地的牧民们过上安定的生活。小说中现代克里希那多次被政府抓捕入狱，但是他不顾父亲的反对，仍然坚持参加反抗斗争。面对镇压游行的警察，他以非暴力的沉默和坚韧，表明自己反抗压迫和争取民族独立的信心。克里希那面临的是争取国家独立的斗争，这和克里希那神对抗暴君的统治有一定的相似性。

所有文本都是互文的，先前的文本和文化环境的文本，或多或少地会以某种可辨识的形式再现于文本中。印度文学传统很丰富，自古以来，印度作家就有在创作中吸收和再现传统故事的习惯，和安纳德同期的作家拉贾·拉奥、纳拉扬等也同样在作品中插入印度传统故事，拉贾·拉奥在《棋王奇着》中，特意将莎维德丽的故事讲述一遍，以说明小说女主人公之一的法国女性苏珊娜对逝去的家人的思念。这些作家在对印度文化传统的审视中，重新认识印度文化的价值、悠久性和丰富多样性，从而对抗英国殖民者对印度文化的贬抑。印度读者熟悉和了解印度传统故事，对故事原型、人物原型的应用和改造，能缩短读者接受作品的距离感。同时，增加作品的民族性特点。安纳德早期作品关注印度社会问题，他希望小说能起到揭露现实和唤醒民众的作用，这些印度故事原型能很好地将作者的这种意图表现出来。

第二章 摩尔古迪的"创建者"——纳拉扬

在黑暗中，现实得以被燃亮；
在沉默中，外界的声音逐渐渗入。①

——［法］安东尼奥尼

社会无时无刻地向我们施压。上个世纪的进程也许可以描述成是青蛙从井里爬出来的过程。各种迅捷的运输方式，各式各样的交流方法——报纸、广播、电视，每一种发明创造都对井里的青蛙形成了冲击。青蛙再也无法单独地待着了。②

——纳拉扬

第一节 纳拉扬的生平与创作

一、生平简介

拉西普拉姆·克里希那斯瓦米·纳拉扬（Rashipuram Krishnaswamy

---

① 《云上的日子》：法国电影；导演安东尼奥尼；主演苏菲·玛索等。
② R. K. Narayan, *Next Sunday*, New Delhi: Orient Paperbacks, 1965, p. 8.

Narayanaswami Iyer，1906—2001），1906年10月10日出生于马德拉斯一个婆罗门家庭。纳拉扬自小由外祖母带大，外祖母经常给他讲印度的宗教神话故事。纳拉扬的舅舅曾在马德拉斯基督教学院学习，他不仅对古典泰米尔文学很有兴趣，而且很喜欢英语文学，经常在家里大声地朗诵莎士比亚的戏剧，这给幼年的纳拉扬留下了深刻的印象。到纳拉扬上中学之后，因为父亲被任命为迈索尔中学的校长，他也移居到迈索尔，转到那里的一所中学学习。此后，纳拉扬曾因父亲工作的调动几度转学，直到1926年才通过大学入学考试，1930年获得迈索尔大学文学学士学位。

  大学毕业之后，纳拉扬回到家乡，到一所学校里当历史老师，但学校有时还安排纳拉扬替缺课的物理老师或体育老师代课。这让纳拉扬无法接受，于是他离开了那所学校，到马德拉斯的《公正报》报社当记者。纳拉扬原本期望月薪最少有75卢比，可实际上他的工资从来没超过30卢比。就在当记者的时候，纳拉扬开始动笔创作长篇小说《斯瓦米和朋友们》。

  1933年7月，纳拉扬和姐姐一起住在哥印拜陀的时候，邂逅了他一生中最重要的人。有一天，纳拉扬突然看到一个窈窕秀丽的女孩正在从街上的水龙头处接水，纳拉扬对她一见钟情。这个女孩就是拉杰姆，当时她15岁。不久，纳拉扬便去向拉杰姆的父亲求婚。根据传统，占星家将两人的生辰星象图进行配算，结果，占星家说两人的星象不合。纳拉扬对此置之不理，另找了一个占星家给他们配算，这个占星家说他们的婚姻将是美满的，成全了他的心愿。1934年，纳拉扬与拉杰姆结婚。

  功夫不负有心人，经过不懈努力，1935年，纳拉扬的第一部长篇小说《斯瓦米和朋友们》终于出版了。然后，他辞去记者的工作，全心写作，成了一位专职作家。他曾总结自己早期的创作生涯："我的小说得到的评价都很好，可是销路很差，我很艰难地养家糊口。"[①] 不过，纳拉

[①] http://www.flonnet.com/fl1811/18110040.htm 06/05/2004.

第二章 摩尔古迪的"创建者"——纳拉扬

扬没有放弃写作。后来,他曾经对一个朋友说:"我也奇怪为何我如此鲁莽地做了这样一个疯狂的选择,如果再让我选择一次的话,我想我不会这么做。"① 幸好纳拉扬做出了这个"鲁莽"的决定,并坚持了下去,否则,我们或许就无法读到他后来创作的优秀作品了。

1936 年 3 月,纳拉扬迎来了他一生中又一个幸福时刻——他的女儿赫玛沃蒂出生了。可幸福的生活总是短暂的,1939 年,拉杰姆患了伤寒,缠绵病榻两个多月后逝世。妻子的病逝对纳拉扬是一个沉重的打击,接下来的几个月是他生命中最黑暗的日子。幸好还有女儿与他作伴,女儿成了他感情上唯一的寄托。纳拉扬还从音乐里寻求安慰,他学习弹奏维纳琴,得到了维纳琴大师 V. D. 艾衍格尔的指导。作为回报,纳拉扬当了 V. D. 艾衍格尔的英语老师,并帮助他取得了文学学士学位。拉杰姆是纳拉扬永远的爱人,他没有再婚。纳拉扬的丧妻之痛及最终平复,在他带有很强自传性色彩的长篇小说《英语教师》中有所反映。20 世纪 90 年代早期,由于受疾病困扰,纳拉扬离开迈索尔,到马德拉斯的女儿家居住。1994 年,不幸再次降临到纳拉扬身上,他挚爱的女儿赫玛沃蒂患癌症去世。纳拉扬以极大的毅力承受了又一次精神上的巨大打击。此后,赫玛沃蒂的丈夫钱德鲁一直留在纳拉扬身边,尽心尽力地照顾他,使纳拉扬可以继续创作。

纳拉扬一生中很少有外出活动。1956 年纳拉扬在洛克菲勒奖学金的赞助下到美国旅行了一次。1960 年,他到加尔各答访问。1961 年,因为小说《向导》获印度文学院奖,纳拉扬到德里领奖,第一次到了印度的政治文化中心。1964 年纳拉扬去苏联参加亚非作家文学年会。除了这几次外出活动以外,纳拉扬几乎一直生活在南印度。

纳拉扬一生中创作颇丰,获奖不少,赢得过多项荣誉。1958 年他的《向导》获得了印度文学国家奖。1961 年他获得印度文学院奖,

---

① http://www.flonnet.com/fl1811/18110040.htm 06/05/2004.

1964年获得莲花奖，1965年被授予利兹大学的名誉博士学位。1975年凭回忆录《我的日子》（*My Days*）纳拉扬获得美国说英语协会奖。1980年纳拉扬获本森奖章，成为皇家文学协会会员。1982年纳拉扬成为美国文学艺术科学院的荣誉会员。2000年他获得印度最高荣誉莲花奖金奖。纳拉扬还多次获诺贝尔文学奖提名。

2001年5月13日，纳拉扬在马德拉斯去世，享年95岁。

二、长篇小说创作

纳拉扬的第一部长篇小说《斯瓦米和朋友们》完成于1932年，他的最后一部长篇小说完成于1993年，在长达60余年的小说创作生涯中，共创作15部长篇小说：《斯瓦米和朋友们》（1935）、《文学士》（1937）、《暗室》（1938）、《英语教师》（1945）、《沙姆帕特先生》（1949）、《金融专家》（1952）、《等待圣雄》（1955）、《向导》（1958）①、《摩尔古迪的吃人者》（1961）、《卖甜点的人》（1967）②、《画广告牌的人》（1976）、《摩尔古迪之虎》（1983）、《爱闲聊的人》（1986）、《纳格拉吉的世界》（1990）和《外祖母的故事》（1993）等。

第一部小说《斯瓦米和朋友们》完成以后，纳拉扬找了多家出版社，都被拒绝出版。究其原因，恐怕是因为他是新手，没有什么名气，还需要名家的推荐。纳拉扬自己也许认识到了这一点，所以他把书稿寄给了在英国牛津大学的朋友基图·普尔纳，请他帮助出版。基图又设法把书稿送到著名英国作家格雷厄姆·格林的手上，得到了他的赏识。但格林还是对书稿提出了一些修改意见，建议纳拉扬将自己的名字缩短，去掉"Swami"，这样人们就不会误认为小说是他的自传，同时也便于记忆，纳拉扬接受了他的建议。后来，格林在谈到这本小说出版的过程时

---

① 纳拉扬：《男向导奇遇记》，李南译，上海：上海译文出版社1993年版。
② 拿拉扬：《卖甜点的人》，陈苍多译，台湾：新雨出版社1999年版。

第二章 摩尔古迪的"创建者"——纳拉扬

说:"一天,我的印度朋友普尔纳带给我一本被推销得令人厌倦的书稿——他的朋友写的一部小说,我把它放到桌子上几个星期都没有读。直到一个雨天,我才拿起来看,我想知道为什么它会被6家出版社拒绝。作者告诉普尔纳如果书稿不能出版,不要再把它带回迈索尔,干脆把它扔进泰晤士河。"① 在格林的帮助下,《斯瓦米和朋友们》终于在1935年由伦敦海米施·汉密尔顿出版社出版。作为一名文学新人,纳拉扬拿到的稿酬是很微薄的,只有五英镑十先令②。不过,对纳拉扬来说,稿费并不重要,重要的是作品得到认可。此后,纳拉扬和格林结下了不解之缘,纳拉扬的新小说完稿后,都会给他的朋友和良师过目。不过他们两人直到1956年才得以会面,当时纳拉扬要去美国,他在经过伦敦时作了短暂停留,见到了格林。他们之间的友谊长达50多年,直到1991年格林去世。

《斯瓦米和朋友们》讲述了生活在南印度小镇摩尔古迪的小学生斯瓦米、马尼、拉杰姆和桑卡尔4个小伙伴之间的有趣故事。这4个印度男孩的活力和纯真深深地吸引着读者,从他们身上,读者似乎能看到自己童年的影子。纳拉扬对儿童行为、心理的把握能力与幽默讽刺的笔法使小说获得了巨大的成功。

纳拉扬对儿童心理的刻画非常细腻。如斯瓦米把捉来的蚂蚁放进纸船里,扔到萨拉育河里,让纸船漂走。看到船被碰翻的时候,斯瓦米又想去救船上的蚂蚁,可已经无法找到蚂蚁。于是他捏起一点儿土,嘴里念念有词地为蚂蚁的灵魂祈祷,然后把土撒进河里。这一幕让读者感到十分熟悉亲切,觉得自己儿时似乎也做过这样类似的事。此外,还有上课时开小差、和朋友们打架又和好、对父亲又敬又怕、与奶奶的亲近等

---

① R. K. Narayan, *Introduction of the Bachelor of Arts*, Mysore: Indian Thought Publications, 1998.

② 参见 Volume 18 - Issue 11, May 26 - June 8, 2001, http://www.flonnet.com/fl1811/18111330.htm 06/05/2004。

都写得真实可感、如在眼前。

《文学士》中的主人公文学学士钱德拉是一位敏感的年轻人,一度陷入了他所接受的西方爱情婚姻观念的教育与现实生活的传统社会观念的冲突之中。钱德拉爱上了女孩玛拉蒂,想让父母去提亲,可家里不同意。在钱德拉的一再抗争和要求下,父母好不容易才同意去求亲,把钱德拉的星象拿去与女方相配。结果女方家说二人星象不合,钱德拉会克死女方,拒绝了这门亲事。后来,玛拉蒂与她的表兄结婚,钱德拉悲痛欲绝,离开家乡去了马德拉斯。经过一段时间的游荡后,钱德拉决心剃发出家,成了一名修行者,四处乞讨。在一次冥思中,钱德拉认为玛拉蒂只是在和他玩感情游戏,戏弄他。他决心摆脱回忆,远离爱情。于是钱德拉返回家乡摩尔古迪,可当他得知玛拉蒂一家已经搬走后又怅然若失。不久,钱德拉当了《每日信报》的代理,沉浸到工作的乐趣里。父母四处张罗着为钱德拉娶妻,起初他拒绝父母为他安排的婚事,但最终还是接受了。在见过女方苏希拉后,钱德拉感到满意。他们二人通过书信互诉衷曲,感情越来越深。钱德拉重新尝到了爱情的甜蜜。纳拉扬将钱德拉青少年时期对爱情的向往和追求刻画得十分细腻。爱情是年轻人的美好梦想,但少年心中梦想的幻灭也是人生必经的阶段,所以无须长吁短叹。

纳拉扬的第三部小说《暗室》描述了南印度一个中产阶级家庭里的一场小风波。《暗室》这个题目本身就有深刻的象征意义,主人公莎维德丽一直生活在丈夫提供给她的"暗室"中。莎维德丽是一名忠诚的妻子和3个孩子的母亲,她将自己的全部身心都投入家庭中,可丈夫还是经常对她进行无礼的指责。当莎维德丽得知丈夫拉玛尼与他的同事香德·芭伊厮混时,一怒之下离家出走,在走投无路的情况下跳河自杀,但被人救起。后来莎维德丽因为思念孩子,放弃抗争,放下自尊,回到了丈夫身边,继续忍辱负重地过着没有任何幸福可言的生活,最终选择了和孩子在一起的家庭的"暗室"。莎维德丽太软弱了,她是一个被传统束缚的盲目的囚徒，是一个悲剧性的人物。

1939年，纳拉扬的妻子因病去世，这对他的文学创作有着相当大的影响。纳拉扬的第四部小说《英语教师》就带有自传性，在一定程度上反映了纳拉扬痛失爱妻后的精神状态。小说采用第一人称叙事，可分为两部分，第一部分围绕着"屋子里的天使"展开，洋溢着浓郁的田园气息，散发着盎然的诗意。年轻的大学英语讲师克里希纳沉浸在爱情之中，中产阶级小家庭的日常生活就像一首美妙的诗歌，其中也有对生活中琐碎问题的幽默嘲讽。在这一部分结尾，克里希纳的妻子苏希拉患了伤寒，不治身亡，留下了女儿与他相依为命。第二部分讲了克里希纳虽然与妻子阴阳相隔，但他感到亡妻的灵魂仍时刻和自己在一起。妻子还借别人之手写信给他，让克里希纳可以与她交流，克里希纳的心情也因此逐渐轻松了许多。克里希纳在痛苦中逐渐明了生与死的意义，他接受了女儿上学的小学校长钱德拉（即《文学士》的主人公）的请求，辞去大学里的教职，负责管理那间小学。在恍惚中，苏希拉来到了克里希纳身旁，和他一起迎接黎明。但小说后半部分的描写过于虚幻，行文也枯燥单调。

印度独立后，纳拉扬出版的第一部长篇小说《沙姆帕特先生》讲述了同名主人公沙姆帕特先生的故事。沙姆帕特是一间小印刷厂的老板，他在经营印刷厂的时候，总是尽力按时完成订单。但由于印刷厂的设备逐渐落伍，工厂亏损增加，工人们罢工，他无法解决这些问题，结果，印刷厂倒闭了。后来沙姆帕特与以前的客户《旗帜》杂志的出版商斯里尼瓦萨合伙接收了一家制片厂。摆在他们面前的问题是：去拍一部以印度独立斗争为主题的现代电影，还是拍一部以情爱、对神的爱为主题的传统电影。他们最终选择了后者，斯里尼瓦萨放下原来的创作，又写了一个神话题材的新剧本。沙姆帕特和制片厂的会计拉维两人都爱上了招聘来的女演员香蒂，沙姆帕特千方百计地阻拦拉维，不让他接近香蒂。沙姆帕特对斯里尼瓦萨坦承想同时拥有妻子和香蒂，并说会对她们一视同仁，让她们都满意。在拍摄电影的最后一场时，湿婆的扮演者因要求加薪被辞退，于是沙姆帕特代演湿婆，他和扮演雪山女神的香蒂一起拍戏。正要拍湿婆拥抱雪山女神时，一直暗恋着香蒂的拉维丧失理智冲了出来，把香蒂抱走了。拉维被抓回来后心智失常，不认识任何人，后来家人送他到庙里去治疗。斯里尼瓦萨又重新办起《旗帜》杂志。香蒂离开了摩尔古迪，返回马德拉斯。沙姆帕特追随着去了火车站，从此下落不明。

在小说的开头，斯里尼瓦萨处于赋闲状态，每天无事可做，陷于沉思之中，后来他哥哥提醒他，让他担负起家庭的责任，他才决定去办杂志。斯里尼瓦萨的妻子和孩子从家乡来到摩尔古迪找他，当斯里尼瓦萨所住的社区的人们见到他的家人时，都感到很兴奋。在他们眼里，斯里尼瓦萨现在这样的生活才是正常的，他们热心地提醒他的妻子应该如何去对待斯里尼瓦萨。但是斯里尼瓦萨的家庭生活并不愉快，他与妻子的许多生活习惯不同，两人经常闹矛盾。杂志办不下去之后，斯里尼瓦萨去拍电影，却被卷入了更多的是非之中，不胜其烦。他愈是深入世俗世界，愈感到世界的混乱不堪，斯里尼瓦萨正统的印度教思想不断受到冲击。经过这一番折腾之后，斯里尼瓦萨的思想又回到了从前的清寂无为，他把一切都看作"业"，个人是无力与之抗衡的，只有俯首去接受。拉维的发疯和沙姆帕特的失踪都是他们前世的业造成的报应。印度的"业"成了解释一切问题的万能灵药，是人们获得心灵宁静的隐修之所。印度裔英国移民作家奈保尔说，这部小说实际上表达了"一种隐居哲学体系。这本我当成小说来读的小说，也是一种寓言，对印度教平衡观念作了一番经典阐释，此观念在外来文化、外来文学形式、外来语言的震荡中存活了下来，即使对那些新观念来说，它也是无害且受欢迎"①。这

---

① V. S. 奈保尔：《印度：受伤的文明》，宋念申译，上海：三联出版社2003年版，第23页。

第二章 摩尔古迪的"创建者"——纳拉扬

段话有助于我们更深刻地理解这部小说。

纳拉扬在 20 世纪 50 年代初至 20 世纪 60 年代初出版的《金融专家》《向导》和《摩尔古迪的吃人者》是 3 部非常优秀的小说。

《金融专家》通过马尔迦耶的浮沉揭露了现代生活中金钱至上的恶果。小说故事发生在摩尔古迪，位于马德拉斯附近，那里已经出现了银行、高校、印刷厂、旅舍、俱乐部和汽车等现代化建筑和用品。这里有像马尔迦耶这样的放债个体户，也有像马尔迦耶所租商铺隔壁的苍蝇乱飞的蔗糖仓库，还有像巴鲁随手将父亲的银行账本扔进去的阴沟。这是一座刚刚开始工业化的城市，开设了许多工厂，最大的工厂主是曼加尔·赛斯。但是，也有农村手工纱丽作坊，这家主人曾在作坊里为生病的孩子请祭司做印度教祭祀。

马尔迦耶是住在摩尔古迪的一个不太有名的经纪人，他每天坐在银行外面的榕树下，靠帮助村民贷款收取佣金而勉强糊口，家庭生活倒也和睦幸福。

摩尔古迪的大部分农民都急需用钱，他们找土地抵押合作银行贷款。小说中的银行工作人员因为太忙不肯为农民们解释账户中的一些细节，不给顾客第二张申请表，找各种理由推脱，比如不告知没带存折的农户账户细节，强迫他们接受"现金和实物补偿"。这些事实都表明银行工作人员收受贿赂，他们对农民没有足够的同情，不肯施以援手。

由于农民们大多没受过教育，不清楚银行的条款，他们需要马尔迦耶帮忙填申请表，用按手印的方式来签名。他们内心都有自卑情结，从他们对待银行工作人员时的不自信就可以看出，尽管马尔迦耶试图让他们明白他们才是雇主，那些工作人员只是雇员而已。

有的农民借钱不是为了生产，而是为了消费，比如，为女儿的婚礼。在印度农村，女儿结婚是一件很花钱的事情。新娘的父亲希望给更多嫁妆给新郎，期望新郎能好好对待自己的女儿。

一天，银行的部长派仆人叫马尔迦耶到他那里去一趟。由于部长仆人说话的语气和腔调十分傲慢，让马尔迦耶觉得受到了莫大的侮辱，他拒绝前去。后来仆人不得不恳求和道歉，马尔迦耶这才感到满意，去见了部长。不过，这给他带来了麻烦，部长说他偷了银行的申请表，威胁要把他送进监狱。

马尔迦耶觉得是因为他没有钱，部长才会这样对待他，感到不堪其辱。于是，马尔迦耶在祭司的指点下向财富女神拉克什米①祷告了40天，随之，他的命运开始好转。当马尔迦耶为了敬神仪式的需要去采红莲花时，他遇到了记者帕尔博士，应邀到了帕尔的住处。帕尔把自己《床上生活》一书的书稿给马尔迦耶看，并劝他买下书稿。马尔迦耶买下帕尔的书稿，改名为《家庭和谐》出版。不料，小说出版后大受欢迎，马尔迦耶名利双收。他将所得的收入投资开办了一家高息融资银行，生意之兴隆完全超出了他的预料。马尔迦耶作为私人银行家迅速崛起成功拥有巨额票款的例子说明摩尔古迪有充足的资金，为了得到这笔钱马尔迦耶必须支付高达20%的利息，而政府银行因为他只愿支付3%的利润没能批准马尔迦耶的贷款。

帕尔经常带着马尔迦耶的儿子巴卢到各处俱乐部吃喝嫖赌，俱乐部的存在表明这里有许多有钱人可以消费娱乐，同时也表明俱乐部这样的地方对人的道德有负面影响。

马尔迦耶为此感到不满，一怒之下动手打了帕尔。帕尔于是编造谣言中伤他，使大批储户从马尔迦耶的银行取款，从而导致他的银行破产倒闭。这表明储户们并不觉得钱放在私人银行里是安全的，若有一丝威胁他们就会把钱取出来。他们的钱没有保障，银行家们的破产和储户们的低回报让他们神经兮兮。

马尔迦耶剩下的财产仅仅是盒子里的一支笔和一瓶墨水。他别无他法，只好让儿子像他从前那样到银行的树下坐着工作。他儿子感到丢脸

---

① 印度女神拉克什米是财富和繁华的象征，她将那些财富赠给她所喜爱的崇拜者。

第二章 摩尔古迪的"创建者"——纳拉扬

不去,马尔迦耶则说他身体一康复就会重新去那里工作。这种讽刺性的循环使马尔迦耶想起了一个古老的教训:财富和宁静不能在一起。马尔迦耶贫穷—富有—贫穷的经历就像一场梦,一切又回到了从前,生活还是要继续下去。

在小说中,纳拉扬还提到了摩尔古迪的一些政治活动。比如,市长选举在这里举行,候选人在选举前耍手段,迅速完成了一系列民生举措以赢得选票;市政官员直到下一次选举前才将姆塔利街上的臭水沟弄干净,大家都说"他们要的只是选票罢了"。混迹政坛的人很清楚,他们既可以利用自己的位置为人民谋福利,也可为自己拉选票。这一现象还让人们明白,选民的记忆力都很差——他们把票都给了那些一时装模作样的人,而不是在过去一直为他们服务的人。和政治领导人一样,他们的眼光都只放在了现在而非久远的未来。

总之,R.K.纳拉扬在《金融专家》中采用现实主义手法,通过小城市、村庄和农村表现了印度在现代化发展过程中的方方面面。

《向导》的主人公拉朱是一名导游,他和一位古板的学者马克的妻子罗西叶相恋,并帮助她成为有名的专业舞蹈家。为了得到马克给罗西叶的珠宝,拉朱不惜冒险伪造她的签名,但偷鸡不成蚀把米,珠宝没有到手,他自己却锒铛入狱。出狱后,拉朱到一间破败的庙里栖身,他随口说出的三言两语解决了村民维兰的问题,因此被当作圣人。为了生存,再加上自己的虚荣心作怪,拉朱欣然扮演了这一角色。在村子遭到大旱时,村民们却为了一点儿小事打斗。拉朱为了停止械斗,让维兰的弟弟传口信给维兰:"他们要是再不变好,我可就不吃东西了。"① 可维兰的白痴弟弟给误传了,拉朱的话被村民们误解,他成了为民绝食祈雨的大救星,拉朱头上的圣人光环变成了致命的绳索,几乎要了拉朱的命:"拉朱睁开眼睛,向四周环视了一下,说道:'维兰,现在山里正在

---

① 纳拉扬:《男向导奇遇记》,李南译,上海:上海译文出版社1993年版,第102页。

下小雨呢。我已经能够感到雨气正从我的脚下升起,顺着我的腿往上升。'说着,他身子一软,便瘫倒下去了。"① 假圣人的真心祈求是否带来了雨水,小说并没有清楚地告诉读者。在拉朱的幻觉中,雨似乎就要来了。往事云烟散尽,只留下了广袤的无限空间和一片虚无与空白。

拉朱从一个开杂货店的向导转变为半勉强半自愿的圣人是由一系列的偶然事件造成的,但这些事件会发生在印度就不是纯粹的偶然了。印度学者萨瑜格·亚特(Saryug Yadav)博士通过分析印度人的宗教行为和语言方式,指出了拉朱被村民当作圣人来看待的深层原因:"在印度的宗教结构中,一旦人们把拉朱当作圣人,他们就再也不会将他当作普通人对待,也不会使他降到普通人的程度。一般说来,也许每种信仰都存在荒诞性,但是,信仰一旦形成,它就变得坚不可摧,并以奇迹般的速度和力量传播,而它的纯粹性是与它一经确立人们就再也不允许它衰落联系在一起的。"②

在纳拉扬的所有小说中,《向导》的结构是最精妙的。小说采用现在和过去交错的方式来展开整个故事情节,拉朱出狱后的经历与他之前当向导的经历交织在一起,作者全知的叙述与拉朱本人自传式的叙述相结合。小说从拉朱在破落的村庙里被当作虔诚的圣人开始,以他在同一地点被迫冒死绝食结束,形成了完美的环形结构。小说在叙述拉朱的戏剧性经历的同时,探索了人生的名誉、爱情和偶然性等问题。《向导》还被美国导演改编成电影,搬上银幕。电影虽然对小说的改动很大,许多地方不符合原作,但依然受到了观众的广泛欢迎。纳拉扬为避免混淆视听,特意在《被误导的〈向导〉》一文中讲述了导演写信与他联系及电影拍摄的过程。导演为画面的好看,不顾小说的背景是在南印度,而跑到北印度选景。不顾作者本人的强烈反对,导演任意地删改情节,还

---

① 纳拉扬:《男向导奇遇记》,李南译,上海:上海译文出版社1993年版,第265页。
② Dr. Saryug Yadav, *The Guide: A Journey to the Soul of India* in Indian Novelists in Englsih: Critical erspectives, ed. By Amarnath Prasad, New Delhi: Sarup & Sons, 2000, p. 27.

第二章 摩尔古迪的"创建者"——纳拉扬

为吸引观众加入了老虎等。但不管怎么说,电影的放映进一步扩大了纳拉扬的知名度。

在《摩尔古迪的吃人者》中,纳拉扬把道德训诫通过对印度尸磨①神话的改写表达出来。那名现代的尸磨名叫瓦苏,他是个动物标本制作师,一名自私自利的无神论者。瓦苏来到摩尔古迪镇纳特拉吉的印刷厂印制名片。瓦苏人高马大,他蛮横地强占了纳特拉吉楼上的储物间,作为起居室和工作间。

瓦苏在未能得到政府授予的狩猎权的情况下,就擅自到迈姆比森林里偷猎,还射死了纳特拉吉的猫。瓦苏的行为引起了摩尔古迪居民的不满,他们尤其反对瓦苏射杀大鹏,因为印度教徒认为大鹏是毗湿奴大神的坐骑。当人们谴责瓦苏的时候,他狡辩说:"我只是想让毗湿奴偶尔用脚走走路。"② 瓦苏还很喜欢猎杀老虎。纳特拉吉生长在一个把杀死一只苍蝇都看作罪过的家庭,当他第一次看到瓦苏放在吉普车后座上的老虎头时,差点吓晕过去。

纳特拉吉想通过法院将瓦苏赶走,瓦苏听说后反而恶人先告状,将纳特拉吉以违法出租房屋和对房屋维修不善的罪名告到房屋租赁委员会。更有甚者,瓦苏还将纳特拉吉丢在森林里,想让他在森林里受罪,但纳特拉吉还是想方设法回到了家里。纳特拉吉的助手萨斯德利看透了瓦苏的本质,说他的行为就像一个罗刹——力大无比,虽然很有能力,却不尊重人类或神灵,超出了法律的约束。"不过总有一天,他会被打败的。"③ 萨斯德利列举了许多例子来证明自己的观点,最后,他提到了尸磨的传说,并说在现实中也是这样:"每个人都以为自己很伟大,会

---

① 尸磨(Bhasmasura):据《往世书》记载,他从湿婆那里得到恩惠——他把手放到谁的头上,谁就立即化为灰烬。后来他想去加害湿婆,毗湿奴变成一个美丽的少女,骗他碰到了自己,于是罗刹被烧成了灰。

② R. K. Narayan, *The Man-eater of Malgudi*, London: William Heinemann Ltd., 1961, p. 64.

③ R. K. Narayan, *The Man-eater of Malgudi*, London: William Heinemann Ltd., 1961, p. 96.

长生不老,没有人能猜到自己的末日何时会到来。"①

一天,正当纳特拉吉忙于印刷厂工作时,瓦苏的情妇兰吉突然登门造访。兰吉告诉纳特拉吉:瓦苏正秘密筹备要在节日晚上游行的时候,射杀大象古马尔。纳特拉吉去劝阻瓦苏放弃这个邪恶的计划,被瓦苏拒绝。纳特拉吉只有向毗湿奴大神②祈祷呼告:"啊,毗湿奴大神!救救我们的大象吧,救救所有无辜的男男女女吧!"③ 纳特拉吉潜入瓦苏的住处,拿走了他的枪。可是瓦苏还有别的枪。节日过后,人们意外地听到瓦苏的死讯。最后,一切真相大白:瓦苏为了打额头上的蚊子而不慎打死了自己。瓦苏非常讨厌蚊子,他以前曾说过:"为了打死一只蚊子,我会跑上一里路,不管是白天还是晚上。"④ 瓦苏毁灭的意义通过萨斯德利之口揭示出来:"在他的身上留着一切毁灭自我的力量……恶魔就在他的内心,而他自己却不知道。自我毁灭的种子在稀薄的空气中,在最意外的时刻长大。否则,将来人们会遇到些什么事呢?"⑤ 通过瓦苏的故事,纳拉扬表明了自己对邪恶的看法:"邪恶的强人总是很鲁莽,直到他被自己迅速增加的恶行毁灭。自我毁灭的种子就藏在恶行里面,毁灭的命运是由他自己的习性决定的。"⑥ 这部小说实际上是一个道德寓言。

1955 年出版的《等待圣雄》是一部以甘地自由斗争为背景的小说。纳拉扬主要是通过性格软弱的斯里拉姆与坚毅的国民志愿者帕勒蒂的爱情故事,表现 1942 年印度独立斗争的情况。但是,斯里拉姆转变为一名为独立而斗争的战士过于突然,小说没有揭示出其深刻的思想动机,让人感到不可信。

---

① R. K. Narayan, *The Man-eater of Malgudi*, London: William Heinemann Ltd., 1961, p. 97.
② 印度教圣典《薄伽梵歌》第八篇记载,象王贾金德拉(Gajendra)在与鳄鱼的交战中陷入危险,因此,象王向毗湿奴呼告,毗湿奴解救了它。
③ R. K. Narayan, *The Man-eater of Malgudi*, London: William Heinemann Ltd., 1961, p. 183.
④ R. K. Narayan, *The Man-eater of Malgudi*, London: William Heinemann Ltd., 1961, p. 26.
⑤ R. K. Narayan, *The Man-eater of Malgudi*, London: William Heinemann Ltd., 1961, p. 242.
⑥ R. K. Narayan, *The Man-eater of Malgudi*, London: William Heinemann Ltd., 1961, p. 8.

第二章 摩尔古迪的"创建者"——纳拉扬

而纳拉扬的另一部小说《卖甜点的人》却缺少一个明确的主题。主人公迦甘是个卖糖果的小贩,也是一位甘地主义者。他的独生子马利从美国带回了一名美韩混血女友和一个生产小说制造机器的计划。迦甘认为儿子被西方文化诱惑了,感到失望,最后离弃了世俗世界。纳拉扬的目的是描述两代人之间的冲突、东西方文化的对立,还是为了证明在现代世界中甘地主义的作用,从小说看来并不十分清晰。

纳拉扬1976年出版的《画广告牌的人》讲述了年轻的广告牌画家拉曼与计划生育中心的负责人黛西之间关系的变化。起初拉曼爱上了黛西,但是被黛西拒绝,后来,两人再次相遇,成了情人。拉曼以为他们会结婚,可黛西还是离开了拉曼,继续在村里做计划生育工作。纳拉扬在这里刻画了一个完全不同于《暗室》里莎维德丽的现代女性形象,黛西独立自主,坚强果断,有自己的主张和追求。

1983年纳拉扬出版的《摩尔古迪之虎》通过一只老虎拉金的视角讲述自己的遭遇。拉金原本生活在森林里,它被猎人捕获之后被迫在马戏团接受训练,表演节目。后来拉金从马戏团里逃出来,接受一个云游僧人的精神指导之后返回了森林。这部小说将神话与动物寓言结合起来,作者对老虎的行为描绘栩栩如生,对老虎的心理描写细致入微,非常动人。

小说《爱闲聊的人》的讲述者是摩尔古迪的年轻记者——著名的TM(Talkative Man 的缩写)。正如他的名字所表达的意思,他总是在不停地说话。这篇小说讲了他与拉伦博士之间的冲突。拉伦自称联合国的研究人员,为了写书而到摩尔古迪搜集资料。拉伦宣称那将是一本伟大的书,会动摇人们现在所了解的人类知识和生活基础。起初TM对拉伦非常尊敬,还邀请他住到自己家里。后来TM发现他不是什么研究员,而是一个骗子。拉伦到摩尔古迪之后,又想诱拐一名女中学生——摩尔古迪图书馆馆长的孙女。TM设法救了女孩,并把拉伦赶出了摩尔古迪。

《纳格拉吉的世界》讲述的是住在摩尔古迪卡比尔街的老人纳格拉

吉的故事。纳格拉吉的日常生活就是拜神和学习梵语,他想写小神纳拉德的故事,可是纳格拉吉宁静的生活被侄子提姆和侄媳萨罗佳破坏了。提姆总是召集一帮朋友到家里玩,萨罗佳则喜欢放一些让纳格拉吉听不惯的音乐。纳格拉吉表面上是家长,实际上他的妻子悉达才是一家之主。每当纳格拉吉无法忍受家里的嘈杂和妻子无休止的质问时,便出去散步。回到家中,纳格拉吉鼓起勇气对妻子说出自己的感受——家里太乱了,不安静,没有地方可坐。可他的话没有说完就被悉达顶了回去。两人争论的结果是:悉达说服纳格拉吉放弃写什么关于纳拉德的故事,转而写毗湿奴的化身侏儒——瓦摩那①的故事。纳格拉吉跟着悉达来到走廊上,把正在椅子上睡觉的提姆的朋友们叫醒,让他们离开。萨罗佳的音乐停了,她有点生气地走出来说提姆让他们等他的。纳格拉吉却笑着回答说,他相信提姆在街道的拐弯处等着他们呢。萨罗佳没有理睬他,嘟嘟囔囔地回了房间。通过对纳格拉吉狭小生活天地的描写,纳拉扬揭示了在我们热爱和生活的世界中,我们首要的职责是对自己负责,而不是逃避。

纳拉扬的最后一部长篇小说《祖母的故事》讲述的是叙述者(纳拉扬)祖母的母亲——巴拉的婚姻故事。纳拉扬说这是从祖母那里听来的真实故事。

据纳拉扬猜测,故事可能发生在1857年印度士兵发动起义前东印度公司统治时期,那时印度很流行童婚。巴拉7岁的时候与10岁的维斯沃在庙里成亲。结婚后,他们除了短暂的会面外,继续住在各自家中。一天,维斯沃神秘地失踪了,他只告诉巴拉他跟着一些朝圣者去潘德里。维斯沃一去多年,音讯全无。巴拉很难在村子里立足,因为人们总

---

① 在印度神话传说中,为了惩治国王巴里的傲慢,毗湿奴化身为侏儒瓦摩那,请求国王赐给他三步土地,当国王把这种恩惠赐给他的时候,侏儒就变成了毗湿奴的巨人身形,第一步就迈过大地,第二步就迈过大气,第三步就迈过天空,把巴里赶入地狱,于是他就在那里一直统治到现在。

第二章 摩尔古迪的"创建者"——纳拉扬

是在议论她,说她是一个寡妇。庙里的祭司来到巴拉家里,不让巴拉到庙里去拜神,让她穿上白色的衣服,就像一个寡妇那样。巴拉非常生气,选择了离家出走,她决定去寻找自己的丈夫并把他带回来。巴拉在浦那找到了维斯沃。维斯沃已经是一名富商,还另娶了妻子。坚强勇敢的巴拉从维斯沃后娶的妻子手中夺回了自己的丈夫,把他带回了村子。巴拉如愿以偿,成为维斯沃娴静忠诚的妻子,还生育了4个子女,维斯沃做起了珠宝生意。巴拉逝世以后,维斯沃75岁时又续弦,最后被续弦的妻子的母亲毒死了。纳拉扬的叙述经常被真正的事实、含糊的猜测和他与祖母之间的谈话打断。这是一部写作难度较大的小说,但纳拉扬凭借高超的写作技巧将它们处理得恰到好处。纳拉扬诙谐幽默的笔触,以及他对南印度婆罗门社会风俗习惯的描写给人以深刻印象。

纳拉扬小说的语言通俗易懂,十分准确,简洁和丰富的表达方式是他的整体风格特征。作家通过一个简单的句子,有时甚至是一个短语、一个单词,就可以非常生动地说明一个物体的特征,表现出一个人物的性格。例如,罗西叶因为与丈夫吵架而眼圈发红,双眼含着泪花,她穿着褪色的棉布纱丽,头发蓬乱,没有化妆,可拉朱看到她这副样子,却奉承道:"你就这样外出吧,没人会介意的。""有谁会为一条彩虹装饰打扮呢?"[①] 寥寥数语生动地表现了拉朱的巧言蜜语和他对罗西叶的爱慕之情。在其他作品中,如《文学士》中,学生们非常憎恶教授英国文学课的英国老师——格加帕迪先生,因为他非常狂妄自大,批评每一个人的英语水平,还说没有任何印度人能够用英语写作。在一次讲莎士比亚戏剧的课上,格加帕迪要求学生不停地埋头记笔记。钱德拉写累了,放下笔休息,结果被格加帕迪逮到,大发雷霆,斥责钱德拉。就在这时,"下课铃响了。格加帕迪想继续讲课,但是两百个'奥赛罗'的复制品

---

① 纳拉扬:《男向导奇遇记》,李南译,上海:上海译文出版社1993年版,第73页。

大声喊着下课，就像来复枪的射击声"①。通过这种讽刺的手法，让读者充分感受到青年学生对格加帕迪蔑视印度人的不满。另外，作家对反讽的运用也非常准确，如在《摩尔古迪的吃人者》中，纳特拉吉和瓦苏之间的对话就颇有代表性，纳特拉吉问："到什么时候老虎才可以作为宠物来养呢？"瓦苏回答说："要到它开始拍打你的手背的时候，对吧？"②

纳拉扬以一名"幽默作家"闻名，同时，他的大多数作品充满了讽刺的笔调。讽刺就像纳拉扬作品的循环系统，渗透到了小说的毛细血管中。他的讽刺既有幽默的同情，也有辛辣无情的嘲讽，同时讽刺方法随着讽刺对象的不同而有所变化。如作家以尖刻的讽刺嘲笑了卫生部官员的无礼、学校僵化的教育体制和人们对"圣徒"的盲目崇拜。在《向导》的结尾，作者讽刺的鞭子打在了美国商人和印度当局身上。美国电视台的负责人并不理解人们欢乐的心情和他们对圣人的敬畏，只为在那里拍一部纪录片赚钱，其余的对他们来说没有任何意义。此外，为了支持这种宗教感情，印度当局投入大量资金增开到拉朱那里去的专列，派专人照看他，却没有给遭受旱灾的农民一个安那（印度币值单位）的救助。

多年以来，纳拉扬的许多小说都不断再版，畅销不衰，这充分证明了其小说的艺术魅力。

三、短篇小说创作

纳拉扬在短篇小说的创作上也取得了不小的成就，共出版了6部短篇小说集：《劳莱伊路》(1969)、《一匹马与两只山羊》(1970)、《占星家的一天》(1947)、《摩尔古迪的日子》(1982)、《菩提树下》(1985)和《盐与木屑》(1993)。

---

① R. K. Narayan, The Bachelor of Arts, Mysore: Indian Thought Publications, 1965, p. 25.

② R. K. Narayan, *The Man-eater of Malgudi*, New York, 1961, p. 175.

第二章　摩尔古迪的"创建者"——纳拉扬

纳拉扬的短篇小说语言通俗简洁，对人物的心理描写细腻生动，在看似平常的事件和叙述中，悄然地显出其不寻常的一面。纳拉扬以轻柔的笔触和自然清新的风格来叙述事件，刻画人物，很有表现力，看似轻描淡写，但又充满了惊奇。如《罗马雕像》这篇小说讲述"我"——考古学家的助手——在河里沐浴时，发现了一尊只有一条胳膊、一只眼睛、没有嘴巴的雕像。经考古学家鉴定，它是公元前3世纪的一尊罗马雕像。所有的新闻媒体都报道了这一发现，"我"和考古学家因此成了名人，被邀请到各地去演讲，我们还打算写一本书。但"我"当再次回到发现雕像的地方，与一个陌生人聊天时，才得知那尊雕像原来是庙里的，是被一个醉汉打坏之后扔进河里的。当"我"告诉考古学家这个真相的时候，考古学家大为恼火，毁掉了书稿，把"我"辞退了。所谓的考古学家不过是不学无术、追风捕影之徒，众人也是被无知蒙蔽的愚人。

英国作家吉卜林曾说过："西方是西方，东方是东方，它们永不会相遇。"① 可是，当东方和西方相遇的时候，会发生什么样的故事呢？《一匹马和两头山羊》中，克里登村贫苦的老牧羊人摩尼放羊的时候坐在村边一匹马的塑像下休息，这时来了一个做咖啡生意的美国人想买那座塑像。他与摩尼攀谈，摩尼不会英语，商人不会泰米尔语，他们二人都以为对方能听懂自己的话，于是凭着揣度"交谈"，实际上他们的对话完全不沾边。谈完以后，商人给了摩尼一百卢比，摩尼以为他要买他的两头山羊，高兴地拿着钱回家，商人把塑像装进汽车运走了。东西方相遇后，根本无法对话。他们这样的"交谈"，虽然谁也不知道对方说的是什么，却有了结果，真是让人忍俊不禁。

纳拉扬的短篇小说也多次写到摩尔古迪的人和事。摩尔古迪的日常

---

① 欧·亨利：《欧·亨利短篇小说选》，王楫、康明强译，南京：译林出版社2010年版，译本序。

生活是悠闲宁静的,那里的一切变化都是缓慢的。可当你透过事物的表面去看本质时,就会发现一些并不寻常的东西。如《尼迪亚》中,尼迪亚两岁的时候得了一场重病,他的父母在庙里许愿说如果他安然无恙,就会给他剃光头,采用适当的仪式来献上头发。尼迪亚果真活了下来。18 年后,尼迪亚的父母打算去庙里还愿,尼迪亚被迫前去,可到最后,他还是没同意剃头。"Nitya"一词梵语的意思是"永恒、常住",但是,践行许愿这种传统还是没有得到"永恒",传统被年轻人打破了,表明了年轻人对父辈思想和传统仪式的反叛。

纳拉扬的短篇小说通过简洁、自然的叙事,传达了具有普遍性和哲理性的一些东西,揭示事物深层的含义,让真相暴露无遗。如《像太阳》中,教师塞格勒有一天决定试验一下全天都说真话会有什么样的效果。于是,早餐时,他说妻子做的饭不好吃,妻子很不高兴;到了学校,听到一位同事去世,别人都说那个同事人很好,塞格勒则毫不避讳地说他是一个刻薄自私的人;后来他又对校长实话实说,建议校长不要继续练习唱歌,因为校长的嗓音实在太糟糕。结果,塞格勒晚上回到家里,妻子阴沉着脸,对他不理不睬。第二天,校长告诉塞格勒,说接受了他的建议,不再练习唱歌了,但让他 24 小时之内把 100 份试卷批改出来——实际上这是校长对塞格勒讲真话的惩罚。原来讲了真话是要受到惩罚的。如此看来,人们彼此之间岂不是都很少讲真话,都不真诚,人们每天不是生活在谎言之中吗?或许这就是社会现实。当然,我们并不是要完全讲真话,善意的谎言有时也是美丽的。8 岁男孩多度一次听哥哥说写了字的棕榈树叶可以到图书馆卖钱,于是他就在棕榈树叶上写字,跑到图书馆。多度找到一位博士,拿出写了字的棕榈树叶。那位博士果真用他所有的铜币——4 个安那买下了那些树叶(《多度》)。小男孩的天真让人觉得好玩,博士的善良让人看到了人性之美。

摩尔古迪不是世外桃源,在赞美和歌颂那里淳厚的乡土人情的同

第二章 摩尔古迪的"创建者"——纳拉扬

时,纳拉扬也毫不留情地揭露了那里的丑恶现象。在《半个卢比的价值》里,纳拉扬笔下的米店老板苏比亚为富不仁,在饥荒时期趁机抬高米价,不择手段地聚敛钱财。不过恶有恶报,饥民们发起了暴动,当他们强行打开苏比亚的粮仓时,发现苏比亚已经被倒下来的米袋压死了。那里穷人的生活很不幸,为了4个卢比,他们有时不得不冒着生命危险,帮人从很深的井里捞水桶,水桶捞出来后谈好的价钱还会被克扣(《四个卢比》)。乞丐的生活更是悲惨。聋乞儿萨米逮到一只猴子,他教猴子一些小把戏,以此谋生。一天,他们被叫到一户人家表演,可猴子去抢桌上的面包,吓哭了那家的小孩。萨米被粗暴地赶了出来,无法唤回猴子。萨米只能回到老地方继续乞讨(《聋哑伙伴》)。1947年10月的教派冲突让人们变得疯狂,报复行为引发了更多的流血事件(《另一个团体》)。这让读者看到了摩尔古迪混乱和丑陋的一面。

纳拉扬坚持认为小说应该像印度的神话和传说那样,只是讲故事:"小说家不是社会改革家,他是一个讲故事的人,重复着神灵们为了消遣、娱乐而做的工作。"① 而要成为一名讲故事的能手,小说家应该依靠直觉,直接地感受他要描写的事物,"生活的影响是直接的,你也要用非常直接的方式来表达自己"②。纳拉扬相信,只要小说家用善于发现的眼睛去观察,印度的素材取之不尽。纳拉扬的机智幽默和善于思考的洞察力给人留下了深刻印象,他挖掘出现实的奇妙和客观的偶然,再加上幽默讽刺的评述,这正是他作品的力量所在。

除了小说创作之外,纳拉扬还著有游记《美国之旅》、散文集《我的日子》、民间故事集《众神、诸魔与其他》等。

---

① Margaret Berry, *R. K. Narayan*: "Lila and Literature", in *The Journal of Indian Writing in English*, 1976, p. 3.

② O. P. Saxena, *Glimpses of Indo-Anglisn Fiction*, New Delhi: Jaisons, 1982, Vol. I, p. 25.

第二节 纳拉扬笔下的"摩尔古迪王国"

纳拉扬的 15 部长篇小说中,除了最后一部《外祖母的故事》以外,都是以南印度的一个小镇——摩尔古迪为背景,许多短篇小说中的故事也是发生在这个虚构的小镇。这与美国作家福克纳①小说里的约克纳帕塔法县和杰弗生镇,以及英国哈代②笔下的威克塞克斯郡相似。因此,文学批评家经常将纳拉扬与福克纳、哈代进行比较。

在 1930 年的 9 月,一个由祖母选定的"吉祥的"日子,纳拉扬打开一本新的练习本,等待着灵感的迸发。"现在是星期一早晨",当纳拉扬写下第一行字时,他的脑海里突然出现了一个小火车站,于是它的名字——摩尔古迪跃然纸上,这个虚构的小镇从此诞生了。摩尔古迪不在迈索尔,不在马德拉斯,也不在哥印拜陀,它就在南印度——作家生于斯、长于斯的这块土地上,矗立在印度那神奇而坚实的大地上。摩尔古迪的诞生和作家的创作想象力绝不是空穴来风,它不能从作者早年在马德拉斯的童年生活中剥离出来。纳拉扬在他的传记中指出,不管经过多少年,"我们还是我们,不论你刚刚长大成人,还是已经到了耄耋之年。在内心深处,那种存在的感觉总是相同的。我没有觉得自己 10 岁在马德拉斯的时候和如今在迈索尔有什么不同。在我的内心深处,我与以前是相同的,没有任何改变"③。

---

① 福克纳(William Faulkner,1897—1962):福克纳绝大多数小说的故事发生的背景都在他虚构的美国密西西比州的约克纳帕塔法县和杰弗生镇。

② 哈代(Thomas Hardy,1840—1928):英国作家,他创作了一系列以威克塞克斯郡为背景的乡土小说。

③ http://www.flonnet.com/fl1811/18110040.htm 06/08/2004.

第二章 摩尔古迪的"创建者"——纳拉扬

一、摩尔古迪的人情世故

纳拉扬的摩尔古迪系列小说描写的生活场景都发生在摩尔古迪。作者生动地描写了小镇的萨拉育河、劳莱伊街、马克特街、迈姆比森林、纳勒帕山谷和艾伯特教会学院等。虽然有人指责这些地方的地理位置在小说中的安排不合比例,但是并不妨碍读者对小镇的喜爱,因为它们在作者笔下是如此真实可感。摩尔古迪总是为小说中的人物提供一个现实的真正的表演场所。纳拉扬不是一位诗人,虽然他不能让我们闻到哈代小说散发的牧场和道路的芬芳,但是他细腻的笔触和生动的人物形象同样使我们亲身感受到摩尔古迪的生活氛围。英国作家格雷厄姆·格林说每当他读完了一本纳拉扬的小说手稿时,常常会期待地想:在摩尔古迪,下一个遇到的将会是谁呢?对格林来说,摩尔古迪的街道、河流和那里的人物,比伦敦的巴特尔西和尤斯顿更加熟悉。①

纳拉扬倾向于对事物作细致的观察,他对微小细节予以持续关注,而不是进行宏大的场面描写。他的小说中没有什么大人物,只是一些天真的孩童、平凡的普通人,如知识分子钱德拉(《文学士》)、金钱至上主义者马尔迦耶(《金融专家》)、向导拉朱(《向导》)、动物标本制作师瓦苏(《摩尔古迪的吃人者》)和小店主迦甘(《卖甜点的人》),等等。他们的婚姻、家庭、事业,他们的喜怒哀乐、悲欢离合,不同人物的命运纷纷呈现在读者面前。同一人物,尤其是主要人物反复出现于不同的故事中。如《文学士》中的钱德拉,后来在《英语教师》中出现了,到了《沙姆帕特先生》里又借一位老人之口,点明了他最后的命运——在租来的房子里自缢身亡。

纳拉扬用他的生花妙笔将南印度小镇摩尔古迪的生活场景、错综复杂的人际关系、小镇里的普通男女勾画得栩栩如生,让读者熟知,一见

---

① http://www.flonnet.com/fl1811/18110040.htm 06/08/2004.

难忘。纳拉扬也许没有写尽每个人和每件事,可他对有代表性的知识分子、商人和放债人的描写,使我们清楚地感受到真实的生活的精神。作家不拘泥于外部世界的限制,深入人的"内心世界"。纳拉扬可以说是一位一流的心理学家。如在《文学士》中,对钱德拉的心理描写,他责怪玛拉蒂带给他的痛苦,骂她是魔鬼。纳拉扬生动地刻画了钱德拉失恋后的唐突、莽撞,以及对玛拉蒂的无理指摘。作家在塑造人物时,总是通过他们的生活经历展示其复杂的性格,使人物形象鲜明生动。纳拉扬自己曾说:"我自己所认可并要重点刻画的是主人公的性格。如果主人公的性格鲜明,那么对我而言,其他的就很容易了,背景和次要的人物都可以按照我的想法来塑造。"① 长篇小说《暗室》《文学士》和《英语教师》等采用的都是这种手法。英国作家格雷厄姆·格林曾这样评价纳拉扬小说中的人物:"当你合上书的时候,最后一页中的人物马上就消失到生活的洪流之中去了。"② 这绝非溢美之词。纳拉扬是印度裔移民作家奈保尔非常欣赏的作家,奈保尔在《印度:受伤的文明》中写道:"作者(指纳拉扬——笔者注)深切思考着那些在底层继续的卑微生命。"③ 但纳拉扬的小说绝不是奈保尔所认为的"它根本不是基于历史。它是悬在空中"④,正如我们在前面指出的,摩尔古迪里的人和事虽然是纳拉扬虚构的,但它表现出的艺术真实性却具有代表性,那些事件有可能就在南印度的某个地方发生着。

纳拉扬的摩尔古迪系列小说的第一部《斯瓦米和朋友们》主要描写了小镇上几位小伙伴之间的故事,但是在充满童真、童趣的叙述中,也

---

① *Indian-English Literature: A Perspective*, ed. by K. K. Sharma, D. Litt, Transted by Virendra Pal Sharma, Ph. D. Delhi: Vimal Praksh Gupta, 1974, p. 82.

② Graham Greene, Preface to R. K. Narayan's *Swami and Friends*, Oxford: Oxford University Press, I.

③ 奈保尔:《印度:受伤的文明》,宋念申译,上海:三联书店2003年版,第12—13页。

④ 法·德洪迪:《奈保尔访谈录》,http://www.outline.com/wengxue 05/03/2004。

第二章 摩尔古迪的"创建者"——纳拉扬

让我们嗅到了一缕印度政治生活的气味,让我们意识到,摩尔古迪并非悬浮的"空中之城",它的确是一个真实存在着的南印度小镇。在1930年8月15日的晚上,摩尔古迪的居民举行集会反对逮捕孟买杰出的政治领导人——古里·善格勒。有人发表演讲说:"我们今天都是奴隶。……让我们回想一下我们悠久的传统,难道我们忘记了罗摩衍那和摩诃婆罗多时代的光辉了吗?当英国人还在茹毛饮血的时候,我们的船已经在大海上航行,我们已经实现了最高度的文明。"① 小学生斯瓦米无法理解这番演讲,可是当他听到如果每一个印度人都吐一口唾沫,英国人就会被淹死时,他竟信以为真跃跃欲试。如果不是马尼警告说欧洲人会开枪打死他们,他也许真是要这么做了。不过,当人们高喊着"甘地万岁",开始点火焚烧英国货的时候,他还是用自己的行动支持了一下爱国运动,把自己戴的印度粗布帽子误当成英国货给扔进了火堆。学生罢课、人们游行,遭到了警察的镇压。纳拉扬就这样通过一个孩子的眼睛和经历,将1930年的"非暴力不合作运动"展现出来。如果说甘地的号召能够使小镇里的一个儿童都受到影响,产生这样的反抗行为,那么可以想见,在印度的其他地方,在大城市对成年人的影响有多么巨大。纳拉扬举重若轻,通过这样一个简单的情节就含蓄而巧妙地揭示了这一点。

不仅如此,纳拉扬的小说还反映了印度社会的变化,正如奈保尔所说的"纳拉扬看到了南印度在西方工业化和现代观念影响下,保守社会的根本变化(起初很慢,但是后来速度就加快了)"②。纳拉扬的小说成功地抓住了印度现代化历史进程的脉搏,说明了它正在潜移默化地影响着普通人的生活,使他们形成了新的观念。他说:"社会在不停地向我们施压。上个世纪(指19世纪——引者注)的社会进程也许可以描述

---

① R. K. Narayan, *Swami and Friends*, Oxford: Oxford University Press, 1978, pp. 94-95.
② *Indo-Anglian Literature, 1800-1970*, New Delhi: Orient Longman, 1976, p. 50.

成是青蛙从井里爬出来的过程。各式各样的交流方法,各种迅捷的运输方式,报纸、广播、电视,每一种发明创造都对井里的青蛙形成冲击。它再也无法单独地待着了。"① 现代化的进程虽然缓慢却越来越深入,东西方文化冲突是无法避免的。但在纳拉扬那里,这一主题并不是像安纳德那样通过社会、经济或政治上大的冲突来表现,也不是像拉贾·拉奥那样通过哲学上的对立来揭示,而是限于人们的日常生活,它很深刻但又不引人注意,很容易被忽视,但纳拉扬通过小说将它揭示了出来。

二、对爱情婚姻的思索

纳拉扬描写的印度社会在现代生活初期不是黑色或白色,而是灰色的。它在传统和现代、东方和西方之间摇摆,与个人的观念密不可分地联系在一起。小说中的人物总是处于"旧的思考方式受到新精神和社会冲突的撞击,它处在与正在形成的新的价值观念相结合的矛盾困境之中"②,因此他们力图在两个世界的夹缝中努力保持平衡,可新观念又让他们不得不做出一定的反抗和挣扎,传统的价值观似乎经常取得最终胜利,但那些胜利都是表面的,仅局限在纯粹的个人层面,新的价值观念的产生和旧世界向新世界的转变乃大势所趋,是无法阻挡的。在纳拉扬早期的小说中,他主要通过主人公在爱情婚姻方面的经历和遭遇来表现这一主题。

《文学士》中的钱德拉虽然是一名大学毕业生,但他生活在摩尔古迪这个特殊的小镇,也就成了一个具有代表性的人物。钱德拉学的是历史专业,毕业后不愿意听从家里的安排去学习法律,在家过了一段逍遥自在的日子,直到他遇到了玛拉蒂,陷入了单相思的痛苦。钱德拉千方

---

① R. K. Narayan, *Next Sunday*, New Delhi: Orient Paperbacks, 1965, p. 8.
② S. C. Harrex, *The Fire and the Offering: The English Language Novel of India, 1935–1970*, Calcutta: Writers Workshop, 1977, Vol. 1, pp. 36–37.

第二章 摩尔古迪的"创建者"——纳拉扬

百计地打探玛拉蒂的情况,当他了解清楚她的家庭和种姓后曾一度欣喜若狂,因为他们属于相同的阶层。可是钱德拉的父母不同意,因为他们觉得女方家里没有钱,不能陪送丰厚的嫁妆(纳拉扬不经意间在这里给了印度的嫁妆制度一鞭子)。钱德拉对此十分愤懑不满:"为什么我们要被我们的长辈们责打和牵着鼻子走呢?""为什么我们不被允许按照自己的意愿来安排我们的生活?为什么他们不让我们实现自己的理想呢?"①钱德拉与父母进入了冷战状态,他甚至计划把玛拉蒂偷偷地抢走。他到朋友莫汉那里寻求安慰,莫汉给了钱德拉一首讽刺诗。钱德拉把诗拿给父亲看,父亲读后感到无奈,同意去求亲。可是摆在钱德拉面前的还有一道障碍——他和玛拉蒂的星象不合,这一次连他的父母也无能为力,钱德拉的愿望未能实现。他写了一封信想托莫汉带给玛拉蒂,可是信还没有送出去,玛拉蒂与她表兄的婚期就已经确定了。恋爱的激情"在剧烈的发作过程中,由于恋人感觉到恋爱境界犹如一条死胡同,一个他深陷其中,不能自拔的陷阱,他宁可毁灭自己"②。钱德拉当晚就发高热,满嘴胡话。病愈之后,他决定离开家乡去流浪。他觉得只有这样,才能远离爱情的伤痛,将玛拉蒂从自己的脑海中赶走。

经过一段时间的漂泊后,钱德拉坐在菩提树下,开始思索为何自己会遭受这样的折磨。最后,他得出结论:自己的不幸是"玛拉蒂"和"爱情"造成的。钱德拉对玛拉蒂的爱转变为恨,在他的心中,玛拉蒂一下子由"天使"变成了"恶魔"。什么爱情?世上根本就不存在,它不过是一个愚蠢的文学字眼。如果人们不去读什么西方文学作品,就不会知道有爱情这种东西了。到这时,他认为爱情"是一种极度的疯狂"③。钱德拉在菩提树下的"觉悟"与佛陀的悟道有天渊之别,不可

---

① R. K. Narayan, *The Bachelor of Arts*, Mysore: Indian Thought Publications, 1965, p. 71.
② 罗兰·巴特:《恋人絮语》,汪耀进、武佩荣译,上海:上海人民出版社2004年版,第46页。
③ R. K. Narayan, *The Bachelor of Arts*, Mysore: Indian Thought Publications, 1965, p. 112.

同日而语。佛陀悟出了人生的真谛，与之恰恰相反，钱德拉从"明"退回到"无明"。大学教育灌输给他的追求自由、真爱的信念轰然坍塌，他心甘情愿地被埋葬在故旧传统的废墟下，回家接受了父母安排的婚姻。

钱德拉对爱情的自主追求，同时也是他对印度社会和传统道德观念的挑战，虽然最后他失败了，但他毕竟曾经爱过，付出过真诚。与钱德拉相比，玛拉蒂更加不幸。玛拉蒂只存在于钱德拉的视域和叙述中，没有身份和地位，连正面讲话的权利都没有。玛拉蒂在小说里象征性地代表了印度妇女的生存状况：没有自我，没有独立的身份，没有自己的声音。她只是被他人确定，描述，解释，爱慕，渴望，或者被他人仇恨。在这篇小说里，玛拉蒂是通过钱德拉这面镜子折射出来的，她的一切都是通过他反映的。在小说中我们看不到她任何的个人意愿的表现，甚至对钱德拉的拒绝也是由她父亲转达的。玛拉蒂是一个透明的人，同时又是一个玩偶，最后她在父亲的安排下与表兄结婚，她个人的意见如何我们不得而知，恐怕在当时的社会传统中，她是没有任何发言权的，哪怕千般不愿、万分不从，也只能俯首就范。玛拉蒂与钱德拉根本没有直接的接触，更没有任何的沟通。她在毫不知情的情况下为钱德拉所爱恋，又被钱德拉加上了戏弄他的罪名，还被他称作"恶魔"。钱德拉将罪愆迁怒于所有女性："女人们就是那样，她们喜欢折磨人。"[①] 无论钱德拉怎样看待玛拉蒂，她始终都是钱德拉想象的投射物，她是一个由男性想象的女人，是一个行动在男性话语阴影下的女人，印度南方妇女的地位和处境由此可略窥一斑。

如果说印度南方妇女的地位和处境在玛拉蒂身上体现得还不充分的话，那么《暗室》中的莎维德丽则是南印度妇女的典型了。社会传统的道德观念时时刻刻都在制约、束缚着印度女性。她们无权自主地选择自

---

① R. K. Narayan, *The Bachelor of Arts*, Mysore: Indian Thought Publications, 1965, p. 112.

第二章 摩尔古迪的"创建者"——纳拉扬

己的丈夫；在婚姻生活中，也同样没有任何地位，毫无尊严可言。莎维德丽的丈夫拉玛尼每天都在抱怨饭菜不可口，可是莎维德丽没有任何怨言，她只想尽心尽力地伺候好丈夫和孩子。她每天都忐忑不安、察言观色，以判断丈夫的心情如何。如果丈夫心情好，她就感到轻松；丈夫偶尔带她和孩子去看一场电影，她就觉得是莫大的恩惠，从心里感谢丈夫。

莎维德丽生活的重心是丈夫和孩子，没有任何自我可言。九夜节（Navaratri Festival）① 时，儿子巴布的朋友在安装灯饰的过程中，不小心造成了停电，拉玛尼大动肝火，打了儿子。莎维德丽去劝丈夫，反而受到训斥。莎维德丽赌气一语不发地躲到储物室旁边的黑屋子里，躺在地上。这就是她用来表达自己愤怒的方式。孩子们来劝她，她只是把脸扭到一边，闭着眼睛。直到第二天中午丈夫回家，她仍然闷在黑屋子里，不吃不喝，也不开口讲话。莎维德丽这种自我虐待的方法丝毫没有唤起丈夫的同情和尊敬。拉玛尼没有去哄妻子，相反，他决定忽视她的存在，示威似的大声吹着口哨，开心地和女儿们聊天，而且冲着黑屋子嚷道："不要以为你的生气会毁掉整个节日！"② 孩子们不忍心看到母亲受苦，找来莎维德丽的朋友贾纳玛劝她。贾纳玛听莎维德丽说她没有和丈夫吵架，一个字都没说的时候，劝道："这更糟。你应该说出你的想法，你应认为丈夫做的每一件事都是对的。在我的生活中，我从没有反对过我的丈夫或与他争论。我有时也许会提点建议，但除此以外，再也没什么了。他做的任何事情都是对的，这是一个妻子的义务。"莎维德丽则说："但是，你想，他那么厉害地打孩子。"③ 至此，我们恍然大悟，莎维德丽这样做原来不是因为她自己，而是因为丈夫对孩子太严厉，她只

---

① 每年9—10月，印度各地都会举行连续10天9夜的庆祝活动，这个节庆，除了祭祀印度教的女神外，也是庆祝丰收的仪式。
② R. K. Narayan, *The Dark Room*, Mysore: Indian Thought Publications, 1986, p. 54.
③ R. K. Narayan, *The Dark Room*, Mysore: Indian Thought Publications, 1986, p. 59.

是不赞同丈夫打骂孩子太厉害。为了孩子,莎维德丽才走进了黑屋子;同样是为了孩子,她又走出了黑屋子,因为她不想破坏孩子们过节的心情。

当她的丈夫迷恋上了公司女职员香蒂,当她的丈夫一次次将家中的东西拿去送给香蒂,当她得知丈夫和香蒂去看电影,当丈夫彻夜不归的时候,莎维德丽再也无法沉默了,她说出了自己长久以来压抑在心中的想法:"我是一个人,可是你们男人从来不这么认为。对你来说,我们只是你想抱就抱的玩具,有时又是你的奴隶。不要以为你喜欢的时候就可以随意爱抚我们,不喜欢的时候就可以一脚踢开。"① 可当丈夫甜言蜜语地哄慰她,莎维德丽又感到满意和高兴了。她进而要求丈夫离开香蒂,可还是遭到了拉玛尼的拒绝。莎维德丽愤然离家,身上没带一文钱,连父亲送给她的首饰也没有带。

在印度这个由男人控制的等级社会中,妇女处于"他者"的地位,她们作为一个由男性来定性和诠释的存在物体而存在。她们总是处于从属的劣势地位,在其所属的社会制度中,她们是次要的参与者。男性定义女性为弱势群体,她们需要男人的保护。为了取悦男性,她们不得不表现为一个需要保护的弱者;为了成为一位合格的母亲,她们需要受到教育。妇女的活动范围被男性限制在家庭,她们能够被认同的身份是什么呢?是温柔、顺从的妻子和品德高尚、举止端庄的母亲。她们从来就不是一个独立自主的主体,没有权利来选择自己的社会地位,仅仅是一个个围绕男人转的"他者"。女主人公莎维德丽虽然一怒之下做出了这种反抗的行为,但她内心仍被过去的传统观念束缚着,她是一个盲目的囚徒,只会使自己通向一个"暗室"。莎维德丽离开了家,可她无法轻易地割断与丈夫的联系。当她准备走进河里自尽时,她仍害怕自己会因顶撞丈夫在死后得到报应:"在阎摩那里一定为我准备好了大锅,因为

---

① R. K. Narayan, *The Dark Room*, Mysore: Indian Thought Publications, 1986, p. 110.

第二章 摩尔古迪的"创建者"——纳拉扬

我犯了顶撞丈夫的罪过,不服从他。可是我该怎么做呢?"①

莎维德丽从来没有胆量和丈夫顶嘴,从来不敢午夜在街上行走,她害怕所有的东西。小时候怕父亲,现在怕丈夫,以后她将会害怕自己的儿子,然后步入坟墓。莎维德丽美丽、顺从、谦逊,她从来没有在丈夫吃饭前吃东西,尽管她还常常因此受到丈夫的嘲笑。莎维德丽全心全意地爱着家庭和孩子。当她住在那个救她的锁匠家里的时候,她非常想家;离开了家和孩子们,莎维德丽感觉自己就像一根竹竿,没有墙的支撑就无法站立。莎维德丽不愿意在锁匠家里白吃白住,她在寺庙里找到了活干。自食其力的快乐很快被强烈的思家心情代替,再也不想一个人在庙里那个黑屋子里待下去了。第二天,她向祭司和锁匠夫妇辞行,偷偷地回到了家里,回到了丈夫的身边。莎维德丽无力反抗,因为这是印度社会、宗教文化加在她身上的责任和镣铐,她始终难以摆脱。印度教法典《摩奴法论》明确规定,"哪一个女子完全调伏思想、言语和身体而对丈夫忠贞不渝,哪一个女子就达到夫主世界,并且被善人们叫着'贤妇'"②,"她在天堂受尊敬全靠侍候夫主"③,《摩奴法论》还说"贤妇应该永远敬夫若神,即使他沾染恶习,行为淫乱或者毫无优点"④。这正是印度妇女不幸生活的根源,在印度教伦理规范的重重束缚之下,她们没有任何的自由和选择的权利,只能一味地俯首屈从、听天由命。莎维德丽离开了庙里的"暗室",最终选择了和孩子在一起的家庭的"暗室"。她的生活在拐了个弯之后,又回到了原来的轨道。家庭就像一个"围城",妇女们进进出出,却始终难以离开。

莎维德丽之所以会有离家行为,多少是受到了提高女性权益的社会运动的影响。19世纪以来,殖民政府进行了一些人道主义的改革,试图

---

① R. K. Narayan, *The Dark Room*, Mysore: Indian Thought Publications, 1986, p. 121.
② 摩奴:《摩奴法论》,蒋忠新译,北京:中国社会科学出版社1986年版,第176页。
③ 摩奴:《摩奴法论》,蒋忠新译,北京:中国社会科学出版社1986年版,第104页。
④ 摩奴:《摩奴法论》,蒋忠新译,北京:中国社会科学出版社1986年版,第103页。

在婚姻家庭方面给予印度妇女平等的地位，多次颁布法令和法规来保障妇女的权利。从19世纪50年代起，殖民当局开始重视女子教育，开办女子学校。到了20世纪30年代，女子高等教育不断发展，公立女子学院相继建立。女子教育的逐渐普及提高了妇女的科学文化素质，为妇女的解放提供了可能。作者没有用过多的笔墨来说明印度社会当时妇女运动的发展情况，只是通过莎维德丽的另一位朋友甘姑的行为，表明莎维德丽出走是因为受到外界妇女运动大环境的影响。甘姑与莎维德丽完全不同，她阅读过英语小说，还会打网球，时常去看电影，是一位现代女性。

女权主义评论家桑德拉·吉尔伯特和苏珊·格巴在她们的名作《阁楼上的疯女人——女作家与十九世纪的文学想象》中，研究了西方19世纪以前在男性文学话语中有两种不真实的固定女性形象，一种是"家中的天使"，另一种是"妖妇型的女人"。作为家中的天使，按照人们的想象，她应该美丽、纯洁，履行她的职责，取悦丈夫且遵从他，向男性社会奉献或牺牲。从对丈夫和孩子的无私奉献中，她得到最大的满足。如果一个妇女抛弃了这种家庭职责，破坏男性社会中固有的秩序，令人望而生畏，人们就会认为她不正常，甚至会认为她堕落。这两种女性形象都是不真实的，都是为了满足男人们的幻想而创造出来的，这些形象的背后，隐藏着父权制社会对女性的歪曲和压抑。

作为男权社会中的女性，从出生开始就被告知：这样做是可以的，那样做是不可以的。在这种潜移默化中，很多女性丧失了人格中的自我，总是自觉地把事实上的不平等看成理所当然。桑德拉·吉尔伯特和苏珊·格巴说这类专门为了男性的需求而生存的女性就如同"生活在死亡中"，因为她们回避了女性自我，回避了女性的自由意志。这类女性形象以理想化的方式被读者接受，就会对现实的女性生存形成压抑。所以英国女作家伍尔芙号召女作家起来"杀死"家庭中的天使，因为做家庭中的天使的提法更巧妙地维护了传统的道德观念、审美趣味和人性原

第二章 摩尔古迪的"创建者"——纳拉扬

则,更隐晦地体现了父权制对女性的社会定位,也更有碍于妇女认识自己的真实价值。莎维德丽这一形象展现出了特殊的精神气质和自我意识,她不甘心于做没有大脑的"天使",她对自身的命运和处境开始了反思。另一方面,这体现了纳拉扬对印度妇女命运的关注与思考,对女性心灵世界的感知和理解。但纳拉扬是一名男性作家,莎维德丽是以男性的经验和意识对女性进行审视的时候被创造出来的,她也是一个行动在男性话语阴影下的女人,所以她离家两天之后又回家了,她没能解决问题,苦恼依然存在。莎维德丽的遭遇反映了 20 世纪印度妇女的矛盾心态,她的痛苦和牺牲是印度妇女生存状态的写照。

妇女怎样才能摆脱作为"第二性"的命运,经济独立不能提供最后的保障,摆脱婚姻也不是好办法,关键在于她必须在作为"人"的意义上重新确立自己。婚姻、家庭、生儿育女是女性一生的重要内容,但不是人生的全部,更不是生活的目的。因为是女人,她极可能会属于家庭,属于丈夫、儿女。但她决不能放弃那些使她独立的物质条件,一切选择的出发点和最终目的都应该是不断完善她自己。真正有意义的生活,只属于那些在烦琐的家务和繁忙的工作中仍然不忘创造属于自己生活空间的人。莎维德丽虽然有了"我是一个人"这种意识,但是她始终无法清醒地、理性地看待丈夫,观照自己在现实中、在家庭中的地位,所以她的回归是必然的。

摩尔古迪小镇上人们的日常生活,他们的爱情婚姻,都在沿着传统的轨道缓慢向前。《文学士》中的钱德拉、《暗室》中的莎维德丽、《沙姆帕特先生》中的斯里尼瓦萨、《向导》中的罗西叶等人,在对自我身份探索和追求中,都经历了离开和回归、反抗和顺从的过程。但是,在他们身上,我们能够看到西方思想文化对普通人生活的影响渗透到许多方面。客观上讲,西方文明对印度古老道德传统和精神价值取向的冲击是不能阻挡的,两者之间的对立和冲突是人类文化转型时期必须要经历的。在这一过程的初期,西方文明很难得到认同、步履维艰,印度传统文明则根基深厚,不易被外界力量打破。可随着时间的推移,外来冲击波的加强,小镇里的人们的思想逐渐解放,他们的生活面貌也必将发生新的改变。

除了通过小说的形式对摩尔古迪人们的生活百态、人情世故进行精雕细琢、悉心描绘外,纳拉扬还对印度两大史诗《罗摩衍那》《摩诃婆罗多》中的经典神话故事进行改编重述。纳拉扬的印度史诗神话三部曲不仅反映了印度民族的历史,同时体现了他对印度民族文化的认同。

第三节　纳拉扬古印度史诗重述的文化意蕴

纳拉扬的英文版印度史诗神话三部曲:《众神、诸魔与其他》(*Gods, Demons, and Others*, 1964)、《罗摩衍那的故事》(*The Ramayana*, 1972)、《摩诃婆罗多的故事》(*The Mahabharata*, 1978),是其历时近20年创作而成。在三部曲中,纳拉扬用印度英语系统地有选择性地重述了神话史诗《罗摩衍那》和《摩诃婆罗多》[①]等经典故事。在进行创作的过程中他还对印度史诗进行了细致的研究,可谓独树一帜。三部曲因精彩纷呈的故事、简洁通俗的语言和丰富多姿的文化,出版后陆续受到英语世界读者的喜爱,各单行本至今再版达10次之多。

纳拉扬选取的这些故事基本出自古印度史诗的插话[②]。所谓插话,黄宝生认为可以这样来理解:"《摩诃婆罗多》采用对话体叙述方式。史诗人物在对话中叙述事情经过,或者追忆往事,或者为了说明道理,引用传说和

---

① 《罗摩衍那》与《摩诃婆罗多》是古印度两大史诗。
② 插话在梵语与印地语词汇中的意思为:奇闻逸事(anecdote)、故事插曲(episode, episode of a story)、小传说(minor folklore)、小故事(minor stories)、短故事(short tale, short story)、附属故事(sub-tale, sub-story, ancillary stories)。本论文中**特指**印度史诗框架结构中插入的非主干故事成分。

第二章 摩尔古迪的"创建者"——纳拉扬

故事,这样就形成了故事中套故事、对话中套对话的框架式叙事结构。……这些在史诗主体之外能够独立成篇的插入部分,我们称之为'插话'。这种插话既有文学性的,也有说教性的。文学性的插话包含神话故事、世俗故事和寓言故事。说教性的插话包含宗教、哲学、政治和伦理。"① 此外,甚至还有大量关于地理学与宇宙结构学的详细论述。仅在《摩诃婆罗多》中,除了有关俱卢族与般度族的核心故事外,就充满了多达几百个适应情节发展的有关修道仙人、国王、天神、恶魔与禽兽的文学性插话故事,此外散见于整部史诗中的有关道德教训及其知识等的说教性插话也达数千颂。《罗摩传》(Rama-Upakhyana)、《那罗传》(Nala-Upakhyana)、《莎维德丽传》(Savitri-Upakhyana) 和《诃哩湿旃陀罗国王传》(Hariscandra-Upakhyana)等,都是大史诗《摩诃婆罗多》中著名的文学性插话。

可以说,《摩诃婆罗多》是插话诞生的源头,"也许就是从《摩诃婆罗多》开始以一种民族思维范式向文学结构范式转变的过程"②。这种文学结构范式影响了后来的印度文学与世界文学。如印度古典文学中《五卷书》《故事海》和阿拉伯文学中的经典《一千零一夜》,使插话及其构成的框架式叙述结构成为经典的文学结构范式。"《五卷书》的德语译者弗尔夫认为,插话不仅仅存在于南亚与东亚,拉丁语的《奇闻汇集》及其同类的教士故事汇集,薄伽丘的《十日谈》,意大利施特拉巴罗拉、英国乔叟和法国拉封登的著作也都有插话的痕迹。"③ 可见插话作为一种文学结构样式的巨大影响。

在古印度,重新阐释或重新创造史诗及其插话一直以来是一种文学传统,尤其是史诗中的插话,重述尤其兴盛。"这些插话的重新阐释或

---

① 黄宝生:《〈摩诃婆罗多〉导读》,北京:中国社会科学出版社 2005 年版,第 138 页。
② 陈芳:《百科全书式的文化叙事——〈摩诃婆罗多〉的插话研究》,昆明:云南大学出版社 2008 年版,第 45 页。
③ 金克木:《〈摩诃婆罗多〉插话选序》,《印度文化余论——〈梵竺庐集〉补编》,北京:学苑出版社 2002 年版,第 194 页。

重新创造的功能在于,将严格的叙事年表推向幕后。根据西方的术语,这些插话也被叫作神话(myth)。"① 在印度文化传统中,神话象征着那种既古老又永恒原初的东西。这种神话具有再生与永恒的性质,让印度人世代着迷。"按照神谕,神话司职创造。它把所有不同的元素组合在一起。它讨论维持和保护世界的方法。它描述摩奴时代、王朝的世系更替、历史兴衰以及将万事万物带回原初状态的世界毁灭。它讨论宇宙成因,引导人们走向最后居所,与梵合一。因此,一方面,万物繁多如插话繁复,另一方面,天启(sruti)如同月光,永恒的真实之光。"② 因此,繁复的古印度史诗插话,拥有着古老而又永恒原初的迷人魅力,具有永恒的启示之光。纳拉扬的古印度史诗重述三部曲,也深受古印度史诗插话魅力的影响。这种影响不仅仅体现在插话故事本身的选择,也体现在纳拉扬在审美文化叙述上的继承性。

纳拉扬重述所选取的史诗及插话,在印度民族文化生活中有着举足轻重的地位。在重述过程中,故事情节结构的最大限度保留、插话类型的重构,以及"说故事的人"的现代视角,表明了纳拉扬绝不是机械式地对插话源文本进行复述,而是对源文本插话中的情节设置与人物塑造进行了纳拉扬式的再创造。纳拉扬的古印度史诗重述,通过对史诗及插话故事的故事构架、角色功能和环境描写上的重新叙述,使源故事在故事层面体现出了新特征;而叙述层面、叙述层次、叙述语体和叙述时空较之此前的故事文本也有了新变化;此外,重述文本在体裁特征,语言特色和文体风格等文体特征上也呈现出了新的特征。

纳拉扬的古印度史诗插话,除了纳拉扬对于古印度史诗插话故事的浓烈情感和致敬之意,也有着纳拉扬期望通过古印度史诗插话重述实现

---

① I. N. 乔杜里:《印度叙事学》,见尹锡南:《印度比较文学论文选译》,成都:巴蜀书社2012年版,第509页。

② I. N. 乔杜里:《印度叙事学》,见尹锡南:《印度比较文学论文选译》,成都:巴蜀书社2012年版,第509页。

第二章 摩尔古迪的"创建者"——纳拉扬

印度民族文化自我表达的深沉理想。纳拉扬期望通过古印度史诗插话的重述,为印度传统文化祛魅,纠正印度传统文化表达中过于宗教化的倾向,实现印度民族文化通过自我表达在异质文化中的跨文化传播,使印度传统文化广为世人所理解。它一方面继承和保护了印度传统文化,另一方面将古印度史诗插话置于现代语境之下,赋予其新的时代意义,激发出更为深刻的文化意蕴与生存内涵。

一、民族形象的建构

"民族形象是流行于社会的一整套关于'民族'的表现或'表述'系统,其中同时包含知识与想象、真实与虚构的内容,具有话语的知识与权力两方面的功能。"① 在重述插话的过程中,插话类型的重构,体现了纳拉扬以一套全新的表述系统和新的印度神话体系建构民族形象的初衷与美好愿望。纳拉扬从古印度史诗传统中寻找文学的活水源头,彰显印度性,构建印度民族形象。纳拉扬对古印度史诗中神话传说插话的重述与新编,其重述的过程就是对民族形象进行重新认知测绘的过程,也是其对民族主体性进行自觉建构的过程。因此,古印度史诗插话的重述,同时也体现了纳拉扬将民族形象的文学建构作为增强民族认同的重要方式。

(一)民族形象建构语境的形成

"从一定意义上说,艺术形象对建构民族身份和增强民族认同能起到政治说教无法取得的成效,形象比信念更能增强人们的想象性认同。"② 在印度,通过古代史诗中的神话传说来建构本民族的整体形象,发端于印度民族主义运动风起云涌的19世纪末至20世纪初期。印度在经受英

---

① 胡娟:《形象、类型、原型、传统武术民族形象分析的三个层面》,载《武汉体育学院学报》,2015年第9期。
② 江宁康:《美国当代文学与美利坚民族认同》,南京:南京大学出版社2008年版,第69页。

国东印度公司一百多年的殖民盘剥之后，经济已处于积弱积贫的状态。而在文化精神层面，印度文化同样遭到了十分严重的侵害。印度民族被指称为一个没有历史、野蛮、落后的民族。

  在近代知识分子的不断探索过程中，如何建构本民族的民族形象成为他们不断争辩和积极参与的议题。印度近代知识分子，在东西方文化的冲突与对比中，充分意识到了古印度史诗在国家与民族身份形成过程中所起的作用，许多民族主义历史学家甚至利用史诗的核心内容与插话故事等一系列材料来撰写国家的历史。作为一个民族国家，不仅需要这些故事来形成一个国家的身份，而且这些插话故事本身也成就了这种身份。这些插话故事，在印度这样一种充满宗教语境与神话思维的地域范围内，产生的民族性效用是十分明显的。在此后印度作为一个国家，对印度民族形象和身份进行寻根的时候，许多知识分子纷纷利用史诗，展现他们的种族象征、民族价值、神话传说和集体记忆，从中汲取灵感和指引，以获得成功处理国家事务的神奇力量和英雄主义智慧。

  到了当代，历经两百多年殖民统治的印度，文化形象依然被视为低等民族与低等文化。在印度获取独立后数十年后的20世纪80年代，相当一部分西方民众对于印度的整体印象，依然停留在英国殖民初期建立起的"野蛮、愚昧、落后"等概念和神秘、贫苦交加、饥寒交迫的总体印象之上。东方/西方二元对立的典型话语修辞依旧是西方世界建构话语主导权的重要依据。西方知识谱系中，印度形象继续作为扭曲、妖魔化的存在，成为保证西方进步形象的"他者"设计之所在。在消费文化日益繁荣的全球化时代，民族形象的塑造遇到了新的时代挑战。当代跨国资本的消费文化传播，尤其是当代消费文化的商品性和时尚性，不断地消解着印度本土民族形象的历史性与认同性，不断侵蚀着印度本土文化的根基，文化认同的差异性日益显现。民族形象的历史延续性与文化认同的时代差异性，不可避免地成为建构印度民族形象所面对的矛盾问题。在这样一种矛盾中，民族形象的建构方式要么赋予已有的民族形象以新的文化意蕴，要么创造出新的民族形象。

如何改变过去一般化的、过于刻板简单化的印度形象，建构起一种没有种族、道德与意识形态偏见的印度形象，是印度文化知识分子在后殖民时代共同努力的目标，是当时最重要也最普遍的社会命题。因此，重新认知印度民族形象和重新勘定印度民族文化的边界，是新时代印度民族文化学领域进行民族文化建设的一项重要内容。纳拉扬的目的在于，通过他的英文版史诗插话的重述本，在东西方两种不同的文化体系之间，建构起文化意义与价值上的充分理解与享受。纳拉扬的史诗插话重述，是对印度文化的一种制造和再现，通过对印度文化核心价值的选择与构建，达到一种与西方英语世界对话的话语实践，从而更好地向世界传播印度传统文化与价值观念，纠正跨文化叙述中对印度形象的误读。

（二）民族形象精神的展示

黑格尔（Friedrich Hegel，1770—1831）在其巨著《美学》中认为："史诗就是一个民族的'传奇故事'、'书'或'圣经'。每一个伟大民族都有这样绝对原始的书，来表现全民族的原始精神。在这个意义上史诗这种纪念坊简直就是一个民族所特有的意识基础。……一种民族精神标本的展览馆。……印度的《腊玛雅娜》和《摩诃婆罗多》史诗和荷马史诗能够显示出民族精神的全貌。"[①] 古印度史诗无疑是印度民族文化的象征和印度民族精神的体现，古印度史诗毫无疑问，在印度民族的"民族精神生活与民众心目中占有神圣的地位"[②]。古印度史诗插话浓缩着印度民族精神的遗产，反映了印度民族对于民族历史的认知与表达，蕴含着印度民族善良、勇敢、无畏、不屈不挠的民族精神。纳拉扬的古

---

① 黑格尔：《美学》（第三卷下册），朱光潜译，北京：商务印书馆1981年版，第108—109页。

② 尹虎彬：《史诗与英雄》，桂林：广西师范大学出版社2004年版，第395页。

印度史诗插话的重述，是对史诗中神话人物原型身上散发出的直面命运的精神力量的追望，通过对史诗插话中的男女英雄的重述，宣扬印度文化中的善美人性与大爱精神，以故事中的人情之美与艺术之美歌唱印度民族文化与生命的持久力量。

  以纳拉扬对古印度"完美女性"的重述为例，纳拉扬着力于开掘印度传统女性精神内涵中孕育不息的强大生命力，重构印度女性形象。从纳拉扬的新印度神话体系中可以看到完美的女性形象是其竭力渲染的对象，纳拉扬着重重构了德罗波蒂、达摩衍蒂、卡纳姬、莎维德丽和沙恭达罗等形象。《德罗波蒂》中的德罗波蒂、《那罗》中的达摩衍蒂、《遗失的脚镯》中的卡纳姬、《莎维德丽》中的莎维德丽以及《沙恭达罗》中的沙恭达罗，这些印度史诗与印度传统文化中的女性形象充满了善良的本性、执着的情感和悲苦的命运。纳拉扬在维护传统文化的基础上，对这些女性的完美形象做出了精彩的展现。不仅将她们集体地建构在一起，而且使每个人物的性格尽可能丰满地呈现出来。纳拉扬采取的是一种传统女性文化的视角，这种建构表达了对传统女性精神文化的渴望，对印度文化中阴柔与母性的一面的怀念。通过对德罗波蒂、达摩衍蒂、莎维德丽与沙恭达罗故事的重构，纳拉扬追溯了属于印度传统美德中善良、温情而壮丽的文化基因。而插话当中的男性英雄形象，如那罗、罗摩、尸毗王和般度五子等，体现了印度民族的力量、智慧与精神的大成，代表着印度民族文学艺术形象的英雄精神，是理解印度民族心性生活与精神信仰最好的代表，也是考察印度民族整体文化形象与性格品质的范本。这些"民族英雄形象，并不是简单地即可创造出来，也不是个人随意地能够完成，它本身就是民族共同的文学理想和价值信念的精神寄托"[①]。因而具有建构本民族认同的文化特性，也体现了纳拉扬对于印度民族文化本相的坚持。

[①] 李吟咏：《形象叙述学》，杭州：浙江大学出版社2009年版，第18页。

纳拉扬的古印度史诗重述，选择了赋予民族形象新文化意蕴的方式，继承了民族文化传统积淀所培养的那种民族精神和核心价值。纳拉扬通过插话重述民族文化形象，体现了其以文学与文化创新展现民族形象的努力，这种努力既表现出传统文化与历史的传承，又表现出时代的进步。因此，纳拉扬的印度民族形象的建构，是对新时代下印度民族文化的一种再生产。这种以文学形象宣扬国家形象与文化的方式，可以减少文化宣传中的意识形态性。而且这种文化生产，带有鲜明的时代特征，印刻着深深的时代烙印。正因为如此，纳拉扬笔下生动可感的人物形象及其所代表的民族文化，更容易为英语世界读者所接受。

二、民族文化的认同

所谓文化认同，其实质是"一种肯定的文化价值判断，即指文化群体或文化成员承认群内新文化或群外异文化因素的价值效用符合传统文化价值标准的认可态度与方式。经过认同后的新文化或异文化因素将被接受、传播"[1]。古印度史诗及其插话，是阐释印度民族的文化认同故事的文学标本。在民族文化认同的表达与沟通层面，古印度史诗及其插话的主要功能是为民族文化认同的表达提供可供理解与沟通的文化符号，并"在不同的人群、地方社会、民族和国家中，创造整体意识"[2]。

（一）史诗插话本身的民族文化认同功能

在印度民族发展的历史长河中，古印度各史诗无不是一部部表达印度民族文化认同的超级故事，在记忆印度民族历史元素，积淀印度

---

[1] 冯天瑜主编：《中华文化辞典》，武昌：武汉大学出版社2001年版，第20页。
[2] [芬兰]劳里·航柯：《史诗与认同表达》，孟慧英译，载《民族文学研究》，2001年第2期。

民族价值观念和凝聚印度民族思维方式等文化层面，起到了巨大的承载作用。以两大史诗为例，印度学者普遍认为，是这两部巨著为印度的统一做出了最大的努力："蚁垤将楞伽、般波和阿逾陀我国这三个地区的故事糅合在一部民族的史诗中，不仅维护了印度文化的统一，而且给地理上的统一提供了不可磨灭的条件。同样，《摩诃婆罗多》的作者把散布在我国各个地区的思想体系和文化集中在一起，变成了《摩诃婆罗多》这样一个属于全体印度人民的花环。毫不足怪，从迦梨陀娑开始直到今天印度的各种语言的诗人都以《罗摩衍那》和《摩诃婆罗多》的故事为题材创作了诗，整个印度的文学今天仍然还是吮吸了《罗摩衍那》和《摩诃婆罗多》的养分后发展和繁荣起来的。因而，这样一种真理的声音就自然响彻大地：印度的思想体系是统一的；印度的精神是统一的；印度有着共同的文化；而今天，各种不同的地方都在为者共同的文化服务。"① 因此，古印度史诗本身就具有民族文化认同的功能。

而古印度史诗插话，作为古印度史诗极为重要的有机组成部分，则是史诗这种民族文化认同功能得以实现的基础。在印度的民族发展史上，插话以不同的形式融入史诗体积扩展过程，使它们成为一部部海纳百川式的百科全书式著作。例如在大史诗《摩诃婆罗多》的历史扩容过程中，"每一代诗人都要给它添上一些东西。北印度的每一个边远的小王国，都急于在这场国与国之间战争的古老记录上，插入一些关于自己功绩的描述。每一个鼓吹新教义的人，都渴望在古老的史诗中，为自己反复鼓吹的那些新的真理寻找某种支持的根据。法律、伦理法规中的成段论述被收编到这部书中来了，因为对于人民大众来说，这部史诗比干巴巴的法典具有大得多的吸引力。关于不同种姓和人生阶段的规定，也

---

① 季羡林、刘安武编：《印度两大史诗评论汇编》，北京：中国社会科学出版社1984年版，第114页。

为了同样的目的被搜罗进来了。大量流传不定的故事、口头传说和神话，……都在这部奇妙史诗的巨大卵翼之下得到了庇护。"① 而这些"东西"，恰恰成为大史诗实现文化认同功能的历史文化基础。因此，古印度史诗插话本身同样具备民族文化认同的功能。

古印度史诗插话浓缩了印度民族历史文化的经验，积累了印度民族特定的文化特性与文化模式，可以看作是印度史诗时代的文化指南。从这些插话故事中，既可以认识到当时笃信宗教的许多仪礼，还可以了解到史诗时代以"行"为主的文化特点。插话故事中既包含有虔诚的感情、尊严、理想、悲悯、同情和善行等细腻的想象，也能见到刚毅、无畏的勇敢精神和深刻的理性。其中，那些流传至今的优秀插话，其实现民族文化认同的功能就更为显著。纳拉扬重述所选取的古印度史诗插话，正是这些优秀插话中的代表，对于建构民族文化的认同，有着十分重要的意义。

而插话故事中典型的人物形象与故事情节，在这种民族文化认同的过程中起到了至关重要的作用。人物形象与故事情节，是文学作品建构民族认同的两大重要手段。民族人物形象，负载有丰富而强烈的民族特征，是民族认同的重要媒介。对于广为人知的故事情节，重述这些熟知的故事或许缺乏新意，但是故事情节所具有的读者基础，能够使重述的故事产生认同的功能。蚁垤与他弃恶从善的故事情节，莎维德丽和她与死神斗智斗勇的故事情节，尸毗王和他割肉救鸽子的故事情节，以及诃哩湿旃陀罗国王及其舍弃王国、妻儿实行施舍正法的故事情节，无不是作为媒介产生民族文化认同的独特魅力之处。

（二）作为文化符号的"说故事的人"

在当代印度社会，乡村社区是当代生活文化主流所未曾侵蚀、传统

---

① 季羡林、刘安武编：《印度两大史诗评论汇编》，北京：中国社会科学出版社1984年版，第128页。

文化传播形态尚未完全消亡的文化空间之一。"说故事的人"是印度乡村社区的一部分，他们身上继续保留着印度传统文化深厚的影响，他们以一种宗教虔诚恪守和守卫着传统文化的真谛与空间，是印度传统文化中特有的文化符号。①

在乡村社区，说故事的人被称为潘迪特，他们貌似守旧，坚持自己的习惯与举止，遵循延续了千年的传统。他们的穿戴绝不超过两块棉花布料。（但是有时他们也会展示一些现代生活中离奇的知识，这些知识取自他们熟读的一大捆旧报纸，这是《周刊》邮递员在每个星期四的下午带给他们的。）他们只在历书规定的日子里剃头，只在头顶留一小簇头发，因为古老的经文——印度教圣典规定，一个男人留的头发不能厚得穿过他手指上戴的银戒指。人们可以肯定他手指上戴有一个银戒指，因为这也是印度教圣典规定的。

按照惯例，他们每天要在井边沐浴两次，祷告3次，根据每天不同的时辰面朝东方或西方打坐，依据历书中的规则选择食物，每周斋戒一天，以盐水煮蔬菜结束斋戒。冥想或礼拜之外的时间，他都致力于研究圣典。即便是他的日常生活，也总是基于吠陀经典的权威，其间不仅包括祷告和诗文，也有细微事物的引导。

他们可以凭借熟稔于心的 24000 颂《罗摩衍那》和 1800 颂《薄伽梵歌》等印度教经典，完全独立地向他们的听众讲述印度古代先民离奇的传说与故事。如果在他的面前打开一卷梵文抄本，凭着权威的支持，他可以更好地向大家展示他的讲述。他们将流传了数千年的印度史诗神话传说，蕴含了印度人的历史观念、生命意识、生存体悟、生活态度以及精神诉求，积淀了印度民族的集体无意识与审美心理的印度文化内容，一代又一代地讲述给乡村社区的每一个人。②

---

① R. K. Narayan, *The Indian Epics Retold: The Ramayana, the Mahabharata, Gods Demons and Others*, London: Penguin Books, 2000, p. 379.

② R. K. Narayan, *The Indian Epics Retold: The Ramayana, the Mahabharata, Gods Demons and Others*, London: Penguin Books, 2000, p. 380.

第二章 摩尔古迪的"创建者"——纳拉扬

说故事的人无疑是继承和守护印度传统民族文化的当代英雄，是活态传承民族形象的根基之一，其自身也成为默默存在于印度乡村传播传统文化的民族形象之一。纳拉扬将说故事的人与古印度史诗插话重述结合在一起，共同缔造了印度传统文化之上的传统印度民族形象的不同形态。

此外，叙述者"说故事的人"在讲述故事的时候，时而会偏离故事，或切断故事内在组织，对故事某些特定人物、事件或故事本身内在结构组织进行评论，就不可避免地会表现出意识形态色彩。这种对叙述的干预，往往反映出的是作者纳拉扬的创作干预和意识形态。尤其是其中的解释性评价，"所包含的意识形态意义往往可以进一步深化读者对人物的理解，升华事件的意义，在大量的情节事件中概括出更深一层的意蕴"①。"更深一层的意蕴"实际上指的是印度民族文化认同，因为其内容都与民族文化有关。这源自纳拉扬建构印度民族认同的诉求，目的在于向古印度史诗插话重述文本的读者阐释或灌输印度文化价值和观念，因而饱含着他强烈而真挚的民族感情。

同样，"说故事的人"的说故事的方式也是纳拉扬的插话重述文本中体现文化认同的方式之一。"说故事的人"将叙述者与被叙述者（作者与其他乡村社区听故事的人）连为一体，流露出了叙述者（也是纳拉扬）清晰而自觉的民族立场。"说故事的人"将其作为个体的叙述者的"我"，通过与受述者（作者与其他乡村社区听故事人）的结合，变成"我们"这样一种具有民族共同体的形式。例如在重述三部曲中说故事的人时常断言："除非十分精通吠陀经典，否则不会有人能理解我们的神话中任何一个故事的意义。"② 又如"说故事的人"

---

① 谭君强：《叙事学导论：从经典叙事学到后经典叙事学》，北京：高等教育出版社 2008 年版，第 213 页。

② R. K. Narayan, *The Indian Epics Retold*: *The Ramayana*, *the Mahabharata*, *Gods Demons and Others*, London: Penguin Books, 2000, p. 382.

在讲述《德罗波蒂》的故事前关于东西方男女婚姻的一番讨论,将"我""我们"与"欧洲人""他们"的区分表现得十分明显:

> 在我们这个社会,丈夫和妻子在婚后才学着彼此了解对方,而不像欧洲人,我听说他们允许男孩女孩自由行事,而且他们可以做主自己的婚姻。在我们的社会里,当一个女孩同意结婚,她理所当然该接受长辈们的意见,但是在见到第一眼的时候,她也会衡量自己的状况。①

"说故事的人"正是通过将"我"变成"我们"这种在说故事的过程中涉及人称区分的叙述方式,无形之中强化了作为民族文化共同体的印度身份与存在,从而达到了一种民族文化认同的效果。对于民族身份不同的英语读者而言,"说故事的人"的"我们"之中的文化区分意味自然是十分浓厚的。

三、民族历史的反映

中国"民俗学之父"钟敬文曾指出:"史诗,是民间叙事体长诗中一种规模比较宏大的古老作品。它用诗的语言,记叙各民族有关天地形成、人类起源的传说,以及关于民族迁徙、民族战争和民族英雄的光辉业绩等重大事件,所以,它是伴随着民族的历史一起生长的。从某种意义上来说,一部民族史诗,往往就是该民族在特定时期的一部形象化的历史。"② 因此,"神话的基础是真实的事件,史诗的内容是民族历史的形象记录"③。

---

① R. K. Narayan, *The Indian Epics Retold: The Ramayana, the Mahabharata, Gods Demons and Others*, London: Penguin Books, 2000, p. 393.
② 钟敬文:《民间文学概论》,北京:高等教育出版社2010年版,第204—205页。
③ 龙长吟:《民族文学学论纲》,长沙:湖南文艺出版社1997年版,第75—76页。

第二章 摩尔古迪的"创建者"——纳拉扬

古印度神话史诗,从本质上而言,也是以印度远古时代部族的战争、民族的迁徙与部族首领、民族英雄的故事传说为历史来源,从一开始就印刻着深深的历史痕迹。从古印度史诗中,人们几乎可以看见整个印度文化。古印度史诗作为一种文化现象,其所展现出的文化精神,可以称为整个印度民族的历史文化精神。《摩诃婆罗多》的作者毗耶娑就曾在史诗中称史诗的核心部分《胜利之歌》是一部历史,"是以'胜利'为名的历史传说"①。《摩诃婆罗多》在古代就被称为"历史"(Itihasa,意为"过去如此说"),尽管这一词在印度现代语言中用作"历史",但实际上,这些史诗并非现代意义上的历史,它们展现的是神话化的历史。

每一部古印度史诗,都对其特定历史时代的社会生活风貌做了一个全景式的反映。而这种反映,是以诗的文学性语言呈现出来的,且在历史的过程中,不断地经过掌握知识话语权的阶层所修改与完善。因此可以说,古印度史诗中反映的神话图景如同历史图景一样,可以当作反映或隐喻当代现实的镜像。同理,附属于古印度史诗中的诸多插话"也被称作历史传说,人们还以这样的话介绍它:Atrapyudaharantimamitihasam puratanam(智者还会这样一如既往地讲述古老的历史传说。)从这个角度来看,历史传说不仅是对过去事件的记叙,也与现在、未来密切相关,因为它蕴含的价值观念被视作为永恒不变"②。

纳拉扬的古印度史诗插话重述所选取的神话传说性插话,同样蕴含着丰富的古印度历史基因。"有些插话可能包含关于遥远过去真实事件的记叙,有些则不一定,但这并不重要。重要的是,事实上,当某些特定的理念必须得到传播时,这些插话遂被引入大史诗的主线。"③ 从历史

---

① 季羡林、刘安武编:《印度两大史诗评论汇编》,北京:中国社会科学出版社1984年版,第10页。
② I. N. 乔杜里:《印度叙事学》,见尹锡南:《印度比较文学论文选译》,成都:巴蜀书社2012年版,第507页。
③ I. N. 乔杜里:《印度叙事学》,见尹锡南:《印度比较文学论文选译》,成都:巴蜀书社2012年版,第507页。

发展的角度而言，这些插话无疑是印度民族思想发展史的一种诗意的记叙。纳拉扬在保持故事完整性的基础上，兼使其文本承担了继续保存古印度民族历史的形象化的使命。因此，纳拉扬通过重述古印度史诗插话所形成的新神话系统，同样反映着印度民族的历史。有关民族历史的反映，主要包含以下三个方面：

（一）民族历史信息的传递

印度学者认为，古印度史诗特别是两大史诗，是历史，"但是并不是按各种史实顺序的历史，它们是印度古老的历史，其他的历史著作不时地还要加以修改，但是这两部历史著作却没有改变。印度理想和意志的历史始终体现在这两部篇幅浩繁的诗歌王国的宝座之上"[1]。插话作为古印度史诗的一部分，本身就蕴含着史料信息，对于探索古印度先民的民族观念、生产生活状貌，以及社会经验具有重要的作用。纳拉扬通过重述插话建构新的印度神话系统，无疑也在表述着印度的民族历史信息。因此，插话重述是纳拉扬身处当代社会，反映古印度历史现象和社会共同记忆的叙事形式。而这种传递印度古代历史信息主要体现在：

首先，重述插话中存在着众多的历史人物，有些历史人物的事迹也与古代印度的史料相符合。如迅行王、尸毗王、诃哩湿旃陀罗国王等国王，在许多典籍与神话故事中都有记载，在印度被历史上认为是真实存在的，他们的事迹也被广泛流传。又如《罗摩衍那的故事》，从民族矛盾来看，皮肤是黑色的罗摩，可以追溯为原始印度人的代表；而罗波那虽然名义上是一个罗刹，实则是婆罗门，可以视为外来的雅利安人的代表。因此，这一故事实际上记录了古印度不同种姓之间权力斗争的历史。在《众友仙人》的故事中，众友仙人与极裕仙人的仇怨，很明显也是刹帝利与婆罗门不同种姓之间权力斗争历史的具体

---

[1] 季羡林、刘安武编：《印度两大史诗评论汇编》，北京：中国社会科学出版社1984年版，第114页。

体现。

其次，重述插话中的一些故事，反映了古印度民族的历史事件。诸如部族战争、民族迁徙与民族关系和其他社会活动。譬如《摩诃婆罗多的故事》，可以看作婆罗多族两大后裔俱卢族与般度族之间争夺王位的战争历史和般度族的立业史。又如《罗摩衍那的故事》，"照某些学者的意见看来，罗摩和罗波那的战争实际上是雅利安文明和非雅利安文明之争。雅利安人打败了非雅利安人之后把自己的文明扩大到了楞伽岛，这个说法不纯粹是个隐喻"[①]。许多西方学者甚至认为其反映了古印度农业技术的南传历史。因为史诗中的女主角悉多的名字，原意为田地里的垄沟，象征着农业技术。悉多被掳至楞伽岛，象征着农业技术从北向南的传播历史。

（二）先民社会生活的反映

《格萨尔》史诗研究专家降边嘉措在谈及史诗反映历史社会生活时深刻地指出，史诗"能够在广阔的历史背景下，多方面地表现一个民族在一定历史阶段的社会生活。史诗，顾名思义，可以理解为用诗歌形式书写的一个民族的历史。当然，它不同于一般的史书，而是艺术地再现各该民族的历史"[②]。古印度史诗亦然，特别是大史诗《摩诃婆罗多》，甚至被认为是"由印度的一些伟大的智者经过世世代代深思熟虑，从而全面阐明社会生活的唯一代表性著作"[③]。古印度史诗插话及其重述后的文本，从根本上而言，继承了史诗的这一特征，都在一定程度上艺术化地展现和反映了古代印度社会的生产与生活方式。这种反映主要表现在对古印度早期社会的生活环境与生产生活场景这两个方面。

---

① 季羡林、刘安武编：《印度两大史诗评论汇编》，北京：中国社会科学出版社1984年版，第39页。

② 降边嘉措：《格萨尔初探》，西宁：青海人民出版社1986年版，第12页。

③ 季羡林、刘安武编：《印度两大史诗评论汇编》，北京：中国社会科学出版社1984年版，第81页。

首先,插话和史诗源文本一样,都反映了古代印度先民的生存环境。这些生存环境包括古代印度宫廷、仙人静修林和修道院、城市商业区等。如《迅行王》《那罗》《尸毗王》《库达拉》《诃哩湿旃陀罗国王》中关于古印度王宫生存环境,这些生存环境反映了古印度宫廷王族与大臣的生存场域。又如《众友仙人》《莎维德丽》《蚁垤》《沙恭达罗》等中的仙人静修林和修道院,是古印度仙人生存的主要场域,它们会成为众多信徒前往朝圣或避难的地方,反映了古印度仙人文化与历史,再现了古印度先民生活的场景。其中涉及了众多家庭生活的内容,如《脚镯记》中城市小市民的家庭生活描写,《莎维德丽》中在森林狩猎生活的场景。又如《罗摩衍那的故事》中,罗摩代表的是新兴地主阶级,他赖以为生的是农业;而罗波那则代表没落奴隶主,他以吃肉为生,进行游牧活动。

此外,这些故事还涉及妇女制度问题。"在《罗摩衍那》时代,妇女特别受到尊重,她们有各种权利。从《摩诃婆罗多》中可以发现,虽然到那时妇女已经成了男子享乐的工具,但还是充分注意到了维护她们的尊严。由此可以清楚地看到,《罗摩衍那》和《摩诃婆罗多》中所描写战争的根本原因是有关妇女尊严的问题。"[1]

(三) 人类经验的传递

古印度史诗源文本中的插话与纳拉扬的插话重述,同样将史诗所具备的人类普遍经验呈现与传递出来。这些史诗插话传递出来的人类普遍经验,主要体现在一些社会制度与社会结构方面,包括婚姻家庭、风俗习惯、宗教信仰等。通过重述后的插话故事,先人们传递古印度社会生活经验与道德标准。

首先,古印度婚姻制度的演变与社会形态的过渡。古印度史诗中的

---

[1] 季羡林、刘安武编:《印度两大史诗评论汇编》,北京:中国社会科学出版社1984年版,第41页。

婚姻，反映了当时的择偶与婚恋观念。如《德罗波蒂》的选婿大典与五子的婚姻，反映的是母系社会—一母多夫的婚姻制度。而《莎维德丽》中莎维德丽获得的自主选取自己夫婿的故事，则反映了古代印度婚姻制度中开明的一面。其中婚姻的类型，《沙恭达罗》选的婚姻方式为干达婆方式，即男女双方不经父母、私订终身的方式。又如婚姻的仪式，《摩诃婆罗多的故事》中德罗波蒂的选婿大典，在竞选结束后，女方必须随男方去拜见男方家长，由母亲赐福，然后女方家长赶来商定结婚事宜。

其次，传递生活经验和道德标准。高尔基（Maxim Gorki, 1868—1936）说："神并非一种抽象的概念，一种幻想的存在，而是一种武装着某种劳动工具的完全现实的人物，神是某种手艺的能手，人们的教师和同事。"① 在《那罗》与《摩诃婆罗多》中，掷骰子是国王必须学会的一样技能，接受挑战意味着王权的跌落与兴起。在史诗源文本与插话中，无论是坚战还是那罗，两人都因为掷骰子而失去王位，后又重新夺回。

通过古印度史诗插话的现代重述，纳拉扬不仅建构了一个新的神话系统，而且建构了一个印度国家形象，达到宣扬印度文化的目的。因此，纳拉扬的印度史诗神话三部曲，所传播的就不仅仅是一本史诗重述的书籍，一套故事集或者一系列道理，而是一种文化。其中包含着古印度人民的精神信念、价值观与行为规范等，涉及印度人民生活的诸多方面。纳拉扬的插话重述文本在英语世界的跨文化传播的过程，也是其所代表的印度文化多元化的过程。

第四节　纳拉扬古印度史诗重述的跨文化传播

独立后的印度，因受西方文化跨文化传播的影响，印度文化传统遭

---

① 高尔基：《苏联的文学》，转引自屈育德：《神话·传说·民俗》，北京：中国文联出版公司1988年版，第32页。

受到新的文化冲击并面临着新的失语危险。印度本土文化如何摆脱严重的文化困境,是纳拉扬所处时代知识分子与整个社会共同的使命。古印度史诗神话传说作为印度文学的重要代表,蕴含着丰富的印度文化,理应在世界范围内广泛传播。

纳拉扬将古印度史诗及插话置于现代语境之中,赋予其新的时代意义,以及其所激发出的新文化意蕴与生存内涵,使古印度史诗重述具备了现代语境中跨文化传播的基本特征,从而使得印度史诗及其所蕴含的深厚印度文化内涵,成为一种具有异质文化特性的文化产品,能够跨文化传播进入英语文化世界,并为众多英语读者喜爱与接收,促进了印度文化的外向传播。作为一种文学文化传播方式,纳拉扬的古印度史诗重述,既是一种个人的行为,也是社会行为的投射。那么,纳拉扬的史诗重述本是如何建构起其跨文化传播的机制,又具备哪些跨文化传播的基本特征?

一、传播语言的共通性

作为一种传播符号,"在跨文化传播中,语言是文化的载体,反映文化并对文化起非常重要的作用"①。语言的精心选择及巧妙使用,以及语言表达的效果决定着跨文化传播的能量。纳拉扬的古印度史诗重述文本之所以能够很好地实现跨文化传播的目的,是因为文本满足了跨文化传播所需的基本特征,传播语言的共通性及其达到的良好效果,是其最显现的特征之一。

(一)作为传播媒介的英语

"语言作为人类认知世界的工具、文化信息的载体和社会的黏合剂,是民族认同和归属的重要标志,是民族文化的凝聚和历史积淀的显化,

---

① 江滨、王立松、刘蕾主编:《语言运用与文化传播》,天津:天津大学出版社2014年版,第2页。

第二章 摩尔古迪的"创建者"——纳拉扬

是区别于其他民族的主要特征。"① 纳拉扬的古印度史诗重述文本之所以会选取英语作为传播媒介语言,部分原因是纳拉扬自小就接受英语教育,并有长期的英语文学创作的经验。"部分原因是英语已成为一种受尊重的文化交流手段,像桥梁一样连接着千差万别的印度土生语言(印度人把自己的母语视为第二语言)。"② 而实际上,对于部分印度人而言,英语和他们的母语一样已然成为他们的第二语言,成为他们表达自己情感意识的工具与方式之一。英语这一"第二语言尽管不是特别重要,且通常不是首先学会的,但它仍然是自己的语言。外语是用来吸收其他民族文化的,第二语言是用来作为表达自己民族文化经验的替代方式。"③虽然英语在印度殖民时期一直是控制印度政治、社会和经济的主要有效手段之一,但是后殖民时代的英语,已经发展成印度文学用来向世界发声、探究身份和跨文化交流的重要手段。

纳拉扬的古印度史诗重述文本是作为一套跨文化文本来打造的,他不得不考虑文本采用受众最广的语言。英语作为世界上使用最为广泛的语言,是当时世界上的流行语言或强势语言,能够提供最广泛的受众群。作为一种世界通用语言,世界上每一种语言都受其影响,纳拉扬的文学创作语言也不例外。此外,作为对古代史诗源文本插话的一种跨语言重述,纳拉扬的插话重述文本同样也是一套文学翻译文本。根据贺拉斯翻译模式,翻译中存在一种优势语言,其他语言最终总是倾向于向这种优势语言妥协。当文学翻译文本的目标受众语为英语时,要将其他语言译成英语,尤其是"将第三世界国家的语言译成英语

---

① 江滨、王立松、刘蕾主编:《语言运用与文化传播》,天津:天津大学出版社2014年版,第1页。
② 克里夫顿·费迪曼、约翰·S. 梅杰:《一生的读书计划》,马骏娥译,南京:译林出版社2012年版,第278页。
③ M. K. 奈克:《印度英语文学的回顾与前瞻》,见尹锡南:《印度比较文学论文选译》,成都:巴蜀书社2012年版,第370页。

时，译文总是不可避免地会倾向于英语这种优势语言"①。纳拉扬的英语观认为，英语已经成为印度民族语言的一部分和母语之一，已然成为大量印度民众的"一种语言皮肤（verbal skin）而非语言外套"②。在纳拉扬的潜意识中，英语自然是优势语言，从而将英语作为自己的立场语言，力图保持这种优势语言的特色及其印度文化特征。

因此，在纳拉扬的古印度史诗重述文本中，以英语来表达与传播印度传统文学和文化，并没有什么冲突，反而，英语在印度传统文化跨文化传播过程中扮演了重要的角色，减少了因语言带来的诸多障碍。纳拉扬的印度英语具有浓厚的印度色彩，却无碍于他采用符合英语文化世界的语言使用方式和英语读者易于接受的通俗化传播方式，以及适应当时英语世界文学与文化需要的各种语言手段，实现印度传统文化的跨文化传播，达到理想的文化传播效果。

（二）构建审美文化的文学语言

卡西尔认为，"语言给了我们第一个通向客体的入口，它好像一句咒语打开了理解概念世界之门"③。语言与文化息息相关，语言工具论认为，语言是人类传播文化和交流思想的工具，在人类文化传播过程中发挥着重大的作用。但是语言绝不仅仅只是一种传播工具，它还是文化的载体，体现着人类的文化属性。不仅如此，语言还有构建文化的功能。德国语言学家洪堡特（Karl Wilhelm von Humboldt，1767—1835）认为，

---

① Susan Bassnett, André Lefevere, *Constructing Cultures: Essay on Literary Translation*, Shanghai: Shanghai Foreign Language Education Press, 2001. 转引自刘剑：《语境顺应与文学翻译：以〈红楼梦〉为个案》，《中国英汉语比较研究会会议论文集》，第356页。

② M. K. 奈克：《印度英语文学的回顾与前瞻》，见尹锡南：《印度比较文学论文选译》，成都：巴蜀书社2012年版，第371页。

③ 恩斯特·卡西尔：《语言与神话》，于晓等译，北京：生活·读书·新知三联书店1998年版，第134页。

第二章 摩尔古迪的"创建者"——纳拉扬

语言的这种构建文化的功能,主要是通过构建人类的思维与创造力来完成的。"在更深刻的意义上说,语言的作用是内在的和构建性的。"①

文学语言是一种艺术化的语言形态,从语言构建性和文化传承性角度来看,文学语言同样具有构建文化的功能。文学语言最突出的一个功能就是其审美功能,根据语言的民族性特征,一个民族的文学语言以艺术的形式"主要积淀本民族的以审美情感、经验为核心的审美文化,并以此构建本民族成员的审美经验和审美观"②。因此,文学语言不仅具有审美的功能,还有建构一个民族审美文化的功能。

纳拉扬重述古印度史诗的文学语言简洁、生动、流畅、优美,兼具形式美、形象美、情意美和风格美等特征。通过富有表现力与感情色彩的文学语言,纳拉扬再现了古印度史诗神话的艺术世界,同时使读者轻松地进入这个丰富多彩的印度文化世界。因此,从纳拉扬插话重述的文学语言中,可以清晰地看到印度民族传统文化的痕迹,感受到印度民族文化的情感、思想、经验与理想。读者在纳拉扬的文学语言中,可以更明确、生动地感觉与想象到,古印度先民的遥远过去与现代印度社会的感情联系。不难见到,纳拉扬的文学语言深深地渗透着印度历代先人的经验感受和保留着印度古代先人的生活气息。印度民族追求文学反映深层文化心理的特殊审美情感与经验观念,也沉淀在这种艺术化的语言之中。可以说,纳拉扬插话重述的文学语言,是纳拉扬将印度传统文学语言及其所积淀的民族文化内涵,与其独特的人生境遇和情感体验融通后,创作出来的文学作品。

因此,纳拉扬插话重述的文学语言,实现了建构印度民族审美文化的功能。从传播印度民族文化的角度而言,纳拉扬的文学语言及其建构起来的审美文化,就像一座桥梁,承载着印度传统文化的精神与魅力,

---

① 威廉·冯·洪堡特:《论人类语言结构的差异及其对人类精神发展的影响》,姚小平译,北京:商务印书馆1999年版,第75页。
② 赵志军:《论文学语言的审美文化构建功能》,载《社会科学辑刊》,2008年第1期。

体现着印度文化深厚的底蕴。而这种桥梁作用，恰恰是在传承本民族文化和跨文化传播民族文化中不可或缺的。

二、文学审美方式的趋同性

（一）插话故事的现代叙事演绎

美国文学评论大家哈罗德·布鲁姆曾说过，"伟大的作品不是重写即为修正……一首诗、一部戏剧或一部小说无论多么急于直接表现社会关怀，它都必然是由前人的作品催生出来的"①。纳拉扬的古印度史诗的现代重述，是以现实社会关怀对伟大的印度史诗作品的一种新的书写，而纳拉扬则是行走于这些神话故事中的现代人。他立足于印度经验，回归至印度文化传统与叙述传统之中，创造性地对现实生存经验提出疑问，在现代性语境和传统文化的挖掘与传承中，开掘出新的创作之路。

不仅如此，纳拉扬还邀请了一位"说故事的人"共同演绎。"说故事的人"的存在和听他讲述故事的叙事方式，是一种既古老又现代的文学技巧。在他的身上，纳拉扬赋予了古印度史诗讲述者同等的叙述者功能，同时又赋予了他现代人的开阔视野与思维方式。"说故事的人"这一现代视角的渗入，使得古印度史诗插话故事的象征性得到了极大的丰富。这些故事通过演绎生成了一套开放性的符号系统，以极大的包容性承载了复杂多变的现代多元文化。

在"说故事的人"的叙述中，古代印度史诗神话所具有的文学、文化资源，与他的现实生活和他获得的文化讯息进行了结合，产生了奇妙的文学效果。也正是通过"说故事的人"，纳拉扬在源文本的原型、故事与主题之上，不断加入社会现实生活的讲述与阐释，让插话故事与现实生活之间形成一种充满叙事张力的对话与交流。这样一种叙事方式，

---

① 哈罗德·布鲁姆：《西方正典》，江宁康译，南京：译林出版社2005年版，第8页。

不仅充满想象力和洞察力地再现了古印度史诗神话,而且将关于现实生活的描述巧妙地融入神话故事的解读之中,在现实与神话之中建构了一种平衡。这种带有社会现实的切身感与神话体验的平衡感,能够吸引读者的阅读,并引起读者的共鸣,从而拉近读者与古印度史诗神话的距离。

英国著名神话学家凯伦·阿姆斯特朗曾说过:"随着我们境况的变化,我们需要以不同的方式讲述我们的故事,为的是从故事中获得不受时间限制的真理。每一次当人们向前迈出重要的一步时,他们都要重温他们的神话,并让神话面对新的境况说出新的内涵。"[1] 可以说,纳拉扬运用现代叙事方式进行的古印度史诗现代重述,是其为维护印度文化内核的稳定性,并促使其外延发展的一种方式。在精神意蕴上,使印度传统文化具备了时代的精神与思想,在艺术审美上,使插话故事具备了另一种诗性审美体验,在民族特色上,使具有民族文化特色的语言与思想走向了世界性的新文化平台。纳拉扬的古印度史诗的现代重述,并非要取代源文本的伟大地位,而是结合新时代社会文化因素,打破其存在已久的原始形象,建立新形象,适应新时代读者的阅读期待、认知习惯和思维方式。

(二) 神话原型的现代性审美处理

现代性审美是美学意义上的审美,其价值诉求在于建构现代人类的主体性。其产生的背景是人在现代化现实面前主体人格性的丧失,人的欲望膨胀、道德底线的突破和感性欲望融合能力的失去。如何形成感性冲动与形式冲动结合的审美情感,弥补现代性进程中产生的这种人性分裂,成为现代性审美诉求的发端。现代性审美"渗透于现代生活的方方面面,政治活动、日常生活、意识形态领域、审美活动,等等,并使这

---

[1] 凯伦·阿姆斯特朗:《叙事的神圣发生:为神话证明》,叶舒宪译,载《江西社会科学》,2008 年第 8 期。

些内容审美化"①。

在文学方面,现代性审美的诉求体现在:对反映现实生活的现实主义文学创作的放弃,转向从人类远古神话中获取创作资源。西方现代主义文学中的卡夫卡(Franz Kafka,1883—1924)、乔伊斯(James Joyce,1882—1941)、福克纳(William Faulkner 1897—1962)与艾略特(T. S. Eliot,1888—1965)等人的作品神话原型,以及中国"寻根文学"作品中的神话寻根,无不反映了神话复兴的现代性审美诉求。纳拉扬的古印度史诗插话重述也不例外,从古印度史诗神话文学原型中吸收养分,重新发现古代传统文学与文化中的艺术魅力,有助于改善自己文学创作的审美信息结构。原型的存在,不仅能够对文本的结构、角色模式产生影响,而且会形成一种神话式的转化情境。

纳拉扬的古印度史诗重述,对于印度神话原型的审美现代性处理,首先体现在他对印度神话原型的精选与重组。通过以人物原型为中心的叙事结构,彰显人物的主体性,这些人物具有了西方现代文化中人本主义的色彩。纳拉扬将人物的个体和感性存在作为重述的主要方面,以此来反衬现代人内心的矛盾性,体现了一种现代性关怀。其次是承继神话原型的原始思维方式,探寻人类科学理性的不足,实现现代意义的超越。再次是展示神话原型的生命欲望,探讨根植于人类自身的生命伦理这一"现代文化深刻的主体转向的一部分"②。最后是展现神话原型的性灵化体验,将神话原型作为体察现实社会和人生情感的着眼点,从而探讨神话原型作为现代性语境下的现代社会人类反驳平庸现实,实现人生心灵救赎的希望镜像。

从以上几个方面,纳拉扬对印度史诗神话原型进行了现代性审美处

---

① 徐敦广:《现代性、审美现代性与艺术审美主义》,载《东北师大学版》(哲学社会科学报),2009年第1期。

② 查尔斯·泰勒:《承认的政治》,见汪晖、陈燕谷主编:《文化与公共性》,北京:生活·读书·新知三联书店1998年版,第294页。

理，使自己的插话重述文本具备了现代性审美的特征。这些特征使得古印度史诗插话及其所承载的印度民族传统文化具备了世界化传播的特性。因此，纳拉扬的插话重述，从文学的外在形式和内在精神方面探索出了一条适合民族文化传播的民族文学道路：既继承古代传统文学的艺术精髓与文化内涵，又挖掘现代文学语言的审美优势，结合现代思维，实现印度传统文化与文学世界化的审美追求。

三、文化价值的普遍性

纳拉扬古印度史诗的现代重述，使得印度文化体现了人类文化普遍性价值。这种人类文化的普遍性价值主要源自插话故事人物原型所具有的对人类文化发展的积极建设意义。插话故事中的人物原型，充当了一种传递印度民族文化的载体，将印度民族文化精神向世界其他民族与国家传播，积极展开对话与交流，探究其与世界文化的关系，使其成为文化的他者而被广泛认同，使世界的文化图像更趋完整。

（一）人类命运的存在之思

古印度史诗中的神话传说寄托着印度民族精神和心灵的双重情感，赋予了印度文化道德与理性的双重内涵。它同时还保留了印度先民对于神圣自然的惊奇与敬畏，印度传统文化中的"梵我如一"的深邃思想就出自对自然与宇宙的神秘感、敬畏感。正是这些情感，透视出了印度民族对生命个体与宇宙存在的思考。人的内心与精神世界的丰富与和谐，抵达"梵我如一"的人世境界，将人的生活与命运归结为梵之本质存在，皆是印度传统文化推崇的生命理想与终极情怀。

纳拉扬的古印度史诗的现代重述，以现代化的视角将叙述的核心倾注在故事人物身上。印度史诗神话中描述的天神、国王、英雄与女性等人物，同命运和困境进行永不屈服的斗争，凝聚着印度民族强烈的精神诉求和人类社会共有的情感因素。而神话中以阿修罗、罗刹为代表的诸魔，其实就是潜伏在人之内心深处的敌对的自我，是来自被生活异化的自我之魔。无论是神、人，还是魔，他们身上都蕴含着人类的智慧与文化基因。通过这些神话原型人物的命运困境与艰难存在，以及人物精神升华超越困境的努力，纳拉扬再现了印度民族对命运与存在的探索与思考。这些广泛流传于印度社会且沉淀在印度民族集体意识之中的神话原型，其展现出的精神动力和揭示的社会存在，复苏了现代人日渐沉息的对神性的生命观照。"作为历史在当代社会再现的一种方式，成为人们回归历史、思考当代人类生存处境的一条途径。"① 纳拉扬通过这些原型的文化精神与价值取向，寄予了现代人重铸文化价值的希望。

纳拉扬的古印度史诗现代重述，始终贯穿着理性思辨与人文精神，不仅追溯了印度神话与仪式构成的历史，考察了印度先民表现出的人类心理，同时还探索和表达了现代印度人的忧思。通过古印度史诗的现代重述，纳拉扬试图透过印度神话内在的隐喻性来表达现代人的生存困局，从而探索人性与生命的终极意义。将纳拉扬的古印度史诗的现代重述，置于全球化的文化大背景中进行解读，必然具有文化人类学上的意义。它表达了人类从诗意的维度追求精神永恒的理想，赋予了人类突破物欲时代束缚的神性关怀，使人洞悉自我灵魂，反观现实世界，达到精神世界的平衡。

纳拉扬通过古印度史诗的现代重述及构筑的印度神话体系，提供了现代人感悟、思考生命意义的蓝本和解读神话寓意的本能。它不仅丰富了印度史诗神话的谱系演绎，发展了插话故事的主题内涵与文化意义，而且实现了对印度传统文化的传承与现代解读。

（二）人类精神文化成果

西方工业革命以来，现代科技所带来的人类社会思维方式与价值观

---

① 杨瑶：《狂欢化视野下中西"重述神话"项目作品之比较》，南昌：江西师范大学出版社2009年版，第11页。

第二章 摩尔古迪的"创建者"——纳拉扬

念的转变,导致人类欲望的无限膨胀。精神文化价值为物质追求所取代并逐渐被遗忘,作为人类思想源泉和精神依托的神话被功利的社会发展淡忘。人类随之进入信仰缺失与精神匮乏的时代。到了19世纪,神话甚至被西方理性宣布消亡。但是在印度,神话一直广泛存在于印度次大陆的每一寸土地,又由于其与印度宗教的天然亲密关系,印度神话在印度人的精神文化生活方面,享有特殊的尊崇地位。当20世纪神话在世界全面复兴,印度神话自然成为世界神话谱系中不可或缺的精神文化的一支。

英国作家凯伦·阿姆斯特朗认为,"关于诸神的传说、英雄闯入地狱世界、穿越迷宫、降妖伏魔的斗争等故事揭开了人类心智运作的神秘一角,表明人们如何调节他们的内心冲突"①。因此,神话的内在保存着拯救人类精神的希望之火。印度神话与世界众多神话一样,其内在的人类精神文化基因,使其即便处于理性主义泛滥、信仰缺失和世界神话普遍缺失的现代社会,依旧保持着人类精神文化记忆的能量。它超越时空,将人类早期的信仰与当代人的精神迷失关联在一起,无异于现代人的精神还乡,是帮助人类克服困难、面对死亡与虚无的精神给养。

纳拉扬的古印度史诗现代重述,始终都贯穿着一条文化传播的主线:将古印度史诗神话精髓用现代文学语言和文学形式,译介和传播给英语世界读者。英语重述本语言简洁、叙述生动,在充满异域景观的故事中向英语世界读者讲述了印度人的人格力量和精神文化,让英语读者感知和了解印度神话传说中人格化的天神、恶魔、帝王与英雄等。古印度史诗插话中那些充满正能量的神话人物,如坚战、罗摩、那罗、诃哩湿旃陀罗、德罗波蒂、沙恭达罗、达摩衍蒂、莎维德丽等,无不具有无

---

① 凯伦·阿姆斯特朗:《神话简史》,胡亚豳译,重庆:重庆出版社2005年版,第11页。

穷的精神号召力，他们勇敢、坚强、善良和充满智慧，能够使人摆脱懦弱、堕落、邪恶和平庸。读者通过他们的故事，可以获取精神能量的赐福，净化灵魂。纳拉扬重述古印度史诗中的神话故事，"不仅为人类提供了诗性智慧，也为人类提供了返归自身的航向与能力"①，这既是印度神话，也是世界神话为人类世代重述的根源所在。

（三）人类民族文化特征

古印度史诗中的印度神话传说，是印度民族文化记忆的重要组成部分，对于印度民族而言神圣而庄重。插话中具有民族文化色彩的神话原型，如罗摩、尸毗王、诃哩湿陁罗国王、莎维德丽、达摩衍蒂等，凝聚着印度民族的情感愿景和理想追求，成为印度民族具体化的累积性历史记忆，延续至今，构成了印度民族文化、民族性格和文化传统的重要成分。因此，古印度史诗中的印度神话传说，是印度民族集体意识的显现和印度民族文化的精髓部分。在这些以神话传说为主的插话中，很多故事如《莎维德丽》《那罗传》和《沙恭达罗》等已经成为印度文学的经典，曾几度渗透到世界各国文学与文化领域。其中，《那罗传》早在1819年就被弗朗茨·波伯译为拉丁文的《那罗王之歌》，此后又被多次译为德文，被公认为印度文学和世界文学中的一颗明珠。阿·维·封·施勒格尔称"达摩衍蒂的坚贞行为和献身精神在印度家喻户晓、妇孺皆知，就像泊涅罗泊在我们欧洲一样。在欧洲这个古今各国艺术珍品聚集的地方，达摩衍蒂将获得和泊涅罗泊同能的声誉"②。

在全球化的现代语境下，纳拉扬的插话重述，蕴含着其对所处时代和印度民族历史之间关系的一种真实性的信任与依赖。纳拉扬通过插话重述，赋予印度神话以新的内涵，"试图从民族的某种源头来为自身延

---

① 叶舒宪：《神话如何重述》，载《长江大学学报》（社会科学版），2006年第1期。
② 季羡林、刘安武编：《印度两大史诗评论汇编》，北京：中国社会科学出版社1984年版，第327页。

第二章 摩尔古迪的"创建者"——纳拉扬

续、存在和发展的合法性寻找依据,这样,历史记忆就为民族认同的建构提供了前设式的根据"①。建构一种跨文化语境下的民族文化认同。同时,通过插话重述,纳拉扬追溯了印度历史的轨迹,在神话时空中感触印度民族文化的印记,并以现代性来观照与反思现代社会人性与命运的复杂。纳拉扬插话重述这种追忆文化经典的文学行为,将古印度史诗神话所积淀的印度传统文化转化成了新的文化形态,将其中蕴含的文化内涵转换成现代社会人类的生命意识,使史诗重新焕发出新的生命力。这种新的变化,反映了古印度史诗积淀的印度民族文化记忆,在现代社会的延续和文化遗存。

总之,在全球化语境中,纳拉扬的古印度史诗重述无疑是传播印度民族文化的有力方式。插话重述文本不仅注重通过挖掘和重建印度民族的传统文化来建构自己的民族文化与身份认同,而且以此为基石与平台,向世界文化发出交流与对话,传播独具特色的印度民族文化。印度史诗神话及其所蕴含的民族文化底蕴因此再次得到了世界性的传播。在重温经典的视角上,纳拉扬的插话重述文本无疑体现出了跨文化共通性。鲁迅曾言,民族的就是世界的。独具特色的印度民族文化,同样也是人类世界共有的民族文化。正是基于这一点,纳拉扬的古印度史诗重述让世界人民重温了民族的文化情感。文本所具备的人类民族文化价值的特征,也成为其在传播过程中深受读者喜爱的缘由所在。

---

① 殷曼:《民族认同建构与"历史记忆"的暧昧性》,载《社会科学战线》,2008 年第 1 期。

第三章 追求解脱的修行者——拉贾·拉奥

　　一切写作之物，我只喜爱作者用自己的心血写成的。用你的心血写作罢：你将知道心血便是精神。……谁用心血写作格言，他是不愿被人们诵读的，而是给人们默记的。①

　　　　　　　　　　　　　　　　——尼采

　　对我而言，文学是修行，不是职业，不是旅行……我的创作是精神生活的主要的结果，我指的是修行。我的内心经历着这样的矛盾——应该先是一位作家，然后是一个人，还是先作为人，然后是一位作家？作为人，我指的是形而上学的实体。因此文学只能是一种心灵的体验……是超出我的视域之外的。我真的认为，只有通过对绝对存在的奉献或形而上学的规范，一个人才有充分的创造性……对作家来说，将文学作为修行是最好的生活。②

　　　　　　　　　　　　　　　　——拉贾·拉奥

---

① 尼采：《查拉斯图拉如是说》，尹溟译，http://www.ebook007.com/xueshu 15/04/2003。

② K. C. Belliappa, *The Imagine of India in English Fiction*, Delhi: B. R. Publishing Corporation, 1991.

第三章 追求解脱的修行者——拉贾·拉奥

第一节 拉贾·拉奥的生平与创作

一、生平简介

拉贾·拉奥（Raja Rao，1908—2006）1908年11月9日生于南印度一个正统高贵的婆罗门家庭。据称其家族最早辅佐犍陀罗的希腊王，后来出入拉其普特诸王的宫廷。后来，家族一直南迁，其中一支仍定居在迈索尔，到拉奥的祖父时，已不复往日家族的荣光。但其祖父罗摩克利希纳是公认的吠檀丁（吠檀多哲学家），继承了皇家邮政所所长的职位，在喜玛瓦迪河岸边也有不少田产，深受当地居民的爱戴。7岁之前，拉奥跟着祖父一直住在迈索尔的哈桑，拉奥从家中的老人和女眷中接受学前教育。听他们讲述天神、恶魔的故事，天神们的不朽功业喜怒哀乐、悲欢离合。

早在拉贾·拉奥出生以前，他的父亲就举家迁到了穆斯林聚居的海得拉巴，并一直在海得拉巴的尼扎姆（国王）学院教授卡纳达语。为了让拉贾·拉奥接受现代化教育，父亲把7岁的拉奥接到海得拉巴，只有在暑假的时候才能回到哈桑陪伴祖父母。拉奥的母语是卡纳达语，却在说泰卢固语和乌尔都语的环境下长大。中学毕业后，拉奥到阿里格尔穆斯林大学读书，在那里，遇到了艾瑞克·狄更生教授。拉贾·拉奥后来谈到艾瑞克·狄更生时说："他对我影响非常大。我是被他塑造的，我文学上的鉴赏力也是由他培养的。"[①] 狄更生挖掘出了拉贾·拉奥身上的艺术家潜质，教他去热爱法国，去欣赏米开朗基罗和桑塔耶纳等人的作品。1929年，拉贾·拉奥取得了英语和历史学的双学士学位。在海得拉

[①] Esha Dey, *The Novels of Raja Rao*, New Delhi: Prestige, 1992, p. 16.

巴政府奖学金资助下，拉奥到法国蒙彼利埃深造，在那里学习法语和文学。后来他转入巴黎大学学习，并获得博士学位。

1931年拉贾·拉奥与法国人卡米耶·莫丽结婚。卡米耶·莫丽受过高等教育，是蒙彼利埃一所女子学院的文学教师，在拉贾·拉奥成为作家的发展道路上起了至关重要的作用。后来，拉贾·拉奥还将其创作的第一部英语短篇小说集《路障上的母牛》（1947）题献给卡米耶。由于卡米耶认为拉贾·拉奥应该用卡纳达语写作，于是拉贾·拉奥也发表了一些卡纳达语的诗歌和文章，可并没有引起很大反响，因此他又改用英语创作。

拉贾·拉奥与卡米耶虽然很恩爱，但是他们的婚姻给拉贾·拉奥带来了很大的冲突和痛苦。因为在印度教中，婚姻不仅是个人的行为，更是对祖先和社会的责任与义务。就拉贾·拉奥自身而言，他说："我们是卡纳塔卡人，我们只能从自己的群体中选择结婚对象"，"我是家族里的长子长孙。在南印度长子长孙的地位很特殊，因为我要去延续香火。我是受到特殊偏爱的人"①。拉贾·拉奥与卡米耶的婚姻现实，与他作为婆罗门家庭长子所要承担的家庭和社会的责任之间巨大的冲突，给他带来了极大的痛苦。为了缓解心灵的痛苦，拉贾·拉奥经常回印度旅行，先后到室利·奥罗宾多、拉曼·马哈拉什等人的静修院学习。但是，拉贾·拉奥毕竟是尘世中人，英国殖民统治给印度人民带来的痛苦也使他感到悲痛，他不能无视印度人民的不幸，所以他积极参加印度的独立运动。拉贾·拉奥对圣雄甘地满怀崇敬之情，1941年拉贾·拉奥和甘地一起住在塞瓦格兰姆静修院。圣雄甘地为民族独立而不懈奋斗的精神对他造成很大影响，1942年他积极投身"退出印度"运动。在这次运动中，他结识了许多社会主义者，与他们成了亲密的朋友。1943年，拉贾·拉奥遇到室利·阿特曼南德（Sri Atmananda Krishna Menon，1883—1959），

---

① Esha Dey, *The Novels of Raja Rao*, New Delhi: Prestige, 1992, p.17.

深受其影响，尊奉他为自己的精神导师。至此，拉贾·拉奥精神上的痛苦和渴求才得到了一定的安慰。

1948年，拉贾·拉奥又到了法国。第二年，他与卡米耶正式离婚。拉奥的第二部小说《蛇与绳》被称为半自传体小说，其中曾描写他与卡米耶的婚姻。除此之外，拉奥对二人的婚姻生活绝口不提。

1950年，拉贾·拉奥访问美国。在此后长达10年的时间里，拉贾·拉奥潜心研究哲学。1960年出版的《蛇与绳》体现了他对东、西方文化冲突的探究和思考，这部小说获得了印度文学院奖。1960年拉贾·拉奥与法国著名作家安德烈·马尔罗一起到美国。1965年，拉贾·拉奥又娶了美国舞台剧演员凯瑟琳·琼斯为妻，并与她生有一子。从1966年起，拉贾·拉奥在奥斯汀得克萨斯大学教授印度哲学，1980年以名誉教授的身份退休。此后，拉贾·拉奥一直住在奥斯汀，他经常在妻子的陪同下回印度进行访问。拉贾·拉奥与凯瑟林的感情也不错，但文化的冲突在他们之间依然存在，以致难以共同生活下去。于是，1985年，年近八旬的拉贾·拉奥与凯瑟琳离婚，和苏珊·沃特结婚。

1963年长篇小说《蛇与绳》获得了印度文学院奖。1969年拉贾·拉奥获得了印度政府颁发的莲花奖三等勋章。1972年他成为在学术界享有盛名的美国华盛顿威尔逊国际学者中心成员。1984年，拉奥被推选为美国现代语言协会的荣誉委员。1988年，拉奥凭《棋王奇着》获得第十届纽伊施达特国际奖的文学奖。1997年拉奥成为印度文学院院士。2002年拉奥获诺贝尔文学奖提名。从2000年起，印度国内设立"拉贾·拉奥奖"，由新德里的一家公众慈善机构瑟姆沃特印度基金会管理，每年评选一次，奖励那些散居世界各地对南亚文学做出杰出贡献的作家（包括学者和批评家）。2006年7月8日，拉奥在奥斯汀因心力衰竭去世，享年97岁。2007年，印度总统向已故的拉奥授予国家莲花奖二等勋章。拉奥的作品并没有全部出版，有研究者称拉奥的作品如果全部出版的话，至少还要花上12年。对拉奥作品的评价和研究，还有很多工作要做。

二、长篇小说创作

拉贾·拉奥最初进行创作时用的是母语卡纳达语,很快他转向法语创作,但后来又选择用英语写作。1938 年,拉贾·拉奥的第一部英语长篇小说《根特浦尔》在伦敦出版,这是拉奥在印度独立前发表的唯一一部英语小说。它讲述了在 20 世纪二三十年代,南印度的一个小村子根特浦尔的村民在甘地主义的影响下,如何投身于争取民族独立的斗争和不合作运动,最后家园被毁灭的故事。

拉贾·拉奥说自己"忠诚于不二论吠檀多,是一名修行者"①,他把文学创作当成一种精神上的修行,说:"如果一个作家的作品不是为了寻求解脱,他就不是一个真正的作家。"② 他对解脱的定义是"超越于个人的形体和精神来安置自己"③,做到完全的客观。印度教认为解脱之道有四,即业瑜珈(Karma Yoga,按照规定活动)、智瑜珈(Jnana Yoga,对物质和精神进行哲学探讨)、信瑜珈(Bhakti Yoga,对神虔诚信仰)和王瑜珈(Raja Yoga,忠于瑜珈八支行法,有王者般地位崇高)。小说《蛇与绳》和《猫和莎士比亚》中的主人公分别通过智瑜珈和信瑜珈来寻求解脱,《根特浦尔》的主人公则采用了业瑜珈。甘地说:解决印度问题的答案应该到农村中去寻找,真理和非暴力只能在农村中得以实现。在《根特浦尔》中,拉贾·拉奥通过深受甘地主义影响的主人公穆勒蒂领导根特浦尔的村民争取民族独立的斗争经历,以小见大,由此来

---

① K. C. Belliappa, *The Imagine of India in English Fiction*, Delhi: B. R. Publishing Corporation, 1991, p. 216.

② Ranavir Rangra, *Interviews with Indian Writers*, New Delhi: B. R. Publishing Corporation, 1992, p. 115.

③ Ranavir Rangra, *Interviews with Indian Writers*, New Delhi: B. R. Publishing Corporation, 1992, p. 115.

观照印度 20 世纪二三十年代的政治运动,包括不服从运动、纺车运动、不合作运动、食盐进军、解救贱民运动等。"根特浦尔是印度的缩影,在我们为自由而斗争的艰苦岁月里,那里发生的事情会在印度任何一个地方上演。"①

穆勒蒂原本是在读大学生,只因为听了甘地的一次演讲,甚为折服,就成了甘地忠实的拥趸。甘地让他不穿洋布、不接受外国教育、到农村工作,去唤醒千千万万愚昧的农民,穆勒蒂便退学回到家乡,宣传甘地主义。

根特浦尔的村民对甘地思想的最初反映是冷漠的。穆勒蒂知道,打开印度农民保守精神观念的钥匙是宗教信仰,必须把甘地思想的新酒装入对神崇拜的旧瓶里,才能灌输给村民。于是,穆勒蒂在村中募钱来举行祭神、祈祷仪式,请著名的艺人贾雅拉玛查来讲神迹故事。因为穆勒蒂听说他曾在甘地面前讲过故事。贾雅拉玛查用人们熟知的湿婆的 3 只眼睛来解释说司瓦拉吉,说它们就是司瓦拉吉的三个方面。他说:甘地是大梵天派来的湿婆的化身,他到人间是为了将印度从英国人手中解放出来;甘地是圣徒,他教人们勿杀生、爱人,宣称印度教徒、伊斯兰教徒、基督教徒和贱民都是平等的,真理是唯一的神。甘地的形象随着贾雅拉玛查的讲述变得神圣和崇高起来,他的思想也渐入人心,容易为村民们所接受。村里的许多青年人在穆勒蒂的发动下丢掉了他们用外国布做的衣服,成了"甘地的人"。

贾雅拉玛查不久被捕,穆勒蒂继续在根特浦尔展开活动。穆勒蒂组织了一个委员会,村民兰格玛的家是他们的据点。他们从城里运来许多纺车,免费发放给村民,并向村民讲解手工纺纱的意义和作用,劝大家不要买英国布。"外国的每样东西都使我们贫穷。成千上万匹的外国布

---

① C. D. Narasimhaiah, *Raja Rao's Kanteapura*, "An Analysis in Critical Essays on Indian Writing in English", Dharwar: Karnaka University, 1968, p. 273.

进入印度，玷污了我们。圣雄说穿用自己手织的布做的衣服才是圣洁的。"① 穆勒蒂与不同种姓的人的亲密接触，说贱民有权利进入寺庙，这引起了婆罗门祭司帕德的不满，他威胁说要开除穆勒蒂的教籍。穆勒蒂的母亲——一位正统保守的婆罗门寡妇，无法承受威胁的巨大压力和耻辱，被吓死了。

穆勒蒂在咖啡种植园里的苦力家的时候，警察要把他赶走，苦力与警察之间发生了暴力冲突。穆勒蒂认为是他的过错，所以决定到庙里绝食3天。他的这一做法与甘地如出一辙，甘地在1924年为了制止教派之间的仇杀曾绝食21天。绝食期间，穆勒蒂不停地提醒自己："我应当爱我的敌人，圣雄说我们应爱我们的敌人。"②

穆勒蒂结束绝食后以满腔的热情投入不合作运动中。为了更广泛地发动群众，穆勒蒂走街串巷，到贱民区去找拉贾纳。虽然穆勒蒂清楚地知道自己应该对贱民一视同仁，可在他的内心，他仍十分注意自己是婆罗门种姓。拉贾纳不在家，他的妻子邀请穆勒蒂进屋，这对穆勒蒂来说"是件新鲜事。他在门口踯躅着，犹疑不决。突然，他疾步跨过门槛，蹲在泥地上"③。拉贾纳的妻子又热情地端来牛奶让穆勒蒂喝，穆勒蒂无法推却，只好抿了一口。之后，穆勒蒂急匆匆地回到兰格玛家，他马上沐浴，喝了一口恒河水，立刻"感到一股新鲜的空气在体内流动。饭后，他到河边静坐，沉思祈祷，以免别人问起他的经历"④。拉贾·拉奥对穆勒蒂的净化行为的真实描写，以及最后以叙述者说的"毕竟婆罗门就是婆罗门"⑤ 这句话，都表明了作者并没有完全无原则地美化穆勒蒂。穆勒蒂是一个人而不是一个神，也是有缺点的。虽然他被人们尊为"根

---

① Raja Rao, *Kanthapura*, Orient Paperbacks, Delhi: Orient Paperbacks, 1971, p. 29.
② Raja Rao, *Kanthapura*, Orient Paperbacks, Delhi: Orient Paperbacks, 1971, p. 92.
③ Raja Rao, *Kanthapura*, Orient Paperbacks, Delhi: Orient Paperbacks, 1971, p. 104.
④ Raja Rao, *Kanthapura*, Orient Paperbacks, Delhi: Orient Paperbacks, 1971, p. 105.
⑤ Raja Rao, *Kanthapura*, Orient Paperbacks, Delhi: Orient Paperbacks, 1971, p. 105.

第三章 追求解脱的修行者——拉贾·拉奥

特浦尔的圣雄",但拉贾·拉奥决不为尊者讳言而将穆尔蒂刻画成"高大全式"的人物。这体现了拉贾·拉奥正确的创作态度。

1930年3月,甘地开始领导"食盐进军"的斗争。穆勒蒂每天向根特浦尔的村民报告甘地的行踪,号召展开不合作运动。穆勒蒂带领他们游行,抗议政府逮捕甘地,呼吁大家抵制英货,发起了禁酒运动,结果遭到警察镇压,包括穆勒蒂在内的许多人被捕。但人们没有被政府的暴行吓倒,第二天,种植园的苦力和其他村的村民都来到根特浦尔参加游行。不仅禁酒运动的规模迅速扩大,农民也开始了抗租抗税运动。殖民当局调动更多的警察到根特浦尔来镇压村民,许多村民害怕了,退缩了。就在这时,城里的居民赶来声援他们,举行了声势更加浩大的游行。

最后,根特浦尔的村民们被荷枪实弹的警察赶出了自己的家园,移居到了附近的卡什浦尔。除了一个妓女还留在根特浦尔外,"在根特浦尔,不但人踪杳然,连一只蚊子也没有"①。穆勒蒂在出狱后,思想认识发生了变化,离开了根特浦尔。他在给兰格玛的信中表达了对甘地主义的怀疑和自己认识的转变,他决心去追随尼赫鲁。

拉贾·拉奥通过对穆勒蒂在根特浦尔村领导民族运动的实践,以及穆勒蒂由一名甘地主义者向尼赫鲁主义者的转变,表明了他对甘地主义的理性认识和对印度未来历史发展认识的深化。

小说的叙述者是一位目不识丁的老妇人阿贾卡,故事的主线是穆勒蒂领导的根特浦尔村民们的民族运动,她在叙述中不时加入一些神话传说,如女神肯贾玛降妖伏魔为根特浦尔人造福的故事、湿婆的传说和蛇的故事,等等。这种往世书式的叙事方式是拉贾·拉奥偏爱的,他说:"我喜欢将小说写得像往世书。我喜欢往世书的结构,对我来说,它是小说的唯一的结构。我不想将我的小说与任何外国小说进行比较……我

---

① Raja Rao, *Kanthapura*, Orient Paperbacks, Delhi: Orient Paperbacks, 1971, p. 258.

是一名十足的印度人,印度小说的形式就是往世书式的形式。"① 在《根特浦尔》的前言中,作者更是直接地说这部小说可以被看作一部往世书,是一个长的故事:在黄昏的静谧中,一位老祖母坐在走廊上,边回忆边补充,给新来的人讲她的村子里发生的故事。通过阿贾卡絮絮叨叨地叙述,拉贾·拉奥将现实事件与神话传说、客观真实与主观虚构相融合,把过去与未来相交错,凡人和神灵相混杂,扩大了读者的阅读视野,拓展了小说的叙事技巧。

创作《根特浦尔》的时候,拉贾·拉奥远在法国,但他时刻关注着印度国内形势的变化。所谓"当局者迷,旁观者清",也许正是巨大的空间距离和深刻的洞察力,使他能够从一个旁观者的角度来冷静地审视印度国内蓬勃发展的民族运动,客观地剖析甘地思想在启发民众觉悟、发动人民运动方面所起的积极作用和局限性。

《根特浦尔》是一部成功的作品,可之后在长达20多年的时间里,他都没有出版长篇小说,直到1960年才出版了第二部长篇小说《蛇与绳》。此后的几十年,拉贾·拉奥出版了3部长篇小说,它们是《猫和莎士比亚》(1965)、《奇里洛夫同志》(1976年)和《棋王奇着》(1988)。

《蛇与绳》是一部思想内容非常复杂的小说,带有强烈的自传性色彩。小说讲述印度青年拉姆·斯瓦米的经历。拉姆到法国学习历史,在那里他与历史系教授玛德琳相爱并结婚。玛德琳比拉姆年长5岁,在与她的性关系方面,他得到了前所未有的体验,觉得似乎与她结婚已很多年,找到了自己生生世世的真命天女。玛德琳让他充满欲望和崇高的精神渴求,因此,与她的肉体结合并非只是单纯的快感,还是精神体验的源泉。但是拉姆很快便意识到了二人之间存在的差别,他们对爱情、婚

---

① Shiva Niranjan, "An Interview with Raja Rao", Indian Writing in English, ed. K. N. Sinha, p. 20.

第三章 追求解脱的修行者——拉贾·拉奥

姻、家庭都有着不同的看法。尤其是当玛德琳怀孕的时候，拉姆感觉玛德琳已不属于自己，母性让她有了别的东西，二人之间的分歧越来越大。第二个孩子的夭折加速了二人关系的破裂，特别是当他遇到印度女孩莎维德丽时，他与妻子之间的裂痕更大了。

莎维德丽是一位虽然受过高等教育，但骨子里仍保留着印度传统观念的女孩，正是拉姆理想中的爱人。最后，玛德琳从拉姆的生活中退出。而拉姆这时逐渐明白，他对莎维德丽的爱是一种崇高的精神之爱，他们二人肉体的结合实际上是个体与神的灵魂的结合。莎维德丽嫁给了普拉塔普·辛格，但这没有改变拉姆对她的爱。莎维德丽是他真心爱着的女人。爱的肉体表达是可有可无的；真爱是神圣的，超越肉体。因此，莎维德丽与普拉塔普的结合就如同与拉姆结合一样。在小说的结尾，拉姆离开莎维德丽去寻找他的精神导师，因为只有在导师的引导下，他才能冲破自我，达到与自己追求的伟大目标的契合。

拉贾·拉奥认为女性是灵感的来源，没有女人，男人是不完整的。正是通过女人，男人才能够充分了解自己、实现自己。女人是男人存在的终极意义，成为男人存在的一部分。小说一开始，拉姆就悲叹自己早年就失去了母亲，说自己生来就是一个孤儿，一直都是一个人，即使在周游世界，却在酒店里和列车上哭泣；即使看遍名川大山，仍无法排解心中的痛苦，仍然为没有母亲而哭泣。

拉姆是一名吠檀多信仰者，这就决定了他对生活的态度。小说通过拉姆与玛德琳的关系，描写了东、西方的相遇，表明了作者对两种不同生活方式的判断和评价。小说在探索婚姻问题的同时，也在追求对自我的认识。这两者之间的相似性源于吠檀多哲学的不二论——用绳子常被误认为蛇来说明教义；有限的自我常被当作个体灵魂，而实际上只是梵的一个部分。《蛇与绳》也对比了东方和西方对一些世俗问题，如对性、社会、宗教和死亡等的不同看法。

拉姆非常热爱自己的祖国，他说："这是一片美丽的土地，作为一名印度人生活在印度是美好而圣洁的。"① 他乐观地看待印度社会存在的问题和痼疾，但在对待西方文化的局限性时，他则用上了放大镜，将一点点的细枝末节和小毛病都看得很严重。拉姆告诉玛德琳："在知识的层面，你能理解所有的思想和认知都是合在一起的吗？你只是从书本上知道有关事物的知识，而不是通过亲身体验……印度是要通过亲身体验才能理解的。印度就是智慧。"②

《蛇与绳》中充满了隐喻和象征。小说中有两处引文：一处是室利·阿特曼南德说的："波浪只不过是水，海洋也是水。"另一处是保尔·瓦雷里的诗句："大海，大海啊，永远重新开始。"③ 虽然两处的用法不同，但都将海洋作为一个象征。对室利·阿特马南德（对拉贾·拉奥也一样）来说，波浪与海洋的关系就像个体灵魂和最高灵魂的关系，而对瓦雷里来说，海洋象征的是世俗生活。女主人公的名字——"莎维德丽"也具有明显的象征意义。在印度古代传说中，莎维德丽凭着自己的勇敢和智慧将她的丈夫萨谛梵从死神那里救了出来。小说中的人物莎维德丽的作用也是类似的：她带给拉姆启发，将他从世俗的沉沦中解救了出来。此外，莎维德丽还代表了那些永恒的女性道德标准。

《蛇与绳》是印度传说故事与西方化叙事方式成功的结合。小说中既有印度色彩的梵文诗歌、占布（一种文体），又采用了类似于《奥义书》中讨论哲学问题时采用的对话方式。全书以诗体和散文混合的形式贯穿在叙述当中，还采用了西方平行式叙述和典型的西方现代小说自传式的叙述方式。小说不但试图将梵文的韵律特征与英语的韵律特征相融合，并且与《根特浦尔》一样，大胆运用了由卡纳达语转写成英文的词句。

---

① Raja Rao, *The Serpent and the Rope*, London: John Murray, 1960, p. 302.
② Raja Rao, *The Serpent and the Rope*, London: John Murray, 1960, pp. 331–332.
③ La mer, la mer, toujours recommencée（《海滨墓园》），卞之琳译，http://www.poemlife.com.cn 08/25/2004。

第三章 追求解脱的修行者——拉贾·拉奥

《蛇与绳》是一本难读的书,拉姆对学问的炫耀、知识分子的自负和自怜让人不快。此外,拉贾·拉奥杰出的语言能力有时让他的书写变成了纯粹的文字游戏,对哲学问题的细致描写又削弱了文学意义,这些都是《蛇与绳》的不足。虽然有这些不足,但《蛇与绳》仍是一部关于婚姻观念变化的出色小说,也是一位现代印度知识分子的精神自传。小说中对数论派不二论哲学的讨论,表明了小说是深深植根于印度传统的。深奥的哲学含意和丰富的象征,优美动人的抒情和清晰准确的描述,以及在形式和风格上的大胆试验,使小说取得了巨大的成功,很少有印度英语小说像《蛇与绳》这样以强烈的真实感受来表达印度人的感情和内心世界。

《猫和莎士比亚》是作者在1959年的短篇小说《猫》的基础上改写的,描写了一只猫和两个职员之间的滑稽故事。故事的叙述者拉姆克里希纳·帕伊是一名政府职员,他爱着美丽的香德,梦想着能建一所大房子。他的邻居戈文丹·奈尔是个好心的大块头,他的生活哲学是个人要完全臣服于他称之为"猫妈妈"的宇宙间最高规则的制订者,猫和小猫经常出现在奈尔的谈话当中。奈尔把一只猫带到物资配给办,可不幸的是,当那只猫突然跳到老板头上时,这个倒霉的人吓了一跳,因心脏病突发猝死了。那只猫则受到了法庭的审判。最后,同事诬陷奈尔贪污,奈尔被抓进了监狱,而拉姆实现了自己建房子的心愿。在小说的结尾,拉姆看到了一幅美丽的景象:"我发现一座玫瑰色的美丽花园,有凉亭、池塘,到处都长着许多闻起来甜甜的药草,兰花的香味从远处飘来。那里有许多鹤发童颜的老人和戴着绿色头巾的年轻人,儿童和妇女们和着树叶哗哗的节奏声载歌载舞。花园里面有许多蛇,獴则四处悠闲地漫步。"① 这是一幅所有生物和谐共处的生活场景。他还听到了"非常动人

---

① Raja Rao, *The Cat and Shakespeare*, New Delhi: Orient Paperbacks, 1971, p.100.

的音乐"。当他爬上楼梯时,他说:"我看清了每件事。"①

这部小说有着严谨的哲学基础。室利·阿特曼南德曾指出,一朵花有香味和美丽的外形,可是谁知道真正的花是什么呢?这就点出了小说的中心思想——透过表面现象确认"最高的真"。有关猫的理论来自印度圣哲罗摩努闇大师的修正的不二论哲学。根据这一学说,人类自我拯救不是靠知识,而是通过自我服从。在罗摩奴闇大师死后,这一教义有了两种不同的解释:"猴子理论"(monkey-theory;markatanyaya)和"叼猫理论"(cat-hold theory;marjara-nyaya)。前者认为人类的精神应该主动寻求与神的合一,就像小猴子紧紧地抓住它的母亲。后者则坚持认为人类的服从是应该完全信任神,像小猫被猫妈妈叼着后颈走一样。拉摩和奈尔在行动上都是"叼猫理论"的例证,他们通过信仰神来寻求解脱。

拉贾·拉奥本人对奈尔的描述是:"一个人在已经明白客观原则和真实后的行为会怎么样?他(即奈尔——引者注)是非逻辑的,而不是不合逻辑,他的行为是客观的,但充满了爱。他的行为不具有戏剧性,包含非常淳朴的爱,他能看到一个行为中的许多意义。"② 奈尔知道每件事,因为他关心每件事。对他来说,整个世界只是他的行动。他是不二论者,对他来说,没有任何东西是特殊的,一把椅子意味着所有的椅子,一把刀意味着所有的刀,而一个职员就是所有的职员。正如拉摩评价奈尔说的,他一定会把一件东西揉搓成本质,然后再展开,奈尔对任何事情都会有一个解释。在小说中除了明确的表述,还通过艺术化的阐述来表达相同的意思。那么奈尔是怎样达到这种精神状态的呢?他自己说:

---

① Raja Rao, *The Cat and Shakespeare*, New Delhi: Orient Paperbacks, 1971, p. 100.

② Ayyappa Paniker, *A Conversation with Raja Rao on The Cat and Shakespeare*, Chandrabbaga, 1979, pp. 14–15.

第三章 追求解脱的修行者——拉贾·拉奥

母猫运送小猫,我们都是被母猫运送的小猫……啊,当小猫的颈部被妈妈咬着时,除了享受这种快乐,小猫还知道别的吗?你看到那个瘦瘦的、毛茸茸的小家伙被拉长,摇摆着,你会想:可怜的小东西,它被这样咬着一定很痛苦。但我说,小猫被衔在母猫的嘴里,那是世界上最安全的地方。没有母亲,生命无法来到世上。现代技术可以做到生育不需要父亲,但是母亲——没有母亲就没有世界。因此,让她爱抚你,咬着你。我常常想,眼睛能看到世界,腿悬吊着,眼神坚定,颈部被母亲的口咬着,这是多么崇高啊!多么美丽……让母猫咬着你的颈部吧。①

拉奥明确指出:"猫代表客观准则。母猫是一种充满怜悯的动物。"② 猫的形象也代表了阴性原则。

《猫和莎士比亚》和《蛇与绳》两部小说都是建立在吠檀多哲学对幻和真的认识的基础上,故事的情节、背景甚至人物都是次要的。《猫和莎士比亚》取材于动物世界,虽有丰富的哲理和浓郁的喜剧色彩,但由于书中夹杂了抽象、深奥的哲理,并不像《蛇与绳》那样成功。

《奇里洛夫同志》最初是用英语写的,创作于20世纪40年代晚期,但没有出版。此后,作者多次修改和重写,1965年首先在法国出法文版,直到1976年才出英文版。小说讲述印度婆罗门知识分子帕德马纳婆·艾伊尔(即后来的奇里洛夫)的故事。帕德马纳婆·艾伊尔离开印度到了美国加利福尼亚,在那里他从书本中发现,对他来说,社会主义和列宁比博拉瓦茨基夫人和甘地更具有吸引力,于是奇里洛夫在利物浦加入了工党。小说的背景是20世纪三四十年代的伦敦,因此书中提到了奇里洛夫对共产主义和印度独立斗争等问题的看法。他与捷克女孩艾

---

① Raja Rao, *The Cat and Shakespeare*, New Delhi: Orient Paperbacks, 1971, p. 13.
② Ayyappa Paniker, "The Frontiers of Fiction: A Study of Raja Rao's The Cat and Shakespeare", p. 64.

琳结婚,他们二人有着同样的信念。艾琳难产死后,奇里洛夫去了莫斯科,后来还到过北京。从奇里洛夫的经历,我们看到了一个饥渴的灵魂努力寻求真理的过程。最终奇里洛夫意识到远离他的根——印度,他无法找到心灵的平和。奇里洛夫是作者塑造的一个处于强大的现代意识矛盾之中,挣扎在理智和情感之间的人物。他表面上是一名共产主义者,但骨子里还是一名传统保守的印度人。拉贾·拉奥在小说中反复强调了这样一个复杂的事实:"源自西方的意识形态——共产主义思想能战胜一位东方传统主义者的观念,但无法征服他的心,这就造成了一种不可避免的分裂意识的尴尬状况。"① 奇里洛夫几乎不能算是一个很鲜活的人物,因为他性格中的复杂性只是说出来的,而不是通过有意义的事件和象征性的表现而为读者所认识。

《根特浦尔》《蛇与绳》和《奇里洛夫同志》都采用第一人称叙事,叙述者都是"我"。拉贾·拉奥说:"我喜欢使用第一人称,因为我发现这样更加真诚。甘地先生曾说过,你可以对别人撒谎,但你骗不了自己,你必须得对你自己真诚。我想,这就是我为何采用第一人称来写作的原因。但是,这个'我'并不总是自传性的。在自由运动中,我不在印度,我在欧洲。一次尼赫鲁问我:'你在哪里坐过牢?'我说:'我没坐过牢。'因此,在小说中只有我的某些东西存在。"② 正如拉贾·拉奥所说,小说中只有自己某些东西存在,因此,小说中"我"的言谈举止,部分地反映了拉奥本人对某些问题的看法和认识。

《棋王奇着》(1988) 讲述了婆罗门数学家希瓦拉姆·夏斯德利寻找自我认识的过程。希瓦拉姆是一名数学家,他认为不二论吠檀多才是最完美的思想体系。拉贾·拉奥运用下棋的隐喻来表达哲学思想,他认为

---

① Narsing Srivastava, *The Mind and Art of Raja Rao*, Bareilly: Prakash Book Depot, 1980, p. 92.

② Ranavir Rangra, *Interviews with Indian Writers*, New Delhi: B. R. Publishing Corporation, 1992, p. 116.

与思想的对垒,就像是与马、象、兵和王打仗一样。比赛不是为了胜利,而是为了"味"(rasa)。小说中的人物时时刻刻都在寻找最高真理之所在。希瓦拉姆在加尔各答遇到贾娅拉克西米,在巴黎遇到了苏珊娜和米雷耶,后来在英国遇到他的教女乌玛,她们4位分别代表了不同的文化。小说引用室利·阿特曼南德的一句话——"我是照亮人们对世界的感知的明灯"[1] 来说明这样一个道理:导师不能为信徒们带路,他只是为弟子提供光亮,照耀他们前进的道路。正如批评家 R. 帕塔萨拉迪所指出的:"导师是棋王,通过他的奇着——怜悯和恩典来清除弟子的'愚昧'。"[2]

三、短篇小说创作

拉贾·拉奥共出版了3部短篇小说集,它们是《路障上的母牛》[3]（1947）、《警察和玫瑰》（1978）和《恒河岸边》（1989）。

《路障上的母牛》一共收录了9篇短篇小说,它们是《贾弗妮》《小食品店》《卡那卡帕拉——黄金守护者的真实故事》《阿凯雅》《那辛加》《一位门客》《在坎大什》《伙伴们》和《路障上的母牛》。这些故事通过不同阶层印度人的生活展现了印度独立前真实多彩的生活图景。这部短篇小说集中,最早的《贾弗妮》发表在1933年的《亚洲》,最晚的《那辛加》发表于1944年的《视野》。从这些短篇小说发表的时间看,拉贾·拉奥的写作无法避开印度三大运动的社会现实。

在这些小说中,《贾弗妮》和《阿凯雅》讲述了印度寡妇的生活故事,彻底暴露印度传统文化中存在的落后愚昧。《贾弗妮》通过知识分子拉摩的视角讲述了低等种姓妇女贾弗妮的悲惨生活和不幸处境。贾弗

---

[1] http://www.flonnet.com 16/12/2003.
[2] http://www.flonnet.com 16/12/2003.
[3] Raja Rao, *The Cow of the Barricades and Other Stories*, London: Geoffrey Cumberledge Oxford University Press, 1947.

妮是一位40多岁的中年妇女，她忠诚地为所有莫勒各特公路的巡视员服务。贾弗妮是无私奉献的"母亲"式印度妇女，她待人以诚，仁慈而谦卑，然而她的生活受荒谬的传统左右，自丈夫死去、家庭破败后，她就被当成不祥的人而受尽折磨。因为贾弗妮是低等种姓，她不得不在牛棚的黑暗角落里吃饭。贾弗妮对此没有任何抱怨和反抗，她只是"机械地嚼着米饭"。可在叙述者拉姆看来，这是不人道的行为，从他的反抗中，我们听到了一名现代进步知识分子正义的呼声。

《小食品店》《卡那卡帕拉——黄金守护者的真实故事》和《一位门客》探讨的是物质主义对人们生活的侵蚀。《小食品店》的主人公是莫迪拉尔和培迪·帕伊夫妇。莫迪拉尔起初穷得像贱民街上的狗，后来成为富裕的放债人，变得无比贪婪。具有讽刺意味的是，在莫迪拉尔最富有的时候，他因一个借债人失踪而几乎精神失常，更不幸的是，他竟被一辆摩托车轧死了。培迪·帕伊则饱受丈夫的虐待，笼子里的绿鹦鹉是她"唯一的安慰"。她最后死于瘟疫。作者通过这两个人物的悲剧，揭露了金钱对人性的摧残和人性中丑陋的一面。

《伙伴们》阐释了印度的传统价值观，讨论的是背负原罪的人如何得到真正的解脱。"伙伴们"指的不仅仅是耍蛇人与蛇，而且喻指伴随着人一生的所有高尚或卑鄙的念头，或者说是"小我"与"大我"。这是一个融合了伊斯兰教、印度教和基督教三大宗教意象的文本。故事的主人公是一个穆斯林，一天他遇上了一条自称命中注定要和他一起寻求解脱的蛇。此后，他被迫离开情人，四处流浪，寻找"神"和"蛇"的和解。在他最疲惫的时候，他的苦行感动了一个去世的先知的在天之灵。于是先知显灵，点化他应该通过虔信与顺其自然取得神与蛇、男人与女人、大我与小我的和解，使世界趋于和谐。

爱尔兰著名诗人叶芝在《探索》一文中写道："我要把文学建立在康德认为为了使生命值得活下去而必须提出的三个先决条件——自由、上帝、不朽上。这三者在'培根，牛顿，洛克'面前渐渐消失，致使文

第三章　追求解脱的修行者——拉贾·拉奥

学变得衰微了。因为自由消逝了，我们才有司汤达那面'沿着小巷逛悠的镜子'；因为上帝消逝了，我们再也写不出一向在我看来属于正统的那些悲剧——也就是对于固有一死的人乃是一份喜悦的那些悲剧。"[①] 很明显，拉奥也有类似的追求，但是与叶芝等满怀自信的精英立场不同，拉奥消解了上帝与不朽在个体生命中的重要位置。从对"蛇"的身份叙述中可以看出，拉奥以一个怀疑者和思考者的角度通过写作来达到内省的目的。在短篇小说《伙伴们》中，拉奥通过高超的艺术技巧处理和怪诞的象征，使"蛇"实际成为自我的不同侧面的象征。蛇自我介绍时说自己是在拉克什米女神脚下修行的婆罗门，但由于贪心，对女神提出了要金钱和永生的过分要求，被诅咒变成了蛇。只有主人公找到了神，它才能获得解脱。因此，蛇逼着主人公四处漂泊寻找神。蛇在自我介绍和日常行为上，活像一位诚心忏悔、一心寻找最高生存意义和解脱的修道士，也是鞭策主人公寻找不朽与上进的好伙伴。但是从主人公与它的对话和叙述中，读者可以看出无论蛇如何花言巧语，它始终是人"失乐园"的原罪。正如蛇所说："是的，我是罪人，但是不仅是我，神和撒旦都可以是一体的"，"你的族类造成了亚当的堕落"，"我曾坐在拉克什米女神脚下修行，我是婆罗门"，"带上我，否则在今世和来生，生生世世我都会捕杀你"[②]。

主人公在蛇的威逼下被迫离开家人，踏上朝圣之途。即使疲倦到不想再往前走一步，他也没有办法停止。在先知显灵的时候，主人公首先祈求的不是自己获得解脱，而是让"神"与"蛇"和解，获得平静。在拉奥看来，神或它所代表的人的不朽、生命的意义，实际上成为折磨人类并造成世界堕落的原因。在现代，失乐园之所以还会成为人类背负的

[①] 转引自雷纳·韦勒克：《近代文学批评史》，杨自伍译，上海：上海译文出版社2002年版，第14页。

[②] Raja Rao, *The Cow of the Barricades and the Other Stories*, Oxford University Press, 1947, p. 166.

罪孽，是因为人骄妄得还想要"得乐园"。最后先知让主人公和蛇都相信自己得到了解脱，主人公快乐地守着先知的墓地，娶妻生子。实际上，在一番扰攘后，主人公只是重新回到了他没有遇到蛇时的生活状态，颇有"静坐无所为，春来草自青"的意味。

拉奥在这篇小说中展示的象征技巧炉火纯青，几可媲美斯特林堡的《青鸟》，其丰富的意象蕴含和多种的阐释可能，几乎很难让读者相信这是一则仅寥寥两千多字的短篇小说。

《在坎大什》揭示了在印英殖民政府和土邦王公压迫下印度村民的悲惨生活。小说几乎没有什么情节，作家通过捕捉一个农民的心理意识和剧场对白式记录的交织，叙述了一个被强行拉去欢迎英国殖民者和土邦王公的农民不幸被火车碾死的悲惨故事，揭露了英国殖民者对殖民地人民的残酷迫害，对反压迫、反殖民的普通民众的觉醒寄予深切的期待。这则短篇是拉奥独特叙事方法和简练深刻风格的一种表现。

《那辛加》和《路障上的母牛》记叙的都是在甘地主义运动中发生的故事。20 世纪 30 年代是印度政治运动中具有重要意义的时期，当代作家都不可避免地在他们的作品中对这段历史有所反映。年轻的拉贾·拉奥也曾投身于独立运动，他更通过小说创作，以艺术的手法抓住了时代精神。《那辛加》用白描的现实主义手法客观地表现了甘地在印度人中的巨大影响，甚至像那辛加这样的孤儿也被他深深地感动。《路障上的母牛》里的戈丽是一头真正的母牛，是受奴役的印度的象征，同时也象征着甘地的非暴力精神。母牛的行动团结了想要武装独立的工人们和受英印殖民政府雇佣来镇压的印度军人，化解了一场暴力冲突，但它却被英国指挥官打死在路障上。

虽然拉贾·拉奥的第一部短篇小说集《路障上的母牛》不乏稚气，但是作者重视历史、重视生命价值探寻的历史主义和人道主义文学观却已经充分展露，它的成功无疑极大地鼓励了作家后来的创作，特别是

《伙伴们》，它不仅是拉奥早期的代表作，而且时隔56年后，还被选入《拉贾·拉奥最佳作品选》。

《妮姆格》是拉贾·拉奥的第二部短篇小说集《警察和玫瑰》中最优秀的一篇，讲述了一个悲剧故事。妮姆格是个美丽的俄罗斯女孩，她与母亲一起住在巴黎。一位印度青年学生爱上了她，常常给她讲《罗摩衍那》和《摩诃婆罗多》里的插话和传说。那罗和达摩衍蒂流亡的故事深深地感动了她。在她的心里，她将俄国的斯莫尔尼宫与达摩衍蒂的宫殿联系起来。印度青年的朋友米歇尔也爱上了妮姆格，但她没有嫁给他们中的任何一个，因为俄印之间的文化差异太大了，他们之间有太多的不同。最终妮姆格嫁给了一位比她大20多岁的俄国伯爵，后被伯爵抛弃。妮姆格为了儿子博里斯去做所谓的时装模特儿，但博里斯却当兵去了，再也没回来。这就是妮姆格的悲惨命运。虽然《妮姆格》是一个非常欧洲化的故事，但是作者成功地采用了甘地的象征，以及印度史诗《摩诃婆罗多》里那罗和达摩衍蒂的传说，又带有浓厚的印度色彩。这篇小说引起了评论家的注意，印度批评家C.D.纳拉希姆赫耶说："这个故事也许是印度作家写的最伟大的作品，至少在英语文学中，在欧洲主流作品中获得了一席之地，赢得了尊敬。拉贾·拉奥的小说是如此杰出，他大量运用源自欧洲的隐喻手法，把它们与印度传统结合起来，使小说成为具有世界视野的多种价值观的合成体，带有普遍的真实性。"[①]

拉贾·拉奥的作品充分显示了他对东、西方传统和文化的深刻理解，他将印度的传说和传统的叙事方式与当代历史结合，将欧洲小说传统与印度文学的传统素材融合在一起。

写作对拉贾·拉奥来说是萨达那（sadhana），精神修行的一种方式，

[①] C. D. Narasimhaiah, *The Swan and the Eagle*: *Essays on Indian English Literature*, Shimla: Indian Institute of Advanced Study, 1968, p. 135.

他说"写作就是我的达摩"。拉贾·拉奥自称"我忠诚于不二论吠檀多，我是一名修行者"①，他把文学当成了一种修行，所以在他写作的时候丝毫不考虑读者的感受，完全沉浸在自我的精神天地之中："写作时，我毫不在乎读者，我只是对自己说这些东西，如果那对我来说有趣，那么对大众来说也有趣。我并没有太多地考虑到读者，因此，我写的书都很难读。……我对平常的东西——作者、出版者、版税、评论等没有兴趣——没有丝毫兴趣……交流对我而言是与我自己进行交流。……读者是我本人，而不是其他人。……我不认为读者能被满足。……作者所做的只是尽可能地完善他自身。"② 所以我们在他的小说中读到的是他的精神修行的过程，是他哲学上的思考。

除小说创作之外，拉贾·拉奥还著有散文集《印度的意义》（1996），记述了他与尼赫鲁、马尔罗、E. M. 福斯特等人的交往，甘地的真理试验和对《圣经》的思考。1998年拉贾·拉奥出版了甘地的传记《伟大的印度之路：圣雄甘地的生活》。

第二节 《棋王奇着》：人生如棋

从13世纪开始，拉奥家族就是吠檀丁（吠陀哲学）世家。据传说，这个家族祖先早在犍陀罗时代就担任国王的婆罗门导师。一千多年前，家族祖先就开始作为婆罗门导师服务于普吉拉特代代国王。后来，家族迁至南印度迈索尔，迈索尔王公也给予他们一些特权，比如管理皇家邮政所等。早在拉贾·拉奥四五岁时，祖父就教授他一些婆罗门思想，跟

---

① Ranavir Rangra, *Interviews with Indian Writers*, New Delhi: B. R. Publishing Corporation, 1992, p. 116.

② Ranavir Rangra, *Interviews with Indian Writers*, New Delhi: B. R. Publishing Corporation, 1992, p. 116.

第三章　追求解脱的修行者——拉贾·拉奥

他讲述当地女神的一些传说。小拉奥虽然完全不懂这些，但作为婆罗门世家子弟，他努力记住祖父的教导，从不问问题。他知道：如果你不知道哪位神是什么，你的生活就毫无价值；如果你不知道湿婆神的神奇，就只能从他坐骑的两耳间看到他……每天傍晚，拉奥在家庙里都能看到女人们向湿婆的配偶帕尔瓦蒂唱颂歌，女神被黄金、丝绸、蓝宝石和红宝石等代代奉献的礼物装饰着。拉奥认为自己是"百分百的婆罗门"，但对于自己的精神困惑，并没有找到解决办法。他去了室利奥罗宾多修道院，也在甘地的塞瓦格兰姆静修院生活过一段时间，虽然甘地静默无语的修行方式给了他很大启发，但还是不能缓解他的精神困惑。甘地主义对拉奥的文学创作影响很大。他认为，甘地主义是继马克思主义之后，可以在全世界推广并指导世人的思想。1943 年，拉奥终于在印度喀拉拉邦首府特里凡得琅找到了他终身的精神导师室利·阿特曼南德，开始向自我内在的世界探寻生命意义。

室利·阿特曼南德天资聪颖，小时候就对宗教表现出特殊的兴趣。他从法学院毕业后，先在特里凡得琅高级法院工作，后转入警察局工作，一直到退休。这些工作给他带来精神上的困扰，于是他阅读了大量哲学和宗教书籍，期望从中获得满意的答案。他也曾四处拜见"圣人"，寻访自己的精神导师。阿特曼南德后来成为神秘主义者、不二论吠檀多哲学家，喜欢通过逻辑演绎和直观比喻深入浅出地说明抽象概念。这些都深刻影响了拉奥的思想，并体现在他的小说创作中。阿特曼南德鼓励拉奥继续小说创作，还要求他保证在小说创作中不能撒谎，要把写作当成对自我心灵的反省。阿特曼南德喜爱国际象棋，棋艺超群，有人称他为"棋王"，他常常利用下棋来拓展下棋者的棋力，下棋的过程就成为对最高真理的探寻过程。可以看出，小说《棋王奇着》的书名和书中所表达的人生如棋的隐喻，就受到了阿特曼南德的影响。拉奥本打算在阿特曼南德的修道院边定居下来，但阿特曼南德认为他的职责和生活并不在此，劝他回到西方。1966 年，拉奥到美国得克萨斯州的奥斯汀教授印度哲学，直到 1980 年退休。对拉奥来说，他随后的一生都没有离开过阿特曼南德，经常回到阿特曼南德的修道院短期居住，卧室里一直挂着两幅阿特曼南德的大照片。拉奥去世后，他的骨灰被送到阿特曼南德修道院安葬。

一、《棋王奇着》的内容与主题

《棋王奇着》分为三部分：第一部分题为"突厥人和猎虎"，讲述了主人公希瓦拉姆和法国女演员苏珊娜之间的关系，以及他和公主贾娅拉克西米之间的精神之恋。这部分介绍了印度王公的历史和生活，与第三部分中贾亚母亲所讲述的王公经商、王室城堡成为旅馆等内容相呼应。在希瓦看来，印度独立后，印度社会各种姓的达摩被破坏了，王室也无法遵循社会规范管理国家了。第二部分为"设拉子杯"，描写了希瓦对米雷耶的迷恋，以及他和阿尔及利亚独立运动领导人之间关于甘地、革命方式等方面的对话。第三部分为"婆罗门与拉比"，主要描写希瓦听犹太人米歇尔讲述其第二次世界大战中的遭遇。在第二和第三部分，希瓦和拉缇拉、贾娅、米歇尔等人的谈话都涉及怎样看待死亡的问题。简单来说，小说讲述了希瓦与四位女性、四位男性的故事。

四位女性中，贾娅拉克西米是位失势王公家的公主，嫁给了一位大商人，丈夫忙于生意，夫妇俩相敬如宾，却缺乏理解和夫妻间的柔情蜜意。贾娅的脑部长有肿瘤，在英国开刀后，去巴黎见希瓦。希瓦和贾娅彼此钟情，但现实处境让他们无法在一起。另一位女性苏珊娜，她第一位丈夫是个喜欢拈花惹草、不负责任的男演员，第二任丈夫是南斯拉夫共产主义分子，他们两人都不知所踪。苏珊娜对东方神秘主义充满好奇，希望通过希瓦（可以再生的婆罗门）召回自己死去的孩子。但希瓦没有下定决心和苏珊娜结婚，苏珊娜又被从集中营死里逃生的米歇尔吸引，投入他的怀抱。第三位女性是希瓦的朋友让·皮埃尔的妻子米雷耶，这位共产主义积极分子是位业余艺术史研究学者，她对希瓦以及他

第三章 追求解脱的修行者——拉贾·拉奥

所代表的印度（东方）文化充满好奇，并和他发生了一夜情。米雷耶最终选择和希瓦继续做朋友而不是情人，她清楚地认识到自己不适合希瓦这样的抽象人物。第四位女性是希瓦的妹妹乌玛，她因婚后长年不孕和患有癔病而到巴黎求医。她思想单纯，对印度传统宗教非常虔诚，严守社会习俗。

希瓦的4位男性朋友是阿肖克王公、妇科医生让-皮埃尔、珠宝商拉缇拉和犹太语言学家米歇尔，他们性格迥异，社会和宗教背景各不相同。阿肖克王公的监护人曾是贾娅的父亲，他和贾娅情同兄妹。阿肖克王公出身于古老王族，但随着印度新的民主政权建立，和其他被取消王国权力的王公一样，他只能在醉酒、传统祭祀活动和象征性的国会会议中打发时光。让-皮埃尔性格开朗，待人热情，喜爱美食和美女之余，又对其他弱小民族争取民族独立的斗争充满同情，他在现实和理想间寻求平衡。拉缇拉是在巴黎长大的印度人，他年轻时纵情声色，过着不道德的生活，妻子去世和第二次世界大战中的经历让他转向哲学和宗教寻找解脱，并准备放弃在巴黎的生意和家产，回归印度，追随自己的精神导师。米歇尔是波兰犹太人，在第二次世界大战中死里逃生后在巴黎定居下来，作为犹太人所经历的苦难并没有磨灭他追求幸福生活的渴望，他希望和苏珊娜过上实实在在的世俗生活。小说主要在希瓦和这些人物的交往、对话中展开，通过它们，希瓦反观自身，认识自我，从而完成对其身份两个层次的发现：首先，身处海外，在现实生活中自我文化身份的认定；其次，作为一个印度人对"人"的存在和归宿等哲学问题的探讨和解答。

对自我文化身份的认同是印度流散作家作品中一个很重要的主题。很多作家都会从描写人物日常生活入手，通过对印度传统的衣、食、住等方面来表现人物生活在多重文化空间内的感受，这一点在《棋王奇着》中也非常明显。例如，希瓦因为要和贾娅两人在家里吃晚饭，他沐浴后换上腰布和印式衬衫，并点上几支香，放上一张印度著名歌手的唱片,他和贾娅自己动手做印度式饭食,用手吃饭。拉缇拉的家虽然在巴黎繁华街道(著名的老佛爷百货后面),但屋里的陈设却具有十足的印度特色,饮食起居也都是印度方式,以至于让人感叹道:"他让自己的印度不受外界影响。"① 希瓦和拉缇拉都在自己的私人生活空间里建构出一个"印度空间",在那里获得一种回到故乡感。小说写印度女性穿着纱丽走在巴黎街道上,因为纱丽本身亮丽的颜色和鲜明的民族特色,加上贾娅、乌玛等人的美丽容貌,成为认定人物身份的强力保证。小说中还多次写到希瓦"沐浴—净化"这个习惯,在他看来,水不仅去除人身体上的污垢,更是对心灵的洗涤和净化。

拉奥小说中这些表现手法,在其他印度流散小说中屡见不鲜。如2000年度普利策小说奖得主印裔美籍作家裘帕·拉希莉(Jhumpa Lahiri)在《疾病解说者》(1999)和《同名人》(2003)中都有相似的描写。2002年度印度文学院奖获得者阿米特·乔杜里(Amit Chaudhuri)在小说《奥德修斯在海外》(2015)中,描写生活在伦敦的叔侄两人,在一家印度餐馆的传统印度食物中,找到了家的感觉,实现在食物中回归故乡。这些海外印度人在居住地的社会文化结构中,心中仍保留对印度的记忆,在想象中创造出自身所隶属的地方,从而获得精神归属。列斐伏尔说过,为了改变生活,我们首先必须改造空间。希瓦和之后印度流散小说中的人物形象,在一种被创造出的空间里采取种种方式保持与印度传统相近的生活方式,在异质文化空间内寻找、维护自身的文化身份。

小说中,希瓦说贾娅是印度的,印度也是她的,他认为自己得到贾娅的方法就是失去贾娅,这或许也是一种隐喻:侨居海外的印度人,在离开/失去印度后,遵循印度传统生活方式、文化模式等,这是另一种"获得"印度民族性的方式。拉奥还写了海外印度人在思想上对民族传统文化的回归,拉缇拉就是这样的典型形象。他是一位在巴黎长大、受

---

① Raja Rao, *The Chessmaster and His Moves*, New Delhi: Vision Books, 1988, p.540.

第三章 追求解脱的修行者——拉贾·拉奥

西方教育的印度人，一度曾远离印度文化思想，在经历人生起伏之后，他认为只有耆那教和印度导师才能解答自己的困惑。拉缇拉这个人物形象，不仅呼应了海外印度人在日常生活中保持民族风俗习惯，也指出这种精神上的认同才是种种日常生活行为的根本原因。

当代印度流散小说多将印度作为被西方审视和打量的对象，而在《棋王奇着》中，拉奥则通过罗列众多事实，向读者介绍印度与世界文明、文化的关系，他更多地是想表达在世界文明文化史中，印度本来曾和世界进行过平等对话，当下，它也应该并能够与世界进行交流和沟通。希瓦是位在法国纯粹数学研究所工作的印度人，就像印度传奇数学家拉马努金一样，他同样受到西方数学家的认可和重视。通过他与米歇尔等人的交谈，拉奥告诉读者，早在亚历山大大帝时期，西方就和东方（包括印度地区）进行过哲学对话，印度地区和阿拉伯地区很早就有经贸交流和人员往来，阿拉伯人将印度人的数字带到西方，印度人创造出"零"这个极具思辨色彩的概念，表明古代印度具有很高的文明。

此外，希瓦耐心细致地向妹妹解说梵文与西方语言（希腊文、法文等）在词语构成、语法方面的相似性，认为语言相关性也反映出印度和欧洲归属于同一文化圈。在工作和与外界交往中，希瓦认识到自己代表着印度，他行为处事、与人交谈都是在向外界展现印度文化。希瓦是位婆罗门，即使在20世纪的法国，他还是会遵循婆罗门的一些传统规定，他身边的印度同胞也会以传统婆罗门的礼仪规定来对待他，如贾娅会让他走在前面，贾娅母亲也会问他的建议和看法，像古代国王问自己的婆罗门导师一样。苏珊娜和她母亲对东方神秘文化充满好奇，就把自己的喜爱和好奇投放到希瓦身上，苏珊娜还从希瓦那学到"沐浴—净化"的习惯。匈牙利学者访问研究所时，特意去拜访希瓦。希瓦发现他们并不了解他，拜访他只是表达对印度的敬意。阿尔及利亚独立运动领导人阿卜杜·克里姆一见到希瓦就对他说："我早就想见你了，你来自甘地的祖国。"① 他通过希瓦向教会自己斗争的甘地和他的祖国表示敬意。在米歇尔告诉希瓦的故事中，一位犹太人认为印度是天堂，最后还皈依印度教，成了僧人。在希瓦周围，人们自然而然地将他视为印度的代表，普通公寓看管员，会拿自己和希瓦、印度王公、公主的关系炫耀，法国文化部长也熟知印度文化。拉奥在小说中明显表现出对印度悠久文明历史的骄傲之情，潜在的也是在谴责和反思近代以来西方和英国殖民统治对印度文明的摧残，正如小说中所说"维多利亚那个白白胖胖的善良妇人，最近七十年塑造了印度人的道德"②，正是这种"塑造"使印度人一度甚至忘记了自己曾经有过的光辉文明历史。拉奥在小说中罗列了印度人从古到今、从自然科学到人文科学等方面取得的成就，就是要唤醒人们重新认识印度，呼吁人们重拾往日的骄傲。

那棋王是谁？奇着又是什么？中国人也有"人生如棋"的说法，认为人在和自己的命运下着一盘棋，人要仔细斟酌，每落一子，都是无法更改的选择，就是产生一种人生走势。在这里，人们会认为自己是自己的"棋王"，掌握自身的命运。在拉奥的《棋王奇着》中，棋王是多元的，具有多种含义。拉缇拉自学西方哲学（甚至还有非洲哲学）后，最终在印度找到自己的导师，并认识到爱和死亡的意义；希瓦的父亲因自己失误致爱妻死亡后，也在不断的朝圣中寻找对最终归宿的理解。在这里，精神导师如同"棋王"，在背后指引你在人生棋局中如何落棋。棋王也是你的命运，在你自己的种种达摩、世事因果中，它一步步安排你的棋着，让你"跳跃、移动、旋转、弯腰和向前"③，给你带来成功（如拉马努金的数学方程式），也会给你带来无法改变的生活（如贾娅不可避免的病亡、乌玛求子而不得等）。棋王也是神（下梵），在你的人生棋局中，引领你追求、认识真理，从而达至与它的同一。

---

① Raja Rao, *The Chessmaster and His Moves*, New Delhi: Vision Books, 1988, p. 413.
② Raja Rao, *The Chessmaster and His Moves*, New Delhi: Vision Books, 1988, p. 342.
③ Raja Rao, *The Chessmaster and His Moves*, New Delhi: Vision Books, 1988, p. 458.

第三章　追求解脱的修行者——拉贾·拉奥

《棋王奇着》是对商羯罗吠檀多不二论思想的沉思。商羯罗创造出"上梵"和"下梵"宇宙观，他的个体观是"阿特曼论"。"阿特曼"（Atman）一词在梵文中就是"我"或"个我""灵魂"的意思，吠檀多的哲学思想中心是"梵我同一"。一般俗人用下智去看梵，把梵作为神来对待，认为它是全知全能的，附上了许多属性，成了有差别、有限制的下梵，也可看作现象世界。从下智看来，世俗日常生活是存在的，商羯罗也承认现象世界的相对实在，人在解脱之前，现象世界都会存在。一般人往往认为阿特曼即为肉体的自我，它难以与最高精神本体的梵达到同一。商羯罗为说明这一点，主要从个体的存在构造、个我的本性、个我与属性的关系，以及个我与梵的关系等方面做出解释。小说中希瓦与其他人物之间的对话，都是围绕这些内容展开讨论。人们只要意识到个人现实和世界现实，他就接受自身与他人、与周围事物的关系，在这种情况下，人们生活、工作、祈祷、经历幸福和痛苦、遵守道德准则等，一旦获得梵，这一切都成为幻象，认识到梵是唯一真实。商羯罗认为，认识的目的就是达到真理，即对"梵我同一"的认识。从整个吠檀多哲学派别来看，都强调知识的来源之一是圣传，商羯罗信赖吠陀圣传，"梵我同一"的知识通过沉思和教化得来。

《棋王奇着》最重要的主题是探讨人如何认识自我、认识人的最终归宿，作为"印度人"，希瓦用印度哲学回答了认识自我的方法，他认为，人需要精神导师的指导。在小说里，拉奥写到拉缇拉、希瓦的父亲都经历了种种尝试去寻找精神导师，以帮助自己摆脱困惑。希瓦认为，人可以在与世界的关系中认识自己。就像上文所说的一样，希瓦和外部世界的交往中，通过别人认识到自己的印度身份。小说中也说："《奥义书》告诉我们，在金子和女人中发现自我。"[①] 在与四位女性的关系中，希瓦无疑认识到自我本质。希瓦在西方世界认识了苏珊娜和米雷耶两位

[①] Raja Rao, *The Chessmaster and His Moves*. New Delhi: Vision Books, 1988, p. 483.

女性，苏珊娜代表了西方世界的理性一面，而米雷耶以性感、自由象征了物质和感性世界的诱惑。在希瓦看来，贾娅是女人中的女人，她所具有的女子特性，让男人成为男人；贾娅所代表的印度性，也是希瓦的最终文化归属。希瓦还认为人可以在沉默（寂静，Silence）中发现、了解和认识自我，他认为沉默（寂静）是人找到自身本质的方法，是通往内心的旅行，是去往神圣之所的朝圣。拉奥本人接受诺伊施塔特国际文学奖致辞时说自己是一个沉默的人，他认为任何在沉默中出现的话语都带着光，都是光的产物，而光是神圣的。

二、《棋王奇着》的写作特色

《棋王奇着》是一部不太"有趣"的小说。印度很多评论者认为它"冗长、沉闷和重复"，读起来就像"踩在软膏上"一样。有评论者拒绝了报纸的书评稿约，认为自己无法读完篇幅这么长的小说。一位印度教授开玩笑地说，大家都说这部小说好，其实没有几个人读完它。此外，小说里不乏哲学性的对话和饶舌，M. R. 安纳德在谈到其中的哲学思想时说，当今印度社会已经不同于9世纪的商羯罗时代，不能再盲目照搬商羯罗的不二论，再讨论"阿特曼""世界是虚幻"等思想是不够的。总之，这是一部颇有争议的作品，它在内容、语言和结构等方面所具有的鲜明特色，有时候也成为它颇受诟病的原因。

首先，小说篇幅长、内容芜杂、涉及面广。和很多印度人一样，拉奥从小听着祖母和家里女眷们讲的史诗故事、神话传说长大，再加上后来所受的西方教育，他对东西方文学都颇为熟悉。《棋王奇着》中经常会出现西方民间故事、印度史诗插话，还常常从东、西方古今宗教、哲学、政治、历史人文科学，谈到数学、物理等自然科学，有法国儿童歌谣，也有名人绯闻逸事等。因而，阅读这部小说的读者无疑需要比较广博的知识储备，以一种开放的心态去迎接扑面而来的各种信息。

不过，拉奥写作时的信笔拈来，对于没有相关知识背景的读者来

第三章　追求解脱的修行者——拉贾·拉奥

说，读起来难免不得要领，也难以理解作者想表达的言外之意，这是小说晦涩无趣的主要原因。在叙事方面，小说叙事时间不清晰，情节散漫、破碎。如小说第三部分写乌玛到巴黎看病、贾娅在巴黎旅游等10多天的事情，在这条主线上，缀满了生发出来的故事、回忆、书信和联想等，不停地打断小说的叙事进程。这种结构与印度两大史诗的插叙结构类似，也体现出小说叙事手法上的民族特性。不过，正像有的评论者说的那样：这部小说就像一条溪流，在流向终点的过程中，漫延出很多潟湖、浅滩。在小说中，拉奥想装入太多东西，却忽略了叙事的连贯性和故事的可读性。之所以出现这些情况，与拉奥对写作的认识有关。印度传统文化认为，文学是启蒙，是打开人们的双眼去认识自身。拉奥认为当今很多作家和读者没有耐心去理解深刻的内容，他不关心普通读者是否能理解自己的作品，他说过：写吠陀的人会问普通人能否理解？不会；很多人不懂莎士比亚作品，但并不妨碍莎士比亚的伟大。拉奥认为作家们不必与读者"交流"，他们无话可说，只是在向读者提供自己的"经历"。拉奥说写作是自己生存的一个方面，他的写作源于自我，在写作中，自我不断走向更深的内心，从而不断成熟。拉奥认为写作是一种精神成长方式，这也是印度形而上学和文学的传统观点，他对此坚信不疑。由此可见，拉奥写作是寻求自我成熟的途径，他会在作品中涵盖自己对各个方面的思考结果，至于读者能理解与否，他并不感兴趣。

其次，小说语言构成多样，句式和语义跳跃。这部小说的语言简洁与繁复并存，句子结构长短混置，多种语言混杂，可以看出，拉奥对文字的理解和驾驭能力出神入化。小说里有大量对话，即使在对话中，拉奥也用极为简单的英语句式表达一些深邃的哲学观点。但另一方面，这种语言现象也很容易打断读者顺畅的阅读节奏。小说虽是英文作品，除随处可见法文、梵文诗歌外，句子里有时还夹杂个别印地语、希腊语、德语、拉丁语等语言的词汇。例如，写印度王宫里一段生活场景，其中写到"竹帘"，他用了印地语的转写"chik"形式，但又遵循英文名词复数词后加"s"的一般规则,创造出"chiks"这样的表达方法。更有甚者,拉奥还自创"语言"以增加小说所需的神秘感和陌生感。拉奥有次在接受访谈时说,在这部小说里,他创造出一种只是声音但毫无意义的语言作为犹太祈祷方式的一部分,即小说第三部分中,希瓦和米歇尔经过长谈后,傍晚时来到特罗卡德罗广场,在逐渐变暗的暮色里,米歇尔用一种看似古老而神秘的方式朗诵诗歌。这些做法,对一些缺乏语言基础的读者来说,无形中增加了阅读难度。小说还使用了意识流写作手法,作者在描写人物想法、梦境等时,多采用不完整句式,语义具有跳跃性,加大了句子信息容量,也增加了阅读断裂感。结合上文所说的拉奥前妻对语言的要求,不难猜测,拉奥对小说语言的运用非常讲究。早期印度英语作家们用非母语的英语写作时,普遍受到印度国内外的质疑。对此,拉奥在《根特浦尔》绪言中大胆表示,印度英语作家笔下的英语会和美国英语、爱尔兰英语等一样,成为具有印度特色的英语。现在看来,拉奥的预言成为现实,在他和随后名家辈出的印度英语作家们的努力下,印度英语小说已经成为世界文学中独具特色的一部分,小说语言中所洋溢的印度文化特色,也成为其重要标志之一。

《棋王奇着》以包罗万象的内容、思辨的哲学思想,给读者提供了一个五光十色的文本,它可能不是一部流行小说,但它肯定是部重要的文学作品,它是拉奥真实自我的产物,也是印度思想、印度文化的文学表述。随着时间的流逝,它可能会越来越多地受到人们的关注,成为印度文学史上伟大的作品之一。

第三节 拉贾·拉奥小说的语言风格

拉奥的小说语言极富个人特色,熟悉他的读者往往能够通过某段句子或者某句话辨认出文字背后的作家。这种创作风格的形成是作家成熟的重要标志之一。系统地看，从《根特浦尔》时期拉奥已经开始致力于印度式英语风格的建立，到了《蛇与绳》已经确立自己独特的语言风格。正如英语世界化理论的开拓者巴拉杰·葛吉鲁、K. R. 拉奥、J. P. 沙尔玛、S. 纳伽拉纠等语言学家和印度英语小说研究者指出的，《根特浦尔》体现了一种鲜活生动的南部印度农村的生活气息，其英语表达具有卡纳达语的节奏和特征；而从《蛇与绳》开始，拉奥尽量赋予小说语言以梵语的语调、节奏和结构。拉奥的小说语言风格从作家本人的创作经历来看，一直是探索、实验性的，但从英语文学发展的角度看，这种印式英语风格的确立，有一定的必然性。

英语文化帝国的建立是随着地理大发现和资本主义殖民扩张而逐渐建立起来的。第一次英语向海外传播并植根发生在威尔士、爱尔兰、北美、澳大利亚和新西兰等地。第二次英语海外传播是向南亚、东南亚、非洲殖民地的传播。目前超过 8000 万的印度人能够熟练使用英语，南亚英语区已经成为全球三大英语区之一，其余两个是美国和英国。在印度 45% 的书籍以英文出版，以英文发行的报纸和杂志也仅次于印地语书报的发行量。印度的百年老报有 7 份，其中有 4 份是英文报纸：《印度时报》（*Times of India*，1850，孟买）、《先锋报》（*Pioneer*，1865，勒克瑙）、《邮报》（*The Mail*，1867，马德拉斯）和《甘露市场报》（*Amirta Bazar Patrika*，1868，加尔各答）。在印度，自觉将英语引入文学创作始于 19 世纪初期，最早的作品包括嘉华理·万柯德·波利雅的《耆那教徒评价》；罗姆·摩罕·罗易 1816—1820 年对《奥义书》的英文翻译；第一位英语诗人是亨利·路易斯·维维安·代罗兹奥，其代表作是叙事诗《琼基拉的托钵僧》，1828 年由加尔各答的塞缪尔·史密斯出版社出版；最早的英语诗集大概是孟加拉人迦什伯勒萨德·高士在 1830 年出版的《诗人及其他诗歌》（*Shair and Other Poems*）。

到了 20 世纪初，特别是随着印度英语小说三大家的出现，印度英语文学建立了自己鲜明的民族特色，成为英语语言文学大家庭中重要的成员。这并不是说英语的地位在印度已经没有任何争议,实际上,随着印度英语使用者的日渐增加和英语与印度其他语种的互渗日益加大,关于英语在印度地位的争论也在加剧。极端的印度民族主义者将英语看作帝国和殖民主义的象征,简单地将接受英语等同于接受文化殖民。印度裔美籍语言学家、伊利诺大学语言学系教授巴拉杰·葛吉鲁在这种争论的启示下提出了旧英语和新英语(New Englishes)之说。20世纪80年代,葛吉鲁根据英语的接受和发展方式提出了英语三个同轴圈的理论模式(The Model of Three Concentric Circles),亦即"内圈"(The Inner Circle)、"外圈"(The Outer Circle)和"发展圈"(The Expanding Circle)。[①]"内圈"指的是英语作为母语的国家,除了英美外,还包括澳大利亚、加拿大、爱尔兰、新西兰;"外圈"包括印度、巴基斯坦、菲律宾、斯里兰卡、新加坡、肯尼亚、尼日利亚、南非、坦桑尼亚、赞比亚和津巴布韦等以英语作为第二语言的前英语殖民地国家;"发展圈"指的是中国、俄罗斯、日本等以英语作为外语学习的国家。在葛吉鲁看来,各种英语都是建立在一个共同核心的基础上的变体,在包括印度英语的"外圈"中,英语处于语言多元和文化多元的环境中,日渐被本土化,并作为当地的一种重要语言(如官方语言或工作语言)固定下来。在新英语的形成过程中,具有浓郁地域特色的"内圈"英语起了重要的作用。印度的英语小说在确立印度式英语的过程中起到重要作用,实际上,包括巴拉杰·葛吉鲁在内的语言学家在研究印度英语的时候常常把印度小说家的作品当作主要的分析资料,其中包括以 R. K. 纳拉扬、M. R. 安纳德和拉贾·拉奥这3位印度英语小说家的作品。

　　印度英语小说三大家的小说语言各有风格。在这3位作家当中,纳拉扬和安纳德可以说都是土生土长的印度作家,但二人的语言风格差别

---

① Kachru, Braj B., *World Englishes 2000: Resources for Research and Teaching*, Eds. Larry E. Smith and Michael L. Forman, Honolulu: College of Languages, Linguistics and Literature, University of Hawaii and the East-West Center, 1997.

第三章　追求解脱的修行者——拉贾·拉奥

比较大。纳拉扬的小说用词简朴干净、英语表达规范，句法较少变化，小说中的印度特色主要通过故事内容体现。安纳德的英语使用则非常大胆，是同时代的作家中最注重区分、运用印度的"老爷英语"（Babu English）和"市井英语"（Bazaar English）的作家。在安纳德早期的小说中，读者常常会读到这样的句子："Is this any talk?""There's no talk."这实际上是印地语句子的直译。这种印度式英语不讲究英语的语法和句法，实际上是混合了英语词汇和印度方言句法的语言表达。对印度式市井英语的运用使得安纳德的英语小说获得了鲜明的印度特征，同时也有助于揭示语言和阶级的关系。但是安纳德的这种语言实验对于非印地语使用者来说有一定的阅读困难，毕竟印度市井英语的使用常常破坏了英语句法和语法。同时，安纳德将常用的印地语词汇，像 nahin, chup 等大量引入英语小说，又根据文章的角色塑造需要将一些英语的拼写按照不正规的印度式口音变形，如以 Amrica 表示 America 等，这些实验性的英语运用方式为安纳德小说的民族色彩做出了不小的贡献，但是有意印地语化的英语表达方式也在一定程度上增加了非印地语读者的阅读难度，削弱了作品在国际上的影响力。和安纳德相比，拉贾·拉奥虽然对英语习语和句法也有稍做修改之处，但是避免了对英语常规表达方式的破坏。

对于英语的运用，拉奥在写第一部英语小说的时候就已经有了清晰的倾向。1937 年在《根特浦尔》的绪言中，拉奥宣布："我们都是天生的双语使用者，我们中的许多人既用我们自己的语言写作，也用英语创作。我们不能像英国人那样写作。我们也不应该那样。我们不能只是以印度人的身份写作。我们已经成长，已然将世界看作我们的一部分。因此，我们的表达方式应该是一种（英语的）方言式的，并且终有一天要被证明像爱尔兰英语或者美式英语一样的特征鲜明、丰富多彩。时间会证明这一切。

语言之后的问题是风格。印度生活的节奏必须被引入我们的英文表达中,就像美国和爱尔兰的生活节奏已经引入了他们的创作中。在印度,我们思维敏捷、言语飞快,甚至在我们行动的时候,行动也很迅速。……《摩诃婆罗多》有214778颂,《罗摩衍那》有48000颂。往世书无穷无尽,数也数不清。我们既没有标点符号,也没有不可靠的 at 或者 on 之类的介词来烦我们,我们讲述的是一个无穷尽的传说。插话一章接着一章,当我们的思维终止的时候,我们的呼吸也随之停止,然后我们开始了下一个思考。这曾是、至今仍是我们讲故事最普遍的风格。"①

拉奥写于印度独立前的这一篇绪言,全文一共461个字,却被巴拉杰·葛吉鲁誉为"印度英语创作的圣典"。② 拉奥在小说创作中,将这一宣言从第一部长篇小说一直贯彻到了最后一篇短篇小说。下文将从拉奥小说的词汇、句法、语调和具体物象的运用上分析拉奥的小说文体特征和语言风格。

拉奥的文体极突出的特点是文字生动,叙述直截了当,多用平行体,大量使用 and,but,why 和 then。例如,当穆勒蒂请贱民头子高达不要说脏话,甚至要爱自己的敌人的时候,高达说:"That's for the Mahatma and you, Morthappa—not for us poor folk! When that cur Puttayya slipped through the night and plastered up the drain and let all the canal water into his fields and let mine get baked up in the sun, do you think kind words would go with him? Two slaps and he spits and he grunts, but he will never do that again!"③ ["那是对圣雄和你,穆勒塔帕(的要求),不包括我们这些穷家伙。像普塔伢那狗崽子夜晚偷偷溜去堵水沟,让渠里的水都流进

---

① Raja Rao, *Kanthapura*, Published by Arrangement with Oxford University Press, Bombay, the fourth printing, 1967, pp. vii, viii.

② Braj. B. Kachru, Raja Rao, *Madhyama and Mantra*, *Word as Mantra*, ed. By Robert L. Hardgrave, Jr. Katha 1998, p. 60.

③ Raja Rao, *Kanthapura*, Published by Arrangement with Oxford University Press, Bombay, the fourth printing, 1967, p. 69.

第三章 追求解脱的修行者——拉贾·拉奥

他的地里，俺家的地就在大太阳下烤干，你想啊，跟他还有啥好话说不成？扇上两巴掌，让他吐口水哼哼去，他就再也不敢那么做了！"]

这一小段回答中出现了 5 次 and，除了第一个 and 有实际意义（表示"和"），其余 4 个都是表示动作的连接，虽然能够勉强翻译为"然后""接着"，但是实际上不包含特定的意思，并没有翻译的必要，运用在文章里只是起到使句子紧密连贯的作用。同时，被 and 或者 but 联结的句式简单，通过这些联结词会使得一系列的动作和事物产生细节凸显和累加的效果，也符合说话人朴实、快捷的思维方式。这段话出现了人称的变形，如 Morthy 变成了 Morthappa，这个后缀是卡纳达方言中对男人的尊称，正如 Puttayya 的-yya 是蔑视的称呼。文章中出现的对女人的昵称是在名字后加缀 mma，例如 Satamma, Papamma, Rangamma, Nanjamma。这个习俗在印度的南部、西部和东部方言中都有出现。

从词汇的角度上看，他引用梵语、卡纳达语与印地语，和他引用法语、德语或拉丁语一样，并不显得突兀。拉奥使用的梵语、卡纳达语和印地语大致有三种方式：第一种是直接引用拉丁文转写的印度语言的原文，这种情况多出现在引用经文、传说、歌谣或者谚语的时候；第二种是选用英语翻译的印度语言，如 Namaste, pariah 等；第三种是印度方言和英语结合的合成词的运用，如 Dal-soup, Gandhi-men, sari-fringe 等。

当叙述者不是知识分子的时候（如《根特浦尔》的叙述者是一位农村不识字的老妇），拉奥也会偶尔打破英文的构词法，造一些前缀或者后缀有误的词汇，像 warmful, broatful 等意思清楚，不干扰读者阅读却能够表现叙述者知识水平的词汇。像 brahma, bhaj 一类的极富印度特色的词汇在拉奥的作品中使用得比较频繁，创造出了一种鲜明而厚重的文化意象。

拉奥选用印度语言和法语表达的意图都是为了营造一个"在地"的氛围，例如在《蛇与绳》《棋王与棋着》两部小说出现的各位法国人，常常在对话的时候不知不觉使用上了法语。英语、法语、印地语、梵语等多语言的混用,自然地营造了一种多文化语境。还有一个比较特殊的是中古英语或少用的英语词汇的出现,如 nay(不)、thou(你)和 ye(你)等,常常是为了营造一个疏离的、陌生化的氛围。此外,在词语的选用上,拉奥常常在不影响理解的情况下选择印度方言和习语的表达方式,例如在感叹词的选用上,表示惊恐的声音 Ayoo-ayoo 和 ayyo,呻吟声 ahè,笑声 héo-ho 等。又如,形容好人用"一头神牛",骂坏蛋用"寡妇生的";形容小妈妈的笑容:"当她笑起来她的嘴角都咧到耳朵边了(When she smiled her mouth touched her ear)";① 形容婆罗门祭司的话在村里有分量:"你是薄塔祭司,在你村里你的话可不是麻雀的叫声(You are a Bhatta and your voice is not a sparrow's voice in your village)";② 形容每人都有走运的时候:"每只松鼠都有它(走运)的日子(Every squirrel has his day)",③ 很显然,这一卡纳达语的表达方式还套用了英语习语"Every dog has his day",因此意思较容易为非卡纳达语读者理解。

此外,在一些专门概念的表达选择上,拉奥也愿意牺牲作品的易理解性来换取对概念的完整传达。比如在表示中国文化中的"礼""阴阳"等概念的时候,拉奥不选择它们的英语意译,而坚持选用了拼音的 li 和 yin-yang。如果是过于艰深专门的概念,拉奥也会在文章中对它们进行必要的补充解释,例如:"Dukka is the very tragedy of creation, the very sorrow of the sorrow that sorrow is."④

拉奥小说的句法除了上文提到的句式简单、多用平行句外,还特别注意句式的搭配,在其长短、张弛、疏密、整散的安排处理上别具匠

---

① Raja Rao, *The Serpent and the Rope*, Oriental Paperback, 1968, p. 9.

② Raja Rao, *Kanthapura*, Published by Arrangement with Oxford University Press, Bombay, the fourth printing, 1967, p. 124.

③ Raja Rao, *Kanthapura*, Published by Arrangement with Oxford University Press, Bombay, the fourth printing, 1967, p. 77.

④ Raja Rao, *The Serpent and the Rope*, Oriental Paperback, 1968, p. 246.

第三章 追求解脱的修行者——拉贾·拉奥

心。例如在描写妇女们寻找失踪的同伴，看到警察在根特浦尔村的暴行和造成的混乱时作家写了一句冗长的话："…and we rushed from back yard to back yard; and zinc sheets were removed and sanctum gods and pickle pots and bell-metal vessels were thrown across the streets, and the byres were empty, and bulls and buffaloes and cows and calves had rushed into the kitchen gardens and the granaries; and our hearts were burning with anger, as we turned to this side and that and we said there is but one safe place and that is the temple sanctum, and as we skirted Rajamma's house, what should we see by Rajamma's veranda-a crouching elephant, and a crowd around it, and the mahout poking its ears and kicking it, and it roared and it rose, and it wailed, and it dashed against the door, the crowd of the policemen cheering it on and on, and we heard the door creak and crash, and a loud shout of 'Well done!'"① （我们从一个后院跑到另一个后院，锌皮顶被掀到一旁，祭坛的神像、泡菜坛子和钟青铜的器皿被扔到街道边；牛栏空荡荡的，公牛、水牛、母牛和小牛都跑到了菜园和谷仓里；我们怒火中烧，东张西望，说只有一处地方是安全的，那就是在寺庙的圣殿；当我们走到拉江玛家旁边的时候，我们看到在拉江玛的走廊上，一只蜷缩着的大象，一群人围着它，驯象人戳着它的耳朵，踢打它，它吼叫着站了起来，悲鸣着向门冲过去，那群警察们为它欢呼加油，我们听到门吱吱作响接着是撞裂声，然后听到一阵高声欢呼："干得好！"）

　　上面所引的这句话，语言简洁生动，注重实义动词的准确使用，强调动作、事情的发展。这句话英文只有148个单词，却运用了24个and，随着"我们"的视角和行动描绘了示威后混乱的村庄、人们的行动以及警察请驯象人驱象撞房门的全过程。

---

① Raja Rao, *Kanthapura*, Published by Arrangement with Oxford University Press, Bombay, the fourth printing, 1967, p. 150.

在正规的现代英语中，and 的作用是联系具有相同语法意义的若干短语或者句子，按照日常的用法，这一句话起码应该分为 4 个长句。但是拉奥故意用 and 联结多个短句的这一表达方式，一方面是对卡纳达语表达方式的模仿，另一方面也具有说书的特点（整部小说的设定就是婆罗门老妇在讲故事），将当时紧张的气氛和村妇们一步步的发现鲜明地体现了出来。视点不断地游移变换，越是令人心情紧张的地方句子越简短有力，16 个具有独立意义的短句结合成一个长句子，使得整段描述跌宕起伏、扣人心弦。

重复使用 and 所起的另一个作用是节奏的表现与控制。例如在《棋王与奇着》的一开头："You remember, J., you said to me: Tell me you need me, and I'll come. I need you now, you know what I mean. I do not truly need you. Yet I need you. Would you therefore come? Would you return as parrot, betel vine or bodhisattva. Sometimes I dream of you and call you Kadambari."[①]（你记得，贾娅，你对我说：告诉我你需要我，我就会来。现在我需要你，你知道我的意思。我不是真正需要你。但是我需要你。那么你会因此而来吗？你会像鹦鹉、蒌叶藤蔓和菩萨一样回来吗？有时候我梦到你，叫你迦丹波莉。）

这一段话一共有 56 个单词，其中 you 出现了 11 次。整段引文表现了在沉思中述说的迟缓和思绪的飘忽，但反复出现的 you，表现了叙述者心绪萦绕的对象和对她的执着。这段话中比较特别的是拉奥运用了小说极少使用的映像似的修辞，即通过对文章书写、排版形式的调整，以语言形式的视觉效果来反映内容。文章的第一句引言没有引号，一句终止也没有休止号，第二句另起一行，这样，作者有意通过大幅的空白表现出丰富的意蕴：过去的这一句话对他的冲击，他长久沉默的反应，等等。句子中没有使用任何抽象的形容词或者副词，只通过《迦丹波莉》

---

① Raja Rao, *The Chessmaster and His Moves*, Vision Books, 2001, p.3.

第三章 追求解脱的修行者——拉贾·拉奥

里的鹦鹉和蒌叶藤蔓以及佛陀返国见净饭王的典故，还有四个"我需要你"的交织重复，表现了叙述者忧郁和孤寂的心情。拉奥选用具有浓厚的印度传统文化内涵的典故作为喻体，也点染出作品的民族传统风韵。

印度英语三大家之一的 M. R. 安纳德曾经热忱地赞誉和推介拉贾·拉奥的小说，特别是他的《根特浦尔》和《蛇与绳》。安纳德在1982年曾经写过一篇论文：《根和花：〈贱民〉和〈根特浦尔〉的内容与形式》比较了自己和拉贾·拉奥的第一部小说，给予《根特浦尔》极高的评价，认为拉奥将乔伊斯的意识流表现手法和印度本土化的叙事方式完美地结合在一起。但是随着拉奥写作的内转向，安纳德对拉奥过于执着于表现印度吠檀多不二论的宗教哲学主题表示了极大的担忧。安纳德对玛歌兰·帕朗杰贝说："反反复复不停地叙说本我和大梵、梵的真实和世界的虚幻是不够的，盲目地死守9世纪商羯罗的不二论没有什么用的。我们面临的问题已经不同了，我们该怎么解决那些问题？商羯罗的答案能够帮到我们吗？"[①] 安纳德对拉奥的这一质疑，既说明了这两位作家之间创作理念的差异，也代表了不少印度评论家和读者对拉奥所抱的疑虑。对于这个问题还是要回到具体的历史情景中去，才能够判断拉奥向吠檀多不二论主题在转向是否陈义过高，在现实中以及失去了生命力。

拉奥进入文学创作的青年时代主要是在法国度过的，二战前西方宗教信仰破灭、弥漫欧洲的虚无主义焦虑和人们囿于狭隘、纷繁的世俗生活的状态给拉奥留下了不可磨灭的记忆。不过，19世纪三四十年代同时是印度争取独立自由的时候，印度知识分子对自由正义的信念和热火朝天的反殖民运动，使得印度的知识分子保持了一种乐观向上的精神，拉奥在法国感受到的内在精神紧张和虚无感被转移到积极的反殖民运动中去。在这个时段，拉奥和安纳德是站在同一阵线中的。

[①] Makarand Paranjape, *The Difficult Pilgrimage*: *The Chessmaster and his Moves and its Readers*, Word As Mantra, Ed. Robert L. Hardgrave, Jr. A Katha Profile, 1998, p. 129.

实际上，从被殖民到独立的漫长时期，殖民地作家作品几乎都在传达类似的创作理念：各语种文学都力图在吸纳西方现代文艺手法的同时，表现出民族和国家的特色，这似乎变成了民族生命力的一种保证。这一时期拉奥所创作的短篇小说和长篇小说《根特浦尔》，被认为是揭露传统文化黑暗面和反抗殖民统治的力作，拉奥的爱国思想、人道主义精神和现实主义的写作手法也得到了读者和评论界的认可，从而免去了被挂上"文化身份迷失"之类的标签。拉奥的英语小说向世界证明了使用宗主国语言创作并不是接受文化殖民，而是利用了一种更广泛使用的语言来向世界传播本民族的文化。弱势民族的生存危机不在于接受新的文化，而是固步自封，把自己束缚在界墙内渐渐窒息消亡。

拉奥真正关注现代性精神危机并不是在第一次婚姻的破裂之时。他对印度的传统文化精神有一种特殊的信任感，在欧洲生活的时候，拉奥认为西方现代精神危机是由于中世纪以后西方人过于重视物质文明和教条的理性主义，必须引进超越性精神文明，将西方人从无信仰的焦虑中解脱出来，而印度的传统宗教文化是一个很好的选择。从他的生平和创作经历看，拉奥真正意识到现代性危机是在第二次世界大战结束和印巴分治前后的屠杀之后。现代战争的残酷和人们日趋严重的精神危机动摇了拉奥对政治乌托邦的信心。对于这位热衷于为人类谋求理想出路的思想者来说，当时在法国兴盛的存在主义向他提出了深具挑战性的问题：人为何存在？存在的意义是什么？在这种思想引导下，拉奥渐渐远离了以安纳德为代表的现实主义作家，而将各种尖锐的社会矛盾的根源归为个人的精神危机问题。

拉奥认为，一方面宗教在民族认同上起着关键性作用，另一方面人应该把自己从目前有限而狭隘的认识能力中解放出来，不要被死亡和虚无压倒。他希望通过对印度古典宗教哲学的宣传，唤醒人们沉睡的希望和信心去承担宗教的命运，去获得精神的真理。因此，与其说拉奥在贩卖印度的宗教文化或者推销他的吠檀多不二论哲学，不如将之理解为一种自我精神拯救力量的隐喻。在拉奥的小说中，表面的宗教乌托邦色彩与深层的现代存在主义探寻形成了一道炫目的张力。

拉奥的内转向，并不是脱离了现代和民族的倒退。拉奥笔下的主人公，无论是婆罗门拉姆、西瓦拉姆还是基里洛夫的个人体验，都被作为一种民族经验来描述，作家对人类本体性生存的人文探索从民族寓言和宏大叙事的遮蔽中凸显出来。在文化关系上，拉奥寻求的是对话和平衡，而非对抗和冲突。自从马克斯·韦伯在他的历史社会学提出了"现代"与"传统"两大范畴后，不少学者倾向于在研究中把"传统"看作"现代"的反面。从印度的近现代史来看，印度的传统价值系统在现代的处境不太被看好。在西方物质文明进步观的观照下，印度因为现代化程度的落后产生了极大的焦虑意识，不少印度人将这种落后不分青红皂白地推诿到印度传统文明。拉奥从现代西方的经验和对印度古典文明的认识出发，强烈反对这种无知的观点。

一些研究者认为拉奥从20世纪40年代起就远离尘嚣，不问世事，专心作他的宗教哲学，这种观点是没有根据的。虽然拉奥在思想和对社会本质的认识上深受唯心主义哲学的影响，在作品中也不可避免地表现出了他落后的一面及局限性，但是拉奥以自己对民族文化的忠诚和热爱，以卢梭式的坦诚和严酷的自我审视，为他人提供了可借鉴之途。

第四章　当代女性作家与印度流散小说创作

> 作为一种信仰来看，印度教是模糊的，无定型的，多方面的，每个人都能按照自己的看法去理解……它包含着多种信仰和仪式，从最高的到最低的，往往相互抵触，相互矛盾。①
>
> ——尼赫鲁
>
> 我身处两个世界之间，这正是我的小说最巧妙的地方。我与印度保持足够距离，以便我能心存爱意或者冷淡地回顾她。②
>
> ——芭拉蒂·穆克吉

第一节　芭拉蒂·穆克吉对印度文化的书写

芭拉蒂·穆克吉（Bharati Mukherjee，1940— ）是继奈保尔和拉什迪之后又一位在英美文坛上熠熠生辉的印度裔英语作家。和奈保尔与拉什迪一样，穆克吉接受过西方文化熏陶，以西方之眼重新打量印度，发

---

① 尼赫鲁：《印度的发现》，齐文译，北京：世界知识出版社1956年版，第82页。
② Sybil Steinberg: "Bharati Mukherjee", *Publishers Weekly*, Aug. 25, 1989, pp. 46–47.

现其不可阐释之处，在自我流放的心态中，对自我文化身份发出追问，并对印度与西方文化的差异进行观察思索。

穆克吉 1940 年生于印度，在印度、加拿大和美国三地不断辗转后，最终于 1980 年定居美国。1971 年她出版了第一部小说《老虎的女儿》，其后致力于创作"新移民文学"，1988 年凭借短篇小说集《中间人》获得美国"全国图书评论界奖"，成为美国第一位获此奖项的流散作家。

穆克吉的处女作《老虎的女儿》，是一部带有自传体色彩的长篇小说，充分地表达类似于奈保尔与印度的"文化疏离"之感。小说主人公塔拉，15 岁时被称为"孟加拉虎"的婆罗门父亲送到美国接受高等教育，在忍受乡愁折磨的同时不断调整自己的心态，逐渐接受了西方的生活方式，并结识了自己心爱的丈夫大卫。时隔 7 年，当她再次回到印度的时候，却发现自己成了一个非印非美的陌生客人，一个流亡者，西方教育已经将她塑造成一个异化的、西方化的流亡者，已经美国化的她很难再找回自己的印度性，达成与印度的文化认同。塔拉的困惑，实际上反映了穆克吉在那一时期的某些人生思考，那种与故国联系的切断所导致的文化身份认同的焦虑，塔拉无疑就是穆克吉自己的艺术化身。

1975 年，穆克吉出版了第二部长篇小说《妻子》，在试图通过塔拉回到印度检测她的印度性之后，通过《妻子》中蒂姆波陪同丈夫赴美生活，检测印度妇女面对陌生文化时的心理承受能力。来到美国的蒂姆波面临一种真实而冷酷的境况，即印度生活和美国生活之间的巨大差异，虽然也居住在印度人聚居区，有印度风俗的社交聚会，但蒂姆波仍然难以适应这种"怀乡病"。在遭受长期的失眠和头痛的折磨之后，她最终无法战胜失眠和噩梦的袭扰，在梦游状态下杀死了自己的丈夫，生活因此失去活力，生命如同涟漪般悄然而逝，从而上演了一出跨文化生活体验的悲剧。塔拉和蒂姆波的个案与奈保尔的印度文化体验在一定程度上形成了呼应。

1985 年和 1988 年的两部短篇小说集《黑暗》和《中间人》，可以说是穆克吉流亡意识转向移民定居意识的过渡性作品。

《黑暗》共收录12则短篇小说,小说的重心依然致力于描写流亡北美移民的暗淡生活境遇,穆克吉用嘲讽的笔墨对那些不能主动融入当地社会生活的印度移民和他们的乡愁进行了讽刺。可以看出,穆克吉部始在《黑暗》中对移民问题作超越性的艺术思考,试图像奈保尔一样探究流亡这一艺术的状态,用尖刻自卫的反讽描写笔下角色的痛苦。她开始试着接受自己的美国生活与心态变化,把自己身上的印度性视为"流动身份",一种"隐喻"。穆克吉的心态开始与拉什迪接近,拉什迪强调第三世界移民主动向寄居国社会渗透和靠拢,创造自己的新世界,建立自己的主体文化身份。从关注流亡境况过渡到关注移民定居,穆克吉的创作进入新阶段,也反映了她对奈保尔和拉什迪创作心态差异的清醒认识。

1988年,穆克吉出版短篇小说集《中间人》,探讨的主题更加广泛,移民背景涉及第三世界国家的多个国家,穆克吉将第三世界移民移居美国看作连根拔起和重新扎根过程的一个隐喻,穆克吉本人是一个"中间人",在东西方文化之间进行沟通协商。她强调移民对寄居国文化地图主动积极的重描,认为移居美国是一个双向互动的进程,这种互动体验将创造出"第三种东西",暗示了穆克吉与巴巴"第三度空间"理论的认识和吸收。《中间人》中的11则短篇小说,有许多涉及女性移民主题,特别是她们在美国对自己的文化身份重新定位的尝试,如《房客》《妻子的故事》和《詹思敏》等篇。《房客》中来自加尔各答的年轻女性移民玛雅对印度传统的斩断,使得她已经跨进了美国文化的边界内,玛雅的性开放让人惊讶不已,但这难以抵挡她内心的孤寂,使她在跨越种族的性爱中始终是个"受伤的人"。和奈保尔一样,玛雅悬挂在东西方文化之间,既不是印度人也不是美国人。穆克吉试图通过塑造这个西化的"中间人"形象,思考和解决移民过程中带来的文化差异问题。

第四章　当代女性作家与印度流散小说创作

1989年，穆克吉出版的长篇小说《詹思敏》（又译作《茉莉花》），是对《中间人》里同名短篇小说《詹思敏》的艺术翻新，添加了更为复杂的情节和更加乐观自信的基调，这充分反映了穆克吉此时对移民问题的新思考，呈现出奈保尔后期创作中那种自信的特点。在这部小说里，穆克吉笔下的人物似乎已经开始适应异国文化氛围，克服了文化差异所带来的挑战，显示出移民定居者的十足信心。小说女主人公詹思敏是对此前的塔拉、蒂姆波、玛雅等移民女性形象的超越，在美国这个新的世界里，詹思敏勇敢地抛弃了第三世界移民的乡愁情绪，带着亡夫和自己美好希望，以非凡的毅力将自己的名字即文化身份"翻译"成脱胎换骨的简和嘉瑟。

1993年穆克吉出版长篇小说《世界的占有者》，涉及莫卧儿帝国时期西方人在东方进行身份认证的问题，作者尝试将当代的旅行记与古代的传说糅为一体，从中找寻美国与印度早在17世纪就已发生的联系，这反映了穆克吉对移民心态继续追踪探索的艺术匠心。和詹思敏一样，主人公汉娜主动而愉快地融入东方，完成了在印度的文化定位，成为一个特殊的"世界拥有者"。

1997年，穆克吉出版最新作品《留给我》，再次回溯到移民的寻根意识，关于身份主题的回归似乎意味着穆克吉对移民问题的新思考和理性反省。2002年出版历史小说《如意女儿们》，2004年又出版其姐妹篇《三个新娘》。

穆克吉和奈保尔、拉什迪等是当今印裔流散作家中的佼佼者，也是具有世界影响的后殖民作家。在某种程度上，穆克吉的作品基本覆盖了从奈保尔早期创作到拉什迪近期创作关于流亡和移民的全部思考内容。她的最新作品对文化身份的回归和近10年来的沉默，似乎暗示了这样一个问题，第三世界流散作家关于流亡和移民问题的探讨仍在进行着，问题也在不断提出，统一的答案仍然没有找到。新生代作家拉希莉关于第二代移民生活的深入探索和思考，似乎延续了她不断探索的道路。

对母国传统文化的态度是偏离还是喜爱、是抗拒还是认同,直接影响流散作家文学创作的价值取向、情节发展、人物塑造等。作家的文化态度主要反映在对居住过社会环境和母国社会环境的描写里,对印裔流散作家来说,作品中的人物对印度宗教的态度亦是反映他们文化态度的重要方面。

印度的神秘与它古老的宗教是分不开的。印度教作为世界上最古老的宗教之一,在印度土生土长,在印度历史发展长河中对印度的政治、经济、文化、艺术、习俗等各方面都产生了深刻影响。印度教既是一种社会意识形态,也是一种社会形体,它对印度教徒的影响是与生俱来、根深蒂固、源远流长的。宗教信仰是大部分第一代印度移民恪守的种族身份标志,是其民族性的重要象征。

一、种姓制度

印度教是印度种姓制度的根源,种姓制度是印度教区别于其他宗教的一大特征。印度教以森严的等级制度为基础,所有教徒分属于不同的高低等级。各个等级内部形成了相对独立的社会集团,实行职业世袭、社会隔离、法律不平等、互不通婚等制度,严格的种姓制度在印度社会长期占据统治地位,虽然经历印度独立政策改革、宗教改革和全球化发展的影响已经有所松动,但对印度教徒的影响仍是广泛而深刻的。在穆克吉的作品中,我们仍然可以看到印度种姓制度的身影,尤其是带着印度文化烙印的第一代移民。

小说《老虎的女儿》中的塔拉是一名婆罗门女子,出生高贵,从小就被母亲教导着不要跟非婆罗门人接触,时刻保持着婆罗门女子的高贵和得体。父亲反对她在美国交往男朋友,在家给她寻找门当户对的结婚对象,并告诉她:"在婚姻里,种姓、阶级和职权远远比眼花、轻率更重要。"[①]

[①] Bharati Mukherjee, *The Tiger's Daughter*, Ughton Mifflin Press, 1971, p. 16.

回到印度的塔拉问她的印度朋友是否会嫁给一个非婆罗门男子，得到的是朋友斩钉截铁的拒绝："不要傻了。我从未想过要伤我父母的心。"① 可见，种姓是家族荣耀地位的象征，不容许子女损坏。《妻子》里蒂姆波的父亲是工程师，所以他竭尽全力为不够丰满而没有自信的女儿觅得一位工程师丈夫。

同时，种姓制度历经几千年逐渐内化成印度国民的集体自觉意识。低等种姓的人一方面受着高等种姓集团的压迫，一方面自我局限，不想也不敢有所改变。所以在印度文学作品中经常充斥着一群由于长时间受宗教文化影响，加上没有盼头的贫困生活而分外容忍、忧愁、封闭、奴性的传统印度人民。他们勤勤恳恳、吃苦耐劳、忍辱负重，但同时也唯唯诺诺、麻木愚钝、甘于现状，既可怜又可恨。如詹思敏的农妇母亲，她默默支持女儿的行为，不去野外如厕，想在贫穷中维持体面的生活却不知道自己可以做什么。《真正的看门人》里的布莉妈妈，忠于自己的职业，吃尽苦头却随时被扫地出门，流浪街头。

宗种姓制度的束缚被海外移民一步步打破。塔拉没有选择父亲为她物色的婆罗门丈夫，而是嫁给了美国人大卫；阿西玛和她周围的孟加拉人的共同标签是"孟加拉"而不是"婆罗门"；果戈理没有继承父亲的职业，而且与美国白人女孩谈恋爱；乡村贫穷女孩詹思敏通过自己的努力，一步步改变自己的生活，融入美国白人生活圈。印度移民在海外远离故乡，走出国界，同时也慢慢跨越种姓的鸿沟。

二、婚姻制度

宗教制度广泛而深刻地影响了印度社会的婚姻制度和女性的社会地位，印度女性在社会上长期处于被歧视、不独立的状态，在家庭中处于

---

① Bharati Mukherjee, *The Tiger's Daughter*, Ughton Mifflin Press, 1971, p.132.

屈从、低下的位置，甚至得不到基本的人身权利和保障。印度式的婚姻制度进一步加剧了对印度女性的束缚和压制。当然，国家政策和社会改革使印度妇女的社会地位有所提高，但根深蒂固的传统婚姻习俗仍普遍存在。这些都在穆克吉和拉希莉的小说中有所体现，但同时也有所打破。

首先，不同种姓的人之间不通婚，高等种姓的男性可以娶低等种姓的女性，但高等种姓的女性绝对不能"下嫁"给低等种姓的男性。很多第一代移民还遵循这个规定，但是第二代移民则开始慢慢无视这些等级观念。在印度范围内，婆罗门是高等种姓，拥有各种特权，而在西方社会，婆罗门人和其他印度人一样来自第三世界国家。当塔拉跟舍友炫耀自己赫赫有名、受人尊重的婆罗门祖父时，室友们无动于衷，塔拉最终选择了美国丈夫而非父亲选择的婆罗门律师丈夫。穆克吉的短篇小说《印度教徒》中的丽拉嫁给了白人德里克，她认为自己已经是一个美国公民，在美国宾至如归；出身较低的詹思敏成了银行家巴德的妻子；拉希莉的《同名人》中，毛舒米和美国丈夫订婚，索尼娅远嫁旧金山。在美国，尤其是在第二代印度移民的生活圈中，越来越多的印度移民通过和美国白人结合走出印度种族内婚制度的限制。

其次，嫁妆制度。与中国男方到女方家提亲下彩礼的习俗不同，在印度，女方需要主动提供让男方满意的嫁妆才能联姻。出嫁时，女方嫁妆的丰厚程度直接影响了女性日后在婆家的地位和待遇，没有嫁妆或者嫁妆达不到夫家要求的新娘，则会成为被侮辱和耻笑甚至是被虐待的对象。《詹思敏》里的詹思敏虽然出生在丰收之年，但因为是个女孩而被当成诅咒和惩罚，因为女儿出嫁需要准备大量的嫁妆，而生个男孩只需要在家里坐收嫁妆，娶妻的同时可以获得一笔财富。拉希莉的短篇小说《比比·哈尔达的婚事》里的无父无母的病女孩比比在自己29年的生命里，一直饱受病痛的折磨，一次又一次地尝试着劳而无功的治疗。当听说结婚可以治好比比的病时，一直嫌弃她的堂哥堂嫂却更加不愿意了:"那就把我们赚的钱全浪费在婚礼上?要我们请客、订手镯、买床、办嫁妆?"① 高额的嫁妆让他们宁愿养着这个随时会发病的女孩。同时,在印度流散文学作品中,我们也看到随着人民受教育程度的提高,思想的开化,嫁妆制度随之松动的希望。没有嫁妆、出身较低且额头上留有疤痕的詹思敏嫁给了拥有新思想的印度都市男性普拉卡什,并受到了尊重和爱护,也成了一名具有独立人格的新女性。

最后,童婚和寡妇殉夫等陋习。在印度,女子的年纪越小,男方索要的聘礼越低,所以很多家境一般的家庭为了降低嫁妆费,在女儿尚年幼的时候就嫁出去。而且印度教的父母将早婚视为自己儿女的义务,女儿嫁不出去会大大影响父母的宗教地位。在穆克吉和拉希莉的作品中,这些陋习正在被一步步破除和消解。塔拉、蒂姆波和詹思敏的父亲都在她们很小的时候就开始为他们寻找合适的丈夫人选,詹思敏的父亲在女儿额头受伤留痕之后更加担心女儿嫁不出去,认为即使把她嫁给鳏夫也比嫁不出去强,但都不属于童婚。印度教教义规定"丈夫就是妻子的天神,服侍丈夫是妇女最崇高的天职,没有丈夫的妇女等于没有生命的躯壳和无水的江河",② 提倡寡妇在丈夫死后牺牲自己来表示自己的忠贞不渝。但守寡的詹思敏没有殉葬,而是只身来到美国,实现了丈夫的遗愿;阿西玛守寡之后没有追随丈夫离世,而是抹掉了手上的朱砂,卸下了首饰,变卖了家产,回到了自己魂牵梦绕的印度。更令人惊骇的是,蒂姆波竟然亲手杀死了自己的丈夫。

可见,印度宗教影响下的印度婚姻制度的陋习,随着印度国内开化程度的提高、移民在海外的生活经历的开拓以及西方文化环境的影响而在移民群体中率先被打破,成为妇女解放自己、适应新生活的出口。

---

① 裘帕·拉希莉:《疾病解说者》,卢肖慧、吴冰清译,上海:上海文艺出版社2005年版,第168页。

② 朱明忠、尚会鹏:《印度教:宗教与社会》,北京:世界知识出版社2003年版,第277页。

三、宗教仪式和诸神崇拜

印度教是复杂而庞大的。印度前总理尼赫鲁曾这样评价印度教："作为一种信仰来看，印度教是模糊的，无定型的，多方面的，每个人都能按照自己的看法去理解……它包含着多种信仰和仪式，从最高的到最低的，往往相互抵触，相互矛盾。"①"祭祀万能"的思想贯穿于印度宗教的历史。虔诚的印度教徒对印度教的创世神话深信不疑，他们模仿印度神话中大神的祭祀行为，认为祭祀不仅是人和神进行沟通对话的有效途径，而且具有支配万物、参与宇宙、影响未来、解救人类的无边法力。正是由于祭祀的重要性，印度教自古就非常重视祭祀活动，祭祀礼节和仪式也特别繁多复杂。一个婆罗门教徒一生要举行许许多多祭祀仪式，仪式的步骤和规矩都是有严格规定的。虔诚的印度教徒不管身在何方都会随时随地祈祷，宗教信仰对印度教徒来说是他们民族身份的最好体现。

刚到美国的塔拉与美国舍友之间格格不入，冲突对抗，孤立无助的她"向变幻多段的迦梨女神祈祷，获得力量，希望自己不要在这些文明的美国人之前被击倒"②。阿西玛在国外坚持着宗教信仰，给孩子举行米庆仪式，坚持祈祷。塔拉的母亲是一个圣洁的女人，虔诚的印度教徒，在家里设立祈祷室，戒斋沐浴之后虔心祈祷，去大吉岭度假时坐着双人轿上山顶朝拜神明。但是这些对印度宗教神明的崇拜和仪式的恪守，在流散移民的身上已经日渐微弱。回国后的塔拉和母亲一起常规祈祷，但却忘记了宗教仪式的步骤，需要在母亲的提示下才能继续进行，这一发现让她大惊失色。詹思敏出生在虔诚的印度教家庭，她从小信仰印度教，在额头受伤容貌受损之时，她认为那是迦梨女神的"第三只眼"而

---

① 尼赫鲁:《印度的发现》，齐文译，北京：世界知识出版社1956年版，第82页。
② Bharati Mukherjee, *The Tiger's Daughter*, Ughton Mifflin Press, 1971, p.14.

不介意。占星师预言了她寡妇和流亡的命运,因为相信,预言的内容一直影响着她。但同时,印度教一些腐朽的教条和繁缛的礼节、源源不断的宗教冲突等一直困扰着她,让倔强的她心生抵触。自己的丈夫在一次宗教流血斗争中无辜遇害,使她成为象征着厄运的印度寡妇,她意识到宗教对自己生活的破坏性影响,愤怒地诅咒宗教和神明。最终,她摆脱了宗教的束缚,挣脱宗教寡妇殉夫的教义远赴美国,放弃了印度国籍的同时她放弃了自己的宗教身份。

总而言之,印度宗教发展至今仍然具有极大影响力,在第一代印度移民的心中占据重要地位,是其民族性的重要标志,他们保存着对印度宗教的记忆,并试图传递给下一代,但在印度宗教自身的发展以及西方文化的同化过程中,这些记忆正慢慢失忆,尤其是生长在美国的移民后代,他们日趋倾向于打破宗教旧规则、旧束缚,对印度宗教的记忆和恪守之情日趋淡漠。

第二节 阿兰达蒂·洛伊《微物之神》中的女性形象

20世纪后期,"现代主义"和"新潮流主义"兴起,印度女性文学得到了长足的发展,涌现出许多女性作家。她们以敏锐、独特的视角,表现了现代女性的生存状态和内心世界。阿兰达蒂·洛伊(Arundhati Roy, 1961—)就是其中一位杰出的作家。她的第一部小说《微物之神》获得了1997年英国布克小说奖,她本人也成为备受学界关注的印度女作家。

阿兰达蒂·洛伊出生于印度东北部的锡隆,父亲是一名在阿萨姆地区茶园工作的印度教徒。母亲玛丽·洛伊生于印度南部喀拉拉邦的一个叙利亚基督教家庭,是喀拉拉著名的女权运动家。洛伊6岁时父母离异，她和弟弟跟随母亲回到了喀拉拉。

16岁时，洛伊离开家乡进入德里建筑与城市规划学院学习，与同学杰拉德·达库尼亚相爱结婚，移居果阿。4年后，洛伊结束了两人的婚姻，回到德里。她的第二任丈夫波克·克里申是一名导演，二人在事业上相互合作。洛伊曾参演丈夫导演的几个作品，还撰写了几个电影剧本，都由丈夫执导。洛伊根据自己的经历，创作了剧本《安妮如此付出》(*In Which Annie Gives It Those Ones*, 1988)、《电月亮》(*Electric Moon*) 和《孟加拉榕树》(*Massey Sahib*)。

在小说创作方面，除了《微物之神》，洛伊的最新小说《极乐之邦》(*The Ministry of Utmost Happiness*) 于2017年6月出版。

《微物之神》是一部半自传体色彩的文学作品，出版两个月就在20多个国家发行，同时登上了美国《纽约时报》和伦敦《周日时报》畅销书排行榜，并获得英国布克奖和美国国家图书奖。全书分为21章，通过儿童的视角，采用碎片化叙事，讲述了贱民维鲁沙与叙利亚正教离婚女人阿慕跨越种姓、阶层的爱情故事。小说表现了当代印度的社会面貌，展现了作者复杂而深刻的内心世界。印度独立后，印度经济得到很大发展。小家庭、小人物挣扎在过去与现在，社会传统、宗教教义与新的思想的碰撞中，作家以敏锐的目光探究历史和文化的冲突，女性地位的变化，人性的复杂，并努力寻求个体的出路，表达了对民族和国家前途的忧虑和期望。

洛伊不仅是一位小说家，更是一位社会活动家和评论家，是印度富有影响力的公共知识分子。她积极投身社会公共生活，在报刊上发表文章，针对印度社会问题和国际政治问题提出自己的看法。她发表的政论文章陆续结集成书出版。主要有：《生存的代价》(*The Cost of Living*)、《强权政治》(*Power Politics*)、《谈战争》(*War Talk*)、《正义方程式》(*The Algebra of Infinite Justice*)、《破碎的共和国》(*Broken Republic*) 和《给普通人的帝国指南》(*An Ordinary Person's Guide to Empire*)。《生存的

第四章 当代女性作家与印度流散小说创作

代价》主要收录了批评纳尔马达河水坝兴建计划以及印度核试验问题的文章。《强权政治》批判了全球化经济发展中的权力政治,主要涉及欲图独揽印度电力供应系统的美国能源公司以及迫使数十万居民迁离的大型水坝修建计划。《谈战争》分析了军事、宗教和种族中的暴力现象,反对了印巴的核竞争,思考了伊斯兰教暴力事件和美国的反恐战争。《破碎的共和国》则主要探讨了印度政治存在的问题,批判了印度政府对种姓制度问题的忽视。《给普通人的帝国指南》则主要揭露了美国布什政府"富有同情心的保守主义"和"反恐战争"的虚伪,分析了新美利坚帝国的权力模式,指出民众的力量是权力的本质和民主的基础,借此可以反抗所谓"领导者"的暴政。

女性的现实境遇和悲剧命运是《微物之神》的主要内容。洛伊在采访中指出:"喀拉拉邦的女性在印度乃至世界各地工作、赚钱并寄回家中,她们为了结婚将支付一笔嫁妆,并与丈夫形成最怪诞的从属关系。我在喀拉拉邦的一个小城镇长大,对我来说,那是一个噩梦。我最想做的事就是逃离和离开,就是永不和当地的任何人结婚。"① 洛伊直言不讳地指出印度当代女性的屈从地位,并拒绝做一个传统的印度家庭主妇。

《微物之神》的故事发生在阿耶门连,主要讲述离婚的阿慕带着7岁的双胞胎姐弟艾斯沙与瑞海儿回到阿耶门连,与父母帕帕奇和玛玛奇、哥哥恰克、姑姑宝宝克加玛一起生活和经营家族产业天堂果菜厂的故事。在此期间,帕帕奇去世,阿慕和双胞胎饱受众人的轻视、羞辱。恰克的英国前妻玛格丽特失去第二任丈夫后带着女儿苏菲来到印度,苏菲受到了整个家族的欢迎和款待。与此同时,阿慕感受到人生的无望而日益绝望和愤怒,她爱上贱民维鲁沙并与他发生性关系,但不久两人的关系就被告发,阿慕受到监禁。恐慌的她斥责双胞胎是她的拖累,让双胞胎大受打击而离家出走,却让跟随而来的苏菲意外溺亡。宝宝克加玛

---

① http://www.the-south-asian.com/Sept2001/Arundhati Roy-Interview2.htm. 30/03/2017.

为惩罚阿慕而诬陷维鲁沙拐卖儿童,使得维鲁沙被前来抓捕的警察暴打致死。随后,艾斯沙被送走,阿慕也被家人剥夺探望瑞海儿的权利,在孤独中死去。1991年,已31岁的瑞海儿与艾斯沙再次重逢,两人发生了乱伦的性关系。

洛伊通过讲述20世纪印度南部喀拉拉邦的一个婆罗门家族的故事,塑造了在家庭和社会生活受到压迫的祖孙三代女性,表现了她们对自身的发现、探索和认同,以及她们对社会秩序和道德规范的忍受和反抗,展现了悲剧女性的失落、困惑和堕落。

一、忍受与回归的顺从者

波伏娃(波伏瓦)在讨论女人的处境和特征时指出,女性的显著特征之一是逆来顺受,她们把男人当作唯一的生存手段和生存理由,因而不得不忍受各种屈辱。① 在家庭生活中,印度女性往往受到丈夫的暴力虐待。印度独立之前出生的妇女玛玛奇,在丈夫退休后,开始腌制果菜并小有成就,结果招来了丈夫的妒忌和殴打:

> 每天晚上,他拿一只黄铜花瓶殴打她。殴打并不是以前未有的事,以前未有的事是这种殴打经常发生。一天晚上,帕帕奇弄断了玛玛奇的小提琴琴弓,并将它扔到河里。②

帕帕奇对玛玛奇的肉体摧残和折断琴弓的行为,都在宣告他在家庭中的权威,宣泄不满获得关注的情绪。通过殴打妻子,他确立自身的威信,从而维持男性的优越感。尽管玛玛奇从不反抗,但她内心深处隐藏

---

① 西蒙娜·德·波伏瓦:《第二性(Ⅱ)》,郑克鲁译,上海:上海译文出版社2011年版,第446—448页。
② 阿兰达蒂·洛伊:《微物之神》,吴美真译,上海:上海文艺出版社2014年版,第44—46页。

第四章 当代女性作家与印度流散小说创作

着对丈夫的不满,因而以狡黠的方式反抗他。一方面,玛玛奇扮演受害者的角色,在暴力持续加剧的状态下,屈服于男性的权威,表现出逆来顺受的受虐心理。这种习惯受虐的隐秘心理,使得她在帕帕奇的葬礼中难以抑制失去他的悲伤。另一方面,玛玛奇长期的忍让也是无言的责备。帕帕奇要求她顺从他的意志,然而,在丈夫停掉她的小提琴课、折断她的琴弓后,她依然坚持拉小提琴,甚至在眼睛快瞎掉的情况下坚持腌制果菜。

在婚姻生活中,玛玛奇是男性暴力下的受害者。不管如何,"婚姻鼓励男人任性地统治:支配的诱惑是最普遍、最不可抵抗的"①,因此丈夫对妻子的暴力现象并不只在中产阶级的家庭中出现,正如穆勒指出的,每个国家最下层的男人对妻子实行最厉害的习惯性肉体暴虐,妻子既不能抵抗又不能逃避这种暴行。② 在作品中,印度社会底层的男性对女性的殴打也是一种常见现象,如卡沙卡里的表演者卸妆以后无一例外都回家打老婆,阿慕也指出拿黄铜花瓶打人是最不会令人大惊小怪的事。③ 另外,当儿子恰克阻止了帕帕奇对她的殴打后,玛玛奇就受到来自帕帕奇的变相惩罚:他刻意无视她的存在,并在客人面前修补衣服上的纽扣,让周围的人认为她重事业而忽视丈夫,未能尽到妻子的职责。

玛玛奇依仗儿子的庇护免除丈夫的暴力威胁后,她对儿子恰克产生了爱慕与依恋的情感,这让她陷入性嫉妒和被羞辱的困境中。一方面,儿子是她的解放者和救星,她把一切希望寄托在儿子身上。正如波伏娃所说,母亲从女性的内心出发,把她的儿子推崇为至高无上的

---

① 西蒙娜·德·波伏瓦:《第二性(Ⅱ)》,郑克鲁译,上海:上海译文出版社2011年版,第273页。
② 约翰·斯图尔特·穆勒:《女性的屈从地位》,汪溪译,北京:商务印书馆2011年版,第321页。
③ 阿兰达蒂·洛伊:《微物之神》,吴美真译,上海:上海文艺出版社2014年版,第46页。

男人。① 她承认儿子拥有男性的优越,她向其他人骄傲地宣称"恰克无疑是印度最聪明的人之一"②。同时,她嫉妒与儿子发生性关系的女工,否认儿子对儿媳玛格丽特的爱,这种潜藏的嫉妒让她内心无法安宁,她不得不采取给女工和儿媳塞钱的手段,将她们视为"妓女"以此安慰并麻痹自己的内心。另一方面,玛玛奇遭受到儿子的羞辱和轻视,"恰克需要母亲仰慕他。事实上,他要求得到这种仰慕,但是,他也因此轻视她,并秘密地惩罚她"③。恰克有意表现出低劣的品行,他穿最便宜的衣服和最丑陋的凉鞋,在客人面前脱鞋子搔旧痂并恐吓他们。他甚至故意羞辱自己,"她(前妻)以一个较好的男人取代我"④,通过贬低自己来贬低崇拜自己的母亲。玛玛奇通过儿子获得了安定的生活和身份上的优越感,同时,在母子关系中,她因为自愿将自己置于较低的位置,从而失去了作为母亲的尊严,受到儿子的轻视。

同时代的宝宝克加玛,与玛玛奇的逆来顺受不同,她在追求爱情失败之后回归到传统文化中。宝宝克加玛的父亲是圣多马教会的伊培神父,她自小受到良好的教育。18岁时,她爱上英俊的慕立冈神父,用各种方法接近他,甚至希望通过改宗的方式,得到与他相处的正当机会:

> 宝宝克加玛展现出一种顽固的一意孤行(在那时,人们认为女孩的这种特质和肉体上的畸形——兔唇或内翻足,一样糟糕)。她

---

① 西蒙娜·德·波伏瓦:《第二性(Ⅱ)》,郑克鲁译,上海:上海译文出版社2011年版,第428页。
② 阿兰达蒂·洛伊:《微物之神》,吴美真译,上海:上海文艺出版社2014年版,第51页。
③ 阿兰达蒂·洛伊:《微物之神》,吴美真译,上海:上海文艺出版社2014年版,第240页。
④ 阿兰达蒂·洛伊:《微物之神》,吴美真译,上海:上海文艺出版社2014年版,第240页。

第四章 当代女性作家与印度流散小说创作

违抗父亲的意愿,成为一个罗马天主教徒。①

年轻的宝宝克加玛违背父亲意愿,不畏惧众人的目光,去追求心中所爱,她大胆勇敢。然而,在修道院生活了几个月之后,宝宝克加玛发现她并没有实现自己的目的,她与慕立冈神父之间毫无进展。伊培神父把她从修道院解救出来,让她在美国接受高等教育。两年后,她带着观赏园艺的文凭回到阿耶门连,苗条的身形已变得肥胖。宝宝克加玛是人们眼中"不幸的女人",她时时带着"暴虐的情绪",沉浸在对慕立冈神父的"爱情"幻想中。

宝宝克加玛的境遇侧面表现了印度传统社会的残酷无情:社会规范要求女性克制自己的真实感情,顺从父亲的安排。当宝宝克加玛有所反叛时,她就受到整个社区的非议。对社会规范的突破和追求爱情的失败,使得她陷入可怕的困境中。她"成名"了,不可能再找到一个丈夫,同时,对于一个少女而言,爱情是"生活本身"②,当她必须独自面对爱情破碎的创伤和灰暗无望的人生时,她的内心感受到难以消解的痛苦。而"爱情在男人的生活中只是一种消遣"③,慕立冈神父不可能因为对她的好感放弃宗教事业,他宁愿经常写信给她,也不愿正面回应她的感情。这种对她的需求和感受的无视,让宝宝克加玛长期处于"暴虐"和"痛苦"之中。

宝宝克加玛"爱得发狂","在幼稚的轻浮爱情中耗尽自己的心"④,

---

① 阿兰达蒂·洛伊:《微物之神》,吴美真译,上海:上海文艺出版社2014年版,第23页。
② 西蒙娜·德·波伏瓦:《第二性(Ⅱ)》,郑克鲁译,上海:上海译文出版社2011年版,第496页。
③ 西蒙娜·德·波伏瓦:《第二性(Ⅱ)》,郑克鲁译,上海:上海译文出版社2011年版,第496页。
④ 西蒙娜·德·波伏瓦:《第二性(Ⅱ)》,郑克鲁译,上海:上海译文出版社2011年版,第498页。

她自暴自弃，放纵自己的体重，浪费自己所学的园艺设计知识。在她看来，她优雅地接受了"一个没有男人的女人的命运，没有慕利冈神父的可悲宝宝克加玛的命运"①。尽管她追求爱情的行为部分出于青春期少女的冲动，然而，在求而不得之后，她却陷入对慕立冈神父的执迷中。她日复一日在笔记本上写"我爱你"，保留着他的信件，以此慰藉自己空虚寂寞的心灵。她沉浸在爱情的幻想中，当慕立冈神父变成了一个印度教教徒时，她的失望和愤怒在于他破坏了原来梦想中恋人的形象。因此，当慕立冈神父死后，她才感觉自己更接近他并真正拥有他。归根结底，宝宝克加玛看似在追求爱情的自由，实际上依然走在印度传统女性的人生道路上，即人生的意义在于找到一个丈夫。因此，受挫的宝宝克加玛很快就回归到服从传统道德规范的道路上，甚至比任何人都要执着地维护传统秩序。她厌恶只是半个印度教徒的双胞胎，嫉恨不遵从父母意志而结婚的阿慕，不断给阿慕的生活制造各种混乱，最终一手促成阿慕的不幸人生。

二、挣扎与失落的反叛者

阿慕自小就有一种"顽固而鲁莽的癖性"②，她总是"寻求争吵和对抗"③。她常常不愿容忍社会观念给她设定好的种种角色的限制，违背家庭和社会强加给她的命运。她逃离滥用暴力的父亲、逃离酗酒并给她拉皮条的丈夫，对抗离婚女人的命运，从而跨越宗教、种姓、阶层的藩篱，实现了个人意志的短暂自由。然而，作为一个小人物，她以个人的

---

① 阿兰达蒂·洛伊：《微物之神》，吴美真译，上海：上海文艺出版社2014年版，第42页。
② 阿兰达蒂·洛伊：《微物之神》，吴美真译，上海：上海文艺出版社2014年版，第175页。
③ 阿兰达蒂·洛伊：《微物之神》，吴美真译，上海：上海文艺出版社2014年版，第175页。

性爱方式去反抗社会秩序，无异于以卵击石，因此，她只能在希望破灭后绝望地死去。

阿慕既不愿向命运妥协，又不能粉碎重重束缚真正掌握自己的命运，因此她总是在困境中挣扎。少女时期，她有一个脾气暴烈的父亲和长期受苦的母亲，没有机会上大学，因为帕帕奇认为"让一个女孩子上大学是一项不必要的开销"①。同时，她缺乏"一份适当的嫁妆"，只能在家里帮忙做家务。她想逃离这种生活，因为"独身使她降低到寄生虫和贱民的地位，结婚是她唯一的谋生手段和使她的生存获得社会认可的唯一方式"②，这迫使阿慕嫁给了第一个向他求婚的男人。阿慕认为"任何事情，与任何人在一起，都会比回到阿耶门连好"③。她将婚姻视为人生的出路，然而现实却给了她沉重的一击。她的丈夫是一个印度教教徒，是一个说谎成性的酒鬼。为保住茶庄助理的工作，他甚至同意了茶庄老板的建议，让阿慕出卖肉体。阿慕沉默的拒绝招来丈夫的暴力殴打，她不得不选择离婚，在不受欢迎的情况下回到了阿耶门连。

作为一个离婚妇女，她没有"法律地位"。她一方面受制于"母亲"的角色，要照顾双胞胎，无法外出工作来获得完全的经济独立。尽管她为天堂果菜厂付出了不少心血，但作为一个叙利亚正教徒，"身为女儿的阿慕无权拥有财产"④。她被恰克等人视为寄生虫，是靠着"别人的宽容才能够住在阿耶门连的房子"⑤，受尽了家人的轻视和冷落。另一方

---

① 阿兰达蒂·洛伊：《微物之神》，吴美真译，上海：上海文艺出版社2014年版，第36页。
② 西蒙娜·德·波伏瓦：《第二性（Ⅱ）》，郑克鲁译，上海：上海译文出版社2011年版，第201页。
③ 阿兰达蒂·洛伊：《微物之神》，吴美真译，上海：上海文艺出版社2014年版，第36—37页。
④ 阿兰达蒂·洛伊：《微物之神》，吴美真译，上海：上海文艺出版社2014年版，第53页。
⑤ 阿兰达蒂·洛伊：《微物之神》，吴美真译，上海：上海文艺出版社2014年版，第43页。

面,她对未来的灰暗人生感到绝望。"生命已经被活过了。她有过一个机会,但她犯了一个错,她嫁错了人。"① 她要恪守母亲和离婚女人的道德,接受与宝宝克加玛一般没有男人的女人的命运,为家族的名誉"守节居贞"。

  阿慕觉得她会死去;会枯萎,然后死去——如果她再听见另一句那样的话,如果她必须忍受恰克的那种骄傲,像拿着网球奖杯的微笑,如果她必须忍受从玛玛奇那儿流出来的性嫉妒暗流,如果她必须再忍受宝宝克加玛那种骄傲意排除她和双胞胎的谈话,那种让他们明白自己在事物计划中所占之地的谈话。②

  整个家庭都在围绕着玛格丽特和苏菲打转,而阿慕和双胞胎却只能作为欢闹场景里的背景,阿慕更加明显地感受到"不被欢迎"且"无处归依"的处境。她已意识到生命的短暂,要抓住时间追求所爱。她在晚上游过河与维鲁沙秘密私会,在头上插花,变得"生意盎然"更加迷人。然而,在众人看来,此时的阿慕极其危险。"她身上总有某种焦躁不安、不受驾驭的东西,仿佛她暂时抛开了为人母亲和离婚妇女的道德。甚至在她走路时,一种更狂野的步态取代了原先那种安全的母亲的步态。"③ 在约定俗成的文化习俗中,一个母亲和离婚妇女的神态应当是庄重的,而被"欲望"控制的女人,正如《毒树》的茜拉一般充满危险性。阿慕自身也有着矛盾的心态。正如瑞海儿总结的"一种不能混合的混合——母性的无限温柔和人体炸弹式的不顾一切

---

① 阿兰达蒂·洛伊:《微物之神》,吴美真译,上海:上海文艺出版社2014年版,第36页。
② 阿兰达蒂·洛伊:《微物之神》,吴美真译,上海:上海文艺出版社2014年版,第313页。
③ 阿兰达蒂·洛伊:《微物之神》,吴美真译,上海:上海文艺出版社2014年版,第41页。

的愤怒"①,她已经无法再忍受那种灰暗的、被人轻视的和被种种规范束缚的生活,因此渴望自由。她与维鲁沙的性爱无疑同时跨越了"种姓"的藩篱、违反了离婚妇女的道德,她知晓后果的严重性。作为母亲的阿慕渴望安定的生活,希望能够照顾好自己的孩子。因此,阿慕身上的"反抗者"与"母亲"角色发生了冲突,她挣扎在这两个身份之间,既渴望挣脱束缚,又担忧未来。

阿慕挣脱了一个又一个既定的女性的命运,然而,她每挣脱一个束缚,便又跌入另一种困境中。她始终未能真正掌握自己的命运,最终受到严厉的惩罚,陷入人生的泥潭。阿慕想借助男性的力量来破除当下的困境,她依附于丈夫才摆脱了父亲的意志,通过爱情获得短暂的自由。因此,她的处境和地位并没有得到根本性的改变。离婚是微不足道的让步,离婚之后,她的处境更为艰难。没有经济来源,只能投奔父母,这让她陷入极其被动的环境中,不得不看家人的脸色生活。另外,她反抗社会规范的代价是惨重的,她被驱逐出阿耶门连,恋人悲惨死去,侄女苏菲溺亡,儿子被送走,还丧失探望女儿的权利。但在宝宝克加玛看来,相较于阿慕给家族带来的耻辱,"两条生命,两个孩子的童年"只是一个"小小的代价"。最终,阿慕的悲惨人生成为"一个可供未来违规者借鉴的历史教训"②,她的反抗行为也间接造成瑞海儿内心巨大的创伤。

三、困惑与堕落的受创者

瑞海儿出生于 1962 年,父亲是孟加拉邦的印度教徒,母亲阿慕是喀拉拉邦的叙利亚正教徒,因此,她不是印度社会传统意义上的纯正血

---

① 阿兰达蒂·洛伊:《微物之神》,吴美真译,上海:上海文艺出版社2014年版,第41页。

② 阿兰达蒂·洛伊:《微物之神》,吴美真译,上海:上海文艺出版社2014年版,第319页。

统。她和哥哥艾斯沙一起跟随母亲回到外祖父家中。因为"混血"的身份和"没有父亲"的状况,瑞海尔遭受了玛玛奇等人的厌恶和不喜。她曾努力讨好家人,希望获得大家的认可,最终却失败了。在短时间内,她受到许多突如其来的打击:目睹警察对维鲁沙的暴力殴打的血腥场面、表姐苏菲的溺亡、与哥哥艾斯沙的分离和阿慕的死亡。这些事件最终让她的内心充满创伤和对世界的绝望不安。

幼年时,宝宝克加玛非常不喜欢瑞海儿和她哥哥,甚至不愿看到他们高兴的时刻,不希望他们从对方那儿获得安慰:

> 因为她(宝宝克加玛)认为他们(双胞胎)的命运是已被决定的,没有父亲的流浪儿。更糟的是,他们是半个印度教徒,是杂种,没有一个有自尊的叙利亚正教徒愿意和他们结婚。[①]

没有父亲和半个印度教徒的身份是瑞海儿个人无力改变的事实,但是,这却成为她最大的"原罪"。她受到了宝宝克加玛的歧视、恶意猜测和残忍对待。在整个家庭中,瑞海儿也是不受欢迎的。她倒读英文的天真、调皮,也被玛玛奇等人视为狡猾、粗野的表现。自小就失去父亲,使得瑞海儿非常害怕失去阿慕,然而阿慕并没有察觉到她的精神需求,反而对她有较高要求和期待,常常以"少爱一点"来威胁并教育她。

在苏菲到来后,瑞海儿不断被拿来与她比较。瑞海儿努力讨好众人,但收效甚微。苏菲从一开始就被众人喜欢,这样明显的偏爱,使瑞海儿清醒地意识到自己的边缘地位。同时,在很长一段时间里,她的生活充满了成人世界里的强权和暴力:警察对维鲁沙的暴力殴打,恰克疯

[①] 阿兰达蒂·洛伊:《微物之神》,吴美真译,上海:上海文艺出版社2014年版,第42页。

第四章 当代女性作家与印度流散小说创作

狂地驱逐阿慕和玛格丽特抓住艾斯沙就扇耳光;她也感受到摧毁性的力量——维鲁沙、苏菲、阿慕相继死去,哥哥艾斯沙被送走了。"在火车站的月台上,瑞海儿弯下腰,不停地尖叫"①,瑞海儿的情绪在兄妹被迫分离的情况下崩溃了。没有人向她指出"你们不是罪人,你们是罪的对象,你们只是孩子,不能控制事情,你们是受害者,不是犯罪者"②。在瑞海儿的世界中,她和艾斯沙都是犯罪者,因此,她背负着对阿慕、苏菲和维鲁沙的愧疚生活着。

瑞海儿是在没有人引导的情况下长大的,阿慕已经死去,玛玛奇和恰克负责她的生活,但并不关心她。

> 只要她对此保持安静,她便可以自由地进行自己的探查:探查乳房,以及它们的疼痛程度;探查发髻,以及它们燃烧得多么迅速;探查生命,以及应该如何生活。③

瑞海儿获得更多自由去探查世界和自身,但在基督教学校,探查乳房是一种堕落的行为,因此她受到挨饿、鞭打的惩罚。之后,她只能在不同学校之间流浪,被同学、老师排斥,始终孤单一人。

在学习生涯中,瑞海儿将自己封闭在个人世界中,孤单地生活着。她虽然获得更加自由地探索自己和世界的空间,却因此受到同学的排斥和校长的体罚。在建筑学院毕业后,瑞海儿前往美国工作,与赖瑞结婚,但她始终没有摆脱过去的阴影,只是麻木地活着,对未来毫无期待。成年后瑞海儿的内心是空洞的,"一切都无关紧要,一切都不

---

① 阿兰达蒂·洛伊:《微物之神》,吴美真译,上海:上海文艺出版社2014年版,第310页。
② 阿兰达蒂·洛伊:《微物之神》,吴美真译,上海:上海文艺出版社2014年版,第185页。
③ 阿兰达蒂·洛伊:《微物之神》,吴美真译,上海:上海文艺出版社2014年版,第17页。

甚紧要"①，她对生活充满困惑。"她不仅不知道能够改变世界面貌的真正行动是什么，而且迷失在这个世界中间。"② 她不知道如何经营婚姻，不知道人生的意义，也不在乎生死。轻率地结婚又离婚的瑞海儿回到了阿耶门连，与哥哥艾斯沙发生了性关系。

> 没有人可以说什么来解释接下来发生的事情，没有人可以说什么来区别性和爱，区别需要和感情……我们只能说有眼泪，而安静和空虚搭配起来，像叠在一起的汤匙……我们只能说他们那一晚所分享的不是快乐，而是可怖的忧伤。③

30多岁的瑞海儿始终找不到自己的归属，她不能从过去的阴影中走出来，对生活失去了感觉。瑞海儿从未积极寻找人生的意义，只是任由自己堕落。同样，艾斯沙也不知道该如何生活，怎么面对这个冷漠的世界，因此，瑞海儿与艾斯沙的性爱既体现出两颗无所归依的心寻求归属的渴望，也体现出两人悲观的人生态度。

由此我们可以看出，《微物之神》中的女性身处一个尚未摆脱陈规陋俗的新时代，因此她们既是传统的，又是现代的。其中的女性形象既有传统文学作品中女性的影子，又体现出独一无二的当代印度女性的特征。

作为印度本土作家，阿兰达蒂·洛伊在潜移默化中受到印度传统文学的影响，在《微物之神》中女性形象的塑造受到悉多、黑公主等古代文学作品中传统女性的影响。同时，洛伊又以具有反抗精神的阿慕和困

---

① 阿兰达蒂·洛伊：《微物之神》，吴美真译，上海：上海文艺出版社2014年版，第19页。
② 西蒙娜·德·波伏瓦：《第二性（Ⅱ）》，郑克鲁译，上海：上海译文出版社2011年版，第444页。
③ 阿兰达蒂·洛伊：《微物之神》，吴美真译，上海：上海文艺出版社2014年版，第311页。

惑的瑞海儿丰富了印度文学中的女性形象。小说中女性的性爱行为和兄妹之间的乱伦，既是女性在残酷生活中寻求心灵慰藉的方式，又体现出女性个体对道德规范的触犯，彰显了作者在揭露女性的生存困境后，无法提供具体解决方案的无奈。事实上，当代印度女性的困境主要源于印度妇女解放运动的不彻底，法律制度与社会现实的脱节，以及国家话语下对女性的"家庭主妇"角色的强调，因此印度妇女的解放之路是漫长而艰难的。

结　语

　　从吠陀时期到印度独立，印度作家对女性书写的主流从颂扬"理想"女性转向刻画遭遇不公正的女性，这个转变实现了对家庭和社会中印度妇女日常生活的探索，表现出印度知识分子对印度女性的关切和同情。但是，现当代文学作品对女性的书写继承并发展了古代文学作品把女性理想化的特征，体现出对忠贞、顺从、纯真印度女性的喜爱和赞美。他们对社会陋俗下女性书写的目的在于呼吁女性参与民族主义运动，让她们为国家的独立而奋战，而不是为了改变女性的悲惨境遇和更忠实地表现女性自身。到印度独立之后，女性的处境得到了很大的改善，其地位有明显的提高，文学作品开始转向刻画处于家庭与事业、传统身份与个人权利冲突之间的女性，如曼奴·彭达莉的《班迪》（1971）、安妮塔·德赛的《哭泣吧，孔雀》（1963）和阿兰达蒂·洛伊《微物之神》。

　　洛伊在《微物之神》塑造了喀拉拉邦三代女性的不同形象：逆来顺受的宝宝克加玛和维护传统的玛玛奇，不断反抗既定命运的阿慕，受到创伤而对人生充满困惑的瑞海儿。洛伊笔下的女性与以往作品中的女性相比，她们的命运、角色等既有相似之处，又有明显差异。一方面，洛伊吸收了以往作品对传统女性的表现形式，强调女性的逆来顺受、对社会规范的服从及对家族的忠诚，以及她们受到社会舆论监管的状态；另一方面，洛伊在刻画作为受害者和觉醒者的女性时，不同于传统文学作品重点表现女性在社会陋俗下的悲剧命运，更倾向于强调社会文化对女性的限制，并突出表现女性的反抗行为，同时进一步凸显了女性复杂的内心世界和隐秘心理。另外，洛伊对沉浸在物质世界的中老年妇女的表现和对受伤、迷茫女性的书写，都在一定程度上丰富了印度文学中的女性形象。

传统文学作品强调女性的传统身份以及她的受害者角色，女性往往是服从于丈夫意志和社会规范的角色，如悉多、黑公主、苏尔雅穆琪等，同时，女性也是社会陋规的受害者，如古苏姆、摩哈摩耶等，而洛伊笔下玛玛奇身上同时体现"服从"与"受害者"的特征，她是家庭暴力下的受害者，又是一个恪守传统身份的女性。但是，洛伊在小说中不仅表现了女性受难式的生活，还描述了玛玛奇受虐式的心态和对儿媳和与工的性妒忌，直接揭示出她对儿子怀有的乱伦式感情，进一步凸显人物隐秘的反叛心理和复杂的内心世界，并通过强调"所有的印度母亲都为自己的儿子着迷"①的事实将玛玛奇的隐秘心理推而广之。实际上，洛伊笔下的"儿子与情人"式的母子关系，在西方小说中并不新颖，但在印度文学史上却是一种首创。

在小说中，洛伊主要塑造了一个具有坚定反叛意志的女性，这就是阿慕。尽管普列姆昌德、曼奴·彭达莉、安妮塔·德赛等作家都塑造过觉醒的女性，表现出她们与传统文化、身份之间的冲突，然而，与上述作家不同的是，洛伊的叙事重点在于强调人物内心的反叛意识和她们的具体行动。如在"帕帕奇的蛾"这节中，洛伊描述了阿慕的行动和行动背后的反叛意识："在这样的日子里，她身上总有某种焦躁不安、不受驾驭的东西，仿佛她暂时抛开了为人母亲和离婚妇女的

---

① 阿兰达蒂·洛伊：《微物之神》，吴美真译，上海：上海文艺出版社2014年版，第53页。

第四章 当代女性作家与印度流散小说创作

道德……他们感觉她住在两个世界之间的半阴影里，那是他们的力量所不能及的。"① 洛伊强调阿慕的这种反叛意识是小时候遭到父亲殴打时就已发展出来的"顽固而鲁莽的癖性"②。阿慕是一个不断反抗的女性，她与曼奴·彭达莉《班迪》中的雪恭不同。雪恭在离婚后苦闷而无助地等待着男性的救赎，渴望着丈夫的回心转意，挣扎在家庭责任和事业发展的冲突中。而阿慕自始至终都在寻求对抗，当难以忍受来自社会规范的束缚和压迫时，她就马上采取措施，而不是无助地等待。阿慕是一个较积极的行动者。

如果说洛伊通过塑造反抗者的角色体现她自身"一生都致力于与传统文化对抗"③的坚定信念，那么她对受创而迷茫的瑞海儿的塑造，更多体现出她对女性的同情与悲悯，表现出她对印度妇女身份的寻求，以及对社会秩序、道德规范乃至强权的指责。这种迷茫的女性可以追溯到曼奴·彭达莉的雪恭、般吉姆的琨德。她们都迷失了自我意识，并不清楚人生的意义，尤其在洛伊的笔下，瑞海儿并不清楚自己该如何生活，只能麻木地结婚、离婚和工作。但与曼奴·彭达莉强调雪恭的困惑主要源于自身不同，洛伊将女性的迷茫和麻木不仅归结于瑞海儿自身身份的混杂——作为半个印度教徒，她自小就受到了来自社会各个阶层的人的排斥；而且归结于印度社会的动荡给个体带来了强烈的不安全感，以及强权对个体的压迫。"大神咆哮如一阵热风，并且要求服从，然后小神离开了，失去了感觉，麻木地嘲笑着自己的鲁莽……没有一件事情具有足够的重要性，因为最糟的事已经发生了。在她那永远在战争恐惧与和平恐怖之间摇摆不定的国家里，最糟的事

---

① 阿兰达蒂·洛伊：《微物之神》，吴美真译，上海：上海文艺出版社2014年版，第41页。
② 阿兰达蒂·洛伊：《微物之神》，吴美真译，上海：上海文艺出版社2014年版，第175页。
③ http：//www.the-south-asian.com/Sept2001/Arundhati Roy-Interview2.htm. 30/03/2017.

情不断地发生。"① 在洛伊看来,是个体面对"组织、秩序、完全的独占"② 的无力感让瑞海儿失去了生活的希望。这种归因和指责无疑是激烈和尖锐的。这种态度与洛伊在她所写的政论散文中的犀利观点相互呼应,表现出她作为一个女性作家,为揭示印度国民、文化、政治的问题勇往直前,绝不愿意沉默不语、谄媚迎合的责任感和使命感。

除了塑造年轻的女性形象,洛伊也塑造了沉浸于物质生活且精神紊乱的中老年妇女宝宝克加玛。她身上戴着许多珠宝,收集各种奖品,一整天都以观看卫星电视节目来打发时间。在追求物质生活中活得不亦乐乎,与外面的世界脱离。宝宝克加玛精神紊乱,更相信自己的内心感受,而不相信这个世界。她长期处于担心自身的优越权利"被剥夺"的恐惧中,每天都把门窗锁起来,且提防着小偷,防备着双胞胎。另外,洛伊强调宝宝克加玛对阿慕的不满与怨恨,这也体现出她对当代女性之间复杂关系的深刻认识。在生存空间有限的女人的世界中,往往会出现一个既得利益群体对另一个群体的压制,这也是女性自身自我贬低的一种侧面反映。同时,从伊斯马特的《曲线》对女性性心理和性压抑描写到洛伊将性爱场景展现在读者面前,洛伊也大胆地突破了以往作品对"性关系"的回避。

总而言之,与以往作品相比,洛伊对印度文学传统中顺从、反抗与迷茫的女性形象进行塑造、改写和丰富,全方位地展现童年、青年和中老年女性的生活和内心世界,表现了传统道德规范和社会秩序对女性长期压制的现实,揭示了当代印度女性坚定的反抗意识,以及她们在寻求自我身份和人生意义道路上的迷茫与困惑,表现了当代印度强权政治和文化下个体的无力感,体现了作家的使命感和责任意识。

---

① 阿兰达蒂·洛伊:《微物之神》,吴美真译,上海:上海文艺出版社2014年版,第19页。
② 阿兰达蒂·洛伊:《微物之神》,吴美真译,上海:上海文艺出版社2014年版,第294页。

第三节 裘帕·拉希莉《同名人》中的身份与文化认同

裘帕·拉希莉（Jhumpa Lahiri，1967— ）是印度裔美国作家，1967年出生于英国伦敦，成长于美国罗得岛，现居纽约市。拉希莉有多篇小说被收入《全美最佳小说集》，获得过普利策小说奖、欧·亨利短篇小说奖、《纽约客》杂志小说奖等。

裘帕·拉希莉的第一部短篇小说故事集《疾病解释者》（1999），获2000年普利策奖小说，这让拉希莉成为普利策文学史上最年轻的获奖者。小说聚焦居美印裔移民，9个故事中有7个着力于居美印度移民，人物涉及学生、学者、职员、家庭主妇等，这些人物身上包含着印度移民特具的印度元素、民族精神和文化底蕴，展现了印度文化的独特魅力。作品通过印裔第一代移民与第二代移民，印度人和美国人，男人和女人，成人和儿童等多重复杂的关系，艺术地再现了游离于两种文化边缘、背负双重文化身份的印裔美国人在异质文化中的心路历程，展现了来往于两个世界之间的人们不为人知的失落、孤独、困惑和无奈。

经过三年的精心创作，2003年拉希莉出版首部长篇小说《同名人》，2007年改编为同名电影。2008年推出第二部短篇小说集《不适之地》，纽约时报书评为年度十佳第一名，同时获得第四届弗兰克·奥康纳短篇小说奖。《不适之地》继续关注第二代移民在欧美社会的生活问题，整部集子由8个故事组成，故事围绕爱情、亲情和友情展开叙述，共分5个短篇和一个三部曲式的中篇。他们面对的问题不再只是两种文化间的选择与融合，还有他们与父辈第一代移民之间因观念不同引发的矛盾和心结。作者擅长以传统上不被重视的孟加拉移民的视角，从一个崭新的角度以平静的角度叙述故事，语言质朴，情节动人。整部小说集凸显了众多"新美国人""新欧洲人"在异国他乡生存状态的沉甸甸的质感,他们在面对两种文化的碰撞之后,开始做出选择和融合,扎根于陌生而向往的土地。

拉希莉以平实冷峻的语言描写人物,他们往往从印度移民到美国,必须定位自己的出生地和选择第二故乡的文化价值。印度文化是拉希莉的营养来源,小说故事和人物全部都与印度有关,印度传统在她的笔下迷人且细腻。拉希莉关注敏感的印度人或印度移民的生活困境,主题涉及如移民家庭生活、婚姻、第一代和第二代美国移民之间的矛盾冲突。

《同名人》讲述了一个印度移民家庭到美国30多年间建立新生活的过程,这也是他们在美国异域走过的心路历程。全书以在美国出生的印度男孩果戈理为主线,通过其特有的"姓名"故事展开人生叙述,向读者展示了成长在美国社会中的第二代印度移民面对双重文化和身份认同所带来的矛盾和困惑。

一、俄国人的名字:无根之痛

"身份认同(Identity)是西方文化研究的一个重要概念,其基本含义是指个人与特定社会文化的认同。这个词总爱追问:我(现代人)是谁?从何而来、到何处去?"[①]

归根结底,个体对于自己身份的认同实际上是对于所处境域内自己文化身份的认同。名字是个体文化身份的象征,也是个体身份认同的重要符号。小说是围绕着主人公的名字展开的。主人公果戈理最终导致的身份"分裂"问题也缘起于名字的获取。"果戈理"原本是俄国著名作家的名字,由于主人公在美国的医院出生,美国法律规定婴儿出院前必须取有名字,然而根据印度的传统由外曾祖母所起的名字,几个月前从印度寄出却一直没有收到,于是父亲艾修克就给刚出生的儿子以自己喜

---

① 陶家俊:《身份认同导论》,载《外国文学》,2004年第2期。

第四章 当代女性作家与印度流散小说创作

爱的俄国作家果戈理的名字来命名。

小说无疑在这里埋下了一个贯穿全书的隐喻,名字缺失的无根之痛!这也是果戈理文化归宿感缺失的根源,象征果戈理真实身份的应该是他的外曾祖母为他起的名字,它代表了古老的印度文明,不幸的是这个名字在邮寄途中丢失了,它从未到达剑桥,"那封信永远地在印度和美国之间不知什么地方游荡着"①。这似乎也暗示了果戈理最终没有归宿、永无定所的命运,在古老的印度文化和自己生活的美国文化之间,他不知道如何做出选择,确定自己。文化归属感上的这种缺失,使得他一直摇摆在两种文化之间,承受着无根之痛。

艾修克之所以为儿子取这个名字,不仅仅是因为果戈理是他最喜爱的作家,更因为这个名字对他有着特殊的意义,是与他经历的那场可怕的事故有关,意味着新生、恩赐、希望,是生命的象征。当艾修克乘坐的火车发生车祸时,他正在看果戈理的《外套》,在昏迷苏醒后,凭着仅剩力气的翻书动作,让救援人员发现了他,从而幸免于难。车祸之后,艾修克离开印度到美国生活,他的人生轨迹彻底改变。从某种意义上来说,这个俄国人的名字或者这本书背负着艾修克对背离印度文化走进美国文化的一种深深愧疚。然而,艾修克并没有把自己的经历和感觉告诉果戈理,果戈理并不喜欢这个名字,"他讨厌他的名字又古怪又难解,跟自己一点关系也没有,既不是印度的也不是美国的,却偏偏是俄国的"②。从小时候起他就受这个名字的折磨,努力地排斥,依然无法摆脱,"他的名字,尽管无形无重,却时常使他一身备受其苦,就像一件有着刺人标签的衬衫,他却要被迫永远穿在身上"③。因为这个俄国人

---

① 裘帕·拉希莉:《同名人》,吴冰清、卢肖慧译,上海:上海文艺出版社2005年版,第64页。

② 裘帕·拉希莉:《同名人》,吴冰清、卢肖慧译,上海:上海文艺出版社2005年版,第86页。

③ 裘帕·拉希莉:《同名人》,吴冰清、卢肖慧译,上海:上海文艺出版社2005年版,第86页。

的名字,他从小就受到同学的嘲笑,又因为自己是个印度人,所以十分敏感,他把美国人的名字从墓碑上拓下来时,他就深深地意识到自己永远也不会像美国人一样把名字留下来,因为印度人的"每一个名字都神圣不可亵渎,根本不是用来继承和分享的"①,在死后都要归于火葬。

  果戈理努力想摆脱这个名字带来的束缚,希望在美国文化的环境下重新定位和塑造自己。中学时期他通过自己的努力,终于改了一个美国味十足的名字:尼基尔。当他为自己摆脱了果戈理这个名字而兴奋时,新的问题又来了:"所有认识他的人仍旧叫他果戈理。他意识到,他的父母和他们的朋友,他们朋友的孩子们,还有自己高中的朋友,都绝对不会叫他别的什么,除了果戈理。"②果戈理一方面为家人、朋友还是叫他果戈理烦恼,"他突然感到沮丧压抑,不知还得说多少次这样的话,求人们记住他现在的名字,提醒他们忘记他的旧名字,他觉得胸口似乎永远钉着一片更正条"③;一方面无法摆脱多年来印度传统家庭的影响,为别人不再记得他果戈理这个名字而困惑,特别是父母叫他尼基尔时他觉得自己似乎不是他们的孩子了。果戈理始终处在文化割舍不彻底的矛盾心理之中,"有时候他觉得自己是在一出戏里,演了一对双生子,表面看来没有分别,却是完全不同的两个人"④。这种心理的矛盾、困惑和迷茫,影响了果戈理的人生,也是全书的精彩之处。

---

  ① 裘帕·拉希莉:《同名人》,吴冰清、卢肖慧译,上海:上海文艺出版社2005年版,第33页。

  ② 裘帕·拉希莉:《同名人》,吴冰清、卢肖慧译,上海:上海文艺出版社2005年版,第117页。

  ③ 裘帕·拉希莉:《同名人》,吴冰清、卢肖慧译,上海:上海文艺出版社2005年版,第134页。

  ④ 裘帕·拉希莉:《同名人》,吴冰清、卢肖慧译,上海:上海文艺出版社2005年版,第119页。

即使是当父亲把取名的缘由告诉果戈理的时候,虽然他对自己更改名字的事感到"罪疚不安",但还是不能完全理解父亲的取名行为。果戈理更名的做法表面看来是个人名字的更改,实质上是文化上的冲突和两难:在果戈理要不断放弃自己身上的印度人印记而追求贴近美国文化的时候,名字就成为他和父辈冲突的焦点之一。他一方面要摆脱来自父辈的印度传统束缚的影响而寻求自身的独立,另一方面又要不断地努力融合到美国的主流文化来重新定位自己,于是就不自觉的越走越远。直到父亲的去世,才让固执己见的果戈理明白了"果戈理"这个俄国名字的特殊意义,也让他明白了父母内心深处的那种因自我放逐而产生的对于家国亲人的负疚感。

二、双重身份的冲突:文化悬挂

作为一个出生在美国的印度人,果戈理是受美国文化教育和影响成长起来的,在美国学校学习,讲美国英语,听美国歌曲,采用美国的生活方式。可以说,印度和印度文化对于果戈理来说是陌生的,他和印度文化的所有维系只是他的家庭,他从小接受的家庭、父母和他们的朋友们所坚持不懈地保持着的印度传统生活习惯,讲印度语,吃印度饭。正是这种印度传统的家庭氛围,果戈理从小就被不断地提醒着自己只是一个"生活在美国的印度人",父母的影响对他来说是根深蒂固的,这种影响也是居住在美国的他一直想要逃离的原因。他受到两种文化的共同作用,在两种文化之间进退维艰,两种文化都无法割舍,他和父母在对待两种文化上有着明显的不同,移居美国的父母在文化上是悬挂在美国之外的,而果戈理则摇摆在两种文化之间。

"文化悬挂(Cultural Suspending)指的是在移民的生存境域里,由于不能放弃或改变自己的固有文化传统,同时又不能认同移居地的文化、不能融入当地的社会,因而悬挂在当地社会文化之外。所谓'悬挂'即不能落根,是移民的一种特殊文化状态。"①

果戈理的父母离开自己熟悉的印度,脱离了与印度的文化联系,就如同孩子脱离了母亲的乳房和子宫一样,会产生强烈的不安全感和不适感。为了在美国创造一个自己熟悉的文化生存空间并保持原有的人际关系,为了在周围异己文化的条件下实现个人和族群的心理安全,果戈理的父母一直坚持着自己固有的印度文化传统,包括:语言、信仰、习俗、朋友和伦理价值。这也是果戈理所不能理解的父母内心沉重的负累,印度传统的沉淀越是厚重,越是割舍不断,对美国文化便越是难以认同。父母的境遇比起果戈理更是无根的状态,因为他们是高高悬挂在美国上空的,几十年过去了,他们的根仍留在印度的黑土地上!这也是果戈理一直不能理解父母每隔一年就大费周章地举家回一趟印度的原因,更不理解父母在印度为什么变得自如自信:"艾修克和阿西玛就像换了个人似的,变得大胆而率真多了。他们声音更响亮,笑容更尽情,处处流露一种自信,一种果戈理和索妮娅在彭伯顿路从未见识过的自信。"② 而果戈理和索妮娅在印度则显得孤独、无助、没有方向感,"背着人的时候,他们不时流露出对汉堡包或一片香肠比萨或一杯冷牛奶难忍的渴望"③。因为果戈理和索妮娅虽是印度人,却在美国长大,游离于印度文化之外,也正是不能理解,导致了果戈理努力摆脱家庭的影响,渴望融进自己生活的美国而表现出对家庭的叛逆性。他学习美国文化,对自己的父母不说孟加拉语只说英语,因为渴望得到一个美国名字而把美国墓碑上的名字拓下来保存,后来甚至更改了自己的名字。他拒绝只能娶印度女子为妻的传统习俗,交美国女朋友进入美国上流社会家庭,

---

① 梅晓云:《文化无根:以 V. S. 奈保尔为个案的移民文化研究》,西安:陕西人民出版社 2003 年版,第 62 页。
② 裘帕·拉希莉:《同名人》,吴冰清、卢肖慧译,上海:上海文艺出版社 2005 年版,第 93 页。
③ 裘帕·拉希莉:《同名人》,吴冰清、卢肖慧译,上海:上海文艺出版社 2005 年版,第 95 页。

一度疏远和家人的联系等，这些都表现出来果戈理一心要脱离印度家庭、完全融进美国文化的决心。

然而，家庭的影响早已经深深地融进了果戈理的血液，当父亲猝然离世，一心想要摆脱家庭影响的他才突然意识到，自己与一味追求的美国生活之间的距离，自己与美国女友麦可欣之间的深刻差异，为自己疏离家庭的粗鲁无知而懊悔；此时他才明白，父母背井离乡远离印度的父老乡亲的内心深处的孤独无依的痛苦，他才明白，"尽管父母的岁月里遗漏了很多，但他们还是凭借着某种隐忍，一直生活在美国；这种隐忍，他怀疑在自己身上是找不到的。他长年累月与自己的民族、同胞保持着距离；而父母恰恰是在力图弥合、跨越这种距离"①。他意识到了自己对于父母的种种叛逆行为其实是较之父母更为沉重的一次对于印度文化和传统的背离。

果戈理在精神上产生了动摇，渴望弥补自己的这种所谓罪责，正是这种动摇使他再次走向了进退维谷的境地。他与美国女友分手，离开代表美国文化的女友家庭，在母亲安排的相亲中重遇毛舒米，一个印度裔女孩、印度化的生活方式，能让包括家长在内的双方都感到满意，他们很快就结了婚。然而，看似与自己相似的毛舒米，实际上与果戈理有着本质的不同。毛舒米是个完全抛弃了印度传统、完全西化的人，结婚不久她就开始受不了印度传统的家庭生活方式，毅然地因为外遇而逃到了第三方文化里，远离了印度家庭和美国文化，投入法国情人和法国文化的怀抱里。果戈理在经历了父亲去世和感情挫折后，母亲也离开美国回到了印度，和印度关系的断裂让他心生痛苦，还不能完全适应美国的现状又让他充满矛盾，留在美国的果戈理再一次陷入了无所适从的境地。他追忆起父亲曾经所说一些话语，开始回到和父亲有联系的俄国作家果

---

① 裘帕·拉希莉：《同名人》，吴冰清、卢肖慧译，上海：上海文艺出版社2005年版，第320页。

戈理的书里，去找寻自己在这个世界里的位置。

主人公果戈理一生的经历，都伴随着微妙的矛盾张力，他对印度文化的内心反叛，对美国文化的矛盾挣扎，是他产生这种矛盾的主要原因。果戈理一直徘徊在两种文化之间，印度家庭和美国社会之间，而这一切的发生实际上是印度文化与美国文化交汇、传统与现代争斗此消彼长的结果。

三、身份认同与文化疏离

印度家庭的传统价值观念深深地嵌入了果戈理的内心，美国现代的文化价值观念又使得他的思想情感、文化立场和精神世界带上了西方的色彩。果戈理是一个典型的"美国出生的迷茫的印度人"（American-born confused deshi）：一方面他不能完全脱离自己的家庭，另一方面他又明白自己与美国之间的距离，不能完全地皈依到美国文化中去，他就在两种文化之间若即若离、恍恍惚惚、漂游不定。他没有方向感，而所谓的文化方向感，其实就是文化认同感，他处在了一种对文化疏离的状态之中。

"'文化疏离'（Cultural Estrangements）是文化认同的倒置，反映出一种文化上的茫然感，指这样一种状态：对与自己有密切关系的文化产生出不知所措的态度，在感情和理性两方面都发生难以亲近的感受，一方面不能认同目前生存状态下的文化，一方面又不能进入自己熟悉的文化，成为摇摆在几个文化间的所谓'摆荡者'，个人有相当程度的陌生感、孤独感、被抛弃感和失望感。"[①]

果戈理不能像他的母亲一样回到印度，因为母亲还有厚重的印度文化积淀，果戈理则对印度和印度文化了解甚少，他已经是一个美国公

---

① 梅晓云：《文化无根：以 V. S. 奈保尔为个案的移民文化研究》，西安：陕西人民出版社 2003 年版，第 136 页。

第四章 当代女性作家与印度流散小说创作

民,只能留在美国。他也不能像妹妹索妮娅一样可以自由地闯荡加州,由于她与父辈文化之间的联系依然紧密,在传统族裔文化下她还继承着父母的传统;同时,她又能够很好地融进美国文化的氛围中,做一个完全的美国人。索妮娅可以把二者既独立又互补,表现得灵活适应,能在两种文化中游刃有余。他也不能像毛舒米,她可以决然地逃遁,沉湎于第三国语言、第三种文化,能如鱼得水地融进巴黎,没有疑虑,毫无歉疚,她可以在那里重新塑造自己,拥有一份独立的天地。

果戈理只能徘徊在两种文化之间,飘忽不定,不知何去何从。他无法在自己的这种双重身份的现实中妥协,两者都不愿意抛弃,结果只能在两种身份中互相斗争,互不让步,困惑迷茫。在经历了失去父亲,离开妻子,分别母亲之后,他终于停下脚步,尽管还处在难以抉择的现状当中,但是他终于拿起父亲所给的那本书,开始了如何走下一步人生的思索。

"在当今世界,由于大量移民的出现和日益频繁的文化交流,身份认同既是一个普遍的现实问题,又是诸多领域关注的学术问题。"[①] 作为一个个体,要做到自我认同,首先就要做到肯定自己,认同自己的生活方式和生活世界。

果戈理作为一个个体,他无法认同和肯定自己,对自己的身份认同产生困惑,从他困惑的这一过程,我们看到了对于生活在异乡的人们来说,"我是谁"这个问题的切身现实意义;因为身份认同的依据乃是文化,在多种文化并存的环境中,人们不但觉得新奇有趣,更是常常深感迷茫。作者在小说中着力揭示了这个问题。

这个问题的根源来自文化归属感上的矛盾心理:一方面人们为了能够求存于新环境,必须做出改变,以适应和融入新的文化;另一方面努

[①] 李秀清:《吉卜林小说〈基姆〉中的身份建构》,载《英美文学研究论丛》,2010年秋第13辑。

力地想要保持传承于自己血脉的被称为根和源的传统文化,两者使得他们在文化归属感上出现了双重性、模糊性和不稳定性。作为移民和移民者的后代,他们必须做出选择,取一而舍他,或者在两者之间找到一种平衡,如果不能,一旦两方出现矛盾冲突,就会引发身份上的认同悲剧。

　　果戈理的处境是富有悲剧性的,也反映出第二代移民中这一类处在文化夹缝里抉择两难者的切身问题。他们要做到何种程度才能完全融入美国社会?完全摒弃自己的根?还是在两者之间找到一个平衡点?作者裘帕·拉希莉似乎在书中已经隐隐地表现了出来,那就是果戈理的妻子毛舒米和妹妹索妮娅身上体现出来的决绝性和完美的融合性。然而现实的状况是千姿百态的,并不是所有的移民都能像她们二人那样妥善地做好,果戈理这种类型的存在自然也就有他的合理性。作者无疑正是看到了这一点,才以一个全新的视角,在作品里重新谱写了自我放逐和文化认同的主题。

结束语

19世纪末期,英国殖民政府大力推广英语,西方文化大量涌入印度,许多西方文学作品也被介绍到印度,成为印度一些学校的正式课程。现实主义和历史主义的英国小说引起了印度知识分子的浓厚兴趣,他们开始模仿英国小说的创作风格,用英语写作,但由于受到西方文学和文化中"套话"的束缚,印度英语小说家更多地将印度民族文化中落后、怪诞的东西展示出来,为读者(尤其是西方读者)提供娱乐或满足猎奇的需要,以博取他们的欢心。随着民族独立运动的发展和对小说批评中实用教化功能的强调,有些印度英语小说家认识到小说的社会功能,尝试让小说承担起部分社会道德的作用,在小说中有意识地增加一些新的时代内容,小说里出现了对印度普通人民的生活和他们的高尚道德情操的描写和赞扬。与此同时,大多数印度小说家仍沿袭以往的创作套路,热衷于将印度民族的历史、神话、传说、民间故事作为素材。

第一次世界大战之后,印度民族独立运动的迅速发展,政治的风云变幻,在印度英语小说中都得到体现。印度英语小说中出现了许多描写社会现实问题的作品,如反映贱民的苦难、农民的悲惨生活以及印度民族运动的发展等小说。印度英语小说家带着一种冷静的批判眼光来审视自己的家园,审视印度民族和印度历史。他们不愿在西方文明的冲击下丧失本民族文化,但又难以恪守本民族文化,新的思想文化观念与旧的文化传统之间的冲突不断加剧,本民族文化在西方文明的冲击下悄悄发生着变化。

　　印度英语小说家采用英语这种国际语言进行创作，有利于作家进行跨民族、跨文化的交流，可以面向更多读者，有更广阔的市场，从而可以进入"主流"文坛。安纳德等人的小说在国外赢得赞誉，获得多项大奖就证明了这一点。1968 年英国 BBC 的威廉姆·沃尔士在一次访谈中问纳拉扬：在用英语写作的时候是否感到了压力？纳拉扬回答说："直到你这样说，我才意识到我是用另外一种语言写作。从小学开始，我所受的就是英语教育。我读的书大部分都是英语的……我非常喜欢这种语言……我用英语写作，因为它对我来说很轻松。"[1] 纳拉扬在《五十年》《印地语热衷者》《论语言》等文章中，更明确地表明支持英语写作的态度。拉贾·拉奥也说自己从没有把英语当成一种外语来看待。

　　虽然旅居巴黎的心理分析学家弗朗兹·范农认为选择了一种语言就是选择了一种文化（《黑皮肤，白面具》），但是印度英语小说家对这一观点并不赞同。他们用英语写作，同时又对英语"改造"和"征服"，将印度的传统词汇、谚语、俚语、双关语、宗教文本中的语录等杂糅到行文中，将英语变成他们自己的语言——渗透着本民族精神的语言，以此寻求印度民族属性、文化身份。在安纳德的《黑水洋彼岸》的人物对话中，印度的俗语、歇后语等俯拾即是，诙谐生动，妙不可言。拉贾·拉奥更坦言："我根据自己的需要来重塑英语这种语言，我拒绝像英国人或美国人那样使用英语，所以，正如人们所说的，我的英语很不寻常。对于我写的东西，我尽量真实。当我开始谈论法国时，我尽量用法语来思考；当我谈到迈索尔时，我用卡纳达语思考；当我谈到德里时，我喜欢用印地语思考，虽然我的印地语并不好。"[2]

---

[1] William Walsh: R. K. Narayan, "Writers and their Work", No. 224 published for the British Council by Longman, p. 7.

[2] Ranavir Rangra, *Interviews with Indian Writers*, New Delhi: B. R. Publishing Corporation, 1992, p. 112.

结束语

印度英语小说家在创作中永远无法摆脱印度民族的文化传统，以及传统对他们宗教信仰的影响力。印度的神话传说和往世书等构成了印度民族的集体无意识，它们既是印度民族属性的体现，又是取之不尽的文化素材，是印度英语小说创作的"武库"和"土壤"。他们要么采用往世书的叙事方式，要么把神话传说作为小说的组成部分。P. 拉尔在谈到神话传说和往世书对印度作家的重要性时说："不管是印度英语作家还是其他方言作家，如果他没有花10年的时间在他成年后仔细研读印度经典、学习印度传统和吸收印度神话的营养，他就无法进行创作。"[①] 印度民族共同的记忆、神话传说等，是印度民族成员之间认同的联结纽带，已经深深植根于他们的文化血液之中。

同时，印度英语小说家也面临着固守还是抛弃、忠诚还是背叛自己民族文化的窘境。他们在情感、语言等方面应如何处理外来文化和民族传统文化的冲突，20世纪30年代的印度英语小说家，特别是"印度英语小说三大家"——M. R. 安纳德、纳拉扬和拉贾·拉奥，通过他们的小说创作，阐述了他们对自我——民族文化身份的思考。

到了20世纪下半叶、21世纪初，印度流散作家面对西方文化的冲击，如何保持对本民族文化的认同和归属感，并不断调适自己与所处文化环境之间的关系，处在不同文化的交融中，如何对本民族文化进行反思，重新认识自身，成为摆在他们面前的一个文化难题。

从印度英语作家的创作、叙事方法等方面，我们或许可以看到他们对这一问题的思考和答案：

首先，要保持印度民族文化的核心价值观念，不应当受到外来文明中糟粕的影响而抛弃本民族的传统美德和文化精华。如安纳德的短篇小说《跟一个克什米尔人谈话》颂扬了印度人民身上的坚韧不拔的品质。

---

① P. Lal, "Myth and Indian Writer in English: A Note", in M. K. Naik, ed., *Aspects of Indian Writing in English*, New Delhi: Macmillan, 1979, p. 18

在纳拉扬的《摩尔古迪的吃人者》里，瓦苏是无神论者，他不相信任何神灵，眼里只有金钱，以致最终为了一点钱送掉了自己的性命。拉贾·拉奥本人是不二论吠檀多的追随者，在一直寻求着解脱之道，他小说中的人物也在不断地寻求与神的合一。

其次，在此基础上吸收融合异质文化中对本民族文化发展和社会进步有益的东西。安纳德在《不可接触的贱民》的结尾，通过诗人之口，宣扬了西方的平等观念。在"拉卢三部曲"中，透过拉卢的眼睛批判了印度社会许多落后愚昧的东西。摩尔古迪镇里人们的生活也在西方进步思想文化的影响下悄然发生着变化。同时，小说家们自己还身体力行，他们没有狭隘的民族主义情绪和固步自封的观念，许多作家都曾到国外学习、旅居，深受西方文化的影响，接受了所处文化对自己的塑模。尤其是流散英语作家，他们在国外的长期生活，使他们可以跳脱出印度传统文化的束缚，以一种客观审慎的眼光看待本民族文化。

最后，对外来文化应持一种宽容的态度，而不能将自己的文化价值标准强加于别的文化，将其彻底否定。因为随着时间的推移和认知能力的提高，人们必能对外来文化取其精华、弃其糟粕，为我所用。纳拉扬的"摩尔古迪"系列小说成功地抓住了印度现代化历史进程的脉搏，通过对小镇上的个人经历、家庭冲突等的描写，说明了外来思想文化正在潜移默化地影响着普通人的生活。

所有这些都值得我们借鉴，也正是我们建构中华民族的文化身份所必需的。我们既要继承发扬中华民族优秀的传统文化，又要学习西方的先进科学技术和管理制度，不必担心会因此而丧失民族的文化传统。如果处理得当的话，反而会加强人们对民族文化和价值观念的认同，增强民族自信心和凝聚力。

后　记

　　作为英语文学的一个分支,印度英语文学在世界文坛上占有越来越重要的地位。从早期印度本土的英语文学创作到近年来印度流散英语作家创作,印度英语文学不断为世界文坛提供新鲜的血液和营养。随着1981年萨尔曼·拉什迪获布克奖、1988年巴拉蒂·穆克吉获美国国家图书批评家奖、1995年奇塔·蒂娃卡鲁尼获美国图书奖、2000年裘帕·拉希莉获普利策奖、V. S. 奈保尔获2001年诺贝尔文学奖等,印度流散英语作家屡获各类文学奖,取得了越来越引人瞩目的成就。印度英语文学的文学价值和文化魅力吸引着各国读者和研究者的关注。

　　我与印度英语文学结缘于2002年。那年7月我从深圳大学文学院文艺学专业硕士毕业(导师为郁龙余教授),入读北京大学外国语学院东语系印度语言文学专业,师从唐仁虎教授。唐老师的专业领域是印地语文学翻译与研究,而我在入校之前从未学过印地语,因此深感焦虑。虽然我甫一入校就开始和硕士生一起学习印地语,但由于"非典"停课等因素,我对印地语的掌握非常有限。我至今仍记得在北大封校前,姜景奎教授请我们印地语班的学生一起吃了火锅。这顿火锅成了记忆中最好吃的火锅,虽然它的Rasa(梵语,原意为"味道")已经因时间久远而模糊不清了。

　　后来,姜景奎教授建议我可以选择印度英语小说作为博士毕业论文的选题。在考察了前人的研究成果,并与唐老师商量后,我确定了"独立前的印度英语小说研究"作为最终的博士论文题目。论文主要梳理了印度英语小说产生、发展的历史文化背景，以及"印度英语小说三大家"在印度独立前的小说创作情况。在这之后，我的同门师妹和师弟纷纷将单个作家作为研究对象，对纳拉扬、拉加·拉奥、安纳德、安妮塔·德赛、维克拉姆·赛斯和阿米塔夫·高希等人的作品展开了较为深入详细的研究。

博士毕业后，我回到深圳大学文学院中文系任教，开设外国文学和东方文学等课程。郁老师一直对我关爱有加，他曾建议我将博士论文修改出版，但我始终觉得研究不够透彻，一拖再拖。直至今日，已经无法再拖延下去，因此，我将博士论文深化修改，并将近年来对印度英语小说的研究进行汇总，才有了这本粗浅的著作。

本书的各章节作者及其分工情况如下：

杨晓霞：上编第一章、第二章、第三章、第四章第一、二节；下编第一章第一节、第二节；第二章第一节、第二节；第三章第一节。

刘朝华：下编第三章第三节。

张玮：下编第一章第三节、第四节；下编第三章第二节。

王伟均：下编第二章第三节、第四节；下编第四章第三节。

马英杰：上编第四章第三节。

吴翔翔：上编第四章第一节。

陈兰：下编第四章第二节。

我们虽然完成了这本书的撰写，但仍有一些不足和缺憾。主要的不足是，对早期印度英语小说的资料掌握有限，有些只能是二手的翻译资料，不够深入，可能存在不准确的地方。此外，因为印度流散英语小说数量众多，我们的研究只限于20世纪或20世纪最初几年，因此不能全面准确地介绍这些作家的作品，有些表述难免有不尽如人意之处，希望得到各位专家学者的批评指正。

泰戈尔的诗中曾说："谢谢火焰给你光明，但是不要忘了那执灯的

后 记

人。"在我的人生求学路上,有许许多多的"执灯人"为我照亮。

感谢我的博士生导师唐仁虎教授、硕士生导师郁龙余教授将我带入印度文学文化的浩瀚大海,让我畅游其中。

感谢深圳大学人文学院的沈金浩院长和本书的其他作者,让这本书有了出版的机会。

感谢我的父母,你们的理解支持和无私包容的爱,是我前行的动力。

感谢晓峰博士,你多年来起早贪黑,生生地累出了"过劳肥"。感谢星儿、月儿的相伴,你们的笑靥是盛开在我心田的花儿。

特别感谢中央编译出版社的郑永杰老师,您在身怀六甲的情况下,仍为本书的出版不辞辛苦地操劳。

感谢生命中的每一次相遇,"我们热爱这个世界时,才真正活在这个世界上"。看,那白鹭飞翔,勒杜鹃怒放……

杨晓霞

2021 年 4 月 23 日于深圳

参考文献

英文文献（按年代降序排列）：

1. Sabo Oana, Disjunctures and Diaspora in Kiran Desai's *The Inheritance of Loss*, The Journal of Commonwealth Literature, 2012 (03).

2. Dubey Shyam Ji, Identity Crisis in Kiran Desai's Inheritance of Loss, *The Criterion: An International Journal in English*, 2012 (01).

3. Ecaterina Patrascu. Experimenting Cultures in Kiran Desai's *The Inheritance of Loss*, *Cultural Perspectives-Journal for Literary and British Cultural Studies in Romania*, 2010 (15).

4. John Masterson, Travel and/as Travail: Diasporic Dislocations in Abdulrazak Gurnah's By the Sea and Kiran Desai's *The Inheritance of Loss* [J]. *Journal of Commonwealth Literature*, 2010.

5. Ferguson Jesse Patrick, Violent Dis-Placements: Natural and Human Violence in Kiran Desai's *The Inheritance of Loss* [J]. *The Journal of Commonwealth Literature*, 2009 (02).

7. Sara Upstone, *Spatial Politics in the Postcolonial Novel*, Ashgate, 2009.

8. Das Sonali, *Kiran Desai's The Inheritance of Loss: Travails of Immigration* [J]. The Icfai University Press, 2009 (04).

9. A. K. Chaturvedi, The Theme of Poverty in Kiran Desai's The Inheritance of Loss [J]. Distribution of 1989 – 90 Beginning Postsecondary Students, 2008.

10. Cheuse Alan, The Inheritance of Loss by Kiran Desai [J]. World Literature Today, 2007 (32).

11. Devy, G. N. *Indian Literary Criticism: Theory and Interpretation*, Hyderabad: Orient Longman, 2002

12. Amar Nath Prasad, Indian Novelists in English: Critical Perspectives, New Delhi: Sarup & Sons, 2002.

13. Indira Nityanandam, Reena Kothari, Indio-English Fiction: The Last Decade, New Delhi: Verma Graphics, 2002.

14. Compileel by V. Indira Sambamurthy, An Annotated Bibliography of Indian English Fiction (I. II. III), Delhi: Atlantic Publishers and Distributors, 2001.

15. Edited by Amar Nath Prasad, Studies in Indian English Fiction, New Delhi: Sarup & Sons, 2001.

16. Gajendra Kumar, Indian English Literature: A New Perspective, New Delhi: Sarup & Sons, 2001.

17. Edited by Rajeshwar Mittapalli and Pier Paolo Piciucco, The Fiction of Raj Rao Critical Studies, New Delhi: Atlantic Publishers and Distributors, 2001.

18. K. D. Verma, The Indian Imagination: Critical Essays on Indian Writing in English, New York: St. Martin's Press, 2000.

19. Edited by Ragini Ramachanara, Raja Rao—An Anthology of Recent Criticism, Delhi: Pencraft International, 2000.

20. Rumina Sethi, Myths of the Nation: National Identity and Literary Representation, Oxford: Clarendon Press, 1999.

21. Braha Duttu Sharma, Susheel Kumar Sharma: Contemporary Indian English Novel, Delhi: Anamika Publishers & Distributors (P) Ltd., 1999.

22. R. S. Pathak, Modern Indian Novel in English, New Delhi: Creative Books, 1999.

23. A. Sudhakar Rao, Socio-cultural Aspects of Life in the Selected Novels of Raja Rao, New Delhi: Atlantic Publishers and Distributors, 1999.

24. T. J. Abraham, A Critical Study of Novels of Arun Joshi, Raja Rao and Sudhin, New Delhi: Atlantic Publishers and Distributors, 1999.

25. Sharma, Brahma Dutta and Sharma, Susheel Kumar. Contemporary Indian English Novel. New Delhi: Anamika Publishers & Distributors, 1999.

26. Jagdish Prasad Singh, The Fictional World of Raja Rao, Calcutta: Kalyani Publishers, 1998.

27. Edited by Robert L Hardgrave, Jr, Words as Mantra—The Art of Raja Rao, New Delhi: A Katha Profile, 1998.

28. Selected and Edited by Makarand Paraniape, The Best of Raja Rao, New Delhi: Katha Classics, 1998.

29. S. Xavier Alphonse, S. J, Kanthapura to Malgudi-Cultural Valuse and Assumptions in Selected South Indian Novelists in English, New Delhi: Prestige, 1997.

30. Anu Celly, Women in Raja Rao's Novel (A feminist Reading of the Serpent and the Rope), Jaipur: Printwell, 1995.

31. O. P. Mathur, The Modern Indian English Fiction, New Delhi: Abhinav Publications, 1993.

32. Mulk Raj Anand and Iqbal Singh, Indian Short Stories, The New Indian Publication Company LTD, 1992.

33. Nivedita Nanda, Raja Rao and the Religious Traditions (Study of the Serpent and the Rope), New Delhi: Anmol Publications, 1992.

34. Esha Dey, The Novels of Raja Rao-The Theme of Quest, New Delhi: Prestige, 1992.

35. Dhawan, R. K. Ed. Exploration in Modern Indo-English Fiction. New Delhi: Bahri Publications, 1992.

36. P. Dayal, Raja Rao—A Study of His Novels, New Delhi: Atlantic Publishers and Distributors, 1991.

37. Edited by M. S. Nagarajan, N. Eakambaram and A. Natarajan, Essays Criticism on Indian Literature in English, New Delhi: S. Chan & Company Ltd., 1991.

38. Parminder Singh, Semiotic Analysis of Raja Rao's Serpent and the Rope, New Delhi: Bahiri Publications New Delhi, 1991.

39. V. V. N. Rajendra Prasad, The Self, the Family and Society in Five Indian Novelists, New Delhi: Prestige Books, 1990.

40. William Walsh, Indian Literature in English, London and New York: Longman, 1990.

41. Pathak, R. S. Ed. Indian Fiction in English: Problems and Promises. New Delhi: Northern Book Centre, 1990.

42. Ramachandra, Ragini. Indian Literary Criticism: An Enquiry into its Vitality and Continuity. New Delhi: Reliance Publishing House, 1989

43. Shyam M. Asnani, Critical Response to Indian English Fiction, Delhi: Mittal Publications, 1985.

44. O. P. Saxena, M. A., Ph. D, Glimpses of Indo-English Fiction (Vol. I), New Delhi: Jainsons Publications, 1985.

45. K. R. Srinivasa Iyengar, Indian Writing in English, New Delhi: Sterling Publishers Pvt. Ltd., 1985.

46. M. K. Naik, Perspectives on Indian Fiction in English, New Dehli: Abhinav Publications, 1985.

47. M. K. Naik, A History of Indian English Literature, Delhi: Sahitya Akademi, 1982.

48. Prof. Vinayak Krishna Gokak, The Concept of Indian Literature, Munshiram Manoharlal Publishers Pvt. Ltd, Delhi, 1979.

49. Edited by Motilal Jotwani, Contemporary Indian Literature and Society, New Delhi: Heritage, 1979.

50. Edited by Krishna Nandan Sinha, Indian Writing in English, New Delhi: Heritage Publishers, 1979.

51. Shankar Mokashi Punekar, Theoretical & Practical Studies in Indo-English Literature, Dharwad: Karnatak University, 1978.

52. Edited by Qamar Rais, October Revolution Impact on Indian Literature, New Delhi: Sterling Publishers Pvt Ltd. , 1978.

53. Uma Parameswaran, A study of Representative Indo-English Novelists, New Delhi, Bombay, Bangalore, Calcutta, Kanpur: Vikas Publishing House Pvt Ltd. , 1976.

54. Klaus Steinvorth, The Indo-English Novel—The impact of the west on literature in a developing country, Germany: Franz Steiner Verlag Wiesbaden, 1975.

55. Edited by K. K. Sharma, D. Litt, Indian-English Literature: A Perspective, Transted by Virendra Pal Sharma, Ph. D. Delhi: Vimal Praksh Gupta, 1974.

56. Meekankshi Mukherjee, The Twice Born Fiction: Themes and Techniques of the Indian Novel in English, New Delhi, London: Heinemann, 1971.

57. C. D. Narasimhaiah, The Swan and The Eagle: Essays on Indian English Literature, Shimla: Indian Institute of Advanced Study, 1968.

中文文献（按年代降序排列）：

1. ［美］斯坦利·沃尔波特：《印度史》，李建欣、张锦冬译，东方出版中心 2015 年版。

2. 张弛：《印度政治文化传统研究》，中国政法大学出版社 2014 年版。

3. 吴晓东：《20 世纪外国小说专题》，北京大学出版社 2013 年版。

4. ［奥地利］斯蒂芬·茨威格：《与魔鬼作斗争——荷尔德林、克莱斯特、尼采》，徐畅译，译林出版社 2013 年版。

5. 贺玉高：《霍米·巴巴的杂交性身份研究》，中国社会科学出版社 2012 年版。

6. 王宁、生安峰、赵建红：《又见东方——后殖民理论与思潮》，重庆大学出版社 2011 年版。

7. ［捷克］米兰·昆德拉：《被背叛的遗嘱》，余中先译，上海译文出版社 2011 年版。

8. ［捷克］米兰·昆德拉：《小说的艺术》，董强译，上海译文出版社 2011 年版。

9. 生安锋：《霍米·巴巴的后殖民理论研究》，北京大学出版社 2011 年版。

10. ［南非］J. M. 库切：《异乡人的国度：文学评论集》，汪洪章译，浙江文艺出版社 2010 年版。

11. 黄晖、周慧：《散叙事与身份追寻 奈保尔研究》，浙江大学出版社 2010 年版。

12. 赵稀方：《后殖民理论》，北京大学出版社 2009 年版。

13. 郁龙余：《印度文化论》，重庆出版社 2008 年版。

15. 石海军：《后殖民：印英文学之间》，北京大学出版社 2008 年版。

16. 尹锡南：《英国文学中的印度》，巴蜀书社 2008 年版。

17. 翟世镜、任一鸣：《当代英国小说史》，上海译文出版社 2008 年版。

18. ［美］爱德华·W. 萨义德：《文化与帝国主义》，李琨译，生活·读书·新知三联书店 2007 年版。

19. 饶芃子主编：《流散与回望》，南开大学出版社 2007 年版。

20. 王守仁：《20 世纪英国文学史》，北京大学出版社 2006 年版。

21. ［意］翁贝尔托·埃科：《符号学和语言哲学》，王天清译，百花文艺出版社 2006 年版。

22. 刘安武：《印度文学和中国文学比较研究》，中国国际广播出版社 2005 年版。

23. ［法］穆尚布莱：《魔鬼的历史》，张廷芳译，广西师范大学出版社 2005 年版。

24. ［美］苏贾：《后现代地理学》，王文斌译，商务印书馆 2004 年版。

25. 林承节：《殖民统治时期的印度史》，北京大学出版社 2004 年版。

26. ［法］罗兰·巴特：《恋人絮语》，汪耀进、武佩荣译，上海人民出版社 2004 年版。

27. 顾肃、张凤阳：《西方现代社会思潮史》，山东教育出版社 2004 年版。

28. 林树明：《多维视野中的女性主义文学批评》，中国社会科学出版社 2004 年版。

29. ［美］本尼迪克特·安德森：《想象的共同体：民族主义的起源与散播》，吴叡人译，上海人民出版社 2003 年版。

30. 吴晓东：《从卡夫卡到昆德拉：20 世纪的小说和小说家》，生活·读书·新知三联书店 2003 年版。

31. 陶家俊：《文化身份的嬗变——E. M. 福斯特小说和思想研究》，

中国社会科学出版社 2003 年版。

32. [美] 爱德华·W. 萨义德：《文化与帝国主义》，李琨译，生活·读书·新知三联书店 2003 年版。

33. 高继海：《英国小说史》，中国社会科学出版社 2003 年版。

34. [英] V. S. 奈保尔：《印度：受伤的文明》，宋念申译，生活·读书·新知三联书店 2003 年版。

35. 任一鸣、瞿世镜：《英语后殖民文学研究》，上海译文出版社 2003 年版。

36. 张旭东：《批评的踪迹 文化理论与文化批评（1985—2002）》，生活·读书·新知三联书店 2003 年版。

37. 刘文荣：《19 世纪英国小说史》，中国社会科学出版社 2002 年版。

38. [日] 福原泰平：《拉康 = Lacan 镜像阶段》，王小峰、李濯凡译，2002 年版。

39. 宋素凤：《多重主体策略的自我命名——女性主义文学理论研究》，山东大学出版社 2002 年版。

40. 罗钢：《后现代主义文学作品选》，西安交通大学出版社 2001 年版。

41. 孙晶：《印度吠檀多不二论哲学》，东方出版社 2002 年版。

42. 殷企平等：《英国小说批评史》，上海教育出版社 2001 年版。

43. [美] 贝尔·胡克斯：《女权主义理论——从边缘到中心》，江苏人民出版社 2001 年版。

44. 何兆武、陈启能主编：《西方近代社会思潮史》，山东教育出版社 2001 年版。

45. [英] 巴特·穆尔·吉尔伯特：《后殖民理论 语境 实践 政治》，陈仲丹译，南京大学出版社 2001 年版。

46. 孟华主编：《比较文学形象学》，北京大学出版社 2001 年版。

47. 乐黛云、[法] 李比熊：《跨文化对话》，上海文化出版社 2001 年版。

48. [英] 埃里克·霍布斯鲍姆：《民族与民族主义》，李金梅译，上海人民出版社 2000 年版。

49. 方汉文：《后现代主义文化心理——拉康研究》，上海三联书店 2000 年版。

50. 罗钢、刘象愚主编：《后殖民主义文化理论》，中国社会科学出版社 1999 年版。

51. [美] 爱德华·萨义德：《东方学》，王宇根译，生活·读书·新知三联书店 1999 年版。

52. [法] 阿尔贝·加缪：《加缪文集》，郭宏安等译，译林出版社 1999 年版。

53. 陈晓兰：《女性主义批评与文学诠释》，敦煌文艺出版社 1999 年版。

54. 乐黛云、张辉主编：《文化传递与文学形象》，北京大学出版社 1999 年版。

55. [澳大利亚] A. L. 巴沙姆主编：《印度文化史》，商务印书馆 1999 年版。

56. 张京媛主编：《后殖民理论与文化批评》，北京大学出版社 1999 年版。

57. [英] 艾勒克·博埃默：《殖民与后殖民文学》，盛宁、韩敏中译，辽宁教育出版社 1998 年版。

58. 童庆炳主编：《文学理论要略》，人民文学出版社 1998 年版。

59. 王宁、薛晓源主编：《全球化与后殖民批评》，中央编译出版社 1998 年版。

60. [美] 博爱默：《殖民与后殖民文学》，盛宁译，牛津大学出版社 1998 年版。

61. 徐贲：《走向后现代与后殖民》，中国社会科学出版社 1996 年版。

62. 林承节：《印度近现代史》，北京大学出版社 1995 年版。

63. 季羡林主编：《东方文学史》，吉林教育出版社 1995 年版。

64. 张光璘、李锋编：《季羡林论印度文化》，中国华侨出版社 1994 年版。

65. 姚卫群编著：《印度哲学》，北京大学出版社 1992 年版。

66. 黄心川：《印度哲学史》，商务印书馆 1989 年版。

67. ［美］斯塔夫里阿诺斯：《全球通史——1500 年以后的世界》，吴象婴、梁赤民译，上海社会科学院出版社 1988 年版。

68. 杜声锋：《拉康结构主义精神分析学》，台北远流出版事业股份有限公司 1988 年版。

69. 马宗达、张澍霖：《高级印度史》，商务印书馆 1986 年版。

70. 陈广孚：《魔幻现实主义》，花城出版社 1986 年版。

71. 黎菱：《印度妇女：历史·现实·新觉醒》，世界知识出版社 1986 年版。

72. 黄宝生等译：《印度现代文学》，外国文学出版社 1981 年版。

71. ［印］恰托巴底亚耶：《印度哲学》，黄宝生、郭良鋆译，商务印书馆 1980 年版。

附 录

Mulk Raj Anand (1905—2004)

Fictional Works

Untouchable, preface by E. M. Forster, Wishart (London), 1935, revised edition, Bodley Head (London), 1970.

The Coolie, Lawrence & Wishart, 1936, published as Coolie, new revised edition, Bodley Head, 1972.

Two Leaves and a Bud, Lawrence & Wishart, 1937, Liberty Press, 1954.

Lament on the Death of a Master of Arts, Naya Sansar (Lucknow, India), 1938.

The Village, J. Cape (London), 1939.

Across the Black Waters, J. Cape (London), 1940.

The Sword and the Sickle, J. Cape (London), 1942.

The Big Heart, Hutchinson, 1945, revised edition, Arnold-Heinemann (New Delhi), 1980.

Private Life of an Indian Prince, Hutchinson, 1953, revised edition, Bodley Head, 1970.

The Old Woman and the Cow, Kutub-Popular, 1960, published as Gauri, Arnold-Heinemann, 1981.

The Road, Kutub, 1961, Oriental University Press (London), 1987.

Death of a Hero: Epitaph for Maqbool Sherwani, Kutub-Popular, 1963, Arnold-Heinemann, 1988.

Seven Summers: The Story of an Indian Childhood, Hutchinson, 1951.

Morning Face, Kutub-Popular, 1968.

Confession of a Lover, Arnold-Heinemann, 1984.

The Bubble, Arnold-Heinemann, 1984.

The Lost Child and Other Stories (also see below), J. A. Allen (London), 1934.

The Barber's Trade Union and Other Stories (includes the stories from The Lost Child and Other Stories), J. Cape, 1944.

Indian Fairy Tales: Retold, Kutub-Popular, 1946, 2nd edition, 1966.

The Tractor and the Corn Goddess and Other Stories, Thacker (Bombay), 1947, reprinted, Arnold-Heinemann, 1987.

Reflections on the Golden Bed and Other Stories, Current Book House (Bombay), 1954, reprinted, Arnold Publishers, 1984.

The Power of Darkness and Other Stories, Jaico (Bombay), 1959.

More Indian Fairy Tales, Kutub-Popular, 1961.

Lajwanti and Other Stories, Sterling, 1973.

Between Tears and Laughter, Sterling, 1973.

R. K. Narayan (1906—2001)

Fictional Works

Swami and Friends, London: Hamish Hamilton, 1935, The Bachelor of Arts, 1937, Mysore: Indian Thought Publications, 1965.

The Dark Room, 1938, Mysore: Indian Thought Publications, 1986.

Malgudi Schooldays, 1941, London: Penguin Books, 2002.

The English Teacher, 1945, London: Vintage Books, 2006.

Astrologers Day and Other Stories, 1947.

Mr Sampath—The Printer of Malgudi, 1949, New York: Random House, 2006.

The Financial Expert, 1952, London: Everyman's Library, 2006.

Waiting for the Mahatma, Mysore: Indian Thought Publications, First Indian Edition, 1964.

The Guide, 1958, London: Penguin Books, 2006.

The Man-eater of Malgudi, London: William Heinemann Ltd., 1961.

The Vendor of Sweets. 1967, London: Penguin Classics, 1993.

Lawley Road and Other Stories, 1969.

Gods, Demons and Others, 1965.

A Horse and Two Goats and Other Stories, 1970.

The Painter of Signs, 1976.

A Tiger for Malgudi, 1983.

Under the banyan tree and other stories. London: Penguin Books, 1985.

Talkative Man, 1986.

The World of Nagaraj, 1990.

The Grandmother's Tale, 1993.

Salt & Sawdust, New Delhi: Penguin Books, 1993.

Non-fictional Works

My Dateless Diary: An American Journey, 1964. New Delhi: Penguin Books, 1988.

My Days, New York: Viking, 1974.

The Ramayana: a shortened modern prose version of the Indian epic: (suggested by the Tamil version of Kamban). New York: Penguin Books, 1977.

Indian Thought, New Delhi: Penguin Books, 1997.

Non-fictional Works

My Dateless Diary: An American Journey, 1964. New Delhi: Penguin Books, 1988.

My Days, 1974.

The Ramayana: a shortened modern prose version of the Indian epic: (suggested by the Tamil version of Kamban). New York: Penguin Books, 1977.

Indian Thought, New Delhi: Penguin Books, 1997.

Raja Rao (1908—2006)

Fictional Works

Kanthapura. London: George Allen and Unwin Ltd. , 1938.

The Cow of the Barricades and Other Stories. Bombay: Oxford UP, Champak Library, 1947.

The Serpent and the Rope. London: John Murray, 1960.

The Cat and Shakespeare: A Tale of Modern India. New York: Macmillan, 1965.

Comrade Kirillov. New Delhi: Vision Books, Orient Paperbacks, 1976.

The Policeman and the Rose. New Delhi: Oxford UP, Three Crowns Books, 1978.

The Chessmaster and His Moves. New Delhi: Vision Books, 1988.

On the Ganga Ghat. New Delhi: Vision Books, 1989. New Delhi: Orient Paperbacks, 1993.

Daughter of the Mountain. To be published in 2003.

A Myrobalan in the Palm of Your Hand. To be published in 2004.

The Best of Raja Rao, 1998

Non-fictional Works

Rao, Raja. The Meaning of India. New Delhi: Vision Books, 1996.

The Great Indian Way: A Life of Mahatma Gandhi. New Delhi: Vision Books, 1998.

Books Edited by Raja Rao

Changing India: An Anthology. Ed. Raja Rao and Iqbal Singh. London: Allen and Unwin, 1939.

Whither India? Ed. Raja Rao and Iqbal Singh. Bombay: Padma Publications, 1948.

Soviet Russia: Some Random Sketches and Impressions by Jawaharlal Nehru. Ed. Raja Rao. Bombay: Chetana, 1949.